Maudit que le bonheur coûte cher !

De la même auteure

Romans

Cœur trouvé aux objets perdus, Libre Expression, 2009.

Maudit que le bonheur coûte cher !, Libre Expression, 2007 ; collection « 10/10 », 2011.

Et si c'était ça, le bonheur ?, Libre Expression, 2005 ; collection « 10/10 », 2011.

Recueils de chroniques

D'autres plaisirs partagés, Libre Expression, 2003.

Plaisirs partagés, Libre Expression, 2002.

Jeunesse

Marion et le bout du bout du monde, illustré de 21 œuvres de Marc-Aurèle de Foy Suzor-Coté, Publications du Québec, 2008.

L'Enfant dans les arbres, d'après l'œuvre de Marc-Aurèle Fortin, Publications du Québec, 2002.

Mon père et moi, Éditions de la courte échelle, 1992.

Des graffiti à suivre, Éditions de la courte échelle, 1991.

Théâtre

Dernier quatuor d'un homme sourd, en collaboration avec François Cervantès, Éditions Leméac, 1989.

Les Trois Grâces, Éditions Leméac, 1982.

Francine Ruel

Maudit que le bonheur coûte cher !

Roman

10/10

Catalogage avant publication de Bibliothèque et Archives nationales du Québec et Bibliothèque et Archives Canada

Ruel, Francine, 1948-

Maudit que le bonheur coûte cher !
(10/10)
Éd. originale : Montréal : Libre expression, 2007.
Suite de : Et si c'était ça, le bonheur ?.
ISBN 978-2-923662-83-1
I. Titre. II. Collection : Québec 10/10.

PS8585.U49M38 2011 C843'.54 C2011-940466-4
PS9585.U49M38 2011

Direction de la collection : Romy Snauwaert
Logo de la collection : Chantal Boyer
Maquette de la couverture et grille intérieure : Tania Jiménez et Omeech
Mise en pages : Louise Durocher
Couverture : Chantal Boyer
Photographie de la couverture : Shutterstock

Remerciements
Nous reconnaissons l'aide financière du gouvernement du Canada par l'entremise du Fonds du livre du Canada pour nos activités d'édition. Nous remercions le Conseil des Arts du Canada et la Société de développement des entreprises culturelles du Québec (SODEC) du soutien accordé à notre programme de publication. Gouvernement du Québec — Programme de crédit d'impôt pour l'édition de livres — gestion SODEC.

Les Éditions Libre Expression
Groupe Librex inc.
Une compagnie de Quebecor Media
La Tourelle
1055, boul. René-Lévesque Est
Bureau 800
Montréal (Québec) H2L 4S5
Tél. : 514 849-5259
Téléc. : 514 849-1388
www.edstanke.com

Dépôt légal – Bibliothèque et Archives nationales du Québec et Bibliothèque et Archives Canada, 2011

ISBN : 978-2-923662-83-1

Distribution au Canada
Messageries ADP
2315, rue de la Province
Longueuil (Québec) J4G 1G4
Tél. : 450 640-1234
Sans frais : 1 800 771-3022
www.messageries-adp.com

Diffusion hors Canada
Interforum
Immeuble Paryseine
3, allée de la Seine
F-94854 Ivry-sur-Seine Cedex
Tél. : 33 (0)1 49 59 10 10
www.interforum.fr

Pour mon ami Jean-Jacques, mon Jaja.
Pour la complicité, l'humour
et pour m'avoir inspiré, de si belle façon,
le personnage de Massimo.

« Le sexe masculin est ce qu'il y a de plus léger
au monde, une simple pensée le soulève. »
SAN ANTONIO

« Un archéologue est le mari idéal pour une femme.
Plus elle vieillit, plus il doit s'intéresser à elle. »
AGATHA CHRISTIE

« Qu'est-ce que vous avez pour les cheveux gris ?
– Le plus profond respect. »
ANONYME

« La psychanalyse ne peut rien pour les hommes.
Pour remonter dans leur enfance,
encore faudrait-il qu'ils en soient sortis. »
BARBRA STREISAND

« Mesdames, vaut mieux une chiée de types
qui posent leur pantalon en votre honneur
qu'un seul qui vous le fait repasser. »
FRÉDÉRIC DARD

PREMIÈRE PARTIE

Le bonheur a pris la fuite

Novembre

1

Nous étions tous les deux penchés au-dessus de la boîte blanche. Mon voisin et ami Albert se tenait près de moi, attendant patiemment que je sois prête. Un grand silence régnait dans la maison jaune. En regardant dans le fond de la boîte, je me faisais la réflexion qu'elle avait vraiment la bonne dimension. Je l'avais achetée la semaine précédente avec l'intention d'y ranger des papiers importants. Pourtant, ce que je m'apprêtais à y déposer n'était pas en papier, mais revêtait à mes yeux une grande importance. Ce matin, j'avais assemblé à la hâte ce kit à monter soi-même. Encore un truc qui demandait de la dextérité, un minimum d'habileté et beaucoup de patience. Je n'en finirais donc jamais ! Les vis des joints servant à maintenir les côtés en place n'entraient pas bien dans les écrous, ou alors elles me glissaient des doigts. J'avais toutes les peines du monde à plier les panneaux de carton, et malgré mon regard avisé sur les illustrations très claires du dépliant, je n'arrivais à rien. Pourtant, je connaissais bien ce genre de cartons tout usage que l'on doit assembler. À voir la multitude de ces rangements alignés sur les étagères de mon bureau, je croyais être devenue maître en la matière.

Mais à cet instant, ma patience était à bout et je me sentais prête à tout balancer. J'ai dû m'y reprendre plusieurs fois. Et puis, je n'arrêtais pas de pleurer. Les larmes tombaient une à une dans le fond de la boîte, tandis que je m'efforçais de lui donner sa forme ; ma peine s'imprimait en cercles foncés sur la surface cartonnée. Une énorme boule m'obstruait la gorge. Je faisais de terribles efforts pour ravaler cette concentration de chagrin qui m'empêchait de respirer normalement. J'avais vu tant de fois, au cours des années, ma chatte Bouboulina aux prises avec une boule de poils en travers du gosier, qu'elle devait recracher ou carrément vomir pour ne pas s'étouffer. Tout comme elle, j'étouffais.

En ce petit matin de novembre frisquet, je m'apprêtais à enterrer ma minette vieille de dix-neuf ans, et je ne me décidais pas à refermer le couvercle de la boîte. Albert et moi sommes restés longtemps silencieux à regarder, dans le fond de ce cercueil en carton, cette forme noire roulée en boule et qui ne s'étirerait plus jamais pour prendre ses aises après une longue sieste. Elle resterait dans cette position pour l'éternité.

— Pourquoi les humains, on ne nous place pas comme ça quand on est morts, au lieu de nous allonger sur le dos, figés, les mains croisées sur la poitrine ?

— Quoi ? me murmura Albert d'une voix enrouée par le chagrin.

— On devrait être roulés en boule comme ça, dans notre cercueil, juste recroquevillés. Ce serait plus confortable, non ?

Il s'est tourné vers la grande fenêtre de la cuisine pour ne pas éclater en sanglots, je crois. Il est comme ça, mon ami Albert. Sensible au possible. Et comme il a perdu, lui aussi, des êtres chers et poilus, un Napoléon, chien, et un Feydeau, chat, il comprend la situation.

— Harris n'est pas là ? réussit-il à demander.

Comment lui expliquer que j'avais lancé à l'homme de ma vie – à temps partiel – je ne me souviens plus combien d'appels au secours sur sa boîte vocale – et que je n'avais récolté pour toute réponse qu'un long silence.

— Il doit enseigner, ou corriger, ou...

Je tentais d'expliquer son absence. Albert m'a entourée de ses bras et m'a murmuré :

— Quand tu es prête, on y va.

— Et si je ne suis jamais prête à y aller ?

— Eh bien, on n'ira pas, a-t-il répondu, la voix cassée.

On a ri à l'unisson et on a éclaté en sanglots la seconde d'après.

2

Ça faisait trois jours qu'Albert essayait de me consoler. C'est lui qui m'avait téléphoné à Québec pour m'avertir que Bouboulina n'en menait pas large. Je l'avais laissée en pension quelques jours chez mes gardiens de chat : Albert et François, son chum. Depuis plus d'une année, ils transformaient leur maison en garderie pour accueillir Bouboulina quand il me fallait quitter la maison plus de quarante-huit heures. Cette fois-ci, je devais me rendre dans la Vieille Capitale pour y rencontrer un éditeur qui me courtisait afin de m'accueillir comme réviseure, au sein de sa maison d'édition. J'allais voir ce qu'il avait à m'offrir, plus par curiosité que par nécessité, car j'étais bien traitée où je travaillais, mais je voulais savoir ce que les autres maisons proposaient comme conditions. Avant mon départ, Bouboulina traînait un peu de la patte. Mais pas plus qu'à l'habitude. Elle avait vieilli, et je m'étonnais qu'elle traverse chaque saison, pas trop mal en point. Elle mangeait peu, mais se nourrissait. Elle dormait beaucoup, depuis plusieurs années déjà. Elle avait même repris du « poil de la bête ». Tous ceux qui passaient par la maison jaune n'en revenaient tout simplement pas de son allure de petite vieille à son « second début ».

— Elle rajeunit, ta chatte, me disaient mes amis avant d'ajouter : C'est prodigieux. On la croyait mourante quand tu l'as amenée ici.

Il faut dire que depuis notre arrivée à la campagne, la maison jaune et l'environnement nous procuraient d'immenses bienfaits, à toutes les deux. Autant Boubolina reprenait de la vigueur, autant je me calmais. Je n'étais pas prête à affirmer que j'étais devenue totalement contemplative – les travaux avaient pris toute mon énergie durant l'année précédente –, mais je parvenais de plus en plus à m'asseoir et à respirer, tranquille, une tasse de thé ou même un livre à la main. Ça ne m'était pas arrivé souvent ces dernières années. En fait, cette maison nous apportait ce qui nous manquait. Je dormais vraiment mieux depuis que je l'avais acquise. Allongée, les fenêtres grandes ouvertes sur le silence de la nuit et les doux bruits de la campagne. Le meilleur des somnifères. Je vivais dans un paradis, pour le repos de la combattante que j'étais : le vent pour berceuse, l'eau qui s'écoule sans arrêt dans la fontaine de la terrasse, les rainettes qui chantent leurs amours au printemps et les grillons de l'été contribuaient à mon sommeil profond, et je me réveillais toujours détendue. Et que dire lorsque Harris, mon nouvel amoureux à temps partiel, comme je me plaisais à l'appeler, venait dormir chez moi. Nos nuits agitées par l'amour nous trouvaient repus et détendus, au petit matin. Cet homme aussi me faisait du bien, même s'il n'habitait pas en permanence chez moi. D'un commun accord, nous avions conclu cette entente dès les débuts de notre aventure et, jusque-là, nous nous en portions plutôt bien. Pas de chicane, pas de mésentente, mais surtout le plaisir toujours excitant de se retrouver. Bouboulina, elle, profitait du jardin, des odeurs, de l'étang dont elle parcourait si souvent les bords en observant les poissons, mais sans jamais les menacer. Elle agissait de même avec les oiseaux qui venaient se nourrir aux mangeoires en toute sécurité. Bouboulina n'était absolument pas une menace, les volatiles le sentaient, et ce, depuis son arrivée. Les tamias étaient juste un peu plus prudents. On ne sait jamais quand une bête plus grosse que vous peut se réveiller... Tout ce petit monde grouillait allègrement, en bon voisinage, autour de la vieille chatte. Elle restait des heures à contempler son univers et semblait le félin le plus heureux du monde.

J'avais aménagé une chatière dans la moustiquaire de la porte donnant sur la terrasse pour faciliter ses allées et venues, mais elle éprouvait trop de difficultés à enjamber l'ouverture. Je passais donc mes journées à ouvrir et fermer la porte pour la laisser sortir ou entrer à sa guise.

Mais je lui devais bien cet égard. Et je prenais conscience, alors qu'elle gisait inerte, qu'elle m'avait donné en constance, en fidélité, en attentions et en câlins plus qu'aucun mari ou amant au cours de ces dix-neuf années. Elle tenait toujours sur ses pattes, quoique peu encline aux courses effrénées, me prodiguait encore toute son affection, se laissait caresser en toute indécence, renversée sur le dos, mais je savais ses jours comptés. Même si je préférais l'ignorer. Ce jour venait pourtant d'arriver.

Lorsque Albert m'avait appelée à Québec pour m'avertir que, depuis la veille, Bouboulina urinait en dehors de sa litière, et qu'elle se tenait tapie sous le meuble de rangement dans leur salle de bain, juste au-dessus de la bouche de chaleur, j'avais compris que sa fin était proche. J'ai renoncé à rencontrer l'éditeur. D'ailleurs, qu'est-ce qui m'avait pris de vouloir flirter avec la concurrence ? Avais-je à ce point besoin de me faire rassurer sur mes compétences ? Lorsque j'ai annulé le rendez-vous au téléphone, j'ai failli donner comme excuse qu'une tante ou une de mes sœurs était mourante, à seule fin de ne pas être jugée comme une sentimentale de haut calibre. Mais j'ai assumé mon amour inconsidéré pour les félins. J'ai dit à la réceptionniste qu'un membre de ma famille était en danger. Et quand j'ai mentionné qu'il s'agissait de mon chat, sa réaction ne m'a pas surprise, et je l'ai abandonnée au bout du fil, balbutiante d'étonnement.

J'ai repris la route sur les chapeaux de roue. J'aurais pu me faire arrêter dix fois pour excès de vitesse, je m'en foutais complètement. Bouboulina avait besoin de moi. À mon arrivée chez mes amis, elle était toujours dans sa cachette. Albert avait seulement glissé une serviette de bain sous elle, pour lui offrir plus de confort. Elle a à peine levé la tête vers moi. Mais j'ai bien vu que l'éclat, dans ses yeux, avait disparu. Je l'ai prise dans mes bras. Elle semblait totalement perdue. J'ai décidé de me rendre directement chez le vétérinaire. Albert voulait m'accompagner. J'ai articulé, la voix enrouée par le chagrin, que ce n'était pas la peine, j'y arriverais bien toute seule.

3

Les nouvelles étaient mauvaises. Le bon docteur Masclé a examiné Bouboulina très doucement comme s'il avait peur de la casser. Il est vrai qu'elle n'avait jamais été aussi maigre. Son poil ne possédait plus son éclat d'antan. Il lui a fait une prise de sang qui a confirmé son premier diagnostic. Les reins avaient lâché. À son âge, plus aucun médicament ne pouvait sauver Bouboulina. Il m'a quand même proposé de lui injecter de la cortisone, ce qui lui redonnerait un peu de vigueur et sûrement l'envie de manger et de boire, ce dont elle avait grandement besoin.

— Peut-être pas pour une longue période, m'a dit le vétérinaire avec gentillesse, mais pour un certain temps.

Et il a ajouté, les yeux pleins de bonté :

— On ne sait jamais.

Il m'a donné des sachets de nourriture. Au dire des assistantes, ces croquettes étaient si appétissantes qu'aucun chat n'y résistait. Ces femmes semblaient peinées pour moi. Aucune d'entre elles n'osait me regarder dans les yeux. Il régnait un malaise terrible. La mauvaise nouvelle était tombée, et c'était un peu comme si un petit de leur portée avait des ennuis et ne s'en sortirait peut-être pas. J'ai payé la consultation et je suis partie, avec la promesse du vétérinaire de me rappeler le lendemain matin. J'avais tenu le coup. Ce n'était pourtant pas l'envie de pleurer qui me manquait, mais je me retenais de toutes mes forces. J'avais terriblement peur que Bouboulina comprenne, en voyant mes larmes, que sa fin était proche.

Une fois à la maison, j'ai versé les nouvelles croquettes dans son bol. Elle les a reniflées et en a mangé quelques-unes. J'étais aux anges. Elle reprenait vie. Mais le temps que je dépose son panier de transport et mon sac à main, elle s'était réfugiée sur la bouche de chaleur de la fournaise, dans mon bureau, tout comme elle l'avait fait chez Albert et François. Elle tremblait de tous ses membres. Alors, comme Albert, je l'ai installée sur une couverture.

J'ai couru m'enfermer dans les toilettes et j'ai pleuré comme jamais dans ma vie. Impossible de m'arrêter. Je hoquetais, je reniflais, je hurlais dans mon poing. En même temps, je me traitais d'idiote. « Après tout, c'est juste un chat », essayais-je de me répéter.

« C'est juste un chat, Olivia. Va falloir que tu en reviennes. »

On dit que c'est juste un chat. Mais ce n'est pas juste ça. Ce sont dix-neuf années de vie commune – et quand on est célibataire, c'est une sacrée présence. À cet instant, je me sentais orpheline, et aucun raisonnement n'arrivait à calmer mon chagrin.

Alors, toutes les deux nous avons fait la seule chose qui restait à faire. Je me suis étendue sur le divan du salon, avec Bouboulina sur mon ventre. On a passé toute la soirée ainsi. Elle, cherchant son souffle, et moi m'efforçant de calmer mes sanglots. Je n'osais pas bouger de peur de la déranger. Parfois, elle levait les yeux vers moi et j'essayais d'y lire ses pensées. Ce que je voyais dans ses pupilles éteintes ne me plaisait pas. Je ne voulais pas comprendre qu'elle me demandait clairement de la laisser partir. « Je suis fatiguée. Je suis une vieille chose. Je suis rendue au bout, Olivia. Je peux tenir encore quelques jours pour toi, mais je ne suis même pas sûre d'y arriver. »

Le téléphone a sonné et a interrompu notre échange en « catiminou ». J'avais oublié le combiné dans la cuisine. J'ai laissé sonner en songeant que je prendrais l'appel plus tard. Vers trois heures du matin, je me suis réveillée courbaturée, avec un énorme mal de tête. C'est épuisant de pleurer, et j'avais oublié de manger. Bouboulina n'avait pas bronché. Sa respiration semblait plus régulière.

J'en ai profité pour aller écouter les messages. Harris avait téléphoné. Il était triste pour moi et désolé pour la petite bête, mais il ne pouvait se déplacer. Des collègues de l'Université de Californie habitaient provisoirement chez lui pour participer à un colloque littéraire à l'Université Bishop de Lennoxville, et comme il était l'organisateur de l'événement, il lui était impossible de les laisser en plan. Harris ne savait pas quand il pourrait se libérer. J'aimais un homme pour qui le travail revêtait une grande importance. Je ne pouvais donc pas compter sur lui chaque fois que j'en avais besoin. Mais je savais aussi que chaque fois qu'il en serait capable, je l'aurais au bout du fil, avec toute sa tendresse. Ce n'était pas de l'amour qui manquait à notre couple, c'était du temps.

Encore une fois, Albert s'était arrangé pour m'entourer le plus possible. La mauvaise nouvelle s'était, semble-t-il, répandue chez les amis. Le téléphone arabe avait alors fonctionné. Henri, *mon doux, mon tendre, mon merveilleux* ami Henri – j'aimais l'appeler ainsi –, s'était manifesté dans un message téléphonique. Il tentait de me faire rire malgré tout, en me rappelant des instants cocasses de la vie de Bouboulina. Il imita sa voix rauque de colère lorsqu'un jour elle avait hurlé après moi, pendant de longues minutes. De passage chez moi à Montréal, Henri avait été témoin de cette scène. Détrempée, la chatte m'avait engueulée parce que je l'avais abandonnée toute une journée sous la pluie. Puis il évoqua aussi deux ou trois autres bêtises commises par ma compagne dans sa longue existence. Soudain, je pris conscience que je connaissais Henri depuis que Bouboulina faisait partie de ma vie. Tout un bail !

Mon faux frère Massimo – il n'était pas mon véritable frère, mais bien davantage : le plus vrai des amis, le plus précieux – avait usé du même stratagème dans ma boîte vocale en envoyant des vœux de prompt rétablissement à la *principessa semiminima*, comme il la dénommait affectueusement, en employant le mot « noire » qui désigne la note de musique et non la couleur. C'est lui qui m'avait expliqué la subtilité de cet usage linguistique, car il est un Italien « pur lin » à défaut d'être « pure laine », et que je ne connais pas un traître mot de cette langue que je trouve, par contre, si musicale. En apprenant la nouvelle, j'étais certaine que mes amis se manifesteraient. J'ai pris alors la décision de ne pas répondre au téléphone. La messagerie me transmettrait leurs paroles consolatrices. Je savais que je serais incapable de parler et que j'allais inonder l'appareil en répandant ma peine en hoquets, balbutiements et reniflements sous une pluie de larmes digne des chutes Niagara.

En revanche, j'ai de nouveau écouté le message de Harris, juste pour réentendre sa voix chaude et chantante à cause de son accent anglais. Ce ton un peu indolent m'apaisait, me rassurait. Il me semblait l'avoir un peu près de moi.

Je tournais en rond dans la maison. Et comme j'avais froid dans cette aube de novembre, où le vent sifflait à l'approche de l'hiver, j'ai décidé d'aller dormir dans mon lit, avec Bouboulina. J'ai pris ce petit paquet poilu dans mes bras, et nous sommes montées vers la chambre. Elle s'est installée d'elle-même sur moi dans le grand lit où elle est toujours venue dormir depuis ses premiers jours d'existence.

C'est à cet instant que j'ai pensé au vétérinaire et à son geste. Il nous avait offert du temps pour nous dire adieu. Et nous n'avons presque pas bougé jusqu'au matin. « Emminouflées » l'une contre l'autre, en se chuchotant des mots doux, des mots minous.

4

En faisant ma toilette, ce matin-là, je ne sais pas pourquoi, un air me trottait sans arrêt dans la tête. Aznavour interprétait, en boucle, de sa voix traînante aux accents de tristesse infinie, sa chanson sur la mort de la *mamma*.

« Ils sont venus, ils sont tous là, dès qu'ils ont entendu ce cri, elle va mourir... Y a tant d'amour, de souvenirs, autour de toi... »

Après m'être maquillée pour la deuxième fois, j'ai renoncé. J'aurais aimé qu'Aznavour en fasse autant. Il ne m'aidait pas avec sa complainte. Chaque fois que j'essuyais l'inondation, il remettait ça. J'ai finalement enlevé les traces noircies du mascara et décidé que j'aurais cet air-là : les yeux rougis par le chagrin, la peau luisante et les joues en feu.

Je me suis rendue chez le vétérinaire pour mettre fin aux souffrances de Bouboulina. À mon réveil, j'avais vite compris que ça ne pouvait plus durer. Je restais allongée près d'elle à la regarder mourir. Comme avec les humains, dont on prolonge la vie jusqu'aux limites du supportable. Heureusement, on a la décence de ne pas être aussi cruel envers les animaux. Et c'est ce que je m'apprêtais à faire.

J'avais entendu dire que, dans les moments difficiles, mon vétérinaire offrait ce service à domicile pour ses patients. Mais étant de garde ce jour-là, il ne pouvait pas quitter la clinique. Je me suis donc déplacée vers l'hôpital vétérinaire, accompagnée de mon fidèle ami, Albert. J'avais apporté la boîte blanche et j'y avais déposé une couverture.

— Pour ne pas qu'elle ait froid, avais-je expliqué à Albert.

Il m'avait souri gentiment. L'instant d'après, j'avais compris à quel point cette précaution était stupide puisque, au retour, il nous faudrait creuser dans la neige et la terre déjà gelée, et la couverture serait totalement inutile pour réchauffer Bouboulina.

Ça s'est passé tout en douceur. Bouboulina s'est endormie lentement dans mes bras. Dans la voiture d'Albert, avec ce petit corps encore chaud sur mes genoux, j'ai annoncé à mon ami que lorsque ma fin viendrait, j'aimerais qu'un vétérinaire s'occupe de moi. Je n'ai jamais vu autant d'attention, de précaution et de respect que dans ces hôpitaux pour animaux. Certains médecins devraient y effectuer des stages. Les humains seraient sûrement mieux traités par la suite.

On a roulé en silence. Il n'y avait vraiment plus rien à dire. Je ne pleurais plus. J'étais seulement assommée. Albert m'a déposée chez moi avec ma boîte et a tenu à rester, le temps que je me décide à la mettre en terre.

J'hésitais encore. Je savais que la saison était mal choisie pour creuser. J'avais fait signe à Ken, le jardinier qui m'aidait à l'occasion, et j'attendais qu'il me rappelle. Albert devait retourner au cégep pour son cours en fin de journée. Puis j'ai allumé.

— Si Ken ne peut pas venir, je fais quoi avec la boîte ? Je pourrais la déposer dans la cave ?

Albert a hésité.

— Oui, mais tu ne dois pas l'y laisser longtemps. Ça va attirer la vermine.

Cette pensée m'horrifiait. Et je ne voulais surtout pas songer aux autres bibittes, à celles qui se trouvaient sous la terre et qui allaient immanquablement...

— Tu peux partir tranquille, Albert. Je vais me débrouiller.

Il m'a serrée une fois de plus dans ses bras. Nous étions beaux à voir avec nos visages ravagés par le chagrin. J'ai refermé la porte et je suis restée de longues heures devant la boîte. Il fallait que j'abrège cette torture, mais je n'y arrivais pas. Je sais, c'est idiot de réagir ainsi, mais je ne parvenais pas à oublier que Bouboulina ne supportait absolument pas d'être enfermée. Elle s'était toujours mise à hurler ou se sauvait au pas de course aussitôt qu'on la contraignait à demeurer sous une couverture ou qu'on la maintenait dans un endroit clos, ou encore quand on la serrait de force dans nos bras. Et à cause de ça, je ne me décidais pas à refermer le couvercle.

5

Massimo criait dans le téléphone.

— Dans le congélateur ? Olivia ! Tu as mis ta chatte *nel congelatore* ? Je n'irai plus jamais manger chez toi. Waouh ! *Schifo ! Principessa ! Orribile ! Pazza da legare !*

L'ayant à maintes reprises entendu s'exclamer haut et fort, et en italien, je traduisais tant bien que mal qu'il était dégoûté, qu'il trouvait ça horrible et que j'étais folle à lier.

J'essayais de calmer son ardeur – mais tenter de tranquilliser un Italien énervé, c'est comme tenter d'arrêter un ouragan – et, de ce fait, de justifier mon geste. Ça m'avait pris un temps fou à emprisonner la pauvre bête dans son cercueil et à refermer le couvercle sur elle, aussi le congélateur m'était apparu comme le seul endroit logique, étant donné la situation. Je n'avais pas d'autre choix.

— Il n'y avait presque rien dans le congélateur de la cave, Massimo. J'ai mis les aliments congelés dans celui de la cuisine.

Devant son silence atterré, je poursuivis :

— Je n'ai encore trouvé personne pour venir creuser. Et Ken ne m'a pas rappelée. On est en novembre, je te signale. T'avais qu'à venir toi-même ! On l'aurait enterrée tout de suite.

Je savais très bien que je ne pouvais pas compter sur lui pour jouer les gros bras dans la terre gelée. Massimo était habile de ses mains avec les perruques et les têtes des vedettes de cinéma. Quant aux travaux qui exigent de la force, très peu pour lui.

— *Ma, nel congelatore !* répéta-t-il avec dégoût.

J'ai haussé le ton, faisant des efforts surhumains pour ne pas éclater de nouveau en sanglots.

— Mais où crois-tu qu'ils placent les animaux euthanasiés, à la clinique vétérinaire ? C'est moi qui ai demandé à l'enterrer dans mon jardin. C'est à moi de trouver une solution provisoire. Au fait, où crois-tu qu'on finira nos jours ? Peut-être dans un *congelatore* à la morgue ou au mieux dans la terre glacée, en hiver. Ou si tu préfères, on passera sous les flammes pour finir en poudre fine, fine.

Massimo a poussé encore une fois de hauts cris.

— Tais-toi ! Tais-toi ! Malheureuse ! *Taci ! Taci !*

Il ne voulait plus entendre parler de ce sujet.

À cet instant précis, je me suis rappelé que tout ce qui touche à la mort et à l'hôpital est un sujet tabou pour Massimo. Il y a plusieurs années, son chum est mort d'un cancer au cerveau, et il en garde un souvenir difficilement supportable.

Un long silence s'est promené entre nos deux lignes téléphoniques.

Puis il a ajouté que j'avais sûrement raison.

— *Principessa !* Tu as bien fait ! *Scusa*, Olivia, *scusa.* Tout le monde me fait suer ces temps-ci. C'est *abominevole* !

Et il s'est empressé de retourner à son travail harassant, où un assistant du CCM[1] lui donnait du fil à retordre. Il m'a quand même souhaité, au préalable, beaucoup de courage.

Aussitôt que j'ai déposé le combiné, la sonnerie a retenti de nouveau. Harris m'informait qu'il viendrait chez moi ce soir.

— Pour une nuit seulement, précisa-t-il, puis se reprenant : mais toute une nuit !

Il lui était déjà arrivé de partir vers la fin de la soirée, parce qu'il faisait trop chaud dans ma maison – je n'ai pas l'air conditionné comme chez lui – ou alors parce que Bouboulina le dérangeait, ou que les grenouilles de l'étang chantaient trop fort, ou... En fait, je ne sais plus pour quelle raison... Son colloque reprenait le lendemain dans la journée. Il aurait aimé que je rencontre ses confrères californiens, mais le moment était vraiment mal choisi. Je me réjouissais de le voir, mais mon visage n'était pas très attirant : mes yeux n'avaient pas dérougi, bien au contraire, et j'avais résolument mis le maquillage de côté pour quelques jours. Je n'aurais rien de très affriolant ni de très olé olé. Pas de belles façons ni de désir concupiscent, un comportement normal pour accueillir un amant. Et que je lui offrais régulièrement. Mais s'il avait trouvé du temps pour moi, il s'attendait sûrement à jouer le rôle du consolateur plutôt que celui de l'amoureux déchaîné.

On a frappé à la porte. J'attends toujours que l'électricien pose la sonnette, mais il remet ça de semaine en

1. Le département de la coiffure, du costume et du maquillage dans les tournages de films et de séries télévisuelles.

semaine, pour ne pas dire de mois en mois. Et j'espère toujours que personne, à force de frapper fort pour signaler sa présence, ne casse la longue vitre de la porte d'entrée qui m'a coûté une petite fortune.

Allison est entrée en trombe dans la maison. Joyeuse, légère et excitée comme une puce. Elle arrivait tout droit de New York et m'avait rapporté un cadeau. Elle a poursuivi son chemin jusque dans la cuisine, a déposé un sac aux couleurs vives et attaché avec des boudins de rubans. Tellement pressée de me l'offrir, elle a ouvert le paquet elle-même, sans presque me jeter un coup d'œil, ni me dire bonjour.

— Allison..., tentai-je.

— Attends, attends, regarde-moi ça. C'est la nouvelle trouvaille dans la Grosse Pomme.

Elle a alors tendu vers moi une petite enveloppe de tissu coloré qu'on place en général devant soi. Le genre de sac que portent les mamans pour trimballer les poupons. Elle m'en a fait illico la démonstration. Elle a enfilé les attaches dans ses bras et s'est retrouvée avec le sac kangourou sur la poitrine.

La seule chose qui m'est venue à l'esprit a été de lui demander :

— Tu es enceinte ?

— Es-tu folle, je suis trop vieille.

Puis là, je crois qu'elle m'a vraiment regardée.

— T'as pleuré, toi ? Harris ?

— Non, répondis-je la voix enrouée par l'émotion.

— ...

— C'est Bouboulina.

— Quoi ? Bouboulina est malade ? C'est pour elle, le cadeau. C'est la grosse rage à New York. Tout le monde se promène avec son chat dans ce sac. Regarde ! a-t-elle poursuivi sur sa lancée, il y a également le petit chapeau pour la maîtresse. C'est *cute*, non !

Et elle a joint le geste à la parole en enfonçant sur sa tête un bonnet de coton aux couleurs du sac kangourou.

Je la regardais. Elle était tout à fait mignonne avec son ensemble. J'ai seulement dit, presque sans voix, que Bouboulina était morte le matin même et que j'étais sur le point de l'enterrer dans le jardin.

Je n'ai jamais vu un cadeau disparaître aussi vite. Il a repris le chemin de son emballage à la même vitesse qu'il en était sorti, et Allison s'est précipitée vers moi pour me prendre dans ses bras. Ce qui a redémarré mes chutes Niagara personnelles. Et alors que je me calmais un peu, Allison s'y est mise à son tour et pleurait à chaudes larmes.

— Je suis incroyable ! Je débarque avec un présent pour la petite bête... Et la petite bête...

Elle sanglotait comme une enfant. Elle reniflait dans mon cou, se répandait. Ça m'a arrêtée d'un coup. Et c'est moi qui l'ai consolée.

— Voyons, Allison, il est joli, ton cadeau. Je l'apprécie beaucoup. Tu ne pouvais pas savoir. C'est normal que Bouboulina s'en aille. C'était une vieille minoune. Un vieux modèle qui a fait son temps. Ne t'inquiète pas, elle n'a pas trop souffert. Je l'ai tenue tout contre moi pendant vingt-quatre heures. C'est comme si elle s'était endormie dans mes bras.

Je crois qu'à cet instant Allison pleurait également d'autres petites bêtes disparues de sa vie. Des hommes, des amitiés, l'enfant qu'elle n'avait jamais eu. Si le téléphone n'avait pas sonné, nous y serions encore. Deux Madeleine éplorées. Ça nous a fait rire. J'ai empoigné la boîte de mouchoirs en papier, de laquelle on s'est servies allègrement pour éponger notre chagrin, avant de saisir le combiné. Tout en m'essuyant les joues et le nez, j'ai répondu.

C'était Ken. Il parlait très vite et en anglais. Je ne comprenais rien.

Me voyant tenter de m'exprimer dans une langue que je ne possédais pas très bien, Allison a empoigné le téléphone et a tout réglé avec le jardinier.

— Il peut être ici dans une demi-heure. Ça va ?

J'ai connu un instant d'affolement. À partir du moment où Bouboulina se retrouverait en terre, la situation serait définitive. Mais avais-je le choix ? Je n'allais quand même pas la garder dans le congélateur tout l'hiver.

J'ai fait signe à Allison que Ken pouvait venir. Ils ont discuté quelques minutes encore, puis mon amie m'a rejointe au salon où j'avais commencé à tourner en rond. Je sentais que l'enterrer était la meilleure chose à faire. Je suis comme ça, moi, l'attente me tue. Et plus on l'étire, plus j'étouffe. Aussi bien en finir aujourd'hui. Garder Bouboulina au froid dans mon sous-sol ne me la ramènerait pas.

Je suis montée dans ma chambre pour enfiler des vêtements chauds. Ensuite, je n'ai pas eu d'autre choix que de descendre à la cave récupérer le cercueil de carton blanc. Je n'avais pas révélé à Allison l'endroit où j'avais entreposé le corps de ma minette, car je ne désirais absolument pas m'attirer les foudres d'une autre personne. Déjà que Massimo n'y était pas allé avec le dos de la cuillère. Deux colères dans la même heure, ça aurait été trop pour moi.

Ken est arrivé, la mine basse et peu bavard. Il m'a juste demandé si j'avais déjà choisi un endroit. J'ai opiné du chef. Laissant la boîte sur le comptoir de la cuisine, nous sommes allés tous les trois vers le boisé en direction d'un amoncellement de roches blanches et grises. Lorsque je m'étais promenée dans cette forêt, le jour où j'avais pris possession de la maison, j'avais déjà repéré cette tour de roches, et je m'étais dit que ça ferait une jolie pierre tombale pour Bouboulina le moment venu.

Ken a creusé. De toutes ses forces. Il nous assurait que la terre était encore meuble alors que je le voyais suer à grosses gouttes sous l'effort. Allison essayait de blaguer pour alléger l'atmosphère. Elle espérait qu'on ne trouverait pas un squelette sous le petit monument. Elle était convaincue qu'il avait servi à d'autres bêtes. À moins qu'on y découvre les ossements de l'ancêtre des anciens propriétaires. Moi aussi, j'essayais de penser à des histoires comiques, mais la seule vision qui m'apparaissait – et qui m'avait fait mourir de rire en la voyant à la télé – était tirée d'un épisode de la série *Mary Tylor Moore*. Les personnages principaux assistaient à l'enterrement d'un clown, mort écrasé par une *peanut* géante alors qu'il paradait dans les rues de la ville en compagnie d'éléphants. À l'église, Mary et son équipe de publicitaires tentaient de bien se comporter, malgré tout, auprès des gens du cirque effondrés devant le malheur. Tout le monde se retenait de rire, et les secousses de leurs épaules passaient pour des sanglots. À cet instant, cette anecdote ne provoquait chez moi aucun sourire, alors que d'habitude, elle m'arrachait des cris. Cette histoire était tellement absurde. Autant que chaque mort, je présume.

Ken a dit qu'il comprenait ma peine. Quand il avait enterré son chien, il avait chialé pendant des jours. Alors qu'il terminait d'évider la tombe, je suis allée chercher la boîte à la maison. J'ai ouvert le couvercle, caressé le poil de ma minette une dernière fois, et comme elle semblait bien, je l'ai abriée doucement en laissant sa tête libre pour qu'elle n'étouffe pas. Je lui ai envoyé un dernier baiser, j'ai refermé le cercueil en carton, et à la toute dernière minute, j'ai empoigné les rubans rouges qui ornaient le cadeau d'Allison pour attacher la boîte. Pas trop serrée.

C'est de cette façon que j'ai mis ma Bouboulina en terre. Tel un cadeau inestimable.

6

À mon réveil, j'ai senti une présence contre moi. J'ai étendu la main pour atteindre Bouboulina et caresser paresseusement sa tête poilue pour la rassurer, comme à mon habitude. Je n'ai rencontré que le vide.

En étirant mon bras à la recherche de la chatte allongée sur les couvertures, j'ai accroché au passage la monture d'une paire de lunettes. J'avais dû m'endormir avec mes verres sur le nez ou au bout de mes doigts. Cette dernière évocation m'a sortie de ma torpeur.

« Je ne porte pas de lunettes, moi ! » Je me suis assise brusquement dans mon lit pour me retrouver nez à nez avec Harris, qui tentait de calmer ma frayeur tout en replaçant ses lunettes sur son nez.

— Chut, chut ! *Don't worry ! It's me.* Olivia.

L'obscurité remplissait la chambre.

— Il est quelle heure ? marmonnai-je, la voix pâteuse.

— Deux heures de la matin.

J'ai reconnu sa voix douce et son langage truffé d'erreurs de français et perçu une légère haleine d'alcool.

— Hum ! Scotch ? demandai-je.

— *A lot*. Ils boivent fort, les confrères. Je dois accompagner. Ça va ? s'informa-t-il en cherchant mon regard.

Tout m'est revenu d'un coup. Bouboulina, l'enterrement, la peine. Puis, mon amoureux a vu mes yeux noyés, et il m'a pris dans ses bras. Alors qu'il me berçait tendrement, je me laissai aller à cette douceur. Je n'avais pas envie de parler. Harris non plus, semblait-il, puisqu'il avait entrepris de se défaire rapidement de ses vêtements, de façon un peu malhabile, ce qui m'a fait sourire dans la pénombre, et il est venu me rejoindre sous les draps. Il m'a enlevé ma chemise de nuit avec des gestes très lents pour faire durer le plaisir. Ma peau fut parcourue de frissons. Allongé tout contre moi, il a commencé par embrasser mes paupières pour les maintenir fermées. Puis, il a appuyé ses lèvres sur mon front, et sur le bout de mon nez qu'il trouva froid. Il a bécoté mes joues, mon menton, et sa bouche a atterri sur mes lèvres qu'il a attrapées goulûment. J'ai répondu à cette gourmandise. Nos langues entreprirent une conversation sensuelle où les mots étaient inutiles. Harris s'est mis à lécher chaque parcelle de mon cou. Comme s'il lavait ma peau à petites touches ou encore comme l'on déguste un fruit avec d'infimes coups de langue et de dents, histoire d'en grignoter la chair pour prolonger le plaisir. J'éprouvais l'envie de lui rendre ses largesses, mais il m'en a empêché en maintenant mes mains dans les siennes et a continué à me prodiguer ses délices. Je me suis laissée couler dans cette langueur puisqu'il paraissait y tenir et que j'en avais grandement besoin, il faut bien l'avouer.

Je ne sais si les événements de ces derniers jours en étaient la cause, mais Harris agissait comme un félin donnant de l'amour à sa partenaire. Il fit patte de velours sur mes seins jusqu'à ce que leurs pointes se dressent, caressa mon ventre avec les coussins de ses doigts. Il me fixait, les yeux à peine entrouverts. Juste une mince fente où je découvrais dans ses prunelles tout le mystère du monde. Il semblait lointain et si proche à la fois. Sa tête s'est faite câline contre la mienne dans un tendre combat. Il ne me caressait pas, il se caressait à moi. Comme les chats quand ils viennent se coller contre vous. Cette superbe bête s'est lovée contre mon sexe. La queue hérissée de belle façon. On s'est cherchés, on a joué ensemble à s'ébattre dans la nuit. On est tombés à la renverse l'un sur l'autre, à tour de rôle. Il s'étirait, rampait vers moi de nouveau, m'attrapait entre ses bras et me dévisageait sans rien dire. J'aimais à ce moment sa présence silencieuse. L'instant d'après, il se transformait en panthère indépendante et sauvage. Il se montra hardi en mordillant ma nuque, me fit arquer le dos, hérisser les poils des bras, puis griffa ma chute de reins jusqu'à ce que je laisse échapper de petits cris. Enfin, il me prit avidement avec des grognements de satisfaction.

J'avais l'impression qu'avec sa tendresse devenue féroce, il me procurait un peu de joie pour étouffer ma peine. J'étais la Belle, il était la Bête.

C'était un de ces crépuscules où les corps se racontent de belles histoires dignes des contes des *Mille et Une Nuits*. J'ai laissé échapper quelques miaulements éloquents semblables à ceux des chats de gouttière qui manifestent leur plaisir au clair de lune. Nous sommes tombés, épuisés mais ravis. « Fallait-il que l'on s'aime et qu'on aime la vie ! » comme dans la chanson.

L'instant d'après, j'ai entendu mon amant ronronner dans mon cou, puis ronfler carrément. La bête venait d'abdiquer. Je me suis endormie à mon tour en pensant aux peintures des félins de Léonor Fini et à cette phrase tout à fait de circonstance : « Le chat est à nos côtés, le souvenir chaud, poilu, moustachu et ronronnant d'un paradis perdu. »

7

Je me suis éveillée avant Harris et, allongée dans sa chaleur, je l'ai observé. Comme j'aimais cet homme et comme il me le rendait bien. Je n'avais pas accès, pour le moment, à ses yeux verts qui m'avaient tant chavirée, puisqu'il dormait à poings fermés, mais de sa peau émanait une douce lumière, un éclat particulier. J'aurais voulu l'emprisonner entre mes bras et le garder près de moi, mais on n'attache pas un homme de cette trempe. Ce serait la pire erreur à commettre. J'ai connu certains amants qui surveillaient du coin de l'œil la porte qui leur servirait de sortie de secours, aussitôt leur exploit accompli. Je savais que je ne connaîtrais jamais pareil affront avec Harris. Il était droit, fidèle, et bon Dieu, qu'il faisait bien l'amour ! Au début, j'ai mis du temps avant de me laisser prodiguer tant de largesses et tant d'amour. Harris aimait faire l'amour et ne s'en cachait pas. Il prenait son temps, avec toute la sensualité dont il était capable, et variait les plaisirs. J'avais vraiment rencontré l'homme idéal. Je suis descendue à regret, pour me préparer un café et me remettre les idées en place. Je voguais dans la brume. La nuit d'amour annoncée par mon amant avait tenu ses promesses bien au-delà de mes espérances. Mais la fatigue des derniers jours alourdissait mon corps et ma tête. Machinalement, j'ai accompli mon premier geste du matin : ouvrir la porte à Bouboulina qui voulait sortir respirer l'air frais, ou découvrir que la terrasse s'était emplie de neige durant la nuit et décider que cette froidure n'était pas de bon augure pour ses petites pattes fragiles. Un geste ancré dans mes habitudes depuis tant d'années que, ce matin encore, je l'avais refait sans y penser. Pas l'ombre d'un chat ne se faufila entre mes jambes en se frottant et en miaulant de plaisir. Je refermai la porte aussitôt. Puis, me tournant vers l'appareil qui me signalait que mon café était prêt, je croisai du regard l'espace vide où prenaient place auparavant les bols d'eau et de nourriture de Bouboulina. Albert avait dû les enlever, la veille, en toute discrétion.

Je ne sais si c'est l'odeur vivifiante de l'expresso qui a poussé mon homme hors du lit, mais il est venu me rejoindre, gracieusement enveloppé dans son kimono de soie et dans son odeur de sommeil qui me plaisait tant. Il m'embrassa dans les cheveux et me demanda comment j'allais ce matin. Je me collai contre lui pour respirer la vie, avant de le perdre de nouveau pour une période indéterminée. Je le sentais fébrile et déjà ailleurs. Devant du pain grillé et deux grands bols de café, pour éviter le sujet des jours derniers : « chat mort et enterré », il me raconta, avec force détails, le colloque, l'enthousiasme de ses étudiants en littérature, et surtout la présence fort remarquée des deux conférenciers en provenance de Californie, et apparemment dotés de toutes les qualités.

Brillants, allumés, possédant un bagage exceptionnel de connaissances et beaux bonshommes, ce qui attirait les étudiantes éprises de littérature et surtout d'exotisme.

— C'est dommage que tu ne puisses pas les rencontrer.

J'avais beau être assommée de tristesse par la mort de ma chatte, j'étais encore assez lucide pour me rendre compte qu'il me répétait cette phrase au moins pour la troisième fois, mais, en même temps, je percevais qu'il me disait haut et fort de ne pas venir. J'hésitai donc avant de lui répondre qu'il me suffisait de me rendre à Lennoxville avec lui. Il me dévisagea, étonné, puis ajouta que j'avais sûrement mieux à faire, que je devais me reposer. Entre deux bouchées, il ajouta que l'accent des deux Californiens serait sûrement incompréhensible pour moi, sous-entendant par là qu'il ne pourrait tout me traduire et qu'en plus, il ne serait pas vraiment disponible. Ma forte impression s'est vite confirmée : il ne tenait pas du tout à ma présence à ses côtés. J'avais eu droit à une nuit de pacha, mais ça se terminait là.

Je le regardai à la dérobée et me dis qu'il avait bien raison. Qu'irais-je faire là, de toute façon ? Avec des gens que je ne connaissais ni d'Ève ni d'Adam ? Qui s'exprimaient tous dans une langue que je maîtrisais à peine ? J'avais pourtant accompli d'énormes progrès en anglais. Massimo était ravi que je fréquente un anglophone ; d'après lui, c'était la meilleure façon pour moi de parvenir à m'exprimer correctement. Mais Harris était un homme peu bavard. Je comprenais mieux mes interlocuteurs, mais j'aurais eu besoin de converser. Et puis, je ne pouvais pas me présenter devant ses collègues dans mon état actuel. On se demanderait forcément qui était cette chose larmoyante, négligée, totalement perdue dans ses pensées. Tout ce que j'aurais été capable de formuler pour expliquer mon marasme, je l'aurais prononcé la gorge nouée par l'émotion.

— Ne t'inquiète pas, lui affirmai-je, mettant un terme à ma réflexion, tu me feras signe quand tu auras terminé ton *rush* de travail et que tes collègues californiens seront rentrés chez eux.

Il m'a souri, l'air soulagé. Je secouai la tête pour éloigner ces réflexions négatives qui emplissaient soudain mon esprit. Harris était dans le vrai : j'avais franchement besoin de repos. Dans quelques jours, j'irais mieux, et mon amoureux serait de nouveau disponible.

Il en profita pour monter se doucher. Je le suivis et, assise sur le bord de la baignoire, j'assistai à sa toilette. J'adorais le regarder se raser. En général, les hommes détestent ce geste quotidien. Mais moi, j'aimais partager ce cérémonial. Je me rappelle, enfant, avoir insisté pour contempler mon père – le peu de temps qu'il avait partagé notre vie – en train de s'enduire le visage de mousse et, avec la lame bien affûtée de son rasoir, de glisser l'objet tranchant sur sa joue, sous son menton, sous son nez, sans se couper. De toute façon, j'aurais assisté à peu près à tous les gestes de sa vie, tant j'avais envie de sa présence. Ça le faisait rire. Ma mère aurait préféré que je m'intéresse à des choses plus enrichissantes pour mon âge, mais avec le recul, je la soupçonnais de m'empêcher d'embêter mon père, lui si souvent absent de la maison, ou alors, sans oser l'avouer, elle aurait désiré être à ma place.

Aujourd'hui, une fois encore, j'avais besoin d'être avec l'homme de ma vie, tout près de lui. Malheureusement, il ne pouvait être présent. La vie est ainsi faite. On n'est pas toujours disponible pour les gens qu'on aime et qui nous aiment. Comme je l'avais toujours fait jusqu'à ce jour, je me débrouillerais toute seule. Mais ce matin, j'avoue que la situation me pesait.

Harris s'habilla à la hâte et m'embrassa à la volée avant de franchir la porte avec son petit bagage. Il laissait souvent quelques effets personnels à la maison. Sa brosse à dents, son grand kimono de soie, un pyjama, des vêtements de rechange, mais c'est tout. Et des livres aussi, il faut dire. Nous croulions sous les livres dans cette maison. Depuis peu, des ouvrages dans les deux langues.

Je lui envoyai un baiser avec la main et décidai de me recoucher.

Je sombrai dans un profond sommeil sans rêve jusque tard dans l'après-midi.

8

Le lendemain, je me suis de nouveau retrouvée seule. À mon réveil, je m'étais enveloppée dans le kimono de soie de mon amant. Pour conserver un peu de sa chaleur et de son odeur. Malgré les grandes manches si peu pratiques pour effectuer les tâches ménagères, j'ai rangé la vaisselle du petit déjeuner et nettoyé à droite et à gauche, en veillant à ne pas abîmer le précieux tissu. En sirotant un deuxième café, j'ai parcouru d'un œil distrait les journaux de la veille qui traînaient sur le comptoir. En fait, je tournais en rond. Alors, je suis restée assise dans le silence de la maison jaune, habituellement remplie de rires, de babils et de musique. Et de quelques miaulements aussi.

Un trou. Énorme. Il y avait un grand trou dans ma maison. L'air n'était plus le même. J'éprouvais la sensation d'avoir été cambriolée. J'avais beau regarder autour de moi, tout semblait à sa place, mais tout avait changé.

Je pris conscience au fil des heures que Bouboulina ponctuait entièrement mon quotidien. Chacun de mes gestes me ramenait à son absence. Bouboulina faisait partie intégrante de ma vie, depuis longtemps. Elle était la compagne de mes jours et de mes nuits. Elle allait tellement me manquer.

Dans un mouvement brusque, j'arrachai une carte postale épinglée sur le mur de mon bureau. On y voyait un chat roulé en boule qui dormait sur le rebord d'une fenêtre, quelque part sous le soleil de Provence. À l'arrière, on pouvait y lire cette phrase de Jean Cocteau : « Le chat est l'âme visible de la maison. »

Je la chiffonnai et la jetai à la poubelle.

Je pleurai de nouveau un grand coup. Je ne pouvais quand même pas rester prostrée ainsi. Il me fallait sortir de cet état dépressif. Je songeai à téléphoner à Lulu, mais je savais que je me mettrais aussitôt à sangloter au son de sa voix. Et elle aussi. Elle n'avait toujours pas digéré la mort de Cannelle, il y avait de ça trois décennies. Et plus récemment celle de Mousse. Elle était incapable de prononcer son nom sans pleurer. Mais j'avais trop besoin d'elle. Je pris le téléphone et composai le numéro de son bureau. Elle était absente. Je laissai un message en essayant d'avoir l'air enjoué pour ne pas l'affoler. Je connaissais bien ma Lulu, nous n'étions pas amies pour rien. Aussitôt que cette fille sent un brin d'angoisse ou de peine dans la voix de ses amies, elle a déjà la main sur les clés de sa voiture et s'apprête à quitter sa campagne pour aller consoler l'âme en peine.

Décidant de faire un brin de toilette pour me replacer les idées, je montai dans ma chambre. À la vue du lit en bataille, je souris au souvenir de la Belle et la Bête, mon amant et moi. L'intimité qui se dégage des lits défaits m'a toujours émue. Chacun d'eux raconte son histoire. Je ramassai une pince à cheveux qui s'était égarée de mon chignon défait durant notre nuit torride. Je me rendis au lavabo et m'aspergeai le visage d'eau froide. Ce qui me procura un semblant d'énergie. En me regardant dans le miroir, je compris les hésitations de Harris à m'emmener avec lui pour me présenter à ses collègues en tant que femme de sa vie. J'avais les yeux de Dracula, les traits tirés, les cheveux pêle-mêle – il est vrai que ma nuit d'amour n'avait en rien aidé –, le teint sans vie, luisant et plaqué de taches rouges, rappel de mes sanglots répétés, les lèvres gercées et le nez d'un clown de m'être si souvent mouchée. Joli tableau. Je commençai à attacher mes cheveux et à lisser mes sourcils. En m'observant de la sorte, je me suis rappelé une de mes lectures sur l'ancienne Égypte et les chats. Puis le détail que je cherchais me revint à l'esprit. Lorsqu'un chat mourait de mort naturelle, tous les habitants de la maison se coupaient les sourcils. Je n'allais quand même pas me raser les sourcils – que j'avais déjà peu garnis – pour honorer la mort de mon félin préféré. Je devais m'en sortir avec tous mes poils, et en vie. Il me fallait tirer un trait sur cet événement dramatique, surmonter ma peine et passer à autre chose. Cette chatte m'avait donné de l'amour pour plusieurs années à venir. Je n'avais qu'à vivre sur cet avoir. Je me lavai, m'habillai et descendis au salon. Je m'apprêtais à sortir prendre l'air lorsque le téléphone sonna. C'était Lulu. Elle m'appelait de son agence de voyages.

— Saute dans ta voiture et viens me rejoindre. Je prends l'après-midi avec toi. Ça te va ?

— Je… Tu sais que…

— Oui, je suis au courant. Ma pauvre, je sais tellement à quel point c'est dur, ce que tu vis. Je ne t'ai pas rappelée, parce que j'étais à Toronto. Mais maintenant, je suis là pour toi. Tu faisais quoi, là ? Harris est avec toi ?

— Non, il travaille. J'allais marcher pour m'aérer.

— Tu t'en viens à Montréal, on va marcher dans les rues, c'est plus pollué que dans ta campagne, mais tu ne seras pas seule. On ira manger, magasiner. N'importe quoi, mais on sera ensemble. Et je ne veux pas de discussion. Tu viens me rejoindre.

C'était doux comme approche, mais aussi sans appel. Elle est ainsi, mon amie Lulu, et c'est pour ça que je l'aime autant.

— D'accord, j'arrive.

— Parfait, me dit-elle. J'expédie le boulot et je t'attends.

Et elle m'a suppliée d'être prudente sur la route. Depuis un certain temps, j'aime ces formules un peu surprotectrices que prononcent les gens aimants : « Ne tombe pas malade, fais attention en traversant la rue, surtout ne prends pas froid. » Jeune, ces paroles me tombaient sur les nerfs. J'étais une grande fille, et on n'avait pas à me dire quoi faire, j'étais capable de m'occuper de moi toute seule. Maintenant que j'ai atteint la cinquantaine, ces formulations qui se veulent rassurantes me touchent beaucoup. Je sais alors que quelqu'un m'attend quelque part ou s'inquiète pour moi.

9

J'ai donc été prudente sur la route, j'ai mis un foulard autour de mon cou pour bien cacher ma falle et j'ai regardé des deux côtés avant de traverser la rue et de retrouver mon amie Lulu sur le trottoir, en face de son agence. Elle m'a longuement serrée contre elle. Ensuite, nous nous sommes prises par le bras et nous avons marché avant d'aller casser la croûte dans un petit resto bondé de gens, heureux tout comme nous d'être ensemble et au chaud.

On a parlé de chiens et de chats, bien sûr ; d'hommes, et d'amour aussi. Lulu m'a écoutée gentiment répéter et répéter ma peine, et la perte inestimable de cette compagne de vie.

— Tu te rends compte, elle assistait au moindre geste de mon quotidien : manger, boire, dormir, m'asseoir pour lire, pour travailler à l'ordinateur, me doucher, faire une sieste, préparer les repas, lire bouquins et journaux, regarder la télévision. Elle était là, tout le temps. Même lorsque j'allais au petit coin, ma chatte me suivait partout. Elle assistait à tous les mouvements de ma vie.

Je relatais à Lulu toutes les péripéties de la vie de Bouboulina – qu'elle connaissait parfaitement d'ailleurs –, mais elle faisait semblant de les découvrir pour la première fois. Je racontais comment, parfois, elle était simple spectatrice ou partie prenante, voulant m'aider à tout prix ou jouer avec moi. De quelle façon ma chatte s'installait sur mes papiers lorsque je travaillais à la révision des manuscrits, mâchouillant les coins de livres ou les feuilles de journaux, ou encore tirant sur le papier hygiénique pour l'émietter en confettis sur le plancher l'instant d'après.

— Ce qu'on peut être conne avec nos animaux, conclus-je après ce long monologue.

— Pas conne, intervint Lulu. Juste humaine. On fait la même chose avec nos chums, nos bébés, nos maisons. Tu as vécu seule depuis très longtemps avec Bouboulina, c'était elle ta partenaire. Maintenant qu'il y a Harris, ton prochain chat pourrait devenir juste un animal de compagnie et Harris, l'amour de ta vie ? Non ?

— Je ne veux surtout pas d'autre chat pour l'instant, et Harris, pour être mon compagnon de vie, encore faudrait-il qu'il soit libre.

— Qu'est-ce que tu veux dire ? s'inquiéta Lulu. Il est... encore marié ?

— Non. De ce côté-là, c'est réglé. Mais sa profession l'accapare beaucoup.

— Toi aussi, rétorqua-t-elle.

— Non. Pas comme Harris. J'ai décidé que l'amitié, c'était important, et les rencontres, et les soupers, et les maisons, et les jardins... pas seulement le travail.

— Sait-il tout ça ? me questionna Lulu le plus sérieusement du monde.

— Euh… Oui, je pense.

— Tu lui as demandé de vivre avec toi ?

— Non. Lui non plus, d'ailleurs. Lulu, ça marche super bien entre nous ainsi. Pourquoi changer une formule gagnante ? Si on décidait de vivre ensemble, soit il quitte Lennoxville et sa carrière de prof de littérature anglaise, ce qui n'est absolument pas envisageable, soit c'est moi qui quitterais mon village et ma maison jaune et mes amis pour m'expatrier dans une ville anglaise parce que je peux travailler n'importe où.

— Oui, dit-elle, vu sous cet angle, vous avez le meilleur des deux mondes.

— Comme tu dis.

— Sais-tu que je t'envie ?

Je la regardai, avec des yeux étonnés, par-dessus ma tasse de thé.

— J'aimerais ça parfois qu'Armand fasse de l'air. Il est toujours collé à la maison, son atelier d'ébéniste est situé la porte à côté. Des fois, c'est étouffant.

J'ai souri à l'évocation de Lulu. Quand les hommes de nos vies ne sont pas assez présents, nous nous ennuyons, et quand ils sont toujours là, la vie de couple nous pèse, et nous rêvons de solitude. Jamais contentes, les filles ?

Lulu a tenu à m'inviter pour ce lunch éclair et a décidé qu'elle m'entraînait avec elle dans les boutiques.

— Comme a dit Joan Rivers : « La seule possibilité pour une femme d'avoir un véritable orgasme, c'est de faire du shopping ! »

L'air frisquet de novembre remontait allègrement sous nos manteaux et nous poussait à entrer dans chaque magasin. On a acheté des livres, une babiole pour la cuisine, quelques torchons dont on n'avait sûrement pas besoin, pour finalement atterrir devant une vitrine de maillots de bain.

— Il m'en faudrait un nouveau, déclara Lulu. Je viens ici depuis des semaines, et je tourne les talons juste à l'idée d'avoir à en essayer.

Armand et elle s'en vont dans le Sud pour Noël, et Lulu veut être au mieux de sa forme. Elle a sauté sur l'occasion pour me traîner de force à l'intérieur du magasin. Je ne connais pas une fille qui aime acheter un maillot de bain. À deux, parfois, c'est mieux. Parfois.

Dur, dur de se retrouver en partie à poil dans ces salles d'essayage à l'éclairage au néon, avec notre teint blafard de novembre, nos jambes pas toujours fraîchement rasées et notre peur terrible de ne pas réussir à entrer dans un seul maillot.

Je l'ai encouragée autant que j'ai pu, je lui ai dit et redit que non, elle n'avait pas engraissé, que oui, elle était encore un pétard, que peut-être le noir amincissait et que jamais, au grand jamais, elle n'avait l'air d'une « matante » dans le maillot qu'elle a fini par acheter.

Elle a également réussi à me faire rire. Il aurait fallu nous voir toutes les deux coincées dans la cabine d'essayage en train d'envoyer par-dessus la porte tous les maillots immettables à la vendeuse qui demandait d'une voix monocorde et de plus en plus impatiente : « Puis, celui-là, est-ce qu'il va ? » Assez difficile d'expliquer à une jeune vendeuse maigre comme un clou, sans fesses ni seins, qui du haut de sa jeune vingtaine affiche haut et fort la perfection sur terre, qu'on peut encore porter le bikini à nos âges, mais que nous, on n'a pas envie de se déguiser en jeune femme alors qu'on ne l'est plus ; que le deux-pièces avec jupette plissée, c'est hors de question, que les gros motifs, les filles aux poitrines généreuses ne veulent surtout pas en rajouter, car c'est assez garni du côté du balcon, et que les rayures très larges, ça ne fait pas qu'allonger, ça peut aussi donner un effet « deux par quatre » pas vraiment recherché. Et que tous les autres maillots avec accessoires dorés, fanfreluches et autres bébelles du même genre, même si c'est « trrrès tendance », nous, on haït ça. Ça fait fille parvenue ou entretenue. Très peu pour nous. Nous sommes sorties de la cabine avec un maillot noir en tous points semblable à celui que Lulu possède déjà. Et bien sûr, c'était le plus cher de tout le lot – au bas mot, elle en avait essayé une cinquantaine. Je lui en ai fait la remarque.

— Je sais, mais contrairement au vieux délavé qui n'a plus d'élasticité, celui-là a l'avantage d'être neuf et de faire son travail de remontant.

J'étais fatiguée comme c'est pas permis. Et ce n'était même pas moi qui avais enfilé les maillots. J'ai seulement donné mon opinion. Je crois qu'on devrait mettre au programme des Jeux olympiques ce sport féminin. Il faut un sérieux entraînement, être déterminée et ne pas avoir peur du ridicule ni des défis. Et heureusement, dans la compétition, il est plus important de participer que de gagner ! Je ne connais aucune fille satisfaite de son poids, de sa taille, de sa peau, de ses cheveux, de son corps. Seules les trop maigres et les trop enveloppées passent ce sujet sous silence. Elles ont peur de l'aborder parce qu'il est de taille ! Les autres font des drames avec des petits boutons de rien du tout, de la peau sèche, des poils rebelles, des hanches rebondies, des ventres proéminents, des genoux cagneux. Y a-t-il un âge où on est satisfaite ? Tout ça pour plaire à l'être aimé.

— Et si on tentait de se plaire à soi d'abord ? proposai-je à Lulu. Tu es une fille fantastique, tu as des yeux magnifiques, tu es talentueuse, amusante. C'est pas mal, non ? Il me semble qu'on devrait s'en contenter, au lieu de toujours s'inquiéter ? On n'a pas mal réussi nos vies.

— Oui, oui, c'est vrai, répliqua Lulu. Mais alors qu'on parvient à l'âge de la sagesse et qu'on pourrait mettre ce fameux chapitre de côté, notre corps nous laisse tomber. Et on s'affole deux fois plus. Je n'ai pas envie d'entrer en compétition avec les autres filles sur la plage.

— Mais tu seras en compétition avec les autres filles si tu le vis de cette façon. C'est toi qui vois ça comme ça.

— Non. C'est mon chum. Comme tous les autres gars, si on a l'air de vieilles mémères, ils s'en iront en courant vers d'autres femmes plus jolies, plus parfaites et plus jeunes.

— Bien, ils sont cons. Tant pis pour eux.

— Tu n'as pas ce problème, toi ?

— De moins en moins. J'ai bien quelques petites rechutes. C'est vrai que Harris m'aide beaucoup dans ce sens. Je me sentirais surtout en compétition avec ses collègues intellos. Alors, au lieu de me surveiller sous toutes les coutures, comme avant, j'essaie de faire de moi une fille formidable et terriblement intelligente.

— Hum ! On ne s'en sort pas. J'aimerais bien qu'Armand soit comme Harris.

— Mais Armand a de fabuleuses qualités et il est toujours là tandis que Harris est un homme à temps partiel.

Lulu s'est arrêtée pile.

— Tu connais l'expression *time shearing*. Dans le monde du voyage, il signifie qu'on partage une location d'appart ou de maison pour des périodes indéterminées. Ça te dirait de me louer Harris de temps en temps !

— Jamais en cent ans ! Harris, je le cherche depuis si longtemps... Je sais qu'il est pour moi, et je ne le partage pas.

— Une fille s'essaie ! me dit-elle en riant.

À présent de bonne humeur, nous sommes arrivées devant la caisse où la jeune vendeuse préparait la facture. Elle a jeté un coup d'œil au maillot avec un air de dédain.

— Vous l'avez essayé au moins ?

Je pensais que Lulu allait la foudroyer sur place.

— Non, répondit-elle. Juste semblant pour me faire suer un peu.

— Moi, si j'étais vous... Je n'aurais pas pris celui-là.

— Mais fort heureusement, je ne suis pas vous, et vous n'êtes pas moi, rétorqua Lulu.

Je ne sais pas ce qui m'a pris, mais cette pimbêche me tombait royalement sur les nerfs.

— Au fait, lui dis-je, ne vous inquiétez pas, il y a une solution à votre problème.

— Quoi ! Quel problème ? répliqua sur un ton de grande inquiétude la jeune femme aux allures d'ado attardée, qui se dandinait de l'autre côté du comptoir.

— Le jeune âge. Et sur la terre, c'est à peu près la seule chose juste. Tout le monde en guérit. Ce n'est qu'une question d'années. Et ça vient beaucoup plus vite qu'on ne le croit.

Je lui ai lancé un gros clin d'œil, j'ai attrapé le sac avec le maillot et le bras de Lulu, et nous nous sommes dirigées vers la sortie en pouffant comme deux fillettes qui venaient de jouer un mauvais tour.

— C'est génial ! s'exclama Lulu. Encore quelques années et on finira comme deux vieilles dames indignes. J'en ai toujours rêvé.

On a gambadé sur le trottoir en exécutant un petit pas dansant et en riant aux éclats.

10

J'étais de retour dans ma campagne. L'intermède avec Lulu m'avait fait le plus grand bien. Par les grandes fenêtres donnant sur la terrasse, je vis que la neige avait commencé à tomber. De gros flocons moelleux. Je songeai à la mort de ma mère et à ces mêmes flocons qui m'avaient apaisée lors de son enterrement. Toute cette douceur qui s'était posée au ralenti sur ma tête et mes épaules avait calmé presque d'un coup mon chagrin. Comme une tendre caresse réconfortante. Je me sentais en paix avec ce deuil. J'enfilai un manteau chaud, mes bottes de sept lieues, enfonçai un bonnet jusqu'aux yeux et sortis prendre l'air. Je respirais à pleins poumons, laissant la nature accomplir son travail consolateur, tout en admirant mon modeste domaine qui s'étendait jusqu'à l'étang du village. Maintenant que les arbres avaient perdu leurs feuilles, je pouvais voir loin. Et apercevoir aussi la minuscule tombe de Bouboulina et son monument de pierres dans le boisé. De nouveau, ma poitrine se serra. Ça prendrait un certain temps avant qu'il ne s'éloigne, ce chagrin. Je bougeai un peu pour ne pas m'engourdir. Le froid était là pour durer. Je regardai aux alentours à la recherche du parterre fleuri, de la longue table de pique-nique, des repas festifs, des lampions qui n'en finissaient plus de danser dans la nuit, de la piscine bleue éclaboussant de plaisir. Je revis la belle saison qui avait été si joyeuse dans la maison jaune. Et je me demandais si le bonheur s'était enfui à toutes jambes avec l'arrivée de l'automne. S'il m'avait déserté à tout jamais. Je me rappelais le ravissement des jours d'été alors que le bonheur était parmi nous, et en nous.

DEUXIÈME PARTIE

Le bonheur est dans l'été

Six mois plus tôt

11

Il faut dire que l'été avait été formidable. Splendide. Du jamais vu, au dire des gens de la région. Autant mon premier hiver dans les Cantons avait été saupoudré de neige en permanence, autant les cieux s'étaient faits radieux aussitôt la belle saison mise en place. Et c'est durant l'été et surtout au printemps que j'ai connu l'ampleur des travaux extérieurs. Lorsque je rêvais de cette propriété, « je me voyais déjà », chapeau de paille sur la tête, cisailles à la main et panier sous le bras pour aller cueillir, au jardin, les récoltes légumières, fruitières et fleuries. Il en est tout autrement. Encore faut-il les mettre en terre, ces bulbes, ces vivaces, ces annuelles. Encore faut-il biner, désherber, éclaircir. Il faut plonger les mains en pleine terre pour comprendre la corvée que représentent ces activités. Lorsque je rencontrais des propriétaires terriens – avant l'achat de ma maison –, ils me disaient tous, un long soupir dans la voix, à quel point c'était du gros travail, « de l'entretien en permanence, ma chère dame. Vous voulez vraiment vous embarquer là-dedans ? ». « Certainement », que je leur répondais avec enthousiasme en les jugeant désabusés ou trop fatigués pour accomplir une telle tâche. Aujourd'hui, je fais amende honorable. Faut y avoir goûté pour comprendre vraiment de quoi il s'agit.

Le printemps surtout. Parce qu'un été ça se prépare. Et longtemps d'avance. On a rêvé tout l'hiver à la manière d'améliorer le jardin, le terrain, et on trépigne d'impatience. J'ai passé les longues soirées froides à coudre les rideaux des chambres. Non pas que les fenêtres nécessitaient absolument une certaine intimité, je n'ai aucun voisin qui peut lorgner chez moi, mais habiller les fenêtres, comme on dit, est toujours agréable. Du lin presque partout. Tissu noble s'il en est, selon Massimo, mais qui requiert des soins particuliers. Le repassage, entre autres. Mais j'adore faire glisser le fer sur le tissu fraîchement lavé et séché, aspergé de quelques jets d'eau parfumée.

— Comment tu peux aimer repasser ? me demanda Lulu, venue à la maison partager des « travaux de dames » avec moi, en cet après-midi de printemps, puisque dehors il pleuvait des cordes et qu'aucune de nous deux ne pouvait avancer les travaux d'aménagement paysager dans nos campagnes respectives.

— J'ai bien d'autres chats à fouetter que de perdre mon temps à défriper un vêtement qui aura l'air d'un lit défait dix minutes après l'avoir enfilé.

— J'adore ça, moi. Ça me vient de mes années de pensionnat. Pour m'obliger à rester tranquille...

— Mon Dieu ! Qu'est-ce qu'ils avaient bien pu trouver pour arrêter Olivia Lamoureux !

— Les surplis, répondis-je.

— Quoi ? Les surplis ? Les tuniques blanches à plis ?

Je lui ai raconté mon jumelage avec la sœur économe dont la tâche consistait à fabriquer les surplis des prêtres de la paroisse. Pensionnaire, j'avais beaucoup de temps libre à remplir « sainement » entre les heures de classe, et comme les bonnes sœurs me disaient « possédée du démon », parce que je parlais et bougeais sans arrêt...

Lulu me coupa dans mon élan.

— Ça n'a pas trop changé.

— Tu trouves que je suis encore sous l'influence du démon ? lui lançai-je à la blague.

— Non ! Tu n'es pas « arrêtable ». C'est tout à fait pour toi, cette maison. Mais depuis le début, je persiste et je signe : ce projet, c'est trop !

Il est vrai que seule Lulu avait émis des objections majeures, car je lui avais demandé de me prévenir des dangers inhérents à cet achat, puisqu'elle avait acquis une grande propriété à la campagne, bien avant que je ne pense moi-même à le faire. Elle n'y avait pas été de main morte, même si c'était pour mon bien, disait-elle. On avait d'ailleurs failli se brouiller à jamais. Heureusement pour nous deux, notre amitié était solidement ancrée depuis des années. Cette fois-ci, je jouai de prudence et l'encourageai à aller au bout de sa pensée.

— Trop ?

— Oui, trop. Trop grand, trop de travail, trop ambitieux.

— Trop cher, rajoutai-je.

— Oui, opina Lulu, mais ça, c'est un autre chapitre.

— Lequel d'après toi ?

— Le chapitre du-million-gagné-à-la-loto ou celui du-*sugar-daddy*-millionnaire-qui-règlerait-tous-nos-problèmes-financiers-mais-dont-on-ne-veut-absolument-pas-parce-qu'on-est-des-grandes-filles-débrouillardes.

— Tu trouves qu'on est folles de se passer de ça ?

— Encore faut-il le dénicher, ce cher homme ; encore faut-il, ajouta-t-elle, qu'il veuille de nous. Nous ne sommes plus de la chair fraîche, je te signale, ma belle Olivia.

— Ni le dernier modèle à la mode. Tu as du temps, toi, à consacrer aux séances régulières d'épilation jambes-aisselles-bikini...

— Tu oublies la lèvre supérieure.

— Oui, bon.

Nous nous lançâmes la balle à tour de rôle pour compléter le tableau des traitements d'entretien de la femme qui désire être à son avantage et plaire pour dénicher le gros lot. Je démarrai le jeu.

— Le blanchiment des taches de vieillesse sur le visage et les mains. Le ravalement de la façade : visage, seins, abdomen.

— L'entretien de la cellulite, le régime alimentaire, l'entraînement physique et, si les dommages persistent, la liposuccion.

— L'ongle parfaitement manucuré, la teinture des cheveux, impeccable ; le talon lisse, le pied doux et l'orteil poli.

— Oh ! j'oubliais, dit Lulu, le blanchiment des dents et, de préférence, au moment où le partenaire ne s'en rendra pas compte.

Et elle se mit à imiter la fille qui essaie de parler avec l'appareil de plastique dans la bouche. Après avoir bien ri de cette caricature, on découvrit encore d'autres subterfuges indispensables pour la femme parfaite.

— Le botox pour la ride apparente.

— Le collagène pour gonfler la lèvre.

— Le sablage du corps.

— Les séances de bronzage.

— Ou l'autobronzant.

— La coupe de cheveux mensuelle.

— La garde-robe à la mode.

— Et... Et...

J'avais l'impression qu'on avait terminé.

— Tu fais tout ça, toi ? demandai-je, soudain inquiète, à Lulu.

— Es-tu folle ? À ce chapitre, je saute bien des pages.

On s'est regardées et on a répété en chœur, en imitant un personnage de Michel Tremblay dans la pièce *Les Belles-Sœurs*, qu'on avait vue ensemble, cette phrase devenue notre slogan et qu'on utilisait à la manière d'un mantra : j'ai-pas-l'temps.

— Faut savoir briller également.

— Sans oublier qu'il faut savoir jouer au tennis, ajouta Lulu.

— Être championne de golf.

— De bridge ou de planche à voile.

— Parfaite maîtresse de maison.

— Bombe sexuelle au lit.

— Infirmière de jour et de nuit.

— Psychologue en tout temps.

— Cordon-bleu.

— Savoir décorer.

— Recevoir, envoyer des fleurs.

— Créer des bouquets somptueux. Régler les factures.

— Répondre aux invitations, acheter les cadeaux pour l'hôtesse.

— Penser aux anniversaires.

— Préparer les valises. Organiser les vacances, ajoutai-je à bout de souffle. Ne jamais être malade, ni fatiguée ni dépressive.

— Savoir repasser. On l'avait oubliée celle-là. Tu vois, Olivia, tu as déjà un atout. Moi, c'est au-dessus de mes forces. Je n'ai rien des Martha Stewart de ce monde.

— Je me demande où elles trouvent le temps… et surtout l'énergie, répondis-je d'un même souffle à ma propre question.

— Ça doit être pour cette raison que Martha Stewart a si bien pris son arrestation. Elle en a profité pour se reposer en prison.

— Pas sûre !

Encore une fois, nous avions lancé une remarque à l'unisson.

On a rigolé comme à l'accoutumée. J'adorais cette fille et l'amitié entre nous. Nous étions l'une pour l'autre si simples et si réconfortantes.

— Dire que dans le jargon, on appelle ces dames qui n'ont pas de métier des « femmes entretenues ». Je ne sais pas qui entretient qui, mais les femmes en font un max, ça, c'est sûr, renchéris-je.

À l'évocation de cette dénomination, on a réfléchi et conclu qu'on avait le meilleur des deux mondes. Financièrement autonomes, et libres de s'occuper d'une maison.

— Et alors, tes bonnes sœurs et tes surplis ? reprit Lulu.

— Bien, c'est ça. Pour m'occuper afin que je ne fasse pas de mauvais coups ou que je n'aie pas de mauvaises pensées, la sœur économe m'amenait avec elle dans le réfectoire des sœurs. Lieu sacré s'il en est. On se plaçait de chaque côté de la longue table de bois. Au préalable, on avait empesé un immense morceau de tissu qu'on avait placé sur la surface en bois, lisse. Puis on prenait chacune une règle – on disait une verge à l'époque, et ça me faisait rire comme une idiote – et à l'aide d'un crayon rouge, on marquait chaque pouce d'un petit point. On se rendait ainsi jusqu'au bout du tissu. On revenait ensuite à notre point de départ, et on piquait l'aiguille et le fil rouge à chaque point tracé, une fois à l'endroit, une fois à l'envers.

— Je serais devenue folle !

— Eh bien, dans mon cas, ça a marché. Ça me calmait. La bonne sœur chantait. Moi, je me concentrais. J'aimais l'odeur du tissu, celle de l'empois, la vapeur du fer chaud. On devait travailler à l'unisson pour être parfaitement en vis-à-vis. Ensuite, on passait le fer brûlant sur les plis qu'on avait créés. Une fois les fils rouges enlevés, on obtenait la base d'un surplis.

Tout en faufilant la bordure d'un rideau, je me demandais à quoi la petite Olivia de cette époque pouvait bien rêver. Sûrement pas à devenir religieuse. À me marier et à avoir des enfants ? À avoir un métier ? Je sondai ma mémoire pour y trouver des réponses du passé. Mais rien ne vint. Je suppose qu'à cet âge je ne songeais qu'à jouer, à rire et à m'amuser de tout et de rien. Et j'étais à mille lieues de toutes les angoisses inhérentes aux choses de l'amour. Comme cette jeune fille à la perle du tableau de Vermeer qui découvre les choses et les êtres, j'étais convaincue que ma vie se déroulerait tout aussi calmement. Mais la vie m'apprendrait qu'elle ne coule pas comme un long fleuve tranquille, et que l'amour, c'est tout sauf simple.

Lulu et moi avons passé quelques beaux après-midi de la sorte. À papoter. À jouer les dames d'une autre époque maniant l'aiguille et la langue avec habileté, tout en rêvant d'avoir du temps et de l'énergie pour tout réaliser. Ainsi, nous avons confectionné coussins, rideaux et housses de couette. Lulu n'aimait absolument pas les travaux d'aiguille, mais elle me permettait d'éviter des dépenses inutiles. D'après elle, je n'y arriverais jamais, côté financier. L'héritage de Simone avait servi de base pour l'achat de la maison jaune, à présent, il fallait amener de l'eau au moulin pour assurer son bon fonctionnement. Elle n'avait pas tort… avec ce qui me pendait au bout du nez.

12

— Comptes-tu vraiment garder ton vestibule tel qu'il est ?

— De quoi veux-tu parler ? demandai-je à Henri, tout en le suivant dans le couloir de l'entrée.

Henri, mon bel ami Henri, était passé un jour de printemps, en coup de vent, pour me dire bonjour et, semble-t-il, me compliquer un peu l'existence.

— Ça fait vraiment drôle d'arriver dans ta maison et de tomber nez à nez avec la laveuse et la sécheuse.

— Je sais, lui répondis-je, mais où veux-tu que je les mette ? Il n'y a pas d'autre place.

J'avais oublié qu'avec Henri, il existe toujours une solution.

Henri. Toujours aussi beau, toujours aussi gentil, toujours aussi joyeux. Et toujours aussi gay, mais qui adore foncièrement les femmes et qui le leur manifeste de belle façon. À son arrivée, j'ai toujours droit à l'étreinte de ses bras. Il me fait tourner dans les airs jusqu'à ce que je réclame à hauts cris un retour sur le plancher des vaches. Je le soupçonne d'avoir agi ainsi avec sa mère et ses sœurs. Il devait être le genre de garçon à coller dans les jupes de sa maman, non pour réclamer de la protection, mais bien pour appartenir à l'univers des femmes. Je l'imagine tirant sur la boucle de son tablier pour qu'il tombe, et qu'elle rie. Je le vois chiper des retailles de pâte à tarte et se sauver en riant parce que sa mère le pourchassait avec un torchon, elle s'amusant aussi mais en le cachant bien. Il me faudrait le lui demander. Mais je vais attendre encore un peu. Il a perdu sa maman l'année dernière. Ses amis et moi, on a cru un temps qu'il ne s'en remettrait pas, mais aujourd'hui, il rit et il est content. C'est toujours un tel plaisir de le voir. Les cheveux perpétuellement en bataille – on dirait de la mousse – et ses petites lunettes qui lui font les yeux doux, cet homme arrive souvent à l'improviste, juste pour un instant, mais parfois il s'éternise... Je peux alors jouir de sa présence. Il n'était pas venu depuis belle lurette. Il rentrait des États-Unis, de l'Utah pour être plus précise, où il avait effectué des recherches en vue du tournage d'un documentaire avec un groupe de producteurs mormons. Ce jour de printemps encore un peu frisquet, il portait déjà des shorts – toujours le premier à les enfiler et le dernier à les enlever – et un chandail jaune pissenlit. J'aime sa façon de s'habiller. Trois ou quatre pelures, l'une sur l'autre. Camisole, tee-shirt et épais chandail de couleur éclatante. Mais cuisses à l'air, bas de laine et bottes de marche. En grande forme, il était heureux de prendre un verre de vin avec moi.

— C'est bon ! C'est bon ! C'est bon !

— Henri ! On dirait que tu n'as pas bu depuis une éternité ?

— Régime sec depuis trois semaines.

— Comment ça, tu veux arrêter de boire ?

— Non, non. Les mormons n'ont pas le droit de boire d'alcool. J'ai pris une bière un soir en leur présence, mais j'ai bien senti leur malaise. Les soirées ont été bien tranquilles... Mon beau petit Thomas m'a drôlement manqué.

— T'arrives directement de là ?

— Hum ! Hum ! fit-il, le nez dans son verre, retrouvant un plaisir perdu.

— T'es allé là en voiture ?

— Non, en avion. J'avais garé ma voiture à Burlington. Et tes Cantons sont vraiment sur mon chemin.

C'est vrai que la frontière n'est pas très loin de mon village. Et pour une fois que je l'avais à la maison, je n'allais pas le laisser partir.

On a parlé de tout et de rien. De la vie qui passe trop vite. Des travaux qu'il souhaitait exécuter dans sa maison, mais qu'il remettait toujours, de ses nombreux amis qui réclamaient son expertise, ses conseils et son talent, ce qui le monopolisait en permanence. Je me retins cette fois-là de l'accaparer à mon tour, lui qui m'avait déjà fort généreusement aidé lors de l'installation et des réparations de la maison jaune. Et j'espérais qu'il avait déjà oublié son inquiétude de décorateur face à mon vestibule qu'il jugeait épouvantable. Ce genre d'interrogation appelle des délais qui s'étirent, des ennuis de toutes sortes, et beaucoup plus d'argent que prévu. Ayant l'impression de sortir tout juste de ce guet-apens, je n'avais vraiment pas envie d'y retomber. Pour l'instant, Henri et moi savourions un vin délicieux.

Une fois la majeure partie des travaux exécutés – y compris la cuisine avec la fameuse installation du poêle au gaz et des tomettes qui, finalement, n'en étaient pas –, on avait placé la laveuse et la sécheuse dans le couloir donnant sur l'entrée de service, là où les anciens propriétaires avaient installé les leurs. Les conduits d'eau étant déjà là, cela facilitait les choses.

— Mais c'est dans l'entrée, me répéta Henri. Ça fait bizarre, tu ne trouves pas ?

Je tentai de me défendre.

— En principe, les gens ne sont pas censés emprunter cette porte. Il y a l'entrée principale, mais personne n'y pense. Ils sortent de leur voiture et sonnent à la première porte qu'ils voient.

Je rectifiai.

— Enfin, ils cognent, je n'ai toujours pas de sonnette.

— Pourquoi ?

— *Another story*. Parce que l'électricien n'a jamais le temps. Il promet de venir les installer, mais il remet ça, car il a des urgences majeures. Et des sonnettes, ce n'est pas très important. Pour lui.

Henri fit le tour de l'espace, restreint il est vrai. Je fus obligée d'admettre, aussi, que l'emplacement n'était pas des plus efficaces.

— L'eau gèle sans arrêt en hiver. Je dois souvent attendre que le soleil ait suffisamment chauffé les tuyaux pour les dégeler. Laver le matin, c'est impensable.

— Voyons, Olivia. C'est ridicule.

— Peut-être, mais je ne suis toujours pas pour les placer dans mon bureau ou dans le salon.

— Non…, ajouta-t-il. Suis-moi.

Nous avons fait le tour de la maison. Ensemble, notre verre de vin à la main. Au passage, j'eus droit à quelques compliments sur les rideaux, coussins et jetés cousus de mes blanches mains. Puis il s'exclama :

— Olivia ? Tiens-tu réellement à conserver ce lavabo ?

Nous étions revenus au rez-de-chaussée, dans la petite salle de toilettes attenante au salon et à la salle à manger. Tout en me posant cette question, il lissait de sa main la surface abîmée du lavabo de porcelaine et celle du comptoir en marbre striée de plusieurs brisures. Ce meuble, inclus lors de la vente de la maison, m'avait bien arrangée lors de mon arrivée, et je m'étais dit que j'arriverais peut-être à le réparer, un jour...

— Pourquoi me demandes-tu ça ?

— S'il était impeccable, je te forcerais à garder cette antiquité, mais là... Va me chercher un ruban à mesurer.

Quand Henri me donnait cet ordre, je savais qu'on s'embarquait dans une nouvelle aventure de rénovation. Nous en étions à la deuxième saison d'une même série, et j'espérais ne pas revivre les épisodes précédents où le personnage principal, en l'occurrence moi, se retrouvait dans la poussière, en plein branle-bas de combat, avec les ouvriers et aussi le banquier, qui l'appelait tous les jours pour réclamer son argent. Tout en maugréant sur ce qui m'attendait, je partis aussitôt récupérer l'instrument en question, que je gardais à portée de main depuis presque un an déjà, vu son usage fréquent. Henri entreprit de mesurer l'espace occupé par le lavabo et se précipita vers les appareils électriques pour effectuer la même opération, qu'il refit deux fois. On n'est jamais trop prudent. Il sortit sa fameuse tablette rangée en permanence dans sa serviette en cuir et un crayon à mine, puis se mit à dessiner un croquis, bien installé sur la cuvette. Sans un mot, j'assistai à sa réflexion sur papier. Je savais que ça ne marcherait pas. Il tenait à faire cet exercice, alors pourquoi le contredire ? Lorsqu'il eut terminé, il se leva d'un bond et entreprit de m'expliquer de quoi il retournait.

— Ça va être serré, mais ça peut marcher. Un : tu enlèves le lavabo et le meuble.

— J'en fais quoi ? lançai-je.

— Vente-débarras. Tu peux toujours t'essayer chez un antiquaire, mais tu perds ton temps. Il est trop abîmé, et ça te coûterait trop cher de le faire réparer.

Tout en l'écoutant, je visualisais déjà le bric-à-brac entreposé dans le garage en attente d'une vente possible. En pensée, j'y ajoutai le meuble-lavabo. Avec Albert et François, on avait planifié une immense vente-débarras, entre amis. L'événement n'avait pas encore eu lieu, faute de temps. Henri calcula la distance entre la cuvette et la porte, et poursuivit ses explications.

— Deux : tu pourrais changer la cuvette de place et la mettre sous la fenêtre, à l'emplacement du lavabo actuel, mais pour ça tu devras changer la porte de place...

Il continua sur sa lancée avant même que j'ouvre la bouche pour protester.

— Oui, je sais, on a déjà changé la porte d'endroit, tu n'as pas envie de recommencer. O.K. O.K. On garde la toilette à sa place, et on installe la laveuse et la sécheuse en face. Il y a assez d'espace quand on trône.

Il joignit le geste à la parole tout en s'asseyant de nouveau sur le couvercle de la cuvette.

— Pour l'instant, elle est grande pour rien, cette pièce. La laveuse et la sécheuse rentrent juste, juste. Mais ça rentre. Et comme les deux portes ouvrent vers l'avant...

Il partit aussitôt calculer l'espace obligatoire pour ouvrir les portes des deux appareils, puis revint, le sourire aux lèvres. Tout ce temps-là, je suivais pas à pas ses allées et venues. Ça fonctionnait à merveille.

— Comme papa dans maman, ajouta-t-il en riant.

Nous restâmes tous les deux à imaginer la nouvelle installation. Henri était convaincant, et je laissais tranquillement l'idée faire son chemin, puisque, selon mon ami décorateur, ces travaux seraient de tout repos. Puis je le regardai, un peu déçue, car son plan m'avait paru excellent jusque-là.

— Le lavabo ? On le met où, le lavabo ?

Il ne se laissa pas démonter. J'étais tout de même inquiète car, dans cette salle de bain, si grande fût-elle, il ne restait plus aucun espace disponible, et des toilettes sans lavabo, ça n'est pas l'idéal.

— Ici.

Il me désigna un minuscule emplacement entre le cadre de la porte et le lieu où accoterait la porte de la sécheuse, une fois ouverte.

— C'est petit, lui rétorquai-je.

— Mais des petits lavabos, ça existe. Quand tu utilises cette pièce...

— C'est surtout pour la visite, expliquai-je.

— C'est ça, ils ne viennent pas se laver, mais se rincer les mains.

Son plan étant si logique, je me demandais comment on avait pu passer à côté de cette possibilité. Henri poursuivait l'élaboration de la décoration.

— Tu récupères ta grande planche de l'entrée, tu la places sur les appareils, tu ajoutes des rideaux en dessous pour les camoufler, et ni vu ni connu.

Tout était bien beau sur papier, cependant, au bénéfice de mon ami, j'ajoutai ces quelques détails qui avaient, somme toute, une certaine importance.

— Oui, faut aussi changer la plomberie de place pour la laveuse et le futur lavabo – que je ne suis pas sûre de dénicher –, et passer un fil pour le gaz.

— Oh ! Oui, c'est vrai, tu as une sécheuse au gaz.

— Je ne peux pas croire que je vais devoir faire revenir le gars qui a tant ri de moi lors de l'installation.

— À cet endroit-là, au moins, tu n'auras pas de problème de plomberie. Les tuyaux donneront sur un mur extérieur, mais il n'y a pas de vent de ce côté de la maison.

Il avait raison, mais je ne montrais pas beaucoup d'enthousiasme.

— Qu'est-ce qui te tracasse, Olivia ?

— Les travaux. Il me semble que le plus salissant est enfin terminé. Je n'ai pas envie de recommencer. J'ai la sensation que je suis là-dedans depuis mille ans.

Henri a essayé de me persuader que ce n'était rien. Dans sa vision de décorateur, le tableau paraissait tout simple, mais pas dans la mienne.

Je tentai de suivre en pensée le déroulement des travaux, et j'en fis part à Henri, qui m'écouta sagement.

— Il va falloir des gars forts, de type déménageurs, pour enlever et déplacer le meuble-lavabo et le déposer dans le garage. Puis les faire revenir pour changer de place la laveuse et la sécheuse. Pas une mince affaire. Je devrais appeler, rappeler, rappeler encore et encore, et surtout attendre jusqu'à plus de patience après le plombier, l'électricien et le gars du gaz pour les nouveaux branchements et les nouvelles installations. Il me faudrait aussi arpenter toutes les salles d'exposition de lavabos à la recherche de l'impossible pour m'entendre dire que « ça n'existe pas, ça, ma petite madame ».

J'étais essoufflée, juste à en énoncer la nomenclature. Sans compter que je serais de nouveau dans la poussière, le plâtre, la peinture. Et que je débourserais encore de l'argent, qui devenait rare après toutes mes précédentes réparations. Nous en étions là, à discuter plans et aménagements, quand Harris est arrivé. Lorsqu'il a vu les dessins d'Henri, il a sauté de joie.

— Enfin ! Quelqu'un qui dit à elle que c'est pas correct une laveuse et son sécheuse dans le entrée.

— Tu vois, Olivia, même Harris est d'accord.

Je regardai mon chum avec des yeux tout à fait étonnés. Il n'avait jamais émis d'opinion sur le sujet.

— Harris, ça te dérange que les appareils soient dans le vestibule ?

— Oui… Depuis tout le temps.

— C'est la première fois que tu le mentionnes.

— Tu es certain ? Ah bon ! Mais c'est mieux comme Henri a dit.

Ah ! si c'est mieux comme Henri a dit, on va faire comme Henri a dit. Mais force m'était d'avouer qu'Henri avait raison. C'était un peu ridicule d'avoir une sécheuse et une laveuse dans l'entrée, qui, en plus, ne fonctionnaient que par temps doux. Tant qu'à y être, pourquoi ne pas remettre ça ?

— Mais Harris, tu ne supportes pas la poussière ! Tu seras un certain temps sans venir à la maison jaune.

— Tu viendras dans mon maison.

— Ah oui ! Et qui va surveiller les travaux pendant que je serai dans « ton » maison ?

Je suivais Harris qui était parti se chercher un verre.

— Toi, m'a-t-il dit en remplissant de vin les verres de chacun.

Henri me chuchota à l'oreille :

— Hum ! On est vraiment amoureuse. On veut son Harris tout près, tout le temps.

Et il ajouta plus fort pour être certain que Harris comprenne bien :

— Je me demandais pourquoi tu hésitais tant à recommencer d'autres travaux. C'est une question d'amour ! C'est beau. C'est vraiment beau !

Je rougis aux propos d'Henri. Harris et lui trinquèrent à cette révélation que je venais de faire sans le vouloir vraiment.

— À l'amour !

— À ces femmes qui savent aimer !

Alors, on s'est installés tous les trois pour préparer le repas. J'ai laissé les gars sur leur impression qui n'était pas complètement fausse, puisque j'avais follement envie de garder Harris auprès de moi. Cependant, j'en avais réellement assez de tous ses travaux sans fin.

Je trinquai avec eux, bien que je ne puisse croire à ma récente adhésion à la sacro-sainte religion du : tant qu'à y être...

13

J'ai suivi les suggestions d'Henri à la lettre, ou presque, parce qu'il a fallu procéder à de petits aménagements. Ce nouveau chambardement s'est échelonné sur plusieurs semaines. Les hommes forts ont blasphémé en invoquant tous les saints du paradis sous l'effort ; le plombier s'est arraché les cheveux pour trouver une solution, car l'espace pour les tuyaux était insuffisant. Il y est finalement arrivé, et ça m'a bien sûr coûté beaucoup plus cher que prévu. Le gars du gaz a rigolé de nouveau au sujet de ma sécheuse, mais il a dû faire amende honorable, car il s'en était procuré une, et il ne jurait plus que par ça.

— Ça sèche vite ça, madame ! Pis, c'est drôlement économique. À condition d'avoir le gaz ! Hein ! Le gaz !

Je le trouvais lourd, lourd d'insister, mais j'avais encore besoin de ses services. Dans ce temps-là, la petite madame n'a pas le choix, elle endure. Et elle paie en plus. Il a travaillé tout en continuant de glousser.

C'est le lavabo qui m'a donné du fil à retordre. J'ai passé des heures la tête dans des catalogues et pendue au téléphone pour dénicher l'objet rare. Après les « on n'a pas ça » et les « ça n'existe pas », j'ai réussi à convaincre quelqu'un de m'aider. Je m'obstinais.

— En Europe, ils ont des réduits pour salle de bain. Ils font comment ?

Je n'allais pas abandonner si près du but.

On a finalement trouvé le lavabo en question dans un catalogue européen. Mais encore fallait-il l'importer d'Europe. Et qui dit pays étranger, transport et manutention dit aussi beaucoup plus d'argent. J'en avais fait l'expérience avec les ronds du poêle au gaz, italien. J'en étais là, à discuter avec la spécialiste des lavabos dans une grande surface, lorsque mes yeux tombèrent sur une minuscule vasque blanche. Vraiment minuscule. En réalité, elle ressemblait à un lavabo pour enfant.

— Et ça, c'est quoi ? lui dis-je.

— C'est petit, me répondit-elle, étonnée.

— Mais c'est ça que je cherche, un petit lavabo.

Une fois les dimensions prises, elle tomba d'accord avec moi : c'est de celui-là que j'avais besoin.

Pourquoi faire simple quand on peut se compliquer l'existence si agréablement en aménageant une maison ?

Qu'à cela ne tienne, j'avais enfin mon lavabo, et il était mignon comme tout. Mes amis se moquèrent gentiment de mon « rince-doigts ». Massimo, lui, trouvait rigolo de se laver les mains dans « cet urinoir de maternelle ».

Tout ça, grâce à l'ingéniosité de mon ami Henri. Par la suite, et toujours à cause de lui, j'ai dû faire construire une banquette en bois pour l'entrée. Il fallait bien meubler l'espace vacant. Un autre beau chantier qui m'occuperait tout un hiver. On sait quand ça commence...

Pour l'instant, j'étais tranquillement assise avec Henri et Harris, attablés à l'îlot de la cuisine. J'avais préparé des pâtes avec le pesto de l'automne précédent. Dans un mois à peine, ou presque, si le temps continuait à radoucir, de belles feuilles de basilic gorgées de soleil verraient le jour dans mon potager, et je pourrais en refaire provision. Nous venions de terminer l'élaboration des plans d'aménagement de la salle de bain du rez-de-chaussée sur papier.

Nous avons reparlé des mormons, avec qui Henri échafaudait des projets de tournage.

— Est-ce dans le vrai, s'informa Harris, que les mormons sont polygames ?

— Non, pas tous, répliqua Henri. Ou ils le cachent bien.

— Pourquoi tu me demandes ça ?

— Comme tu fréquentes eux, j'étais curieux.

— As-tu envie de former une grosse famille avec Olivia et d'autres femmes ?

— Non, pas vraiment.

— Que je te voie, dis-je en riant à Harris. *La smala*, très peu pour moi. C'est déjà assez difficile à deux. Je ne sais pas comment on pourrait y arriver en gang. Je n'étais déjà pas partante du temps des communes, alors être la troisième épouse d'un gars qui a déjà une douzaine d'enfants !

— Après le mariage gay, on va débattre des mariages au pluriel.

— Heureusement, il y a la Viagra pour arriver de contenter toutes ces femmes, laissa échapper Harris avec un petit sourire narquois.

— Et tout ça, *in the name of God*, rajouta Henri.

— Je trouve qu'il a le dos large, *God* !

Henri devait rentrer à Montréal. Je lui ai servi un expresso et il a quitté la maison jaune avec la promesse de revenir bientôt.

— À la condition de ne pas tout chambouler avec tes plans, qui sont géniaux mais qui me coûtent la peau des fesses. Tu es l'ami qui me coûte le plus cher ! Est-ce que tu le sais ? lui ai-je dit en lui faisant un signe de la main. Mais je t'adore.

Avant de quitter le stationnement, il me cria que cet intermède lui avait fait le plus grand bien. En le regardant s'éloigner dans la nuit, je me suis dit que cette discussion au sujet des mariages polygames m'avait quand même troublée.

On en était donc rendus là ? Déjà que les hommes libres préfèrent de beaucoup les jeunes femmes, ou encore les hommes, plusieurs femmes allaient se retrouver, en toute légalité (à Salt Lake City, en Utah du moins, ou ailleurs, qui sait), mariées à un seul homme.

Harris m'attendait dans mon bureau. Pendant que j'accompagnais Henri à sa voiture, il avait fureté sur Internet et me présentait les copies qu'il avait imprimées.

— Il n'y a pas que mormons fondamentalistes qui veulent la polygamie. Il y aurait aussi chrétiens, évangélistes et musulmans. Lis ça, me dit-il en extirpant une autre feuille de l'imprimante.

Je reconnus le chercheur en lui, qui ne pouvait mettre un sujet de côté sans en avoir fait complètement le tour. Depuis son entrée dans ma vie, je croulais sous les informations et me couchais chaque soir un peu moins ignorante. Heureusement qu'il ne me prodiguait pas que des renseignements pour parfaire ma culture.

Je parcourus rapidement le document, qui avait de quoi faire dresser les cheveux sur la tête ; il était imputable à un certain Mark Henkel, fondateur d'une organisation de type évangéliste pour la défense des droits des polygames. Sa philosophie est la suivante :

« Nous sommes profamille et nous aimons les femmes. Nous croyons que ces créatures fabuleuses méritent mieux que tous ces stupides mâles qui ont la phobie du mariage. » Il juge, par ailleurs, que la polygamie est une solution pour toutes les mères célibataires abandonnées par des crétins.

— Le geste est noble et la pensée, hautement louable. Mais quelle femme a envie d'être un numéro ? demandai-je à Harris.

— Aucune, je pense.

Harris a poursuivi la lecture tout en me traduisant un texte anglais. Un homme – pentecôtiste et non mormon – est ravi qu'on « détruise le mythe selon lequel la polygamie existe pour combler les fantasmes masculins ».

— *You bet !* de répliquer Harris.

Au moins, je savais que mon amoureux n'était pas de cet avis et j'ajoutai que j'espérais que certaines femmes s'inquiètent du fait qu'on rende acceptable une pratique qui les cantonne à une forme d'esclavage.

Harris m'enleva les papiers des mains et m'attira à lui.

— Viens, femme numéro 3, c'est le tour de toi, ce soir.

Je le frappai vigoureusement à la poitrine.

— Que je te voie, toi. Monte en haut, homme numéro 5, maudit chanceux !

— Chanceux de quoi ? me questionna Harris qui ne comprenait pas.

— Viens dans mon lit, tu vas savoir où je veux en venir.

On s'est couru après dans l'escalier pour tenter d'arriver le premier. Ces gamineries n'étaient plus de notre âge, mais elles nous tenaient en vie et heureux. Nos jeux amoureux en témoignèrent.

Je m'endormis avec cette pensée. Après avoir accordé le verbe « aimer » en genre masculin-féminin au pluriel, dans le passé, voilà que notre futur sera uniquement du genre masculin, ou féminin, ou alors au pluriel s'accordant avec le genre féminin où le masculin l'emporte toujours. Pas simple tout ça. Et même si je trouvais que ma relation avec Harris se jouait à temps partiel, je me considérais drôlement chanceuse d'être sa favorite et son unique.

14

Il est arrivé chez moi par un bel après-midi de juin, avec sa bonne humeur aux lèvres et un catalogue de couleurs sous le bras.

— Bonjour, me dit-il. Je viens pour la piscine.

— Bonjour, monsieur Piscine.

Bien sûr, ce n'était pas son vrai nom, mais ça me plaisait de l'appeler ainsi. Ça lui allait à ravir. C'était un homme tout en rondeur, la moustache fleurie, le teint basané, « en habitant » comme on dit, car s'il enlevait son pull, on en verrait la copie exacte sur sa peau.

— Je ne vous attendais plus.

— Je peux repartir si vous préférez, me lança-t-il dans un rire tonitruant.

— Non, non, non. Ne partez pas. Entrez, entrez.

— Votre piscine est en dedans ? ajouta-t-il, blagueur.

En pénétrant dans la cuisine, il a observé et fait la remarque :

— Oin…, c'était pas du tout de même quand je venais pour l'ancien propriétaire.

— Ah ! C'est vous qui veniez pour… On a de gros problèmes. Elle coule sans arrêt.

— On va aller voir ça.

Et il m'a ouvert la porte donnant sur la terrasse de façon tout à fait galante. Il agissait en propriétaire des lieux. Une fois la porte franchie, il m'a précédée en me montrant l'emplacement de la piscine, comme si je ne savais pas où elle se trouvait.

— C'est moi, le spécialiste des piscines en béton. Et des comme la vôtre, il n'y en a pas beaucoup. Grande comme ça, c'est rare.

Et il a ajouté, en riant déjà :

— Et une piscine avec autant de problèmes, c'est encore plus rare.

— Je suis contente que vous le preniez aussi bien, monsieur Piscine, ai-je rétorqué. Moi, j'aimerais que ça se règle au plus vite. L'été passé, la piscine perdait sans arrêt de l'eau et ce n'était pas dû à l'évaporation. Et malgré tous mes appels, vous n'êtes jamais venu.

Il faut dire que cet homme a le beau jeu. Dans la région, et elle s'étend sur plusieurs kilomètres, il est le seul spécialiste des piscines creusées et en béton.

— Madame Lamoureux, prononça-t-il en appuyant sur chaque syllabe de mon nom, très outré que je tienne de tels propos à son sujet, inquiétez-vous donc pas, si je suis monsieur Piscine, je suis l'homme de la situation.

— Mais je vous cours après depuis des semaines.

— Je vais prendre ça comme un compliment, ajouta-t-il, tout sourire.

Force m'était d'admettre que discuter avec un tel homme était agréable. Jovial, avenant et compétent sans être prétentieux. Sa réputation le précédait. Mais surtout, il ne m'était pas arrivé souvent de croiser un technicien qui ne fronçait pas les sourcils à tout bout de champ ou qui, catastrophé, ne se grattait pas la tête pour bien vous faire sentir que vous aviez un problème insoluble ; ou alors, heureux que vous l'ayez appelé, il pourrait vous sauver la vie, moyennant un fort prix, il va sans dire. Ça me changeait de tous les autres ouvriers qui, habituellement, me lançaient en réponse aux ennuis inhérents à la maison jaune des « impossible-ça-ne-se-fait-pas-ma-petite-madame ».

On est allés tous les deux étudier le problème. La piscine était immense et grise. D'un gris terriblement ennuyant, et le pourtour, d'un vert salade défraîchie. Dans le fond du bassin, de longues lézardes se profilaient sur une grande partie de la surface. J'avais laissé passer ce choix douteux de couleurs à mon arrivée, d'autres urgences ayant priorité. M. Piscine est descendu dans la fosse vide pour y voir de plus près. Mais contrairement à mes attentes, il a froncé les sourcils en émettant de longs « oh là là ! » pas du tout rassurants. Il s'est gratté la tête à plusieurs reprises en marmonnant quelques « m'oin, m'oin, m'oin » bien pensés. Peut-être que ces gestes particuliers sont partie intégrante de l'apprentissage en réparation de toutes sortes. Le spécialiste sait comment manier ses outils et réparer, et il sait aussi réfléchir. Il a appris à émettre une opinion en fronçant les sourcils, la main dans les cheveux. Je les imagine d'ici, tous ces ouvriers en pleine formation lors des cours pratiques.

« Vous êtes prêts pour l'analyse du problème ? On fronce les sourcils, tous ensemble, en bas, en haut. Allez, mettez-y du cœur. La réflexion maintenant. On lève la main, on la dépose sur les cheveux et à trois, on gratte. »

Toujours penché vers le fond du bassin, M. Piscine a tiré sur une espèce de ver gélatineux qui servait, semble-t-il, à boucher les multiples brèches.

— C'est pas du très joli travail, ça. Et c'est pas moi le responsable.

Je venais d'apprendre il y a quelques minutes à peine que M. Piscine avait été le réparateur officiel de ce bassin, du temps des anciens propriétaires.

— Mais, tint-il à préciser, le réparateur officiel pour les grosses besognes. Les petites, c'est le propriétaire qui s'en occupait. Il y tenait.

Il a regardé de plus près l'enduit caoutchouteux qu'il tenait à la main et en est venu à cette conclusion :

— Oin ! Bien, ça a été colmaté avec la mauvaise affaire.

Plus tard, lors de son inspection générale, il est arrivé aux mêmes conclusions pour la pompe qui coulait sans cesse et pour le filtreur.

Il a parcouru le tour de la piscine en silence, inspectant le fond et les parois. Il n'en finissait plus de dodeliner de la tête d'un air négatif. Pour qui a déjà entrepris des réparations ou des rénovations, ce petit balancement de la tête – qu'il soit de haut en bas ou de gauche à droite – n'annonce rien de bon. En résumé, cela signifie que ça va être compliqué, prendre beaucoup de temps et surtout, surtout, que ça va coûter cher. M. Piscine est ressorti de la cuve en me demandant abruptement :

— Vous ne vouliez pas la peinturer aussi ?

— Oui, c'était mon intention. Ce gris-là est un peu triste.

Alors, tout content de lui, il m'a avoué avoir trouvé ma solution.

— Parfait. Le meilleur moyen pour arranger toutes ces « fissures », c'est de sabler au complet et de peinturer par-dessus. De quelle couleur vous la voulez ?

— Combien ? questionnai-je sans attendre.

— Minute, minute, madame Lamoureux. Ça va dépendre de la couleur.

— Comment ça ? Il y a des couleurs moins chères que d'autres ? poursuivis-je sans comprendre.

Il s'est assis confortablement sur le tremplin et m'a fait signe de le suivre. Il a tapé doucement à côté de lui, me signifiant de venir le rejoindre. Ce que j'ai fait sans répliquer. Il a ouvert son échantillonnage de couleurs, il l'a étendu sur ses genoux et a attendu que je choisisse. Devant moi s'étalait une multitude de teintes presque toutes dans la palette des bleus. Le turquoise piscine habituel, le bleu ciel, le bleu foncé allant jusqu'au bleu nuit. Il y avait même du noir, que je lui montrai du doigt. Il me donna son opinion sur ce choix.

— Oin... C'est bizarre. Un de vos voisins a fait peinturer foncé de même. Ça donne un effet d'étang au lieu d'avoir l'air d'une piscine. C'est ça que vous voulez ?

— Non, non...

Puis j'ai pointé du doigt en direction de trois couleurs que je ne m'attendais pas du tout à voir dans un catalogue de peintures pour piscine : vert lime, orange fluo et jaune citron écrasé.

— Ces trois-là sont gratuites, m'annonça-t-il, content de lui.

— Comment ça ?

— Si vous choisissez une de celles-là, la peinture est gratuite.

— Y a des gens qui choisissent ça ? lui lançai-je, n'en revenant tout simplement pas qu'on ait envie d'un bassin d'une telle teinte.

Il me répondit, un peu déçu :

— C'est jamais arrivé jusqu'ici. Je me dis tout le temps qu'un jour, quelqu'un osera.

— Votre piscine, vous, elle est de quelle couleur ?

— Turquoise.

Je lui ai pris le catalogue des mains pour apprécier de plus près, puis je lui ai parlé du bleu qui me tentait.

Profond, riche, comme les toits des maisons en Grèce ou les portes en Tunisie. Ou alors, un bleu qu'on utilise dans la fabrication des mosaïques portugaises. Sautant sur l'occasion, il m'a demandé si je voulais des carreaux pour orner le haut du bassin.

— Oui, pourquoi pas.

— Des portugais, j'en ai pas. Mais dans mon camion, j'ai de beaux échantillons. On peut même en poser dans toute la piscine. C'est plus cher, par exemple.

— Je m'en doute, rétorquai-je en me levant et en m'apprêtant à le suivre.

Nous avons quitté l'emplacement de la piscine pour nous rendre à son camion. Il m'a montré tout ce qui existait et qu'il était possible de poser sur la bordure. J'ai choisi de petits carreaux crème et d'autres bleu foncé qui devraient s'harmoniser avec la teinte du bassin.

Je lui ai fait voir les deux bleus entre lesquels j'hésitais. Un tirant sur le turquoise et l'autre, vraiment foncé. J'avais vu des bassins de cette couleur.

— Ah oui ! me dit-il étonné. Chez qui ?

J'ai dû lui avouer que j'étais tombée dessus dans des revues de décoration européenne et que c'était du plus bel effet. Tant qu'à sabler et à changer la couleur de la piscine, autant y aller avec quelque chose d'original. Que le prix en vaille la peine.

— Avez-vous du temps, là ?

— C'est sûr. Je ne vous laisse pas partir comme ça.

Il m'a regardée avec ses yeux de grand séducteur.

— Que ça faisait longtemps qu'une femme ne m'avait pas fait une telle déclaration. « Je ne vous laisse pas partir. » Je vous aime, vous, madame Lamoureux.

— Vous n'êtes pas marié, vous ?

— Oui, oui. Depuis vingt-deux ans, chère dame. Mais ma femme, elle me dit tout le temps de m'en aller, parce que je suis dans ses jambes.

J'ai souri à ce trait d'humour tout à fait macho. Dans sa bouche, il n'avait rien de méchant.

— Regardez comment on va s'y prendre, lança-t-il. Je vais vous amener voir une piscine que je viens d'installer. Ça vous aidera à vous décider.

Devant mon hésitation, il ajouta :

— C'est pas loin.

J'ai fermé la maison à clé et je suis montée à bord du camion de M. Piscine. La balade a été assez longue. À un moment donné, il m'a dit qu'il pensait que c'était plus près de chez moi. Puis il a aussitôt précisé que la promenade était fort agréable. Assise sur le siège passager, je me faisais brasser allègrement dans ce camion qui semblait bien ne pas posséder de suspension. Les routes endommagées à la suite des pluies torrentielles du printemps n'aidaient pas ma cause. Mais M. Piscine avait l'air heureux. Je me sentais tout à fait en sécurité avec lui. Autant humainement que professionnellement. C'est ce qu'il y a de bien à la campagne. Ce genre de randonnée n'est pas du tout inquiétant, même si vous êtes une femme seule.

Il s'est mis à chantonner.

Je l'ai interrompu à la fin d'une phrase musicale pour savoir s'il était toujours de bonne humeur.

— Tout le temps, madame, tout le temps. Sauf avec le monde pas drôle.

— Ça arrive ?

— Pas souvent, heureusement. La semaine dernière, y a un gars, un gros comique, qui m'a menacé de me casser les deux jambes si je ne venais pas démarrer sa piscine. Il avait chaud, ça a l'air.

— Qu'est-ce qui s'est passé ?

— Y a eu chaud sans sa piscine, parce que je n'y suis pas allé. Je ne marche pas à la menace, moi, ma petite dame.

Je me le tins pour dit. Mais je n'avais nullement envie d'employer la violence avec lui. Certains réparateurs, par leur lenteur, leurs tarifs exagérés, nous incitent presque à devenir violente. Cette fois-ci, j'avais droit au charme. Mais je devais sûrement me faire avoir quand même. Les factures salées passent quand même mieux avec l'étincelle dans l'œil.

Nous venions d'arriver à l'endroit évoqué par M. Piscine. Le jardin était magnifique, le bassin, d'une beauté fabuleuse, mais j'ai su en le voyant que je voulais un bleu foncé et non cette teinte, quoique du plus bel effet, mais davantage traditionnelle. Après tout, c'était la première piscine de ma vie, j'allais au moins la faire peindre à mon goût. J'ai donc commandé sur-le-champ à M. Piscine un bleu outremer, et des carreaux crème et bleus pour dessiner un motif.

J'ai promis de lui fournir l'esquisse du dessin que j'exécuterais pour lui, le moment venu. On s'est entendus sur un prix pour faire sabler les parois et le fond du bassin, installer une large bande de carrelage dans la partie du haut et peindre la piscine en bleu foncé et le pourtour en crème.

— En crème, c'est moins chaud pour les pieds, lui dis-je.

— Mais plus salissant, ajouta-t-il.

Je n'ai pas changé d'idée pour autant. J'aurais juste une chose de plus à écrire sur ma liste de tâches. Comme avait si bien dit, tout en admirant l'étendue de ma propriété, une fille des classes de dessin de *landscape* qui avaient lieu chez moi : « Tu t'es acheté de l'ouvrage ! »

Avant son départ, il m'a promis de commander rapidement et les carreaux et la peinture pour que ma piscine soit prête pour les beaux jours.

— Ils sont déjà arrivés, les beaux jours, lui fis-je remarquer.

Ne se laissant démonter par aucun argument, il m'a répondu en riant que les beaux jours seraient encore plus beaux, une fois la piscine terminée.

— Vous allez être tellement contente, madame Lamoureux.

« Je veux bien vous faire confiance, monsieur Piscine, pensai-je. Je le croirai vraiment quand ce sera arrivé. Chat échaudé craint l'eau froide. » Même celle des piscines. En attendant, je rêverais en lapis-lazuli.

15

Une semaine plus tard, alors que j'en venais à la conclusion – expérience oblige – que tous les techniciens, réparateurs et autres installateurs du merveilleux monde de la rénovation étaient aussi menteurs et faux qu'un billet de trois dollars, M. Piscine et son équipe – son fils et un assistant – ont débarqué sur le terrain avec leur équipement. Grosse machine, longs tuyaux et énorme compresseur. Bon enfin ! me suis-je dit, ils vont commencer les travaux. J'étais contente, parce que pendant que cette tâche s'accomplissait sans moi, mais avec mon argent bien sûr, je pouvais me mettre sérieusement au travail. Été comme hiver, il s'écrit des romans, des livres de recettes, des ouvrages de toutes sortes. Et ils exigent tous des corrections. C'est là que mon expérience et ma diplomatie interviennent. Je ne risque pas de manquer de travail, puisqu'il se publie, à peu près chaque année, quarante-quatre mille ouvrages de tout acabit. Des best-sellers de fiction aux romans jeunesse en passant par les publications sur « comment faire partir les taches sur son tapis », « se sortir de la dépression sans peine » ou encore « comment envoyer son homme au septième ciel ». Je travaillais surtout sur des ouvrages de la première catégorie. Au début de ma carrière, il m'était arrivé de toucher aux autres types de publication. J'avais d'ailleurs fait mes armes sur d'assez mauvais ouvrages de type érotique qui, à mon humble avis, concernait plutôt la pornographie. Je trouvais à la chose des tournures si poétiques qu'on m'a remerciée de mes services. L'œuvre perdait son âme, m'a-t-on donné comme excuse ! Dire que dans le cas d'une œuvre littéraire, l'auteur se fend justement le c... pour trouver son âme, là, l'âme avait la forme bien rebondie d'un cul. Je l'avais trouvée drôle, celle-là, bien que je ne puisse pas rire vraiment, étant donné que je me retrouvais au chômage. Heureusement, je m'en tenais à la fiction. C'était toujours une joie de découvrir un nouvel auteur ou d'avoir à suivre les pas d'un écrivain confirmé. J'en étais au milieu du manuscrit lorsque le premier son retentit jusqu'à moi. En réalité, il cessa de façon aussi abrupte qu'il avait commencé, et ce, quelques minutes plus tard. L'écran de mon ordinateur s'éteignit, ainsi que tout ce qui était allumé dans la maison, tels le ventilateur et la chaîne audio. La sonnerie du four retentit puisqu'on venait de lui couper l'heure. J'entendis plusieurs sacres tonitruants en provenance de la piscine. Et j'en rajoutai d'autres dans mon bureau. Les ouvriers venaient de faire sauter les plombs, et j'étais sur le point d'en sauter quelques-uns moi-même. À la vue de l'écran noir de mon ordinateur où j'effectuais, depuis des heures, des corrections spécifiques, je compris que j'avais perdu plusieurs pages.

M. Piscine et moi, on s'est rejoints à mi-chemin entre le bassin et la maison. Il était en beau joual vert. Et moi aussi, mais pour des raisons différentes. Ils avaient branché leur compresseur sur une prise attenante à la pompe de la piscine, faisant disjoncter le courant dans la maison. Ce qui ne me rassurait pas du tout. Pas encore un autre problème, me disais-je en descendant à la cave. Je fis rapidement redémarrer les *breakers*, j'avais hâte de connaître l'ampleur de ma catastrophe virtuelle.

Somme toute, les dommages n'avaient pas été si désastreux. Et c'est à ce moment que j'ai compris dans quoi je m'étais embarquée avec la réparation de cette piscine. Le compresseur venait de reprendre du service. À travers le boucan infernal, Bouboulina, qui était toujours de ce monde – nous n'étions pas encore en novembre –, me suppliait à hauts cris de la faire entrer dans la maison sur-le-champ. J'avais l'impression de vivre un tremblement de terre. Les vitres tintaient sous le choc, et je ne m'entendais même plus penser. Une fois ma minette à l'abri, j'ai refermé la porte et j'ai tenté de la calmer. J'espérais que ce bruit infernal ne durerait pas trop longtemps.

C'est magnifique de prendre conscience à quel point chaque personne qui entreprend des travaux espère deux choses. Un : qu'ils ne coûtent pas trop cher. Et deux : qu'ils ne durent pas trop longtemps. On voudrait tous que ce soit terminé aussitôt la chose mise en œuvre. Je devrais le savoir, puisque je venais de passer une année d'horreur sur un chantier permanent. C'est comme si on désapprenait, une fois le calme retrouvé. J'associe cela un peu aux douleurs de l'accouchement. Pendant qu'on souffre l'enfer, on se dit : plus jamais. Mais une fois le résultat de ces efforts insupportables dans nos bras, poli, magnifique, avec tous les morceaux à la bonne place, on se sent prête à recommencer. Pas tout de suite, mais dès que l'occasion se présente, on remet ça.

C'est en essayant de refermer la fenêtre de mon bureau quelques heures plus tard que j'ai saisi toute l'ampleur du chantier et de ses conséquences. Un nuage de poussière flottait déjà au-dessus de la piscine, et je ne distinguais même plus les ouvriers. Ils avaient disparu dans cette nuée de cendre. Je décidai de sortir pour demander à M. Piscine s'il en avait pour longtemps. On se serait crus sur la lune. Les alentours du bassin étaient recouverts d'une mince pellicule grise. Les trois hommes qui y travaillaient étaient penchés vers l'avant et portaient des lunettes de protection, un masque sur la bouche et des protecteurs sur les oreilles. On aurait dit trois petits vieux, courbés, sourds, muets et aveugles. Impossible d'appeler ou de crier avec un tel vacarme. Je dus effectuer toutes sortes de simagrées pour attirer leur attention. Ce n'est qu'au bout de cinq minutes que j'ai pu arrêter ma danse de Saint-Guy. M. Piscine m'a indiqué un espace à l'écart du bassin et est venu m'y rejoindre. Il a enlevé masques et bouchons et on a pu discuter.

— Vous ne devriez pas venir sur le chantier ! hurla-t-il dans mes oreilles.

— Pourquoi, c'est dangereux ?

Il me fit signe que non. Je sentais qu'il se retenait de toutes ses forces pour ne pas éclater de rire.

— Seulement pour votre mise en plis, ajouta-t-il.

Je ne tins pas compte de sa remarque et vociférai à mon tour.

— Ça va durer longtemps, ce vacarme ?

— Si tout va bien, deux jours.

— Et la poussière...

— La quoi ?

Je me mis à articuler chaque syllabe avec exagération.

— La pous-siè-re.

— Ah ça ! cria-t-il, y a rien à faire, à part balayer ou aspirer, après. Je ne peux pas tout protéger.

Je regardai autour de moi et constatai que les buissons, les fleurs et bientôt les arbres aux alentours allaient tous être enveloppés de poussière fine. Devinant ma pensée, M. Piscine me hurla :

— Pis, demandez-moi pas de recouvrir les arbres de plastique. C'est impossible. La pluie va toute nettoyer ça. C'est tout ?

Obligée de conclure, je me suis éloignée en me bouchant les oreilles. J'aurais eu aussi besoin de mes mains pour cacher mes yeux qui piquaient et protéger ma bouche, car je commençais à siffler comme une bouilloire. Je courus vers la maison en me demandant ce qui m'avait pris de m'embarquer dans un chantier pareil.

C'est fascinant, les projets de rénovation. Peindre en blanc, ça semble tout simple, mais on oublie les meubles à déplacer, les bâches de protection à étendre sur le plancher, le ruban-cache à coller sur les fenêtres et les endroits à protéger du coup de pinceau. Justement, les pinceaux à nettoyer après, les échelles encombrantes, l'achat de la peinture, les dégâts inévitables, l'odeur, les mains collantes, la deuxième couche, et j'en passe. Lorsque M. Piscine m'avait parlé de sablage, ce travail m'était apparu simple. On sable, on nettoie et on peint. J'avais sauté quelques étapes fort capitales. Je ne m'étais pas imaginé le bruit, la poussière lunaire et tout le nettoyage subséquent. M'époussetant le mieux possible avant d'entrer dans la maison, je retournai au travail. Mais je n'arrivais pas à me concentrer. Je sauvegardai mes dernières corrections deux fois plutôt qu'une et décidai d'effectuer quelques tâches ménagères. En passant dans la salle de bain pour ramasser les serviettes à mettre à la lessive, j'ai aperçu dans le miroir une petite vieille aux cheveux blancs qui me regardait. Elle avait l'air aussi étonnée que moi. En fait, cette autre, c'était moi dans vingt ans, les cheveux entièrement blancs.

Hum ! Un coup dur pour une dure journée. Déjà que je sentais dans mon corps, jour après jour, les faiblesses, les manques et les dérapages, pourquoi en rajouter avec ce portrait à venir ?

16

Je me lavais le visage, au deuxième étage, lorsque j'aperçus, par la fenêtre de la salle de bain, une moto entrer dans le stationnement. Cela piqua ma curiosité, car je ne connaissais personne qui se baladait sur ce type d'engin. Agrippée au conducteur, la fille casquée et en habits de cuir collés au corps descendit du siège arrière. L'homme resta assis sur la motocyclette tout en continuant d'appuyer sur l'accélérateur – ce bruit terrible entrait en compétition avec celui déjà fort envahissant du compresseur dans la piscine –, tandis que la silhouette féminine se dirigeait vers la porte d'entrée. Je décidai donc de descendre sans avoir terminé ma toilette, la débarbouillette à la main, pour voir de qui il s'agissait. Les seules visites qui m'importunent sont en général de type Témoins de Jéhovah, et mon intuition me disait qu'il ne pouvait s'agir d'un des membres envahissants de cette religion. Je ne crois pas qu'ils se promènent encore à moto. Si ça se trouve, ça doit même être proscrit...

À mon arrivée, la fille enleva son casque, et je reconnus, à travers la porte vitrée, Allison qui me faisait un signe à la manière d'une gamine excitée par une nouvelle découverte. J'ouvris la porte pour la saluer et aperçus l'homme sur la moto qui s'apprêtait à partir. Il lui cria d'une voix forte qu'il repasserait la prendre dans une heure.

— C'est qui ? la questionnai-je, intriguée. Tu te promènes à moto maintenant !

Elle me regarda et me demanda à son tour :

— Et toi, tu te balades en petite vieille ?

Je me rendis compte alors que j'avais encore les cheveux poivre et sel de poussière. En entrant, Allison se sentit obligée de crier, puisque le bruit se propageait aussi à l'intérieur.

— Seigneur, es-tu en train de démolir ta maison ?

Puis, l'air inquiet, elle me dévisagea en émettant ce commentaire :

— Le plafond t'est tombé sur la tête encore une fois !

Après tout, Allison savait de quoi elle parlait, puisqu'elle avait déjà assisté à quelques déboires dans la maison jaune, dont une chute d'eau, assez mémorable, en provenance du deuxième étage.

— Non, non, lui répondis-je, en me servant de ma débarbouillette pour tenter d'enlever le sable gris. C'est la piscine.

— Qu'est-ce qu'elle a, ta piscine ?

Elle avança dans la pièce et jeta un coup d'œil par la fenêtre, où elle vit le nuage de poussière qui emplissait tout le paysage.

— Tu la transformes en bac à sable ?

— Très drôle. Non, non. Je suis obligée de la faire sabler pour réparer définitivement les fissures dans le fond. Ça coule sans arrêt.

— Hum ! Tu en as pour combien de temps ? s'inquiéta-t-elle tout en connaissant déjà la réponse – étant elle aussi une habituée des délais en rénovation.

Réponse qu'elle entonna aussitôt à l'unisson avec moi.

— Le temps que ça prendra.

Je la fis entrer dans la cuisine et lui offris un thé qu'elle accepta avec plaisir.

Tout en remplissant d'eau la bouilloire, je l'interrogeai de nouveau sur le conducteur de l'engin. J'eus droit à son plus grand sourire.

— Ça y est, je pense que j'ai trouvé.

— Trouvé ?

— L'homme qu'il me faut. Il est fort, il est grand, il est pour moi, juste pour moi. C'est mon petit chou, c'est un amour. Et il se balade en moto.

— Beau programme. Où tu l'as déniché, celui-là ?

Il faut dire qu'Allison cherchait à rencontrer l'âme sœur depuis quelques années et qu'elle possédait un fort joli tableau de chasse. Une belle collection de mâles de tout type, de tout acabit et de toute race. À ma connaissance, c'était son premier motard.

Malgré tout un peu inquiète, je voulus connaître le métier de cet homme à moto.

— Il est encadreur. Il fabrique des moulures très originales. Il exécute lui-même les patines et les poses de feuilles d'or. De pures merveilles. Il est habile de tous ses doigts, si tu vois ce que je veux dire.

Tout bas, je souhaitais qu'elle garde un peu de sa gêne, mais j'étais soulagée qu'il ne soit pas un vrai bum. De ceux qui pourraient vous mettre dans le trouble. Ou vous envoyer dans le fond d'un lac enroulée dans un sac de couchage avec un bloc de ciment attaché aux pieds. Je poursuivis mon enquête et demandai le plus poliment du monde – pour ne pas la vexer – s'il appartenait à un groupe.

— Un groupe ? releva Allison surprise, tout en assistant à la préparation du thé.

— Bien ! Tu sais ce que je veux dire… un groupe de motards criminalisés ?

— Es-tu folle ? Il aime la moto, c'est tout. Ne t'inquiète pas, je ne me ferai pas casser les deux jambes, si jamais ça ne marchait plus entre nous. Tu es pire que ma mère, toi. Elle s'inquiète tout le temps de tout. Pauvre Iiiireine !

Elle avait étiré le « i » de façon exagérée. Je n'étais pas sûre d'avoir bien entendu, ou alors ma mémoire faiblissait.

— Je croyais que ta mère s'appelait Reine ?

— Oui, oui. La Reine mère quand elle dirige tout, et Iiiireine quand elle s'inquiète de tout, s'affole à propos de rien et nous rend complètement dingues, ma sœur et moi. C'est Maggie qui l'appelle comme ça.

Elle répéta le surnom de sa mère en ajoutant quelques grimaces de terreur aux cris de frayeur d'Iiiireine ! L'imitation était assez juste. J'avais eu l'occasion de rencontrer sa mère lors d'un souper avec un prétendant. Un futur ex, cette fois-là. Non pour Reine, mais bien pour Allison. Sa mère n'avait eu qu'un seul mari dans sa vie et elle comptait bien finir ses jours, la tête haute et honorablement veuve. Cette dernière clamait que la normale, c'était ça, et que tout le reste, toutes ces familles « reconditionnées » comme elle disait, c'était de la perversion. Cette petite bonne femme, haute comme trois pommes et déterminée comme un général en campagne, était un drôle de numéro. Autant Allison avait les cheveux blond blanc, autant sa mère les avait noir de jais. Une espèce de petite corneille qui épie tout, voit à tout et donne son opinion sur tout. Elle avait d'ailleurs une façon tout à fait savoureuse de déformer les mots sans s'en rendre compte. Ou alors en s'opposant haut et fort aux interlocuteurs qui osaient la corriger. Et elle déformait de nouveau le mot en question. Les bijoux qui sortaient de sa bouche étaient légion, et on les savourait souvent en groupe. Les maisons désaffectées devenaient « désinfectées », les produits du terroir se transformaient en produits du « tiroir ». L'« ectricité », les « activan » pour se calmer les nerfs ou les « tyguénol » contre le mal de tête et la grippe « à bière » étaient monnaie courante dans son langage. Mais mon préféré, c'est la « pellation ». Allison m'a raconté qu'un jour, alors qu'elle regardait les infos à la télé avec sa mère, cette dernière avait voulu savoir ce qu'était une « pellation ». Ne comprenant pas du tout de quoi il s'agissait, Allison avait demandé des explications à sa mère. Reine avait entendu parler aux informations d'une fille forcée de suivre un homme dans une ruelle sordide et de lui faire une « pellation ». Allison comprit enfin. Se mordant les lèvres pour ne pas rire, elle n'en revenait pas d'être obligée d'expliquer à sa propre mère, particulièrement prude, le sens de ce terme.

— Qu'est-ce qu'elle en pense, de celui-là ? lui demandai-je.

— Il ne fera pas l'affaire, comme tous les autres.

Pour la mère d'Allison, ce n'était pas compliqué. Les hommes qui tentaient de s'approcher de sa fille ne faisaient pas l'affaire parce qu'ils n'avaient pas d'argent ou pas assez d'éducation. Les Noirs, les Arabes, les Latinos étaient tous des voleurs et partiraient avec sa sacoche. Quant aux autres, ils étaient trop petits, pas assez serviables, trop ceci, pas assez cela.

— Mais, j'ai des petites nouvelles pour elle, ajouta Allison. Ça risque d'être le bon. C'est pour ça que je ne lui ai pas encore présenté Jules.

Elle prit un grand moment pour sortir les tasses de l'armoire. J'eus l'impression qu'elle avait huit ans, qu'elle se tortillait sur place, gênée de demander où se trouvent les toilettes.

— On a même parlé mariage.

— Pas juste de vivre ensemble ?

— Non, non ! De passer devant monsieur le maire ou à l'église.

J'appréciai dans un sifflet.

— Oh ! C'est du sérieux !

— J'ai jamais été en amour comme ça.

Je l'observai avec un petit sourire aux lèvres, en soulevant les sourcils d'un air dubitatif, et je penchai la tête de côté pour lui signifier mon incrédulité. Ce n'était pas la première fois qu'Allison me faisait de pareilles déclarations, et la relation avait duré quatre jours, ou au mieux de cinq à six mois.

Je suis toujours aussi fascinée par notre propension, nous les filles, à retomber en enfance chaque fois qu'on tombe en amour et que l'on croit avoir trouvé notre Jules. On se transforme en fillette qui perd tous ses moyens. L'instant d'avant, on était pourtant une personne majeure, en santé et vaccinée, avec une tête sur les épaules, un cerveau et de l'expérience à revendre, et, tout à coup, ce beau bagage acquis au cours des années à coups d'efforts et de larmes disparaît dans les limbes pour céder la place aux balbutiements, aux hésitations et aux raisonnements infantiles d'une pubère boutonneuse et sans cervelle, prête à suivre le premier venu. Ça m'a rappelé une réplique amusante de Cher : « Certaines femmes s'excitent pour un rien. Et puis, elles l'épousent. »

Je ne sais pas si des chercheurs se sont penchés sur ce phénomène incroyable. En attendant, j'écoutais mon amie Allison roucouler sur son nouvel amour, tout en préparant le thé, alors qu'à deux pas de ma maison, c'était Beyrouth en poussière.

17

Et puis le calme se fit d'un coup. Le bruit du compresseur cessa. On soupira d'aise. Mais l'instant d'après, la bouilloire émit son sifflement. Ce qui nous fit sursauter à l'unisson et rire aux éclats.

— C'est de tout repos chez toi, me lança Allison.

— Je suis désolée, lui répondis-je, que les bruits de ma maison ne t'apportent pas autant d'excitation que ceux produits par la moto de ton Jules.

— C'est vrai ! Mon Jules s'appelle Jules. Et c'est tellement génial, cette moto. Le *feeling* est incroyable. Tu es plaquée contre lui, le vent te fouette les sens, tu frissonnes, tu te fais brasser dans tous les sens, un véritable orgasme !

— Hum ! appréciai-je. De ce type-là, très peu pour moi.

— Ça ne marche pas bien avec Harris ? s'informa-t-elle, tout à coup inquiète.

— Non ! Tout va bien. Je ne le vois pas beaucoup parce qu'il est débordé de travail. Quand on s'attrape, c'est extra. Mais en moto, très peu pour moi. Je préfère les choses plus calmes.

— C'est un doux, Harris ? s'informa-t-elle.

— Plutôt. Mais j'aime assez cette manière de faire l'amour. Un grand lent qui prend son temps. Ça me change. J'ai déjà eu droit à des expéditifs, des énervés, des contorsionnistes...

Allison ajouta son grain de sel à la conversation en évoquant ses expériences de partenaires olé olé.

— Des grandes guenilles qui font la planche, des « licheux » qui te laissent poisseuse de salive...

On grimaça à l'unisson.

— As-tu connu, ajoutai-je, le genre qui te remue sans arrêt ? Tu as l'impression de te retrouver en cycle d'essorage en haute vitesse.

— Ou celui qui câle les *shots*.

Je la regardai, la mine interrogative.

— Tu sais, le gars qui commande. Ta main sur ma fesse. Ta bouche dans mon cou. Ta langue dans mon oreille...

On riait aux souvenirs enlevants de nos anciennes expériences sexuelles, quand M. Piscine entra par la porte de la terrasse, dans un nuage grisâtre.

— Non, mais c'est-tu pas beau de voir ça, des femmes qui rient !

Cette intrusion nous a aussitôt coupé le sifflet.

— Il y a un problème ? lui demandai-je.

— Non, non ! Tout va bien. C'est la pause. On devrait finir demain. Et s'il ne pleut pas...

— Qu'est-ce qu'on annonce ?

— De la pluie. J'ai besoin de trois jours complets sans aucune goutte pour appliquer la couleur.

— Ça nous mène à quand ?

— Quand il ne pleuvra plus.

— Dans les faits ?

Allison intervint pour préciser que la météo devrait être au beau fixe d'ici deux jours.

— Jules et moi, on projette d'aller du côté du Vermont.

M. Piscine n'arrêtait plus de lorgner du côté de mon amie.

— C'est-tu beau, des femmes indépendantes. Moi, ma femme, elle demande la permission pour tout.

Il me désigna du menton.

— C'est comme Mme Lamoureux, c'est débrouillard, ça, madame ! Elle veut fabriquer des coussins dans les mêmes couleurs que la piscine. C'est une femme comme vous que ça me prendrait, me dit-il, fort enthousiaste.

Je n'ai pas voulu le vexer, mais ça a été plus fort que moi, j'ai répliqué aussitôt :

— Moi, c'est une piscine prête à utiliser dont j'aurais besoin.

— Pis, ça a de l'humour en plus.

— Puis vous, vous êtes très marié.

Il devint plus sérieux.

— On fait le plus vite possible, madame Lamoureux. J'en profite également pour vérifier la machinerie. Le chauffe-piscine fonctionne bien. La pompe coule un peu, mais je pense la réparer de façon temporaire. Je m'en vais justement chercher les pièces.

— Comment ça, de façon temporaire ?

— Ben… va peut-être falloir la remplacer plus vite que vous pensiez.

— Encore une autre affaire. Ça ne finit donc jamais.

— C'est ça, les propriétés, conclut-il. Mais vous allez être « tellllment » contente quand ça sera fini.

Il s'adressa à Allison.

— Est-ce que vous faites le même travail que Mme Lamoureux ? Corriger des fautes.

Je sursautai à l'image peu flatteuse et réductrice que M. Piscine employait pour désigner mon travail, mais je ne tentai pas de lui expliquer de nouveau en quoi consistait ma fonction de réviseure. Allison se permit une image qu'on avait déjà utilisée avec succès pour expliquer nos professions.

— Je travaille dans le même domaine. En fait, on se fait pousser des derrières.

— Hein ? s'étonna M. Piscine.

— Oui, je suis auteure, Olivia est réviseure. On passe nos journées assises.

— Elle est bonne, celle-là.

Il ouvrit la porte et sortit tout en répétant ce qu'il venait d'entendre.

« On se fait pousser des derrières. »

Aussitôt la porte refermée, je remarquai un cercle de résidus au sol, les traces de la présence de M. Piscine. Et je me lamentai.

— Il va y en avoir partout dans la maison. Je le savais que je n'aurais pas juste l'extérieur à nettoyer.

Allison tenta de me calmer.

— La pluie va balayer tout ça.

— Pas sûre, moi. Si tu voyais les buissons et les fleurs. Tout va mourir. Tout ça pour changer la couleur de la piscine et réparer les fissures mal colmatées par l'ancien propriétaire. Tu te rends compte, je vis les fenêtres et les portes fermées à double tour, alors qu'il fait chaud à mourir, et il rentre quand même de la poussière.

— Oui, mais après, tu vas être « tellllment » contente.

Je souris à l'évocation d'Allison. Cette phrase, tous les ouvriers me la servaient, et à toutes les sauces, pour me pousser à accepter les dégâts inhérents aux dérangements. Je m'évadai quelques instants dans mes pensées. Après seulement je serais contente ? Mais cette folle aventure de maison exigeait sans arrêt des travaux...

Je me demandais, en regardant Allison, auréolée d'un nuage de poussière alors qu'elle sirotait son thé et quelques biscuits, si j'aurais la force de vivre encore ici. Une grande fatigue m'envahissait de manière répétée. Je tenais le coup, mais après avoir traversé le pire, alors que l'euphorie d'une nouvelle aventure m'avait tenue en haleine, j'avais parfois envie de laisser tomber. De me rouler en boule et de dormir longtemps, comme la Belle au bois dormant. Je tirais régulièrement de la patte. Pourtant, j'adorais ma maison. Pourtant, j'étais encore très heureuse d'y habiter seule ou avec Harris, ou avec les copains de passage. Mais à certains moments, je l'aurais donnée au premier venu tant l'épuisement m'abattait. Ce qui m'amenait à me poser de sérieuses questions. Est-ce que cette époustouflante équipée était d'une trop grande envergure pour moi, comme me le répétait Lulu ? Peut-être que je n'étais pas assez solide pour surmonter tous les obstacles ? Parce qu'il y en avait eu un, puis un autre... N'en jetez plus, s'il vous plaît, la cour est pleine. Et la maison aussi. La fille est à bout.

Peut-être que le doute que je percevais dans la voix des gens qui me demandaient souvent si j'aimais toujours ma maison était bien de cet ordre-là. Ce qu'ils désiraient réellement savoir était peut-être : est-ce que je n'en avais pas marre de tout ça ? Est-ce que je n'étais pas rendue au bout de mon rouleau ? Est-ce que je n'étais pas sur le point d'abdiquer ?

— Olivia, t'es où ?

La question d'Allison me ramena dans la cuisine avec l'arôme insistant de thé à la bergamote. J'en profitai pour reprendre la conversation avec elle, là où je l'avais laissée quelques minutes auparavant.

— Tu veux réellement te marier ?

— Oui. Pourquoi pas ?

— Oui, effectivement. Mais...

— Mais…, ajouta-t-elle. Termine ta phrase.

— Eh bien… Tu n'en as pas marre de collectionner les ex-maris ?

— Bof ! Elizabeth Taylor n'en a pas eu dix, douze ? Dont trois fois le même.

— Je ne sais pas, je ne les ai pas comptés.

— Tu n'as pas envie de te marier avec Harris ?

— Encore faudrait-il qu'il me le demande.

— Pourquoi il faudrait que ce soit lui. Tu es assez grande pour le demander toi-même.

— Non, répondis-je le plus sérieusement du monde. Non. Je n'ai pas envie de changer quoi que ce soit.

C'est vrai, je n'avais jamais songé au mariage avec Harris. On vivait cette relation un jour à la fois, et comme ça, tout fonctionnait à merveille…

— Ça marche super bien avec mon *English*, pourquoi changer une formule gagnante ? Comme disait je ne sais plus qui : « Un mari, c'est le gars qui vous soutient dans tous les problèmes que vous n'auriez jamais eus si vous ne l'aviez pas épousé. » Et puis, on ne se connaît que depuis un an, ajoutai-je.

Allison s'emporta.

— Ça ne veut rien dire ! J'ai déjà été plus heureuse en passant moins d'un mois avec un amoureux que les sept années avec mon premier mari.

— Tout nouveau, tout beau, me sentis-je obligée de lui répondre.

— Eille ! s'emporta Allison. Tu es mon amie, tu devrais être de mon bord !

Je m'excusai auprès d'elle. La fatigue des derniers jours teintait mes propos.

Et en même temps, je ne sais quelle mouche m'avait piquée pour vouloir à tout prix argumenter. Qu'est-ce qui me prenait de vouloir empêcher Allison d'être heureuse ou de se jeter la tête la première dans la catastrophe ? Mais je ne lâchais pas l'os. Il me fallait le ronger. Je lui assénai à coups d'exemples terribles toutes les horreurs dans lesquelles elle s'apprêtait à se noyer. On a failli en venir aux cris. Heureusement, un bruit de moto pétaradant dans le stationnement mit fin à nos éclats de voix. Ce jour-là, la moto du Jules en question sauva notre amitié. Allison ramassa sa veste de cuir et son casque en vitesse, et me dit qu'elle reviendrait quand la poussière serait retombée. Et elle ne parlait pas de celle qui flottait dehors. Une fois la porte refermée, je montai à ma chambre terminer ma toilette amorcée un peu plus tôt. En me regardant dans le miroir, je me questionnai :

— Mais qu'est-ce qui m'a pris d'agir ainsi avec Allison ? Ce n'est pas moi, ça.

Puis, je me demandai si les cendres qui se répandaient autour de la maison n'avaient pas eu le pouvoir magique de me transformer instantanément en méchante femme.

18

Et la poussière est retombée d'elle-même. Celle qui m'avait transformée en ogresse lors d'un *five o'clock tea* et celle qu'avait occasionnée la réfection de la piscine. Puis le soleil était revenu, assez longtemps pour me permettre d'effectuer un grand ménage dans la maison et d'effacer toute trace de ces résidus qui s'étaient infiltrés partout. La pluie avait en partie nettoyé l'extérieur. Les buissons et les arbres s'en étaient mieux sortis que les fleurs. Certaines avaient vraiment piètre allure. Au lieu de me désespérer, j'ai préféré laisser la nature accomplir son œuvre. Après tout, chaque printemps, j'étais de ces gens qui s'étonnent encore que la vie reprenne là où tout n'était que désolation.

Je ne sais pas ce qui m'a pris, mais je me suis mise à redoubler d'efforts et je me suis acharnée sur les travaux à terminer. Ceux que je pouvais accomplir seule. J'ai même refusé le petit voyage que m'avait proposé Harris.

— Il semble que ça ferait du bien à nous. Juste toi et moi, m'avait-il dit. En amoureux.

— Pas maintenant, l'avais-je supplié. Laisse-moi terminer tout ça, et on ira se balader où tu veux.

— Mais c'est maintenant que je suis libre.

J'avais quand même tenu bon, et Harris est allé se balader tout seul. Elle ne me ressemblait pas vraiment, cette fille prête à troquer un rendez-vous amoureux contre une session de ménage intensif. Mais je voulais en finir avec l'aménagement de la piscine et, tant qu'à y être, avec celui du devant de la maison, puis avec la terrasse du haut qui attendait, depuis un an, qu'on y pose le vernis protecteur, et les volets qui n'étaient pas terminés...

Je choisis donc, ce jour-là, la maison jaune au lieu de l'amoureux.

— Tu ne devrais pas faire ça, me lança Massimo, qui m'attrapa au téléphone en pleine séance de grattage de vieille peinture.

J'avais commencé à l'aube à préparer la terrasse du deuxième. Il fallait agir vite avant que la vigne ne prenne trop d'ampleur.

— Pas bon du tout, ça ! ajouta-t-il en prenant un drôle d'accent russe, le temps de ses remontrances. Depuis quand Olivia préfère peinture en solitaire à séance envoyer elle en l'air avec autre personne ?

— Parle italien, lui demandai-je aussitôt, je te comprendrai mieux.

Je savais qu'il avait un amant russe ces temps-ci et je lui rappelai qu'on s'était toujours promis de garder la tête froide et de s'interdire à tout prix d'adopter la nature ou les manières d'un amant.

— Ouais, ouais, ouais ! Tu essaies de t'en sortir élégamment, *principessa*. Ça ne marche pas avec moi. Qu'est-ce qui t'arrive ? *Sei stanca dell'English* ? Fatiguée de l'*English* ?

— Non, pas du tout, protestai-je. Ça n'a rien à voir. Je veux seulement en finir une fois pour toutes avec le bordel autour de la maison. Il me semble que je vis dans les travaux depuis au moins dix ans.

— Je te rappelle que tu as acheté cette maison il y a juste un an.

— Je sais, je sais, mais je n'en peux plus de toutes ces traîneries. Je vis dans un chantier perpétuel, et je n'en peux plus. Si je ne fais pas ça maintenant, je n'aurai plus envie de cette maison. Je voudrais un jour arriver à m'asseoir tranquille et à jouir de la vie. Pour ça, il me faut mettre les bouchées doubles.

— C'est toi qui sais, Olivia. Mais je trouve risqué de laisser partir son amoureux seul en balade.

— C'est un grand garçon. Je n'ai pas à le surveiller ni à l'attacher après la patte de mon lit.

Massimo reprit son accent à la russe.

— Moi, c'est ce que je ferais. J'attacherais lui dans le lit, et je ferais plein de cochonneries à lui... et...

Je l'arrêtai dans son élan.

— Eh ! Oh ! On se calme le *bolo*, dis-je à Massimo. On sait bien, toi, tu es un pervers de la pire espèce.

— Et toi, une espèce de ménagère frotteuse.

— Ah, va donc... Et pourquoi ne viendrais-tu pas m'aider au lieu de m'insulter ?

— J'ai beaucoup mieux à faire, prononça-t-il d'une voix langoureuse. Pièce montée à la russe ! Tu prends la bête et tu la déshabilles lentement, et tu...

— *Ciao, ciao* ! Massimo. J'ai du travail, moi !

Et je raccrochai le combiné, mettant un point final à ses rires lubriques.

Quel numéro, ce Massimo ! Il m'avait quand même dérangée. Je restai plusieurs minutes, le grattoir à la main, à me demander si j'avais fait le bon choix en restant à la maison à travailler, alors que mon chéri se promenait dans les rues de Québec en célibataire. Pour chasser ces pensées troublantes, je redoublai d'ardeur. Je dus tout de même réduire la cadence, parce que le bois rétrécissait à vue d'œil et, bientôt, je n'aurais plus que des bâtonnets ou des cure-dents à peindre.

J'étais déchaînée. Je décidai quand même de profiter au maximum de cette énergie de type tornade qui m'entraînait à accomplir des prouesses et qui ne m'était pas si souvent coutumière. J'avais une vitalité incroyable à me transformer en « Madame Frotteuse ».

J'en glissai un mot à Lulu au téléphone.

— Ça t'arrive, à toi ? Je suis peut-être en ménopause.

— Tu es en ménopause, ma chérie. C'est dans l'ordre des choses. On va toutes y arriver.

— Si c'est pour être comme ça, ça me va. Pas de chaleurs, l'humeur à peu près égale, et l'envie de nettoyer comme jamais. Parfait pour moi !

— Un peu de patience, m'a-t-elle dit. Tu m'en reparleras le moment venu.

On en était restées là, toutes les deux, mais ça me chicotait tout de même. J'avais entendu tellement d'horreurs sur le sujet, j'avais beau blaguer sur la « minipause » qui m'attendait, ce jour-là, je n'étais pas très rassurée. Il faudrait que je lise davantage sur le sujet. Et si je perdais l'envie de faire l'amour ? Mais, j'ai vite été rassurée, car le mois suivant, et l'autre après, tout est rentré dans l'ordre. J'ai continué à avoir mal au ventre pendant trois jours et à avoir envie d'accueillir mon amoureux à bras ouverts.

Je profitai au maximum de cette période de « Madame Net ». La rambarde de la terrasse d'en haut fut grattée et peinte dans le temps de le dire. Un coup parti, je saisis l'occasion pour acheter une tonnelle en bois, avec une porte pour accéder à la piscine. Je décidai de planter une haie d'hydrangées, qui servirait de barrière psychologique de chaque côté de la tonnelle. Dans ma région, la municipalité n'oblige pas les propriétaires à barricader leur piscine. J'en étais bien contente.

Pendant que M. Piscine et son équipe étendaient la couleur dans le bassin nouvellement sablé à quelques pas du chantier, je teignais la tonnelle d'une couleur joliment nommée « crème glacée à la vanille ». Avec les grosses boules blanches des hydrangées, ce serait du plus bel effet.

M. Piscine m'envoyait régulièrement quelques compliments entre deux coups de rouleau. Il prenait son assistant à témoin.

— C'est des femmes vaillantes comme ça que ça nous prendrait.

— Ça vous ferait moins de travail, hein ? lui dis-je, pour ne pas entrer dans son jeu.

— Non, non, se défendait-il. C'est beau à voir, cette belle énergie.

Je me disais qu'il serait déçu. Cette vigueur qu'il admirait tant chez moi n'était que passagère.

— Vous êtes vraiment le genre de femme dont j'aurais besoin.

— Et votre femme, elle ? Qu'est-ce qu'elle dit ?

— Elle ne sera pas toujours là. Elle va mourir un jour.

— Vous aussi, objectai-je, indignée de sa réplique.

— Elle va sûrement partir avant moi, là, je serai libre et vous pourrez devenir ma femme.

J'admirais sa philosophie. Il ne me demandait même pas si moi, ça me tentait. Lui, c'est ce qu'il désirait, alors je devais être du même avis. Je me contentai de rire de sa proposition et lui dis de ne pas trop compter là-dessus. Au rythme où je travaillais, j'allais sûrement, moi aussi, lever les pattes avant lui. Il ferait mieux de s'occuper de son épouse et de la ménager afin qu'elle vive longtemps. Pour toute réponse, il ajouta qu'un homme avait le droit de rêver.

Et pour clore cette discussion que je trouvais inutile, je me penchai sur le travail déjà exécuté.

— Au lieu de dire des bêtises, vous devriez faire attention. Le dessin des carreaux n'est pas exact.

J'avais préparé un croquis sur papier quadrillé pour bien expliquer aux ouvriers le motif que je voulais retrouver dans la partie supérieure de la piscine. Je lui montrai l'endroit où la régularité du patron – deux carreaux crème, un carreau bleu – faisait défaut.

— Il manque un crème ici, leur indiquai-je.

— Ça laisse rien passer, hein ! Ça a l'œil. Je m'excuse, madame Lamoureux.

Heureusement, la colle n'était pas encore sèche, ils purent retirer quelques carreaux pour compléter le modèle initial.

À la fin de la journée, j'avais terminé la teinture et mis en terre les plantes grimpantes qui fleuriraient sur la tonnelle. M. Piscine et son équipe avaient aussi fait du bon travail. Le bleu lapis-lazuli s'étendait sur tout le bassin, et les carreaux ornaient de jolie façon le rebord de la piscine. Les hommes reviendraient le jour suivant pour la remplir et peindre le ciment tout autour, du même crème que la tonnelle. Pour l'instant, le vert qui s'y trouvait jurait avec le bleu foncé du bassin.

Je ne regrettais pas trop de ne pas avoir suivi Harris en balade. Cette étape maintenant franchie de la rénovation de la maison jaune me redonna encore plus envie d'y habiter. Mais je rêvais aussi de me retrouver dans les bras du grand promeneur, pour un repos bien mérité.

19

Ça a été complètement fou, mais formidablement délicieux. J'avais commencé par parler d'une petite fête pour inaugurer cette fameuse piscine devenue bleu cobalt une fois remplie, une opération qui avait pris un certain temps. Heureusement, les pluies tombées en abondance en mai et en juin m'avaient donné un coup de main pour remplir le bassin. Sinon, on y serait encore. La nature était de mon bord, puisque, aussitôt ce grand bassin plein, la pluie avait cessé, et les ouvriers avaient pu peindre le pourtour crème, comme je le voulais. Ils avaient pesté pour la peine : « Ça va tout le temps être sale, vous allez vraiment le regretter, vous passerez tout votre temps à nettoyer, etc. »

Ils n'avaient pas entièrement tort. Je réaliserais par la suite que je devais très souvent balayer pour enlever les feuilles ou les brindilles et frotter pour enlever les taches de rouille et les traces de pied. Mais tant pis, c'est ça que je voulais. M. Piscine m'avait suggéré d'en rester au turquoise habituel pour une piscine de cette taille. J'avais insisté. À présent qu'il avait vu les résultats, il avait décidé de peindre la sienne de la même couleur. Décidément, c'est Mme Piscine qui serait contente si son mari insistait et faisait l'éloge et de la piscine bleu foncé et de sa propriétaire.

Toujours est-il que le téléphone n'a pas dérougi lorsqu'il a été question d'une fête. Henri voulait savoir quand aurait lieu l'ouverture officielle de la piscine. Et pour une fois que son chum Thomas était à Montréal, il pourrait venir si cette fête avait lieu dans les deux semaines suivantes. Après, c'est lui qui n'y serait plus.

— Où tu vas ? demandai-je.

— En Tunisie. Et tout probablement dans le désert du Maroc. Pour l'instant, ce n'est que du repérage, mais les Américains veulent tourner un docudrame dans ce coin-là. Ils n'arrêtent pas de changer les dates. Alors, de grâce, ne change pas les tiennes.

— Comme si tu étais le seul à avoir des exigences, lui répondis-je en riant.

— Je sais, mais fais ça vite, ta fête, parce que je vais m'envoler bientôt.

Il m'offrait même son aide pour éclairer le tour du bassin.

Ensuite, pour une fois, Massimo se trouvait en vacances. Il ne manquerait jamais ça.

— Tous ces beaux garçons autour de la piscine. *Abbronzati, i petti sudati al punto giusto*. Bronzés, le torse perlé de sueur. Miam ! Miam !

— Est-ce que je peux quand même inviter mes copines ?

— Oui, on fera avec. Et puis, il faudra quelqu'un pour servir les drinks et la bouffe, m'a-t-il répondu avec son humour particulier.

— Macho ! Misogyne !

— C'est une blague, *mia principessa.* Je ne conjugue l'amour qu'en russe, ces temps-ci, tu le sais.

— En rustre, oui !

Il rit, content de m'avoir fait marcher.

— Alors, c'est pour quand, le grand plongeon ? Quand est-ce qu'on se mouille ?

— Laisse-moi le temps de contacter tout le monde, et je te reviens. Ça risque d'être compliqué, cette organisation.

L'exercice m'a pris presque une semaine. Heureusement que je n'avais pas de manuscrits à corriger. Faire coïncider les emplois du temps de chacun fut une expérience assez épique. Une vraie fête de famille. François préférait telle semaine, Albert une autre. Je devais tenir compte du départ imminent d'Henri. Harris donnant des cours d'été, ce devait être une fin de semaine précise, surtout pas pendant la période des examens. Lulu avait terminé sa grosse saison à son agence de voyages et prenait un peu de répit avant les réservations pour le soleil en hiver. Armand serait à la pêche tout le mois. Elle était ravie de revoir tout le monde et de prendre un peu congé de l'homme de sa vie.

— Il n'est pas tenable en ce moment, m'avoua Lulu. La pêche, la pêche, la pêche ! Il me rapporte des truites ou des saumons, jette le tout dans l'évier et me dit avant de repartir aussitôt : « Toi femme, tout nettoyer, moi homme, retourne dans canot. »

Allison était libre comme l'air. Elle attendait les commentaires de son éditrice sur son dernier roman. Et surtout, elle était tout excitée à l'idée de nous présenter son nouveau Jules. Mon fils, pour sa part, ferait des pieds et des mains pour échanger, au besoin, une de ses fins de semaine de travail avec un collègue fleuriste. Il était le dernier sur ma liste d'appels.

On a convenu d'un samedi après-midi, début juillet. Je croisai tous mes doigts pour que dame Nature nous ensoleille et nous apporte le temps chaud et doux qu'on est en droit d'attendre autour d'une piscine, même si notre pays, « ce n'est pas un pays, c'est l'hiver ».

— Qu'est-ce que tu prépares comme bouffe ? me questionna Albert qui était venu voir la merveille avant le jour J.

— Quelque chose de simple pour ne pas avoir à servir. Ce sont toujours les mêmes qui se retrouvent autour du barbecue.

— Nous deux, tu veux dire !

Effectivement. Chaque fois qu'il était question de bouffe, Albert et moi étions de service. Sous prétexte que nous étions de bons cuisiniers et que nous aimions mettre la main à la pâte, tout le monde en profitait. François nous aidait beaucoup et avait souvent de bonnes idées. Mais les autres... On repassera.

— Et si tu faisais un méchoui ? Ce n'est pas l'agneau qui manque dans la région.

Je trouvais l'idée fort intéressante. On n'aurait pas besoin de s'échiner sur le barbecue, on n'aurait pas chaud et on ne serait pas obligés de courir dans toutes les directions, alors que nos copains se la couleraient douce autour et dans la piscine.

Il prit le téléphone et appela François, au labo. Il n'était pas là. Albert laissa un message et raccrocha.

— Il va te rappeler. Il connaît un gars qui organise des méchouis.

Albert ne tarit pas d'éloges sur la piscine. Et me rappela, tout comme les ouvriers, que le crème autour du bassin serait très salissant.

— Je sais, je sais, je sais. Pourquoi tout ce que j'aime coûte-t-il cher ou demande-t-il beaucoup d'entretien ?

— Parce que tu as des goûts de luxe.

— Ma mère aussi trouvait ça.

Albert m'observa un instant. Puis il me demanda pourquoi, depuis l'achat de cette propriété, il avait l'impression que j'en parlais toujours comme si elle ne m'appartenait pas.

— Tu vas rire de moi, lui répondis-je.

— Ce ne sera pas la première fois, coquelicot.

Je lui expliquai que j'avais encore la sensation, même après une année complète à vivre dans ce lieu, que la maison, son jardin, sa piscine m'étaient prêtés.

— J'en profite en attendant que quelqu'un vienne me les reprendre.

— Même si c'est toi qui paies l'hypothèque chaque mois ?

— Oui, je sais, c'est fou ! C'est tellement exceptionnel que je n'arrive pas à y croire. Pas encore !

— Regarde régulièrement les talons de tes chèques et tes reçus de factures de rénovation, me lança Albert en riant, tu comprendras vite que c'est toi, la propriétaire de ce petit domaine !

Il me proposa d'installer les transats, qui, pour l'instant, séchaient sur la terrasse. Je les avais enduits de vernis protecteur, la veille. L'été dernier, j'avais déniché en solde ces chaises longues en bois qu'on trouvait autrefois sur les ponts des grands paquebots. Elles avaient besoin d'un brin de réfection. J'étais contente de mon acquisition. Le bois chocolat ferait un effet bœuf avec le bleu de la piscine et le contour crème-qui-demandera-un-nettoyage-permanent-oui-je-sais. J'aurais, moi aussi, mon pont bain de soleil à la manière des grands navires de croisière. L'ensemble avait vraiment le look des années trente. Plage du Lido à Venise ou *Titanic*, avec ses transats et ses coussins rayés blanc et bleu.

Je décidai d'inviter aussi quelques amis du village. Marie-Josée et Philippe viendraient faire une saucette, ainsi que mon voisin Rhéal et sa belle s'ils étaient libres. Ma copine Danielle de l'atelier de dessin gardait son petit-fils Félix, cette fin de semaine-là. Elle était folle de cet enfant, et toutes les occasions de jouer le rôle de mamie gâteau la rendaient heureuse. Je me demandai si je connaîtrais le syndrome de la grand-mère, le moment venu. Actuellement, mon fils se trouvait bien avec sa copine, mais il n'était pas encore question de progéniture. Je ne m'en mêlais pas. Après tout, cette décision leur appartenait. Et pour l'instant, je ne sentais pas du tout la fibre « mère-grand » vibrer dans mon cœur. J'avais encore tellement de choses à accomplir. Je me trouvais trop jeune pour me mettre au « lolo », au tricot et au « popo ».

François, toujours aussi fiable, me rappela dans la journée. Il connaissait effectivement un éleveur d'agneaux. Il me donna ses coordonnées et me rassura sur le prix qu'il en coûterait, et sur l'organisation.

— Ils débarquent avec tout. Couverts, ustensiles, agneau, légumes et salade, café et dessert si tu veux. Tu n'as pas à lever le petit doigt.

La rencontre avec l'éleveur eut lieu. Le prix m'allait, le choix d'accompagnements aussi. Le seul hic, c'est que l'énorme barbecue servant à cuire, pendant une journée, la bête enduite d'herbes de toutes sortes n'entrait pas sur le terrain. Le traiteur et moi nous sommes promenés dans le jardin pour résoudre le problème. Il ne nous restait qu'une solution : enlever quelques clôtures, et surtout risquer d'abîmer la pelouse.

Je voyais mon beau méchoui tomber à l'eau.

— Ne vous inquiétez pas, ma petite dame, m'a rassurée l'éleveur. On installera la rôtissoire dans le stationnement. Pouvez-vous mettre les voitures ailleurs ?

— Je crois que oui. Enfin, on s'arrangera.

— Mon gars qui s'occupe du tourne-broche arrive le matin, installe la machine et démarre sa braise. Pendant ce temps, il dispose les tables sur votre terrasse, ou dans le jardin, c'est à votre choix, les couverts et tout ce qu'il faut. Il passe le reste de la journée à arroser l'agneau. Il n'a besoin de rien. Il traîne son banc et son thermos de café. Moi, je livre en fin d'après-midi les réchauds pour les pommes de terre et les légumes.

Il consulta sa feuille de commande.

— Pas de café ni de dessert puisque vos amis se chargent des expressos et des gâteries. Ça vous va comme ça ?

C'est sûr que ça m'allait. Je pourrais jouir de cette journée de fête au même titre que mes amis. Même pas de vaisselle à laver. Un préposé venait reprendre le lendemain matin les verres à eau et à vin, les couverts, les ustensiles sales, les chaises et les tables.

Je signai le bordereau de commande, fis un chèque en acompte et convins d'une date. J'ai quand même dû rappeler l'éleveur à plusieurs reprises afin d'augmenter les portions d'agneau et les accompagnements. Ce *party* semblait très couru, tout un chacun téléphonant pour savoir s'il était possible d'amener quelqu'un d'autre. Apparemment, tous les amis des amis voulaient voir cette fameuse maison jaune avec sa piscine bleu cobalt. Méchant *party* en perspective. À présent, il fallait juste que le beau temps se pointe le bout du nez, sinon je me demandais où j'installerais tout ce beau monde. Suivant de loin les préparatifs, Harris donnait son opinion lorsque je manquais d'idées. Puis je songeai en souriant à cette phrase de Michèle Fitoussi : « Le nouvel homme a résolu, à sa façon, le nouveau partage des tâches : occupe-toi de tout et je ferai le reste. »

20

Ils sont tous venus, et le soleil fut de la partie. Certains amis n'ont fait que passer, d'autres ont collé jusqu'au lendemain, et quelques-uns seraient encore là si je ne les avais pas gentiment mis à la porte. Cette fête pour l'inauguration de la piscine fut mémorable. Pendant que je fournissais des pichets d'eau aromatisée au citron et à la lime au rôtisseur qui avait les joues en feu près de son énorme barbecue, ils sont arrivés par petits groupes. Le voisin, qui a décliné mon invitation – il avait déjà planifié depuis longtemps une réunion de famille au bord d'un lac –, m'avait gentiment offert d'utiliser son stationnement. Le barbecue pouvait donc chauffer en toute quiétude dans le mien. Et mes amis ont envahi le terrain du voisin avec leurs voitures. L'organisation a fonctionné à merveille. Toutes les livraisons étaient à l'heure, j'avais réussi à nettoyer le jardin pour le rendre impeccable, et aussi le bord de la piscine – oui, je sais, déjà sale ce pourtour crème –, et l'agneau cuisait lentement dans son jus. L'odeur se répandait dans le stationnement, quel régal ! J'ai même eu peur que ce délicieux parfum ne se propage dans tout le village et attire tous mes voisins, alléchés par les effluves.

J'ai changé dix fois de robe, de souliers et de coiffure. Harris assistait patiemment à mes transformations. Je ne trouvais rien de bien, alors que, selon lui, tout m'allait. Et plus j'hésitais, plus je me donnais chaud. J'avais les joues en feu, les cheveux collés sur la tête comme au sortir de la douche. Plus je m'impatientais, pire c'était. Harris a dû descendre pour accueillir les premiers invités. J'ai pris une grande inspiration, je me suis aspergé le visage d'eau glacée. J'étais belle à voir, les bras dans les airs devant le ventilateur pour me rafraîchir les aisselles. Ensuite, ce fut au tour des cheveux. Après cette gymnastique, j'étais à peu près présentable dans une robe d'été affriolante blanche avec des fleurs rouges, avec aux pieds des sandales rouges à talons compensés attachées aux chevilles par des rubans. J'espérais juste de ne pas perdre pied sur le terrain accidenté. Cette dernière inquiétude a vite été balayée dans mon esprit. Je me tiendrais au bras de mon amoureux, et rien n'y paraîtrait. Ça sert aussi à ça, un chum. Donner un peu d'équilibre. Je suis descendue sur la terrasse en souhaitant qu'une chaleur indésirable ne vienne pas démolir tout ce beau travail.

Mon fils, que je n'avais pas vu depuis belle lurette, est arrivé les bras chargés de fleurs, comme toujours, mais aussi avec sa tente. Il avait l'intention d'y dormir avec sa blonde, Marie. Ils se sont installés dans le boisé, avant que la majorité des invités n'arrivent. Marie était radieuse. Elle apportait également quelques poivrons, des haricots, des tomates cerises et du basilic. Produits de leur petit jardin en plein Montréal. Je soupçonne mon fils d'avoir voulu comparer son potager au mien, qui n'était pas aussi avancé. Je m'y suis prise un peu tard ce printemps, et il n'a pas véritablement fière allure. Je verrai bien les récoltes à la fin de l'été. J'ai quand même déjà mis en pot dans l'huile d'olive les têtes de fleurs d'ail qui font de délicieux accompagnements. J'ai aussi congelé les feuilles de livèche (très comparables à celles du céleri), fait de la compote de rhubarbe en prévision de l'hiver. Je sais, c'est peu, compte tenu de l'étendue de mon potager, mais c'est un début. Lorsque j'ai acheté cette propriété, j'avais plein de rêves. Planter d'autres arbres, agrandir la roseraie, installer un espace pour la pétanque ou le badminton près du boisé, peindre les clôtures vertes en blanc, cultiver un immense potager. Avec tous les travaux intérieurs et extérieurs de la maison, j'ai renoncé à plusieurs de mes ambitions. J'ai découvert, au cours de cette année, que je ne pouvais pas tout réaliser, et surtout pas tout de suite. Je me suis calmée. Je laisse aller, je laisse pousser. J'ai bien d'autres années à vivre ici, je l'espère du moins, et je pourrai mettre toutes mes idées à exécution. Et même des nouvelles dont je ne soupçonne pas encore l'existence.

J'ai admiré, au passage, le petit sourire en coin sur le visage de Vincent. Il a toujours existé entre lui et moi une étrange compétition. Entre la mère et le fils. Il m'a cédé certains terrains de compétence, et j'ai fait de même avec lui. Lorsqu'il est devenu jardinier fleuriste, cet univers lui appartenait entièrement. Je n'allais pas, si j'ose dire, jouer dans ses plates-bandes. Je ne prenais pas le rôle de l'ignorante, je le suis devenue pour qu'il ait le champ libre. Lulu me mentionna son incompréhension devant le fait que je ne retienne pas davantage le nom des fleurs et des plantes.

— Lulu, c'est le domaine de Vincent, ça. C'est lui, le spécialiste.

En réalité, je l'encourageais à persister dans ce domaine puisqu'il était très doué.

— Et puis, lui dis-je, mi-figue, mi-raisin, à un moment donné dans nos vies, il faut faire attention à notre progéniture. Ils ne sont plus des bébés, mais nous, nous commençons à être des futurs petits vieux. Faut faire attention. J'applique à la lettre cette sentence de Coluche : « Soyez gentil avec vos enfants, car c'est eux qui choisiront votre hospice ! »

On a ri toutes les deux.

La piscine a fait fureur, l'agneau aussi. Et la maison est tombée dans l'œil des gens qui n'étaient jamais venus. Quelqu'un m'a même dit être prêt à l'acheter sur-le-champ.

— Telle quelle. Tu n'enlèves rien. Pas une décoration, pas un meuble, pas un rideau. Je la veux comme ça.

— Dommage qu'elle ne soit pas à vendre, intervint Henri, qui venait d'arriver.

Il transportait une caisse de bouteilles de rosé. Thomas, son chum, suivait derrière avec les maillots de bain, les serviettes et les draps. Ces deux gars traînent toujours avec eux, partout où ils vont dormir, même pour une seule nuit, leur literie et leurs serviettes. La logique voudrait qu'on les soupçonne d'être pointilleux sur la propreté d'autrui, mais la véritable raison, c'est leur désir d'éviter à l'hôte des lavages supplémentaires. On aime ça, de tels amis. On les invite même très souvent.

— Bonjour, le beau petit Thomas.

Je m'adressai au groupe déjà arrivé.

— Tu connais tout le monde ?

Et je fis les présentations, parce que Thomas, souvent en voyage dans le cadre de son travail au Jardin botanique, avait raté quelques fêtes. Il y avait François et Albert qui étaient venus plus tôt pour m'aider, comme toujours. Ils étaient accompagnés d'un très jeune garçon du nom de Raphaël. Un beau jeune homme aux yeux dorés et à la tête fourmillante de boucles brunes. Une tête superbe. Il était assez discret. Albert nous a expliqué que c'était un ex-étudiant à lui, un peu paumé, mais extrêmement doué. Thomas serra des mains et embrassa ceux qu'il connaissait déjà : Lulu, Massimo, mon fils, sa blonde. Puis il fit la connaissance d'Allison et de son nouveau chum, Jules. Ce dernier avait fait grande impression sur tout le monde. Les gars étaient déjà allés admirer sa grosse Harley-Davidson. Une FXSB de 1985, retapée comme un sou neuf. Tous les hommes présents avaient l'air de connaître ce modèle. Les filles, pour leur part, étaient davantage impressionnées par Jules. C'est vrai qu'il avait fière allure. Longiligne, tout en jambes, il portait un jeans ajusté, un tee-shirt coloré et des bottes de cow-boy. Il avait une belle tête entièrement rasée, et, avec une ligne noire bordant l'iris, ses yeux bleus fort étranges évoquaient ceux des loups. Allison semblait trouver que mes amis gays le suivaient d'un peu trop près. J'étais contente de présenter Harris à tout le monde. Il ne donnait pas sa place, côté élégance. Habillé entièrement de lin crème des pieds à la tête, il était coiffé pour l'occasion d'un panama orné d'un ruban noir. Avec ses cheveux en bataille sous son chapeau, ses petites lunettes, il ressemblait en tout point à un intellectuel sud-américain. Un Hemingway, un Cortázar ou un García Márquez.

Thomas et lui se serrèrent la main avec courtoisie.

— Thomas, c'est ça ? Qu'est-ce que tu fais ici ?

J'eus l'impression que tous mes amis, sans exception, lancèrent en chœur, fort surpris :

— Vous vous connaissez ?

Harris et Thomas eurent un léger mouvement de recul sous la pression du groupe.

— Oui, euh…, commença Thomas.

— Je… oui, nous nous sommes déjà vus… dans un restaurant… C'est ça ?

— Ah oui. Tu étais avec des amis d'Angleterre, c'est ça ?

— Oui, oui, affirma Harris. Des collègues d'université.

— Et j'étais avec un groupe qui venait de l'Ouest canadien. Dans mon ancienne vie, j'étudiais la musique à Vancouver.

Soudain, un cri retentit sur la terrasse avant qu'on en apprenne davantage sur leur rencontre.

— Quand est-ce qu'on se baigne ?

C'était Massimo qui trépignait sur la terrasse. Il y eut un branle-bas de combat. Mes amis et voisins envahirent la maison à la recherche de petits coins pour se changer. Les plus pressés enlevèrent leurs vêtements sur place. Ils avaient prévu le coup et enfilé le maillot chez eux. Il y eut un peu d'attente aux portes des salles de bain, et on donna le départ. Nous nous sommes dirigés vers la piscine en empruntant le petit chemin vert que j'avais entretenu à coups de badigeons de yogourt afin que la mousse adhère bien à la pierre et prolifère de belle façon.

— Ça marche, le yogourt, commenta mon fils. C'est un truc que j'utilise souvent.

Cette remarque n'était pas prétentieuse, mais sortait de la bouche d'un amoureux des jardins.

— Nature bien entendu, le yogourt.

Levant son menton dans ma direction, tout en me faisant un clin d'œil, il dit au petit groupe qui l'écoutait que si je commençais à avoir le pouce vert, c'était bien grâce à ses précieux conseils.

Quelqu'un attira l'attention de mon fils.

— Vincent ?

Ce dernier se tourna vers l'étudiant d'Albert.

— Je te connais, toi ! s'exclama mon fils.

— FACE.

— T'étais à l'école FACE, c'est ça ?

— C'est quoi ça ? interrogea Henri.

Les garçons fournirent l'information comme s'ils déclamaient par cœur.

— Fine Arts Core Education.

Mon fils ajouta que l'enseignement de cette école alternative est basé sur les arts et la musique, et qu'on y apprend à son rythme.

Albert, ayant toujours enseigné dans les écoles traditionnelles, répliqua que c'était une école où on remet au surlendemain ce qu'on peut faire le lendemain.

— Raffie ! T'as bien changé.

— J'ai perdu pas mal de poids.

— Oin... tu dois pogner astheure.

Raphaël nous indiqua qu'à l'adolescence il était un petit rond et portait des lunettes de *nerd*.

— T'étais un *nerd*.

Albert souligna qu'il l'était toujours.

Les garçons étaient heureux de se retrouver. Ils débutèrent par une chorégraphie complexe de mouvements avec leurs mains pour enfin aboutir à une poignée de main traditionnelle.

— Ça ne nous rajeunit pas, tout ça, me souffla Lulu.

Je lui souris, complice. Elle avait connu mon fils alors qu'il avait quatre ans et avait vu défiler les copains et les blondes chez nous.

Vincent lança un défi avec cette formule typiquement adolescente : « Le dernier à l'eau pue ! »

Et sans même réaliser l'absurdité de la chose, dans un même élan, nous nous dirigeâmes au pas de course vers la piscine.

21

Et puis ce furent les hurlements de joie à la vue de la couleur du bassin, des carreaux crème et bleu. Et bien sûr, tout le monde y alla de son commentaire sur la teinte beaucoup trop pâle du pourtour.

— Es-tu folle ? Tu vas passer ton temps à nettoyer.

— Il ne leur restait plus d'autre peinture ? Pourquoi avoir choisi celle-là ?

— Pour se donner de l'ouvrage, conclut un autre.

Puis le silence s'installa d'un coup. Le bruit de la grosse ceinture de cuir attachée au jeans du Jules d'Allison venait de tomber avec fracas sur le carrelage, attirant tous les regards. Il se départit tout aussi rapidement de son tee-shirt, et ce fut le clou de la journée. Je crois même qu'on a émis, à l'unisson, un cri d'admiration.

Jules avait le torse entier couvert de tatouages. Le dos, les reins, la poitrine, sous les bras. Partout. Un peu comme s'il portait un pull à manches longues de couleur peau et agrémenté de *tatoos*. Pas un centimètre carré de libre pour en ajouter.

Sans exception, les garçons présents ont laissé tomber la mâchoire d'admiration. J'en ai profité pour donner une petite tape sur celle de Massimo avant que la salive ne s'en échappe.

— Ferme ta bouche, chéri, tu perds ta chaleur.

Allison a demandé à tous les invités présents de se garder une petite gêne.

— Les gars, il est hétéro, ce mec, dit-elle.

Et aux filles, elle a précisé avec délice :

— Et il est avec moi.

Chacun a protesté à sa façon. On a bien sûr eu droit de la part des gays à la sempiternelle phrase : tous les hommes sont homosexuels, c'est seulement qu'ils ne le savent pas encore. Puis il y a eu des blagues très peu subtiles pour appuyer les dires d'Allison.

— Bien sûr, bien sûr ! Il est tatoué ! Il est « t'a toué ».

Et pendant que tous les yeux étaient encore fixés sur les innombrables dessins en noir sur le corps clair et drôlement musclé de Jules, il a plongé.

— *O no !* s'exclama Massimo.

Allison l'a rassuré, croyant qu'il s'inquiétait à la fois pour les tatouages et pour l'eau bleue.

— Ça ne part pas à l'eau, Massimo. C'est indélébile.

— *No ! No !* protesta Massimo. La bénédiction !

— Quelle bénédiction ? ai-je demandé.

— *Non benedite le acque ?* Vous ne bénissez pas les eaux, les Québécois ? Je croyais que vous ne deviez pas vous baigner tant qu'un prêtre n'avait pas *benedetto l'acqua della piscina*. À la Saint-Jean, *no ?*

On a ri et rassuré Massimo que cette cérémonie appartenait à l'histoire ancienne, quoique dans certaines piscines municipales, on la pratiquait encore. Maladroit,

Henri laissa tomber la moitié de son verre de rosé dans la piscine.

— Elles sont bénies maintenant, tes eaux, maman. On peut y aller ! cria Vincent.

Et tout le monde s'est jeté à l'eau en même temps. Une belle cohue ! Certains l'ont trouvée un peu froide, même congelée. Cette piscine venait à peine d'être remplie, et le chauffe-eau n'avait pas encore fourni toute sa chaleur. Mais je ne m'inquiétai pas outre mesure. Dans quelques minutes, avec les esprits échauffés par l'alcool, le soleil et le torse rempli de « hiéroglyphes » de Jules, à la manière des Maoris, mon monde aurait trop chaud.

On s'est baignés pendant plusieurs heures, on a flâné sur le bord de la piscine – effectivement déjà sali par les pieds tachés d'herbe ou de terre –, on a bu des bouteilles de rosé ou de bière, qu'on a dégustées avec des olives et des bouchées que j'avais préparées. J'étais étonnée qu'il y ait encore de l'eau dans la piscine à cause des galipettes de tous les baigneurs. Il y a même eu un concours de bombes, et le grand gagnant fut nul autre qu'Henri. Suivi de très près par Jules et par mon fils. Harris se tenait à l'écart de ces gamineries. Il a parlé une partie de l'après-midi avec Lulu. Ils semblaient avoir des atomes crochus, ces deux-là. Certains ont roupillé sur les transats ou dans le hamac, d'autres se sont promenés dans le jardin, et moi, j'ai fait le tour des invités et amis, voyant à ce que chacun ait du liquide doré ou rosé à profusion, ou des cafés ou thés glacés, et des serviettes de bain sèches. Marie, mon fils et Raffie, son ami retrouvé, s'installèrent à l'écart dans le jardin tout en sirotant leur bière. Ils avaient l'air d'en avoir long à se dire. Lorsque je suis passée près d'eux, une odeur de cannabis les enveloppait, et au cours de la journée, certains adultes se sont unis à eux pour retrouver quelques bouffées de leur jeunesse.

Puis, lors d'une deuxième vague de baignades, ça a failli tourner au vinaigre. Je ne sais plus qui, en blaguant, a voulu enlever le maillot de Thomas tandis qu'il se trouvait dans la piscine. Ce dernier a été tellement insulté qu'il a voulu se venger, et le tout a dégénéré. Au début, il y a eu des lames d'eau envoyées en plein visage, ensuite certains sont passés aux choses sérieuses : quelques coups de serviettes mouillées ont claqué sur les fesses et les cuisses des attaqués, qui ont répliqué. On a dû calmer les belligérants. Henri a eu l'idée de brancher le tuyau d'arrosage, et on s'est tous retrouvés trempés jusqu'aux os. Surtout ceux qui ne voulaient plus se baigner. Mes amis sont des enfants. De vrais ti-culs qui jouent encore au fusil à eau. J'avoue que j'adore cette attitude. Ça m'empêche moi aussi de vieillir, de devenir trop raisonnable, trop vite.

Heureusement, la faim s'est fait sentir. Je suis allée aux nouvelles, et le rôtisseur venait à peine de sortir la bête du grand four de braises.

Ça sentait divinement bon. J'en ai profité pour aller mettre des serviettes glacées sur mes joues. J'avais la sensation d'arborer un maquillage de clown. Ces maudites chaleurs venaient au moment où je ne m'y attendais pas. Harris, qui m'a croisée sur la terrasse, m'a fait signe de le rejoindre. Il m'a dit qu'il me trouvait jolie dans cette robe.

Le rouge de mes joues devait s'harmoniser avec les fleurs de la robe.

Est-ce à dire qu'à partir de maintenant, je devrais changer ma garde-robe au complet pour des vêtements dans des camaïeux de rouge pour camoufler mes affreuses rougeurs ?

Harris a sonné l'heure du repas avec la cloche qui servait habituellement à ramener Bouboulina à la maison lorsqu'elle s'éloignait trop. Ce jour-là, elle ne s'est pas présentée sur la terrasse, elle a préféré sa cachette sous mon lit.

On s'est tous précipités vers les tables et on a mangé jusqu'à plus faim. L'agneau se déchiquetait à la fourchette tant il était tendre. Le chef n'a jamais voulu nous donner le secret de la macération. Les pommes de terre grelot étaient servies avec de la crème sure et les légumes croquaient sous la dent. Le pain chaud a ravi tous les estomacs.

À un moment, je me suis approchée de Lulu, que je trouvais plutôt tranquille, elle qui d'habitude ne donne pas sa place dans ce genre de fête. Elle s'était à peine baignée.

— Ça va ?

— Oui, oui ! émit-elle aussitôt. Tout va bien.

Son enthousiasme me paraissait un peu forcé.

— Tu es certaine ? insistai-je. Tu m'as l'air pâlotte.

— Ça va, ça va. C'est juste qu'on sort d'un gros *rush* à l'agence. J'ai enfin réussi à mettre tous mes clients sur leurs vols respectifs en direction de l'Europe. Ils voulaient tous aller là cet été.

— Qu'est-ce qu'on fait ici ? demandai-je.

— On prend de vraies vacances sans se marcher sur les pieds. Là-bas, ils sont des milliers entassés sur les mêmes plages ou dans les mêmes musées.

— Tu as une petite accalmie ?

— Pas vraiment. On prépare déjà les vacances d'hiver, au soleil. Et c'est de nouveau la folie.

Elle me promit de venir passer au moins une journée à ma maison.

— On reprendra le temps perdu, me dit-elle.

J'allais lui mentionner que ses petites joues et ses yeux tristes m'inquiétaient lorsque Harris m'a pris par le bras pour m'informer que de nouveaux invités venaient d'arriver. Alors, je suis repartie au bras de l'homme aux yeux verts. Et les présentations et les retrouvailles et la fête ont continué de plus belle. Marie-Josée et son chum Philippe, un importateur de vins, sont arrivés, les bras chargés de bouteilles de champagne. Un cadeau considérable et fort apprécié.

Harris a demandé à Philippe s'il venait toujours aussi armé lorsqu'on l'invitait à une fête.

— De belles armes de destruction massive, remarqua Albert.

— La seule arme qui m'intéresse, c'est le tire-bouchon, répliqua Philippe.

Et il m'a fait un clin d'œil, en référence à ma trouvaille pour son cadeau d'anniversaire. Un petit livre en forme de bouteille de vin dans lequel étaient colligées des phrases et des réflexions de gens célèbres, amateurs de fabuleux nectars de raisin. Je lui avais offert des mots et lui me remerciait en liquide. Bel échange, même si j'ai l'impression qu'en fin de compte j'étais la grande gagnante.

— Venez, venez, leur lançai-je. Nous sommes rendus aux desserts. Mais il reste tout plein d'agneau, si vous voulez.

Ils acceptèrent mon offre, et on leur prépara une superbe assiette.

Harris, François et Albert déchargèrent Philippe des nombreuses bouteilles de champagne. Dans les minutes qui suivirent, on entendit quelques bouchons éclater, et les bulles coulèrent dans les flûtes. Nous retournâmes à table. Mes amis s'étaient tous transformés en pâtissiers pour l'occasion, sauf Massimo, qui avait commandé une énorme *torta* italienne au mascarpone d'une pâtisserie de la Petite Italie. Le genre de dessert qui contient trente-cinq grammes de plaisir et seulement onze grammes de culpabilité. À cela on ajoute deux cent mille calories. Mais c'est tellement délicieux. On a eu droit à une table digne des concours de pâtisserie de grands maîtres. Baba au rhum, tarte aux myrtilles, aux abricots, aux petits fruits. Gâteau des anges et même mon dessert préféré : un paris-brest concocté par Albert. On leur a fait la part belle, on s'est bourré la fraise et on a dégusté le champagne jusqu'à la dernière goutte.

Je ne voulais pas penser au mal de tête du lendemain, il viendrait bien assez vite.

22

En fin de soirée, on a pris place autour d'un feu de braises sur la terrasse. On avait débarrassé les tables, rangé les couverts et les ustensiles dans leurs caissons de bois, prêts pour leur départ le lendemain. Certains avaient repris le chemin de leur maison. Les irréductibles et les fidèles se tenaient tous serrés près du feu. La nuit était belle. Les plus frileux avaient emprunté des couvertures. Les couples s'étaient reformés. Marie et Vincent, François et Albert, Henri et Thomas, Allison et son Jules, et Harris et moi dans les bras l'un de l'autre. Lulu tenait compagnie à Raffie, que tout le monde semblait avoir adopté. Il faisait désormais partie du groupe. Il n'avait de cesse de nous étonner par son érudition. Marie avait apporté sa guitare et nous l'avons accompagnée avec de vieilles chansons françaises qui démontraient bien de quelle génération nous étions à peu près tous. Heureusement pour nous, Marie connaissait ce répertoire pour l'avoir étudié au cégep. Le calme était revenu. Le soleil, la bouffe en trop grande quantité, le vin, les bières, le champagne et quelques joints avaient eu raison de notre énergie. Même Bouboulina était venue réclamer quelques caresses.

On savourait cette nuit. Je savais à l'avance qu'Henri et Thomas dormiraient dans la chambre de Massimo, que ce dernier avait cédé de mauvaise grâce, juste pour chialer un peu. Il dormirait sur le grand divan du salon, abandonnant l'autre chambre d'amis à Lulu. Vincent et Marie passeraient la nuit en amoureux sous la tente, et Albert et François, qui demeuraient à quelques maisons, hébergeaient Raphaël. Mais ils avaient promis tous les trois de revenir déjeuner avec les habitants de la maison jaune, nous laissant tout de même quelques heures de sommeil.

Je ne sais plus comment le sujet est arrivé sur la table, mais nous avons parlé des relations de couple, qui, au dire de chacun, avaient bien changé. On se demandait où allait le monde.

— C'est vrai, affirma Lulu. C'est n'importe quoi, aujourd'hui. On se fait tout refaire. C'est même possible d'avoir un hymen neuf, si on veut.

— Pas seulement s'il y a eu excision ? demanda Albert, surpris.

— Labioplastie, vaginoplastie ou rajeunissement du vagin, nous renseigna Allison. Ma sœur Maggie est chirurgienne plasticienne. Les femmes appellent pour de plus en plus d'interventions. Elles veulent une chirurgie esthétique du sexe. Elles veulent un nouvel hymen pour revivre une nouvelle lune de miel avec leur mari.

— Ou leur amant, précisa Marie.

— Déjà que les chirurgies esthétiques sont presque incontournables, répliqua Lulu.

— Tu parles pour toi ? lui demandai-je, étonnée.

— Non, non. Mes rides m'ont coûté assez cher, j'y tiens.

Jules y est allé d'une réplique tout à fait macho.

— Je crois qu'un homme marié à une femme de quarante ans devrait être autorisé à la changer comme des billets de banque : en deux de vingt.

Allison lui a asséné un méchant coup de coude dans les côtes.

— Mon Jules, je pense que tu viens de perdre un de tes *tatoos*, lui lança en riant Albert.

J'ajoutai que certains jours j'aurais vraiment besoin de me faire ravaler la façade. Et tant qu'à y être, effacer toutes les rides de mon visage, mais j'aurais la sensation de demander au chirurgien de me rendre amnésique.

— Non. On veut vous garder lucides, mesdames, proféra Massimo, et ridées.

Je lui ai tiré la langue en signe de protestation.

— C'est guère mieux pour les gars, ma chérie, ajouta Henri. La vie d'un homme se divise en trois grandes périodes : la jeunesse, l'âge mûr et « Tu n'as pas l'air en forme, mon vieux ! ».

On a évoqué ce culte du jeunisme et de la beauté absolue qui régnait un peu partout.

— Qu'est-ce que vous avez tous à capoter avec votre âge ? questionna Marie. Vous êtes tous très bien. C'est pas dans la tête ça, être vieux ? On a besoin de modèles, nous autres.

Lulu nous a parlé des nouveaux guides touristiques qui promènent des personnes âgées en autocar.

— Ils disent qu'ils transportent des « Tamalou ».

On l'a fait répéter, pas sûrs d'avoir bien compris.

— Des « Tamalou ». Moi, c'est aux genoux, toi, t'as mal où ?

Harris a pris la relève pour nous amuser à son tour avec une anecdote qu'il venait de lire sur Internet. Un tribunal a accordé une indemnisation à un homme qui a souffert d'une érection de dix ans à cause d'un implant.

On a tous pouffé. Puis les gars ont protesté en se moquant du pauvre homme.

— *Che idiota*, ce mec ! *Cretino !* Une érection continuelle, le bonheur, lâcha Massimo. *Un' erezione continua !*

— Pas sûr, moi, ajouta Henri. Pendant dix ans !

On a demandé des détails à Harris, ravi de nous les révéler entre deux crises de fou rire collectif. L'histoire était véridique et s'était passée au Rhode Island. Le pauvre homme avait subi une opération en 1996, deux ans environ avant l'arrivée du Viagra sur le marché. L'implant devait lui permettre de commander ses érections et d'y mettre fin. Mais, apparemment, le gars n'aurait jamais réussi à baisser la garde et à détendre son sexe. Son avocat aurait précisé que son client ne pouvait plus étreindre personne, enfourcher un vélo, nager ou porter un maillot de bain à cause de la souffrance et de la gêne.

— Il a touché combien ? demanda Raffie.

— Quatre cent mille dollars.

— Je veux ça, moi, revendiqua-t-il.

— L'érection ou l'argent ? questionna François.

— Les deux.

Je me suis informée auprès de Harris si l'homme en question s'était fait retirer l'implant défectueux – il semblerait que ça fonctionne à merveille chez les autres utilisateurs.

Harris fit signe que non. Comme il avait déjà subi une opération à cœur ouvert, l'intervention était impossible.

— Moi aussi, j'aurais certainement une crise cardiaque à la vue de ce *membro costantemente... pronto sull'attenti*. Au garde-à-vous, rigola Massimo.

On l'a tous chahuté.

— On n'arrête pas le progrès. Les filles, savez-vous qu'on va pouvoir bientôt choisir de supprimer nos règles ?

— C'est vrai, ça ? demanda Marie.

— Je connais bien des gars que ça rendrait heureux. Mon chum en particulier, rétorqua Lulu.

— Pourquoi n'ont-ils pas inventé ça avant ? soupirai-je.

Je lui ai expliqué que mes règles étaient tellement compliquées que je n'en avais pas besoin pour me sentir féminine.

— Pour moi, une paire de talons hauts et du rouge à lèvres suffisent.

Massimo releva que je devais déjà avoir commencé à ne plus m'en soucier.

— Tu n'es pas ménopausée, toi ? questionna-t-il devant tout le groupe.

— On se garde une petite gêne. Tu me dois le respect, je suis plus âgée que toi, répliquai-je.

— Justement. Il me semble que... tu rougis. Eh bien, eh bien ! On en apprend tous les jours, conclut-il.

J'aurais tout fait pour qu'on change de sujet, mais, à tour de rôle, chacun remettait ça.

Lulu est venue à mon secours.

— J'ai lu une blague, mais qui est tout à fait vraie. Attendez... Attendez que je me souvienne.

— Ça aussi, ça fait partie de la ménopause, la perte de mémoire, dit Allison pour rigoler.

— Ah oui ! Ça disait à peu près ça : « L'an dernier, dans le monde entier, on a dépensé cinq fois plus d'argent pour des implants mammaires et du Viagra que pour la recherche contre la maladie d'Alzheimer. On peut donc conclure que, dans trente ans, il y aura un très grand nombre de personnes avec de gros nichons et de superbes érections, mais incapables de se rappeler à quoi ça sert... »

Ce fut un tonnerre d'applaudissements et de rires. Heureusement que mon voisin et sa famille étaient absents. On a quand même baissé le ton.

Thomas a repris en déclarant qu'il avait lu qu'en Inde, une femme a épousé un cobra. Venimeux, précisa-t-il. Ils parlent serpent entre eux. Dans un autre village, une autre a épousé un chien.

— Bien moi, si mon grand loup me le demande, je l'épouserai, nous a annoncé Allison, totalement sous le charme de son Jules.

Pour toute réponse, il l'a embrassée goulûment. Mes amis se sont mis à scander à l'unisson : « Un mariage, un mariage ! »

— Et pourquoi pas dans le jardin d'Olivia ? suggéra quelqu'un.

— Wo, wo ! ai-je protesté. Laissez-moi terminer cette fête, on verra après.

Mon fils m'a demandé si je ne voulais pas me remarier. Je lui ai aussitôt renvoyé la balle.

— Et toi ?

— Marie et moi, on est très bien comme ça. Hein, chérie ?

Elle a acquiescé. Harris en a profité pour prendre ma défense.

— Nous aussi, hein, *darling* ?

Je lui ai souri.

— Des fois, on n'a pas le choix, reprit François.

Toutes les têtes se sont tournées vers lui.

— Pas le choix dans le sens de « on est obligés » ! rigola Massimo.

— En quelque sorte, répondit un François tout à fait sérieux.

On a regardé Albert et François sans trop comprendre.

— Il me semblait que tu étais allergique au mariage, mentionnai-je à Albert.

— Je le suis toujours. Mais il va me falloir en passer par là, même si c'est à mon corps défendant.

— Oh ! Je vais perdre mon mari, lançai-je.

— Comment ça, ton mari ? demanda Allison.

— C'est un arrangement tacite entre Albert et moi, répondis-je. Il semblerait que pour acheter une maison, réparer et dessiner des plans d'aménagement, il faut un époux. Au moment de l'achat de la maison, comme Harris n'était pas encore dans ma vie, j'ai emprunté Albert à François. Juste pour les urgences, dis-je en rigolant.

— Eh bien, c'est terminé tout ça, ma jolie. Je vais me passer la corde au cou, et ça presse.

Et François a terminé sa phrase.

— On veut adopter un enfant.

Ce qui eut l'heur de nous dégriser tout à fait.

Un grand silence s'est installé autour d'eux. L'instant d'après, les questions et les commentaires ont fusé de toutes parts.

On voulait tout savoir. Depuis quand ils le désiraient. S'il ne serait pas préférable qu'ils aient d'abord un chien pour essayer. Si les nuits blanches et les responsabilités ne leur faisaient pas trop peur. S'ils avaient déjà entamé des recherches. Vers quel pays ils voulaient se tourner. Haïti, Asie, ici. Garçon ou fille.

Albert a répondu à nos questions.

— Un garçon. Aux gays, ils n'accordent pas de fille. Je sais, ça paraît bizarre, mais c'est comme ça. Si on adopte un deuxième enfant, ce sera peut-être une fille.

François a précisé qu'ils regardaient du côté de l'Asie. La Mongolie, pour être plus précis. Ils sont très souples pour les adoptions par des couples gays.

Je les embrassai tous les deux, émue de cette annonce.

— On va avoir un petit.

— Ça n'est pas encore fait, me calma François. On vient seulement d'entreprendre les démarches.

— De toute façon, ajouta Lulu, il ne reste presque plus de filles en Inde, en Asie ou en Afrique. Il y a eu trop d'avortements sélectifs de bébés féminins. Dans ces pays, une fille, c'est un poids, ça ne sert à rien et ça coûte cher. Mais d'ici quinze ans, il y aura ce qu'ils appellent un « déficit sexuel » pour des dizaines de millions de jeunes hommes à marier. Plus de filles.

— *Yeah !* lancèrent en chœur Thomas et Massimo.

— Bravo, les gars, répliquai-je. Et la sauvegarde de l'espèce, qu'est-ce que vous en faites ? Heureusement que vos mères se sont sacrifiées, sinon vous ne seriez pas de ce monde.

Allison est venue à la rescousse. Aux États-Unis, dans certaines cliniques de fertilité, on peut choisir le sexe de son enfant.

— Dangereux, dit Harris. C'est quoi le mot ? Eu... Eugénisme... c'est ça ?

— Qu'est-ce que ça signifie ? interrogea Vincent.

— Eille ! *Man !* T'étais où pendant les cours de bio ? lui demanda Raffie.

Marie passa la main dans les cheveux de Vincent et les remua affectueusement.

— Mon petit jardinier était déjà dans les fleurs et les choux.

Raphaël en rajouta, en riant de plaisir.

— Comment je t'expliquerais ça pour que tu comprennes... L'eugénisme, c'est l'ensemble des méthodes visant à améliorer le patrimoine génétique.

— Une bolle, je vous l'avais dit, ajouta Albert.

— Le gros danger là-dedans, c'est l'abus, poursuivit Raffie. Ça n'aura plus de fin. Ça ouvre la porte par exemple au choix de la couleur des yeux, de la peau, des cheveux, de l'aptitude à jouer aux échecs, au basket-ball... Comprends-tu ?

— C'est quoi l'histoire qui circulait à propos d'Einstein et de la belle fille ? demanda François.

Quelqu'un connaissait l'anecdote.

Einstein et une belle blonde un peu idiote se sont rencontrés un jour dans une fête. Et la belle fille a fait cette déclaration au savant : « Rendez-vous compte, a-t-elle dit, si on avait des enfants ensemble. Ils auraient ma beauté et votre intelligence. » Et Einstein de répondre : « Mais avez-vous songé si nos enfants avaient ma beauté et votre intelligence ? »

— Albert et François vont avoir un petit bébé, ai-je répété. Et il sera beau et...

— ... et mongol, ajouta Vincent.

On l'a tous regardé, étonnés.

— Quoi ? C'est ainsi qu'on appelle les gens originaires de la Mongolie ? Non ?

— Bien oui ! *Man !* T'es pas si mongol qu'on pense, lui asséna Raffie.

Albert, en bon prof, a rectifié le tir.

— Dans ce cas, celui de Vincent, on dit mongolien.

— Tu vas voir, toi, menaça Vincent en faisant semblant de lancer le contenu de son verre de bière vers Albert.

— C'est pour quand, le petit ? De Mongolie ? questionna Henri, curieux.

François nous a informés des démarches. Le dossier avançait très lentement. Ils devaient passer des tests psychologiques, être l'objet d'une enquête de crédit et passer devant monsieur le curé.

— Le protonotaire, rectifia Albert.

— Mais on va devoir se marier, lui répliqua son chum.

— Ouin..., grimaça Albert à contrecœur.

On est repartis à clamer la rengaine : « Un mariage, un mariage ! »

Albert a levé les yeux au ciel.

— On ne vous fera pas cette joie. Si on en arrive là, ce sera par obligation, et ça se déroulera en toute intimité. François, moi et un témoin.

— Même pas vos parents ?

Il m'a fait signe que non.

— Et vos amis, alors ?

— Encore moins, répondit-il.

— Moi qui rêvais d'être bouquetière ! supplia Massimo.

— Tu seras plutôt la fille de l'air, mon beau.

Puis, on a continué à refaire le nouvel ordre du monde une partie de la nuit. Je regardais mes amis échanger, blaguer, et je me disais que j'étais la fille la plus chanceuse qui soit et que je souhaitais à chacun d'avoir de si merveilleux amis. Et j'étais aux anges de découvrir qu'il y aurait un petit Chinois dans ma vie, moi qui en avais tellement « acheté » du temps du pensionnat.

23

En bonne hôtesse, j'ai vu au confort de mes amis qui restaient dormir. J'ai bordé tout un chacun, distribué des serviettes et des brosses à dents à ceux qui les avaient oubliées, éteint les lumières et dit à mon chum qu'il pouvait sombrer dans les bras de Morphée sans m'attendre, puisque je devais aller porter une couverture à Marie et Vincent. Il a soulevé lourdement sa main dans un petit geste d'au revoir avec ses doigts, cette dernière est retombée presque aussitôt et, avant même que j'aie refermé la porte, Harris était déjà dans un autre monde.

Je suis descendue sans faire de bruit et je me suis rendue au campement de mon fils avec la douillette. Une lumière animait les ombres sous la toile orangée, signe que les tourtereaux ne dormaient pas ou ne s'étreignaient pas. Pas pour le moment en tout cas.

— On t'attendait, me dit mon fils.

— Vous aviez froid ?

— Non, non. On avait envie de parler avec toi.

— C'est vrai qu'on n'a pas vraiment eu l'occasion aujourd'hui.

— C'était une vraie belle fête, me dit Marie. Ils sont gentils, tes amis.

— Oui. Très gentils.

— Et très gays, ajouta Vincent.

— Eh oui ! Que veux-tu, c'est comme ça. Mais ça n'enlève rien à ce qu'ils sont.

— Ils ont plus d'humour, on dirait, glissa Marie.

On a parlé de tout et de rien, puis le silence tomba entre nous. Mon fils bâillait à s'en décrocher la mâchoire, ce qui m'a incitée à l'imiter. Je m'apprêtais à partir lorsque Vincent m'a rattrapé par le bout de ma jaquette.

— Attends.

— Quoi ? demandai-je.

— Marie a quelque chose à t'annoncer.

Je regardai son amie, si jeune et si jolie. Avec ses grands yeux bleus qui brillaient malgré l'heure tardive.

— Euh !... Je... je voulais te dire...

C'est Vincent qui a terminé sa phrase, un grand sourire sur les lèvres.

— On est enceintes.

— On va avoir un bébé au début du printemps, précisa Marie.

Je suis restée tellement abasourdie que j'ai oublié où je me trouvais. Me levant d'un bond, sans faire exprès, j'ai décroché quelques pieux de la tente et soulevé la toile, qui est retombée mollement sur nous.

On s'est retrouvés tous les trois, pêle-mêle, à rire comme des fous.

On s'est serrés dans nos bras, on s'est embrassés.

Puis, on a réussi à s'extirper de l'abri, et Vincent, tout en pestant sur le travail de réinstallation des piquets et des cordages, m'a posé une question.

— Es-tu contente ?

Je n'arrivais pas à répondre. La seule chose qui m'est venue à l'esprit, c'est : pourquoi ne l'avaient-ils pas mentionné au cours de la soirée, alors que l'on débattait du sujet ?

— On voulait t'en parler juste à toi, me précisa Marie.

— On aimerait que la nouvelle ne s'ébruite pas, me supplia Vincent. Les parents de Marie ne sont pas encore au courant, et c'est tout récent. Tu peux mettre Harris dans le secret, c'est sûr.

— On aime mieux attendre, dit Marie. Je ne suis même pas encore allée chez le gynécologue. C'est sûr que je suis enceinte, mais on aura le temps d'en reparler, c'est pour les premiers jours de mars.

En réalité, j'étais en état de choc. Je ne m'attendais pas du tout à cela, même si c'était dans l'ordre des choses que mon fils ait un enfant, un jour. Marie et Vincent vivaient ensemble depuis trois ans déjà, ils pratiquaient chacun un métier qui leur apportait beaucoup, semblaient savoir où ils allaient dans la vie, et surtout ils s'aimaient très fort.

— Vous êtes sûrs que vous le voulez ? demandai-je.

Vincent et Marie ont opiné de la tête, un sourire radieux sur les lèvres.

— Alors, je suis contente pour vous, réussis-je à articuler.

Vincent avait terminé de fixer le campement. Je les ai pris de nouveau dans mes bras.

— Parents, dis-je à leur intention.

Et la suite n'a pas tardé.

— Grand-mère, ajoutèrent-ils en chœur.

Ils sont rentrés sous la tente pour la nuit, et j'ai repris le chemin de la maison.

Grand-mère ? Je vais être grand-mère ! Moi ! Je ne savais pas si cette évocation d'une autre étape de vie me ravissait ou m'effrayait au plus haut point. Je n'arrivais pas à croire que mon fils, avec ses côtés encore si souvent ti-cul, allait devenir père. Peut-être est-ce moi aussi qui voulais l'arrêter dans le temps. De cette façon, je me donnais peut-être l'illusion qu'il avait encore besoin de moi. Les années avaient passé si vite. Je me répétais souvent que c'était hier que Vincent avait quatre ans, qu'il passait son temps à rire aux éclats. Et puis dix ans, l'année où tout ce qu'il portait ou touchait sentait la gomme balloune aux raisins bleus. Et encore quatorze ans avec ses premiers émois, et finalement... vingt-six.

En même temps, je savais qu'il serait un père tout à fait adorable et responsable. Et Marie, une maman aimante et câline.

Mais ils paraissaient tous deux encore si jeunes. Deux enfants qui allaient avoir un enfant.

— Et toi, ma vieille, me dis-je tout haut, te voilà devenue mémé.

Cette nouvelle m'avait complètement réveillée. J'étais consciente que je ne dormirais plus de la nuit. Pour ce qui en restait, en fait. Je suis entrée dans la maison sans faire de bruit et je suis montée m'allonger. Je n'ai pas eu le cœur de réveiller Harris, qui dormait à poings fermés. Je regardais son grand corps abandonné dans le sommeil, ce corps qui me donnait tant de plaisir et avec qui j'aimais follement me rouler dans les draps. La situation venait de changer du tout au tout. Je me voyais dorénavant dire à mon amant d'une voix sensuelle : « Chéri, viens faire l'amour avec grand-maman. » Parce que c'est ce que je suis devenue, une vieille chose juste bonne à garder les petits. Les enfants de Harris, bien que plus vieux que mon fils, ne semblaient pas vouloir faire de lui un papi. Mais moi, j'allais être mamie alors que je n'avais pas encore terminé mon travail de maman. Je me trouvais bien jeune pour avoir un petit-enfant. Déjà grand-mère. Je repensai à ma copine Danielle qui ne tarissait pas d'éloges sur son petit Félix. La naissance de cet enfant avait changé sa vie, disait-elle. Un tel bonheur ! Une telle joie ! J'en convenais. La venue d'un « flo » ou d'une « flounne » dans la famille, ce devait être formidable. Ce n'était pas tant cette nouvelle vie qui me dérangeait, mais ce nouveau vocable. Déjà que j'avais un mal fou à accepter d'être en ménopause. Alors, mère-grand... Je m'endormis cependant avec l'image d'une petite vieille vêtue d'une jaquette en flanellette et coiffée d'un bonnet, croulant sous des tonnes de couvertures. « Mère-grand, comme vous avez un gros nez... ! »

J'avais quand même dormi quelques heures. Je n'entendais aucun bruit dans la maison. Au lieu de me retourner sans arrêt dans le lit comme une crêpe au risque de réveiller Harris, je suis descendue me préparer un café. Le plancher de l'escalier craqua sous chacun de mes pas. Je ne voulais pas tirer du sommeil toute la maisonnée, j'avais encore besoin d'être seule pour réfléchir à tout ça. J'avais envie en revoyant mon fils et sa blonde, plus tard ce matin-là, d'avoir fait un peu de ménage dans ma tête pour y installer du moins l'image de la grand-mère, à défaut de la grand-mère elle-même.

En entrant dans la cuisine, l'odeur du café chaud m'accueillit. Massimo était attablé à l'îlot central.

— Qu'est-ce que tu fais debout à cette heure ? lui demandai-je.

— Et toi, *principessa* ?

— Je n'arrivais plus à dormir.

— Mal de bloc ?

— Un peu, mais surtout mal au cœur.

— *Era troppa la torta*, hein ? Trop de calories !

— Non, non. Étonnamment, ça, ça passe.

Je me suis servi un grand bol de café au lait, puis je me suis assise en face de lui.

— C'est le petit poussin qui ne passe pas.

— *Quale piccolo pulcino ?* Quel poussin ? C'est de l'agneau qu'on a mangé, *bella*. Oh là là ! *Troppo champagne ? Troppa erba ? Troppo amore* peut-être ?

— Vincent et Marie vont avoir un petit poussin au printemps. Un bébé.

Il se leva de son tabouret, fit le tour du comptoir et m'embrassa.

— *Nonna !* dit-il affectueusement.

— Salaud ! enchaînai-je.

— Pourquoi, salaud ? C'est une bonne nouvelle. *Nonna !* Ça va t'aller à ravir. *Che bella nonna !*

— Je préférais *principessa*, lui dis-je, un peu honteuse.

— Tu seras toujours ma *principessa*, tu le sais. *Una principessa antiquata*... maintenant, mais... Tu pourrais garder tes cheveux tout blancs. Finies les teintures.

Je le frappai sur le bras avec tendresse. Il pianota avec ses doigts sur mon crâne.

— Qu'est-ce qui se passe là-dedans, *bella ? Nella tua capoccia ?*

— Beaucoup de choses en même temps. Le bébé, c'est super. C'est génial, même. C'est... c'est juste... c'est le fait d'être grand-mère que je ne digère pas.

— Tu penses que tu vas devenir une vieille mémé, avec des varices plein les jambes, trois ou quatre poils sur la tête, plus de lèvres du tout, tu sais, le petit bec pincé – il m'en fit une démonstration –, plus aucune dent et habillée de noir, de la tête aux pieds ?

Il réussit à me faire sourire.

— Y a des beautés qui sont grand-mères.

— Qui ça ?

Il se mit à chercher.

— Tu vois, dis-je, tes pétards ne le crient pas sur les toits.

— Il doit bien y en avoir, ça ne me vient pas, là. On va trouver.

— Qu'est-ce qu'on va trouver ? questionna Henri, qui venait d'entrer dans la cuisine.

— Euh..., dis-je. Qu'est-ce que tu fais debout à cette heure ?

— On reconnaît tout de suite les fous qui se lèvent aux aurores, lança-t-il en nous désignant, Massimo et moi. Qu'est-ce qu'on va trouver ? redemanda-t-il tout en se préparant à son tour un café.

Je profitai du fait qu'Henri était de dos pour signifier à Massimo, un doigt sur les lèvres, de se taire au sujet du bébé.

— Euh... Sais-tu, toi, si Cher est grand-mère ? Sophia Loren, oui. Mais la chanteuse ?

Je fis une grimace de menace à Massimo.

— Pantoute, répondit Henri, en se tournant vers nous. Vous en avez des conversations à l'aube. Au fait, Olivia, ta fête était extraordinaire. Beau monde, belle bouffe, beaux échanges. Ça faisait longtemps que je ne m'étais pas autant amusé. Tout le monde était ravi.

Je laissai échapper que ce genre de soirée n'était plus de mon âge.

— Arrête donc, rouspéta Henri en me pinçant la joue, tu es fraîche comme une rose. On ne peut juste plus boire et manger autant qu'hier soir, c'est tout. Pour le reste, on est champions.

Massimo me regarda avec tendresse en désignant Henri du regard, qui venait de me servir sur un plateau d'argent la réponse rassurante dont j'avais tant besoin.

— C'est pas tout ça, continuai-je, il faut ramasser.

Henri me retint par le bras.

— Veux-tu bien prendre ton café tranquillement. On est assez nombreux pour s'en occuper. Quand tu auras terminé ta dernière gorgée, tu retournes te coucher. Est-ce que c'est clair ? Je te signale qu'il y a un mec dans tes draps. Pas mal, en plus. Et rappelle-toi quand y en avait pas, de mec !

Massimo se mit de la partie.

— C'est quand y en a un, *bella*, qu'il faut en profiter. Ça ne reste pas toujours, ces belles petites bêtes-là.

— Qu'est-ce que tu veux dire ? lui demandai-je, un brin affolée. Harris t'a dit quelque chose ? Il veut s'en aller ?

— Wo ! Wo ! Les nerfs, pompon ! Je disais juste ça comme ça.

— O.K., *boss*, leur dis-je en riant, étonnée qu'ils usent de tant d'autorité avec moi.

Et ils continuèrent à parler de moi, comme si souvent dans le passé, sans tenir compte de ma présence.

— Non ! Mais c'est vrai ! Hein, Massimo ? Tu te rappelles comme elle se plaignait tout le temps.

— Si je m'en souviens ! Mon cher Henri ! Elle a failli me rendre complètement fou !

Il se mit à m'imiter.

« J'ai pas d'homme dans ma vie, je suis toute seule… Personne ne m'aime. »

Sur le même ton, Henri en rajouta.

« Y aura jamais d'amoureux pour Mme Lamoureux… »

— Comment ça, pas d'amoureux pour miss Lamoureux ! Et moi, je compte pour des poires ?

Personne n'avait entendu Harris pénétrer dans la cuisine. Il avait les cheveux de travers, les lunettes de guingois et le haut du pyjama grand ouvert. À sa vue, tout le monde s'est tu.

Je l'ai embrassé sur la joue, ai passé ma main sur sa poitrine velue et je lui ai fait en vitesse une tasse de thé.

— On dit des prunes, Harris. Je compte pour des prunes.

— Belle soirée, dit mon chum à Henri et Massimo.

— Hum, hum…, marmonnèrent-ils à l'unisson, le nez dans leur bol de café.

Ils pavoisaient un peu moins fort.

Lorsque le thé fut prêt, j'entraînai mon homme hors de la cuisine.

— Viens, chéri, lui dis-je. Ils ne veulent pas de nous ici. On a la permission d'aller se recoucher.

— Oh ! *Good idea !*

En montant l'escalier, j'ai entendu les gars pouffer au rez-de-chaussée.

Je me suis remise au lit avec Harris. Il s'est confortablement assis, adossé aux gros oreillers. Il a siroté tranquillement son thé. Je regardais ses yeux, ses mains. Et je me rendais compte que j'étais drôlement chanceuse d'avoir cet homme dans mon lit et dans ma vie.

Il m'a demandé, à brûle-pourpoint, de quoi on parlait. Ça n'avait rien d'un réquisitoire, il était curieux, c'est tout. Je décidai que le moment était peut-être idéal pour lui annoncer la nouvelle au sujet de Marie et de Vincent. Et, sans m'en rendre compte, j'inversai la situation en un subtil jeu de caméra. En réalité, je donnai le rôle principal à qui de droit. Ce n'était plus moi qui deviendrais grand-mère, mais bien mon fils et sa blonde qui allaient avoir un enfant.

— Euh… Vincent et Marie vont avoir un bébé. Au printemps.

— Formidable, dit-il. Tu es chanceuse. Moi, je ne crois pas que ça m'arrivera un jour. Il va falloir fêter ça.

— Vincent et Marie préfèrent qu'on garde encore le secret.

Il déposa sa tasse de thé sur la table de chevet et me prit tendrement dans ses bras. Comme j'étais folle d'imaginer toutes ces choses. Si j'avais à perdre cet homme, ce ne serait sûrement pas à cause de la nouvelle situation.

Je fermai les yeux pour jouir en silence du petit poussin qui changerait ma vie, mais un coq hardi en avait décidé autrement. La poulette grise que je commençais à devenir en fut transportée.

24

L'été a continué de remplir ses promesses. Mais qui dit grosse propriété dit également gros travaux. J'essayais d'entretenir le jardin constamment. Désherber le potager, couper les fleurs fanées, repiquer à droite et à gauche. Nourrir oiseaux, tourterelles et poissons dans l'étang. Je jouais le plus souvent possible à sainte Olivia d'Assise, comme m'appelait Massimo pour se moquer de moi. J'apprenais chaque jour à devenir une propriétaire à la campagne. Je connaissais déjà les règles de base, comme bien fermer les couvercles des poubelles pour éviter que les ratons laveurs les prennent comme casse-croûte, arrêter le tracteur à gazon avant d'en descendre, mettre des lunettes protectrices lorsque j'utilisais des produits nocifs. En prenant de l'expérience, je m'habituais également à certains gestes prudents qui m'évitaient des accidents ou des désagréments. Ne plus jamais placer les dents du râteau vers moi, au risque de recevoir le manche en plein front. Ça m'est arrivé quelquefois. Harris flattait d'ailleurs du pouce les énormes bosses qui ornaient régulièrement mon front.

— Pour le chance, me disait-il.

Mais un jour, cela aurait pu mal tourner entre nous. Je n'avais pas encore appris à retourner mes sabots lorsqu'ils séchaient toute la nuit sur les marches de la terrasse. Un matin, au moment de les enfiler pour me rendre au potager, j'ai glissé mon pied nu sur une chose froide, gluante à souhait, dégoûtante au plus haut point. Mes orteils venaient de croiser une grosse limace visqueuse et dégueulasse qui avait décidé de séjourner dans mon soulier. Harris, qui finissait son petit déjeuner, s'étouffa presque de rire. Il paraît que j'ai donné une scène digne des plus grandes comédies. Il riait tellement qu'il en pleurait. Mon orgueil en a pris un coup. Depuis, je suis davantage attentive à mes gestes. Je tente de faire disparaître en moi la fille de ville.

Donc, je n'attrape pas à pleines mains les tiges remplies de piquants d'une mauvaise herbe à arracher, mais je mets des gants pour ne plus avoir à me gratter des journées entières ou à utiliser la pince à épiler pour essayer de les enlever – c'est peine perdue. Il vaut mieux prévenir que guérir. Je n'oublie plus le téléphone sans fil sur la table de la terrasse pour la nuit afin que les « Allo ! » ne soient plus noyés dans une mer de bruits insolites. Ça coûte cher, ces petites négligences.

Je vivais au rythme des saisons. Tout ce vert me comblait au plus haut point. Je m'efforçais d'enlever de devant mes yeux les horribles images de froidure et de blanc qui s'y faufilaient. C'est tellement dommage que cette belle saison chaude soit si courte.

Mais, j'étais prête à tout pour retenir l'été. Comme pour retenir Harris auprès de moi. Ses cours d'été n'étaient pas encore terminés à Lennoxville qu'il parlait déjà de la rentrée scolaire. Je tâchais de profiter au maximum des beaux jours qui restaient pour emmagasiner de la chaleur. Car une réviseure, comme moi, passe beaucoup d'heures le nez devant l'écran cathodique. Et l'invention de la lampe UVA incorporée à l'écran qui permettrait aux gens « scotchés » devant leur ordinateur d'obtenir un joli teint n'avait pas encore été inventée. Ayant cependant un sursaut d'énergie, j'ai décidé, histoire de prendre un peu l'air avant l'arrivée du froid, de terminer la peinture autour de la maison. Celle des bordures de fenêtres s'écaillait ici et là, et la tonnelle sur la terrasse avait sérieusement besoin d'être rafraîchie. Je m'y mettais quelques heures par jour, quand le beau temps le permettait. Je faillis commettre un terrible dégât en me servant, sur les conseils d'Albert, d'un fusil à peinture.

— Tu n'es quand même pas pour peindre chaque petite languette de bois au pinceau. Tu en as pour des années.

Je lus attentivement les instructions et suivis les recommandations à la lettre. Je protégeai les carreaux d'ardoise de la terrasse avec de grandes bâches en plastique, puis me munis de gants, de lunettes, d'un masque et d'une salopette protectrice. Affublée de la sorte, je devais ressembler à une extraterrestre. Eh bien, rien n'y fit ! Mon bel ensemble et toutes mes précautions n'ont rien protégé. Il y en a eu partout. Le vent déviait la peinture qui volait en gouttelettes fines, mais bien visibles sur le jaune des murs et sur les vitres du salon. Il soulevait par la même occasion la protection de plastique chaque fois que j'appuyais sur la détente. Je marchais dans des flaques de peinture et j'en répandais partout sur les carreaux d'ardoise, malgré mon extrême attention. Un beau gâchis. Il y avait plus de peinture tout autour que sur la tonnelle. Mais je n'ai pas abandonné pour autant.

Je voulais ma tonnelle crème, je l'ai eue. Au bout de deux jours. Ce fut une belle bataille. Mais c'est moi qui ai gagné. J'ai entreposé le fusil pour une longue période, je crois. Il n'y a rien comme le travail à la main. Ensuite, j'ai dû nettoyer à quatre pattes, frotter à la laine d'acier, laver à grande eau pour effacer les traces de peinture indésirables. Et plus je peignais, plus je frottais, plus je suais. Qu'est-ce que j'avais à avoir si chaud ? Même durant les journées fraîches, au moindre effort, je transpirais à grosses gouttes. Je sortais de la douche, fraîche comme une rose, et l'instant d'après, la sueur dégoulinait de la tête aux pieds. C'était quoi, cette horreur ? Est-ce que mon thermostat personnel était à ce point perturbé ? Y avait-il moyen de régler la chose une fois pour toutes afin de rester au beau fixe et d'éviter ces allers-retours, froid, chaud, froid, chaud. Je brûlais intérieurement. J'avais si chaud que sur le thermomètre on aurait pu lire : « Voir colonne suivante » ! Pourtant, je m'arrangeais pour m'aérer le système. Vêtements légers, aucun parfum, pas de crèmes hydratantes qui peuvent provoquer des suées, pas d'excitants. Ni café, ni chocolat, ni vin en grandes quantités. Régime sec, quoi !

Il m'arrivait parfois de me réveiller avec l'impression de nager dans le mitan de mon lit, transformé, le temps d'une chaleur, en rivière d'eau personnelle. Durant mes nuits affriolantes avec Harris, j'avais la hantise que ça se produise. J'espérais lui annoncer la nouvelle le plus tard possible, et de façon humoristique. « Chéri, tu devrais porter une bouée de sauvetage autour de la taille pour dormir avec moi. On ne sait jamais. » Ou encore : « Je laisse toujours une vadrouille et un seau près du lit. On ne sait jamais quand on aura à s'en servir. »

Je n'avais pas du tout envie que mon homme me voie en lavette. Je ne connais rien de moins érotique que cette sensation de baigner dans sa sueur, sauf dans le cas de magnifiques corps à corps, où c'est tout à fait excitant. Mais être obligée de se lever en pleine nuit parce que la chemise de nuit, les oreillers, les draps et toute sa personne sont trempés alors que vous ne faisiez que dormir, pas sûr que ce soit appétissant. Mais quand ça m'est arrivé en plein jour, je n'ai plus su quoi faire. Vous êtes fraîche et pimpante et, l'instant d'après, vous avez la tête mouillée comme au sortir de la douche – les gens croient que vous n'avez pas de séchoir à cheveux ou d'électricité –, vous avez les joues plus rouges qu'un rond de poêle allumé à haute température, et vous dégoulinez de partout. Tout ça en quelques secondes. Et il n'y a rien à faire, à part s'éponger et attendre. Tranquillement, la température baisse, mais ça ne vous assèche pas pour autant. La joie, quoi ! Cet état est-il obligatoire ? Il me semble que les filles ont déjà pas mal donné, du côté des troubles féminins.

Les règles en bas âge, ce qui signifie presque automatiquement les maux de ventre à répétition, les courbatures, la fatigue chronique, la mauvaise humeur. Je me souviens des complications pour aller danser ou me baigner – malgré que sur les boîtes de tampons il était bien écrit noir sur blanc qu'on pouvait tout faire, même de l'équitation ! Et tout ça dure des siècles. À cette époque, il fallait aussi ne pas tomber enceinte. Donc responsabilité majeure. Est-ce que je veux un enfant à seize ans, moi ? Et peut-on vraiment faire confiance à ses partenaires pour faire attention ? J'ai connu trop de gars qui oubliaient leurs clés dix fois par jour, leur rendez-vous chez le dentiste ou l'anniversaire de leur mère pour me fier entièrement à leur mémoire. Ce qui veut dire contraception. Pilule provoquant maux de seins, enflures, inconfort, prise de poids. Ou alors stérilet qui occasionne des désagréments, des complications, voire des infections graves. Reste le préservatif. Mais encore là, ce sont souvent des batailles sans fin parce que le partenaire masculin ne veut pas en mettre. Il n'en a pas besoin, lui. « On est si bien comme ça. » Combien de fois j'ai dû argumenter dans ces moments qui sont tout sauf un terrain de discussion avec un homme refusant systématiquement toute protection. Et puis le jour arrive où, très consciente, on met cette panoplie de côté parce qu'on désire follement être enceinte de l'homme dont on est amoureuse. Dans certains cas, ça va tout seul. Mais dans d'autres, comme ce fut le mien, il faut prendre sa température, calculer, rester allongée dans des positions pas toujours avantageuses pour favoriser la conception. Et si ça marche, on hérite des joies de la grossesse. Maux de cœur, indispositions, inquiétudes. Prise de poids, questionnement : va-t-il encore me désirer après ? Avec les vergetures ? Les seins déformés par l'allaitement et qui pendent un peu ou alors qui ont repris leur petite taille – tout à fait normale – et qui déçoivent notre chum, il adorait tellement nos seins d'avant, à la limite de l'explosion ! Puis arrive l'accouchement avec ses craintes, ses douleurs atroces, ses heures où l'on croit mourir tellement la souffrance est intense. Je me souviens d'avoir dit à l'infirmière qui voulait me remettre au lit entre deux contractions de tout oublier ça, que je n'étais pas du tout enceinte, qu'on s'était trompés et que je retournais chez moi. J'étais en jaquette d'hôpital, enceinte jusqu'aux yeux, pliée en deux de douleur.

Après, il faut tout faire pour retrouver sa taille de jeune fille, mais on n'y arrive pas, pas moi en tout cas, et la comédie humaine reprend du service. Le « Cardinal » est de retour ou les « Russes sont en ville » de nouveau, régulièrement toutes les quatre semaines, les maux de ventre aussi, et le syndrome prémenstruel également, jusqu'à ce que tout s'espace le temps des grossesses, ou que tout se complique encore parce qu'on est presque arrivée à la fin de ce long trajet qui transforme une petite fille de douze ans en feeeeemmmmme. Hémorragie, dégâts, curetage, et plus rien, enfin ! Je me sentais libérée...

Mais... Il y a toujours un « mais ». Pourquoi faudrait-il terminer ce long périple sur une note agréable ? Après tout, je suis née femme et c'est en femme que je vais mourir. Avec toutes les implications d'un tel constat. Pourquoi faudrait-il que j'atteigne le fil d'arrivée sereine, heureuse et sans aucun trouble physique ? Eh bien non ! La nature nous réserve encore, à mes compagnes et à moi, de jolies surprises.

C'est reparti de plus belle. J'ai la chance de connaître les insomnies, un caractère de chien, les pertes de mémoire, des périodes où ma libido s'éteint et, pour couronner le tout, chaleurs torrides de jour comme de nuit, même en hiver. Qui a dit que c'était fantastique d'être une femme ?

Je me suis assise pour réfléchir sur le sujet en parcourant ma vie à l'envers, à partir de mes douze ans. À l'intérieur de ce beau voyage au pays de la féminité, j'ai constaté que l'homme – dans son parcours personnel pour devenir un homme – n'a rien connu de tout ça. Il a raté, le pauvre, toutes ces joies, ces instants d'extase et de grand bonheur inhérents à la condition des femmes. Sa seule préoccupation durant son adolescence et sa vie d'adulte fut de se demander si « elle » était assez longue et si « elle » tiendrait le coup pendant longtemps, longtemps. Si « elle » serait performante au moment voulu, et si « elle » ne le laisserait pas tomber trop vite. Quand il prend du ventre, il est souvent dans la quarantaine. Trente belles années derrière lui, sans souci. Il se rassure donc, s'il a un peu d'argent, une belle voiture et une expérience de vie, tout ça comptera. Il deviendra Pygmalion. Il attirera encore les femmes. Lorsque ses cheveux l'abandonneront un à un, il vivra de légères angoisses. Serait-ce déjà la fin ? Mais il a le Viagra, lui. Donc, encore, pas de soucis de ce côté-là. Enfin, pas trop. Il pourra toujours compter sur une fille gentille qui lui dira : « Ce n'est pas grave, mon chou ! Ça peut arriver à tout le monde. » Il peut s'adresser tranquillement à sa fidèle compagne des jours heureux, à celle qui loge entre ses cuisses et qui lui a permis de traverser la vie sans trop de tracas.

« Nous sommes nés ensemble, nous nous sommes admirés, nous avons grandi ensemble, nous avons eu tant de plaisir ensemble, pourquoi faudrait-il que tu meures avant moi ? ! »

Étonnant, finalement.

Je suis rouge de chaleur et de colère. Ça ne me tente pas du tout de finir mes jours les joues en feu, et trempée de la tête aux pieds en permanence. Mais qu'est-ce que j'ai donc fait pour mériter ça ? J'étais bien, pour une fois. Arrêt des règles en douce, libido au maximum, et voilà que l'horreur me tombe dessus : gros derrière, chairs molles, mémoire absente, rides à profusion, poils au menton, et l'enfer toutes les dix minutes. C'est pas juste. Je ne le prends pas.

Qui voudrait de cette situation ?

Pas moi en tout cas.

25

Il fallait que je me change les idées en cette fin d'été. Je me sentais régulièrement comme une marmite chaude, et je m'arrangeais pour cacher ce changement fort désagréable à mes amis, à Harris. À moi, surtout.

Parce que, à partir du moment où vous admettez la chose, elle est irrévocable. Vous déclarez que vous êtes rendue à cette étape de votre vie. C'est un point de non-retour. Pour que les chaleurs ne m'envahissent pas trop, j'ai mis les grands travaux de côté. De toute façon, j'en avais suffisamment accompli au dire de Harris. Je décidai donc de me la couler douce entre les séances de travail. Aucun effort supplémentaire. Ne faisons pas de vague, et l'eau ne débordera pas par tous les pores.

J'acceptai les nombreuses invitations de mon amie et voisine Marie-Josée à partir se balader dans la campagne. On empruntait les chemins de traverse à la recherche de paysages inconnus. C'est bien beau, vivre dans les Cantons, encore faut-il profiter de la région. Nous avons suivi la route du Tour des arts. Les artistes des environs ouvrent les portes de leur atelier, et l'on peut admirer leur travail. Plus tôt dans la saison, nous avions fait le Tour des maisons. Plusieurs propriétaires acceptent que l'on visite leur demeure et leur jardin, et les profits ainsi amassés servent à renflouer les caisses d'un théâtre de la région. On a vu de tout. Du pire comme du sensationnel. Des maisons de rêve gigantesques avec des jardins somptueux aux petites bicoques tout à fait mignonnes et remplies de trouvailles, et d'autres plus décevantes. Ces journées formidables m'ont permis de m'adonner à ma passion : les maisons.

Cette tournée m'a donné le loisir de découvrir des coins charmants et perdus, loin des grandes routes. Et des paysages à couper le souffle. Cela fait du bien de se perdre dans la nature. On a fait aussi quelques antiquaires, que Harris appelle délicieusement « antiquitaire ». Une contraction des mots « antiquaire » et « antiquité ». Je ne le corrige pas, car ce mot est savoureux dans sa bouche. Pour ma part, j'ai mis la main sur de très beaux vases Art nouveau, vert tendre. J'y ai placé des hydrangées fraîchement coupées. Depuis le début de l'été, elles ont doublé de volume. Les fleurs blanches légèrement verdâtres ploient sur l'herbe, en grosses grappes. Je dois me retenir, j'en mettrais partout. Comme il faut les couper à l'automne, j'en distribue à mon entourage.

Tantôt avec ma copine dans sa décapotable, tantôt avec Harris, on s'est promenés dans des champs de lavande. On se serait crus en Provence. Dans les petits marchés offrant des légumes frais et des gâteries, on a goûté à tout. Puis on a flâné, visitant des marchés d'antiquaire en plein air, des expositions de céramiques et des marchés aux puces. J'ai amassé, durant ces escapades en compagnie de mes copines et de mon amoureux, des réserves de rire pour les mauvais jours. C'est important d'en engranger, on ne sait jamais de quoi demain sera fait. Quoi que je vive de terrible, il me suffira de ressortir de ma mémoire les rires de ces journées pour m'apaiser.

Au retour d'une de ces journées où l'on s'était gavés de soleil et de bonnes choses, une mauvaise nouvelle m'attendait dans ma boîte vocale. Vincent m'apprenait que Marie venait de faire une fausse couche. Malgré quelques saignements pas trop inquiétants, tout semblait bien se passer et puis, malgré le repos exigé par le médecin, elle avait quand même perdu le fœtus. Vincent était vraiment triste. Il s'habituait, au jour le jour, à cette idée formidable de devenir papa. Marie n'était pas trop mal en point. J'avais envie de le rassurer en lui disant que la chose est tout à fait normale, que les fausses couches sont plus fréquentes qu'on le croit. Qu'ils étaient jeunes et qu'ils avaient toute la vie devant eux. Mais tout ça, on avait dû le leur répéter à l'hôpital. Médecins et infirmières avaient sûrement prodigué soins et encouragements. Je connaissais mon fils, il ne voulait pas entendre ce genre de recommandations.

— Tu veux que je vienne ? lui demandai-je.

— Non, ça va. Marie se repose et j'ai pris quelques jours de congé pour être avec elle. Elle est forte, tu sais.

— Je vous aime très fort, vous le savez ?

En raccrochant le téléphone, je me suis mise à pleurer. D'abord parce que mon fils et Marie avaient du chagrin, mais aussi parce que je me rendais compte tout à coup que j'en avais autant qu'eux. Moi qui avais tant pesté contre cette idée de devenir grand-mère, voilà que je me sentais en deuil. Sans m'en rendre compte, l'idée de ce nouveau rôle avait pris sa place, et maintenant que la vie me l'enlevait, la peine était là. En plus, je me sentais impuissante devant leur douleur, incapable de faire grand-chose pour leur venir en aide, à part leur cuisiner des petits plats et leur offrir des gâteries. Et, pendant tout ce temps, le soleil s'entêtait à faire de ces dernières journées d'été les plus belles qui soient.

TROISIÈME PARTIE

J'ai mal au bonheur

Novembre à nouveau

26

Et puis, à contrecœur, il a fallu rentrer l'été. Ça m'a toujours désolée d'avoir à replier cette saison comme on replie les chaises de jardin pour mieux les empiler dans la remise. Il a fallu déposer la belle saison dans des cartons et la mettre dans un abri pour l'hiver. Je devais dire au revoir aux abeilles qui venaient apprendre à nager dans les verres de vin blanc, aux rayons de lumière qui s'allongeaient paresseusement sur les nappes de fête, il me fallait mettre de côté tous les petits frissons des feuilles de bouleau tremble quand le vent se faisait malicieux. Je ne sentirais plus la moiteur sous le col de chemise de mon amoureux. Son regard alangui.

J'ai toujours envié les gens qui vivent dans des pays chauds, ou du moins tempérés, et qui ne sont pas obligés d'enfermer l'été et de rouvrir la saison, dès les premières chaleurs.

Il en va de même pour la garde-robe. Les sandales encore remplies de sable se cachent au fond des étagères et font place aux bottes fourrées. Adieu les petites robes soleil, les colliers aux mille couleurs, les chapeaux de paille, les maillots de bain. C'est au tour des mitaines, des tuques à pompons et des foulards d'un demi-kilomètre d'apparaître. On a remplacé les râteaux par des pelles à neige. On a empilé le bois, on en aura besoin, puisque les almanachs nous prédisent un hiver froid et humide. C'est le prix à payer. Bel été, dur hiver. Et la vieille chatte qui avait gambadé tout l'été à la poursuite des papillons, d'odeurs enivrantes ou de caresses sans fin est maintenant couchée sous la terre froide de novembre dans un sommeil d'éternité. Et voilà qu'un petit être qui ne demandait qu'à vivre est retourné au néant. Et moi qui croyais que les réserves de joies et de rires accumulées tout au long de cet été disparu depuis quelques mois me consoleraient...

Le bonheur avait-il pris la poudre d'escampette et s'était-il sauvé de ma vie, à tout jamais ?

C'est ce que je me disais en ce terrible matin de novembre alors que je venais de faire mes adieux à Bouboulina et de voyager, en pensée, vers le printemps et l'été envolés.

Je me retrouvais en plein hiver froid et humide, derrière ma fenêtre, à contempler le paysage transformé en nature morte, sans ma Bouboulina, sans ma joie.

27

— Il faut l'abattre, madame.

— Vous n'êtes pas sérieux.

— Oh que oui ! me dit l'émondeur.

Nous avions tous les deux le cou tordu en direction d'un gigantesque pin qui profilait sa tête, encore majestueuse, dans le bleu du ciel.

Il faisait déjà un froid terrible. Mais la neige avait cessé. Il ne restait plus au sol que quelques plaques blanches, vestiges des premières neiges de novembre. Cet arbre au pied colossal encore assez bien fourni en branches et en aiguilles était étrange. À sa tête, il portait de belles épines vertes, tandis qu'au centre, le tronc avec sa maigre parure verte était surtout parsemé de trous énormes. Résultat d'assauts répétés des pic-bois qui s'en étaient donné à cœur joie tout l'été et l'automne. Toutefois, depuis mon arrivée, la grosseur des orifices augmentait sans cesse. Lors des derniers vents, j'avais entendu le pin craquer à maintes reprises. Et de façon inquiétante. Un peu comme s'il se plaignait de douleurs intenses. Peut-être que les arbres agissent comme les bêtes lorsque vient le moment de mettre fin à leurs jours. Ils appellent au secours.

J'avais consulté François. Il m'avait envoyé son émondeur. Bonne recommandation.

— Il travaille bien et vite. Il te libère même des branches mortes, si tu veux.

— Je pourrai les brûler.

— Non, non, m'a dit François. Pas dans la cheminée. C'est trop dangereux. Dans ton foyer extérieur, oui, mais pas en dedans.

L'avis éclairé d'un homme arrive toujours à point. Mes copains m'en apprenaient tous les jours.

L'émondeur semblait connaître son métier, et il ne demandait pas un prix trop élevé, si on admet que huit cents dollars, ce n'est pas trop cher payer pour abattre un arbre de cette taille.

— C'est pas compliqué, m'affirma M. Fowler, si vous ne le coupez pas, il tombera soit sur votre garage, soit sur votre voiture, soit sur votre maison. Ou encore chez le voisin ou dans votre piscine. Vous avez un beau choix. À vous de décider.

J'étais catastrophée. Un si bel arbre. Énorme de surcroît. Mon fils et moi avions tenté, un jour, d'en faire le tour avec nos bras réunis, et nous n'y étions pas arrivés. Je m'informai auprès de l'émondeur pour connaître la hauteur et l'âge de l'arbre.

— Difficile à dire, mais ça va bien chercher dans les soixante, soixante-dix pieds, facile. C'pas jeune, ce pin-là. On le saura une fois coupé. Mais je dirais qu'il a au moins quatre-vingt-dix ans. Si ça n'est pas cent.

Le rendez-vous fut pris pour le lendemain à l'aube. Un bruit de scie électrique me fit sursauter au sortir de la douche. Ils avaient déjà commencé le travail. Je m'habillai en vitesse et descendis assister au massacre. M. Fowler était près de l'arbre, tandis qu'un jeune homme très mince, harnaché et attaché solidement au tronc, coupait à une vitesse folle les branches qui tombaient au pied du pin. L'émondeur les ramassait à mesure et les envoyait valser dans son camion. Je m'approchai pour le saluer.

— J'aimerais conserver quelques branches pour décorer mes jardinières pour Noël ! lui criai-je.

On se parlait à tue-tête pour enterrer le bruit de la scie.

— Pas de problème. Vous voulez des grosses ou des petites ?

— Des petites, ça fera l'affaire.

— Je vous en mets de côté, me confirma-t-il. Vous pourrez même en donner à vos amis.

Je regardais, avec admiration, la forme souple qui grimpait aux branches, aussi agile qu'un acrobate.

— Il est rapide, votre assistant.

— ... te... Assistante, précisa-t-il, le sourire aux lèvres. C'est ma fille.

— Votre fille ?

— Pas mal, hein ? ajouta-t-il. Dix-huit ans, aussi forte qu'un homme et plus agile. Les gars ont de la difficulté à la suivre. Il y a une seule chose qu'elle n'arrive pas à faire comme eux. Je vous le donne en mille, me lança-t-il en me pointant du menton.

Comme je n'avais aucune réponse à lui donner, il vint à mon aide.

— Les toilettes. Elle n'y va pas dehors, elle. Alors, si vous avez la bonté de lui ouvrir votre porte, ça fera sûrement son affaire.

Et il éclata d'un grand rire, au moment où la jeune fille atterrit au pied de l'énorme pin. Elle n'avait aucun trait masculin, bien au contraire. Moulée dans une combinaison très près du corps, elle portait de grandes bottes, et lorsqu'elle enleva son casque de protection, une longue queue-de-cheval blond-roux s'en échappa. Elle avait un sourire de publicité pour dentifrice. Elle s'essuya le visage sur sa manche et réclama à boire. Son père lui tendit une cruche d'eau fraîche, puis fit les présentations. Elle s'appelait Nathalie.

— Ma relève, dit son père.

Je m'informai s'il avait d'autres enfants. C'est elle qui me répondit.

— J'ai deux frères. Un est chef cuisinier et l'autre, infirmier.

— Une chance que j'ai eu ma fille pour être à mes côtés, dit M. Fowler. On trouve toutes sortes de gens qui font toutes sortes de métiers, maintenant. Même dans les meilleures familles.

Je retournai vers la maison en pensant qu'en effet le style de vie des gens, leur orientation sexuelle et leur métier commençaient à changer. La tradition n'était plus ce qu'elle était et c'était bien ainsi.

Le téléphone sonna comme je franchissais la porte. François voulait savoir comment se passait la coupe et il avait besoin de mes lumières au sujet de l'adoption. Il débarqua deux heures plus tard. Je le rejoignis dans le stationnement. Il était en train de regarder le pauvre pin devenu pratiquement chauve. Maintenant qu'ils avaient dépouillé l'arbre de toutes ses branches, le père et la fille s'apprêtaient à scier le tronc, en portions assez longues. Il me montra la longueur que j'avais souhaitée. Hier soir, Armand, le chum de Lulu, qui était au courant de l'abattage de mon pin, m'avait téléphoné. Étant un homme « équipé » si l'on peut dire, il m'avait demandé de lui garder les tronçons sains pour en faire de la planche, dans son atelier.

— Qu'est-ce que tu veux en échange ?

— Euh ! Je ne sais pas... Un banc.

— Mais tu en as déjà un.

— Oui, mais pas fabriqué de tes blanches mains. Un original, comme toi seul sais les faire !

J'avais forcé sur le compliment. Je désirais vraiment un meuble créé par Armand. Ce qui sortait de son atelier était toujours magnifiquement bien réalisé. Et puis, on n'a jamais assez de bancs. Pour moi, un banc, c'est un lieu de rencontre.

— T'es pas pressée, j'espère ? m'avait-il demandé aussitôt.

— Pourquoi ? avais-je rétorqué. Tu vas exécuter toutes les autres commandes avant la mienne ?

— Non, non. Du pin, ça doit bien sécher si on ne veut pas avoir de surprises plus tard. Un an, deux ans, ça te va ?

— Ça ira, je suis patiente.

— Des planches de cette largeur, m'avait assuré Armand, on n'en voit plus. Juste dans l'Ouest canadien, et encore. Et ça coûte... Je ne te dis pas.

— Donc, je t'offre un beau cadeau, lui avais-je lancé, avec du rire dans la voix.

Aussitôt l'arbre abattu et dépouillé, Armand viendrait avec ses outils pour le débiter directement dans mon stationnement. D'après les photos que je lui avais envoyées par courriel – vive le progrès ! –, il avait décidé de travailler sur place. Ce serait plus pratique, et il avancerait plus rapidement. Il fallait faire vite avant le retour de la neige. Il serait donc là le lendemain de l'abattage.

— Je vais les laisser finir leur travail de coupe, et j'arrive avec mes grosses machines.

Armand avait tout du gamin enchanté. Il possédait cette faculté de s'amuser encore à l'âge adulte. Je l'enviais. J'enviais sa façon de voir la vie et d'y trouver sans cesse des terrains d'amusement.

François et moi avons pris un café et dégusté quelques scones encore chauds avec de la confiture de framboises que j'avais cuisinée à la belle saison. D'un seul coup, l'été venait d'entrer dans la cuisine. Nous avons d'abord jasé de tout et de rien avec un bruit lancinant en provenance de l'extérieur. Qui a déjà dit qu'à la campagne, c'était silencieux ? François allait bien. Son travail au labo lui plaisait de plus en plus. Entre deux gorgées de café, je l'ai surpris à plusieurs reprises à regarder derrière lui ou en direction du salon.

— Tu la cherches, toi aussi, lui dis-je.

Il fit signe que oui. Il semblait peiné de me rappeler le souvenir de ma chatte récemment décédée.

— Je dois réapprendre à vivre sans elle, dis-je.

— Tu devrais avoir un autre chat. Tout de suite.

Je fis signe que non. C'était trop tôt. J'avais besoin de faire ce deuil avant.

— Et vous deux, ça fait combien d'années que vous avez perdu Feydeau et Napoléon ?

— Cinq, six ans, je crois.

Aussitôt, les larmes lui vinrent aux yeux.

— Tu vois. Vous ne les avez pas remplacés, parce que ça fait encore mal. Je me trompe ?

— Je comprends tout à fait ta peine, Olivia. Mais moi, ce n'est pas pareil, je ne vis pas seul. Il y a Albert. C'est vrai que tu as Harris, mais pas tout le temps.

— Harris ? Harris qui ? Je ne le vois jamais, avouai-je un peu tristement. Boulot, boulot, boulot.

— C'est une période comme ça. Faut pas t'en faire.

Et avec sa discrétion légendaire, François me demanda si j'avais des raisons d'être inquiète.

— Es-tu fou ! Jamais de la vie. Cet homme est fidèle, honnête. C'est la première fois de ma vie que ça m'arrive. Il ne s'en fait plus des comme ça. Ce sera lui mon gros matou, à présent.

Puis j'avouai à François qu'il n'était pas le seul à me conseiller d'aller chercher un autre chat.

— Henri m'a envoyé tout plein d'adresses d'animaleries. Massimo, lui, m'a expédié quelques photos de bébés chats tout à fait craquants. Ton chum m'a même proposé toute la portée de la chatte d'une collègue. Même mon fils me le suggère régulièrement.

La scie mordait toujours à belles dents dans le bois avec des bruits stridents. Après le chat que je venais récemment de faire euthanasier, le bébé que Marie avait perdu, voilà qu'aujourd'hui je mettais fin à la vie d'un arbre quasi centenaire. Il était plus que temps que je me penche sur l'espoir d'une nouvelle vie.

Je demandai à François de sortir les papiers qu'il avait apportés.

28

La tonne de documents, de formulaires à remplir et autres paperasses du même genre s'étalait sur l'îlot central de la cuisine entre nos tasses de café et les miettes de notre petit déjeuner. François me regardait avec des yeux suppliants. C'était bien la première fois que je le voyais si abattu.

Tous ces papiers concernaient, bien sûr, l'adoption internationale.

— Ça n'a pas l'air simple, remarquai-je, après en avoir consulté quelques-uns.

— Simple ? Tu veux rire. On aurait plus de chances d'adopter un éléphant ou une girafe. Si tu savais le nombre d'appels, de consultations de documents... C'est fascinant. Et totalement décourageant.

En effet, les démarches à suivre pour adopter à l'étranger devaient en rebuter plus d'un. Albert et François avaient quand même suivi les étapes dans l'ordre.

Une première recherche sur Internet les avait poussés à se poser des centaines de questions sur leur intention d'adoption, sur eux-mêmes, sur leur couple et sur leurs motivations profondes. À la lecture de ces documents, on comprenait rapidement que la démarche de préadoption force les futurs parents à bien mesurer les conséquences de ce choix, à prévoir les problèmes – car il y en aurait – et les enjeux d'un tel projet.

— Grosse remise en question, lui dis-je.

— On baigne là-dedans depuis des mois, ajouta François. On vit toutes les émotions. Un jour, super excités, le lendemain totalement découragés, parce que tout est à recommencer, mais on tient encore le coup. Le plus difficile pour l'instant, c'est de se trouver un évaluateur. Notre dossier est solide, pourtant. On a consulté deux agences d'adoption. Personne n'est prêt à considérer notre demande.

J'hésitais à poser la question, mais elle tombait malheureusement sous le sens.

— Heu… Parce que vous êtes gays ?

Il me fit signe que oui. Ses yeux s'emplirent de colère.

— Je suis convaincu qu'on ferait les meilleurs parents du monde. Bien plus que nombre de mes connaissances.

J'attendis que la vague passe. Pendant ce temps, je me fis la réflexion que si tous les futurs parents de ce monde répondaient à ces questionnaires et subissaient les évaluations psychosociales exigées pour adopter, il n'y aurait pas beaucoup d'enfants sur terre. Peu d'adultes seraient jugés aptes à procréer. Moi la première, il me semble. Jamais on n'a demandé à de futurs parents biologiques s'ils étaient vraiment sûrs de vouloir un enfant ? S'ils étaient préparés à réagir à la maladie de leur enfant ? Ou au handicap ? Jamais la question de savoir si notre famille, nos amis étaient prêts à nous soutenir à l'arrivée d'un bébé ne nous a été posée. Personne ne nous a mis sous le nez l'idée qu'avoir un enfant, c'est vraiment pour la vie. Et qu'on ne peut pas le retourner au magasin en cas de défectuosité ou parce qu'il nous fait suer à l'adolescence ou qu'il nous déteste carrément, qu'il nous vole, nous menace et ne veut plus rien savoir de nous, nous qui l'avons pourtant tant aimé et choyé.

François exposa son idée sur le sujet.

— D'un côté, je peux comprendre l'importance de toutes ces précautions - il y a des abus partout -, mais d'un autre côté, n'importe quel imbécile peut mettre au monde un enfant et l'abandonner aussitôt. Ou le maltraiter dans le pire des cas, comme ça arrive trop souvent. Nous, nous pouvons donner à un enfant abandonné un toit, une éducation, de l'amour, du soutien, de la protection...

Il a pris le temps de boire une gorgée de café. Peut-être pour faire passer ses propos et ces évidences qui l'irritaient au plus haut point.

— Ça risque d'être très long. Et on ne peut pas prouver qu'il s'agit de discrimination de la part d'un évaluateur, d'un travailleur social ou d'un psychologue. Il est en droit de refuser notre candidature.

— Y a pas des lois qui protègent les homosexuels qui veulent adopter un enfant ? demandai-je aussitôt.

— Oui, oui. Selon la loi, on a le droit de se marier entre conjoints de même sexe et d'adopter. Mais les individus qui étudient nos dossiers peuvent très bien avancer toutes sortes de raisons autres que notre orientation sexuelle pour refuser le dossier d'adoption. Et on n'y peut rien. Puis, même si l'évaluation est positive, il n'y a aucune garantie d'obtenir un enfant en adoption.

Un long silence plana entre nous. La scie électrique, qui continuait d'entailler le grand pin avec ses lames acérées, nous ramena un instant à la réalité.

— Je ne sais quoi te dire, mon beau François. Je suis convaincue que toi et Albert feriez les meilleurs parents du monde, mais mon opinion ne pèse pas lourd dans la balance.

— Peut-être que oui. C'est la raison de ma venue. Ton appui nous serait d'une grande aide. Dans l'entourage immédiat des adoptants, une présence féminine est obligatoire. Selon leurs critères, ma mère est jugée trop âgée, et les parents d'Albert sont décédés. Sa sœur a refusé de signer pour nous. Il est vrai qu'elle a déjà quatre enfants à élever seule.

— Si je comprends bien, tu me demandes d'être... la mère psychologique ?... La marraine de cet enfant ?

Il répondit à ma question avec son sourire le plus doux et le plus charmant qui soit.

— On te laisse le temps d'y penser. Lis tout le dossier, c'est important pour comprendre les enjeux. Si tu as des questions, tu nous appelles. On se rencontrera tous les trois pour tenter de répondre à tes interrogations. Cet engagement nous aiderait surtout à avancer dans notre dossier. Après, on se débrouille tout seuls. Tu nous connais. On est des grands garçons.

Je restai là, à le regarder.

— Est-ce que ça veut dire qu'une fois que vous aurez été acceptés comme parents adoptifs, je ne serai plus dans le portrait ?

François se défendit. Ce n'était pas du tout cela qu'il avait voulu dire. Si j'acceptais ce rôle, je l'aurais aussi longtemps que je le voudrais.

J'avais envie de lui répondre spontanément, mais il me poussait à attendre. François et Albert voulaient que je vérifie tous les documents, pour savoir à quoi je m'engageais exactement. J'ai dit à François que je leur donnerais vite des nouvelles, et que j'espérais très fort que tout fonctionne. Je n'avais absolument pas peur d'aider mes amis, et j'étais certaine qu'ils possédaient le profil parfait pour adopter. Tous les deux pratiquaient des métiers qui leur assuraient une aisance financière, ils s'étaient occupés de leurs neveux et nièces à maintes reprises, et Albert était professeur, que demander de plus ? Les enfants, ils connaissaient. Ils étaient chaleureux, généreux et fort aimants. Très équilibrés aussi. Le seul hic, c'est qu'ils étaient homosexuels. Et pratiquement aucun pays n'accepte vraiment l'adoption homoparentale.

Dire que parfois je me plains d'être une femme. Je ne suis pas la seule à qui la vie ne fait pas de cadeau.

D'ailleurs, toute cette conversation venait de me donner chaud. Je n'arrivais pas à en déterminer la cause : l'émoi causé par ce petit Chinois à venir dont je serais en partie responsable ou le dérèglement de thermostat de ma vieillesse anticipée. J'en profitai pour reconduire François et prendre le frais. Ce dernier paraissait content de m'avoir parlé de ses tracas. De mon côté, j'étais ravie qu'il l'ait fait.

— C'est toujours moi qui fais appel à vous depuis mon arrivée dans le coin. C'est chacun son tour, non ? lui lançai-je.

Il me serra fort dans ses bras. Ma réponse avait vraiment de l'importance à ses yeux. Sur le chemin vers sa voiture, François s'intéressa au pin, à présent couché sur le sol, tranché en quatre grandes parties. Justement, l'émondeur et sa fille faisaient une pause. L'homme me montra la partie ravagée.

— Dévorée par les fourmis. Regardez ça, ma chère dame. Vous avez « sauditement » bien fait de prendre cette décision. Ça mange tout sur leur passage, ces maudites bestioles.

Effectivement, derrière chaque trou pratiqué par les pic-bois, des colonies entières de fourmis charpentières reposaient dans les interstices de l'arbre.

— Mortes de froid, me répondit M. Fowler avant même que je ne pose la question. Si on les avait laissées faire, elles auraient rongé jusqu'à la cime, et l'arbre se serait écrasé. Vous venez d'épargner votre maison, votre voiture, votre voisin ou votre piscine. C'est pas beau, ça ? Et pas cher en plus.

Il ne me restait plus qu'à débourser le montant que je n'avais pas en banque. Mais comme disait le monsieur, compte tenu des dépenses évitées... ce n'était pas cher !

Je murmurai à l'oreille de François :

— Ça, c'est un peu comme les assurances « vol et incendie » auxquelles on souscrit. On n'est remboursé que si la maison est cambriolée pendant qu'elle brûle.

François monta à bord de sa voiture et, au bout du chemin, me fit un signe de la main par la fenêtre ouverte. Je regardai l'espace qu'avait occupé le pin géant. Il était à présent tout vide. Méchant trou à remplir. Mon paysage était maintenant amputé. Je vivrais quelque temps sans arbre à cet endroit avant de décider par quoi le remplacer.

Lorsque je me suis couchée le soir, j'ai repensé au trou béant. Notre vie n'était-elle constituée que de vides et de pleins ? De trous et d'espaces à combler ? Quelqu'un emplissait notre vie de sa présence et de son amour, et lorsqu'il disparaissait de notre entourage, le trou qu'il laissait devenait énorme, grandissait au fil des jours, prenant toute la place. Et lorsque notre vie était vide de présence et de douceurs, on tentait de la remplir. Par un amour, une voiture, une carrière, un enfant. Parfois avec n'importe quoi. Pourvu que ce gouffre soit comblé, saturé, encombré. Tout sauf le vide. Une angoisse me saisit tout à coup. Je regardai dans mon lit. Ni Bouboulina ni Harris n'y étaient. Je vérifiai l'heure sur le réveille-matin. Il n'était que vingt-deux heures. Je pouvais déranger mon amoureux. J'en avais un pressant besoin.

— Allo ?

— Bonsoir, mon amour. Tu me manquais. Beaucoup.

29

Le lendemain, c'est un Armand gonflé à bloc et heureux comme un prince qui entra avec sa machinerie lourde dans mon stationnement, accompagné d'un copain pour l'aider. Pierre-Luc. Lulu était là aussi. Les ti-gars s'amuseraient ensemble avec l'énorme scie à tailler le tronc en planches, tandis que je passerais enfin des heures tranquilles avec mon amie. Les derniers temps, on s'était couru après, nos horaires ne coïncidant jamais.

Complètement défaite, pâle, Lulu a franchi la porte de ma maison. J'ai dû l'abandonner quelques minutes, le temps d'aider les gars à s'installer, c'est-à-dire à se brancher à la prise électrique et au robinet, et je suis revenue à la maison en courant. Mon amie s'était assise dans le salon sur la banquette de coussins blancs, sous les fenêtres de la terrasse. L'endroit de prédilection de Bouboulina. Le soleil faible de novembre semblait la réchauffer, elle aussi.

— Qu'est-ce qui se passe, Lulu ? Je ne t'ai jamais vue comme ça. Je suis sûre que tu me caches quelque chose.

Elle a tenté un faible sourire pour me rassurer, mais elle a vite compris que je n'étais pas dupe.

— Je me suis fait opérer, avant-hier.

— Quoi ? Opérer ?

Je me suis rendu compte que je venais de crier à tue-tête et que ma voix était teintée de reproches. J'ai baissé le ton, réalisant que ma grande amie n'avait pas vraiment besoin de cette réaction.

— Comment ça ? demandai-je plus doucement.

— En réalité, on m'a posé un petit trait d'union.

Voyant mon incompréhension, elle ajouta qu'elle avait subi une biopsie d'un sein.

Et pour m'expliquer sa métaphore, elle déboutonna sa chemise et me montra un minuscule trait rouge. Cette coupure se trouvait sur son sein gauche, juste en haut de la ligne de dentelle de son soutien-gorge.

— Mais..., balbutiai-je. Mais, pourquoi tu ne m'as parlé de rien ? Pourquoi ? Voyons, Lulu...

— Je sais, je sais, me coupa-t-elle. Tu me connais, Olivia. Quand quelque chose cloche, j'ai besoin de faire le ménage toute seule.

— Oui, mais là... C'est pas pareil. Ce n'est pas juste quelque chose qui cloche, c'est... Tu...

J'ai éclaté en sanglots. Et c'est elle qui m'a consolée.

— Tout va bien, je te jure. J'ai toujours eu des seins compliqués, tu le sais. Tout le temps enflés, avec des kystes, la totale quoi ! Je fais partie des filles qui doivent être suivies plus régulièrement que les autres. Et cette fois-ci, ils ont vu une ombre inquiétante. Deux mammographies plus tard, petite biopsie obligatoire. Voilà.

— Et ?..., demandai-je sans mentionner la suite qui, je l'avoue, m'effrayait réellement.

— Et... Eh bien, j'attends les résultats.

J'étais autant peinée qu'en colère après Lulu.

— Pourquoi ne m'as-tu rien dit ?

— Pour ne pas t'affoler.

— Mais tu es mon amie, Lulu. Il me semble qu'on doit partager ça ensemble.

— Tu seras là pour la suite, Olivia. Si suite il y a.

Je la pris dans mes bras et la serrai très fort.

— Je me doutais que tu n'allais pas bien. Mais tu m'as bien embobinée cet été, à la fête de la piscine, quand tu m'as parlé de ton trop-plein de travail et de tes clients à l'agence. De ta fatigue passagère. J'y ai cru.

— Moi aussi, m'a-t-elle dit. Moi aussi, j'ai voulu croire que c'était une mauvaise période. Mais apparemment non.

Elle m'a un peu raconté comment ça s'était passé. Les visites chez le médecin, les nombreux examens, mammographie, ponction, l'attente des résultats, la biopsie. Heureusement, tout ce temps-là, Armand était avec elle.

— Ça va lui faire du bien de jouer dehors avec ses gros outils. Il aura l'esprit occupé. Il ne restera pas à côté de moi à attendre ou à me regarder comme si j'allais disparaître d'un coup. Je ne l'ai jamais vu si nerveux. Chaque fois que le téléphone sonne, j'ai l'impression qu'Armand va avoir une attaque. Une chance que je n'ai jamais été enceinte. Ça aurait été quelque chose.

— Rien pour te rassurer.

— C'est sa façon de me dire qu'il tient à moi.

— Et toi, dis-je, comment te sens-tu ?

— J'attends. J'essaie de rester calme. Je ne dors pas bien, tu dois t'en douter. Tout est possible. C'est peut-être rien. Et peut-être que... Regarde, me dit-elle en voyant mes yeux inquiets, ça ne sert à rien d'imaginer tous les scénarios à la fois. Le tableau est fort simple. Soit j'ai un cancer, ils m'opèrent et peut-être que j'aurai à faire de la chimio, soit je n'ai rien et je passe à autre chose. J'aurai toujours sur le sein ce petit trait d'union entre la vie et la mort pour me rappeler que nos vies sont fragiles, justement. Et j'ai envie de vivre. Vous ne vous débarrasserez pas de moi aussi facilement. J'ai pas fini de vous embêter.

— Mosusse de folle, lui dis-je affectueusement.

J'écoutais mon amie et je la trouvais bien courageuse et tellement calme. Je ne sais pas comment je réagirais, moi. Je trouverais cette situation tellement intolérable. Je battrais l'air de mes bras, je défoncerais des portes, je hurlerais à l'injustice. Ça ne réglerait sûrement rien. Est-ce que je me laisserais abattre ?

C'est à ce moment que j'ai pensé au pin géant pourri de l'intérieur en train de se faire couper en fines planches.

Je revis les fourmis qui le dévoraient lentement, sans que rien n'y paraisse à l'extérieur. Je me secouai un peu et proposai à Lulu d'aller nous promener, histoire de nous changer les idées. Elle accepta aussitôt. Nous n'étions pas des adeptes de l'attente lancinante et pénible. Dans ce genre de situation, on avait toujours préféré bouger. Ne pas rester inactives. On s'est habillées chaudement et on a d'abord marché sur le terrain, mais le bruit de la machinerie nous empêchait de parler. On s'est alors dirigées vers le village, puis vers un sentier bordé d'arbres, près du lac. Le silence environnant et l'air frais nous firent du bien. Le calme s'installa de nouveau entre nous. Nous marchions bras dessus, bras dessous.

On a évoqué les changements dans nos vies. Cette fameuse ménopause, ces modifications majeures dans nos corps, les maladies qui nous attendaient au détour.

— Notre vocabulaire se modifie. On doit y ajouter de nouveaux mots, à mesure qu'on vieillit. T'imaginaistu les prononcer un jour, toi ? me fit part Lulu avec un certain humour.

Elle mordit dans les mots qu'elle semblait détester au plus haut point.

— Chaleurs, sautes d'humeur, perte de mémoire, arthrose, mammographie, coloscopie...

J'ajoutai ma liste de mots terribles, ceux qu'on n'a pas tellement envie de prononcer ni d'appliquer à son quotidien.

— Densité osseuse, arthrite, cholestérol, prise de poids, rides, vergetures, ostéoporose, problèmes d'incontinence... L'âge d'or ! Hein !

— Arrête, arrête, s'étouffa Lulu, morte de rire. Je viens de prendre vingt ans juste à t'écouter. Dire qu'on vient à peine de traverser le second début de la quarantaine, penses-tu qu'on a droit à un troisième début dans la cinquantaine et plus ?

— Oin, dis-je, drôles de mots, et des maux dont on se passerait bien. Mais ils sont là. On n'a pas le choix. C'est bien connu, les vieux modèles comme nous, ça demande toujours un peu plus d'entretien. La carrosserie n'est plus neuve, neuve, le moteur a des ratés et il faut parfois changer les pièces usagées.

Lulu me prit le bras, et l'on se mit d'accord, d'un regard tacite, pour quelques pas de danse agiles sur fond de forêt environnante et de chants d'oiseaux, histoire de se convaincre qu'on n'était pas si amochées par la vie et par l'usure du temps. Deux vieilles amies qui martelaient de leurs bottes le sol gelé. Une manière de lui dire que l'on n'avait pas fini de le fouler, que nos pas ne s'arrêteraient pas là. Que le froid n'était que passager et que la vie coulerait de nouveau dans la terre, comme dans nos veines.

30

Nous sommes rentrées de notre longue promenade tandis que les gars achevaient leur travail. Une trentaine de belles planches très larges s'empilaient dans la remorque attachée au camion d'Armand. Ça sentait le pin à plein nez. Cette odeur enivrante nous a suivis à l'intérieur de la maison. Fourbus, Armand et son ami faisaient un brin de toilette à l'étage, et Lulu et moi avons préparé le souper. Rien de bien compliqué, mais tout de même un petit festin. Je regardai Lulu s'affairer près du four où mijotait un gigot d'agneau. À l'aide d'un couteau, elle vérifiait la cuisson des pommes de terre boulangères, des tomates et des oignons. Le plat placé juste en dessous de la tôle percée où braisait la viande permettait aux légumes de cuire grâce au jus de l'agneau et aux aromates. J'en salivais déjà. Puis un instant, je me suis souvenu de moi dans une cuisine de la rue du Pont-Louis-Philippe, à Paris. J'y revis Simone les mains pleines de farine. Simone qui riait à gorge déployée pour une bêtise, pour un rien. Simone qui me donnait des leçons de vie. Cette femme si merveilleuse qui m'avait appris à découvrir tant de choses, à humer, à déguster, à savourer. Ma belle Simone qu'un cancer foudroyant avait emportée trop rapidement, mais qui m'avait aussi permis d'assister à ses derniers jours et d'acquérir cette maison jaune. Ma Simone de toujours. Ma Simone qui me manquait tant et si souvent. Je regardais Lulu en tâchant d'oublier la réponse qu'elle attendait. La réponse qui lui donnerait droit de vie ou de mort. La vie voulait-elle encore une fois rompre le contrat d'amitié entre Lulu et moi, comme auparavant entre mon amie Simone et moi ? Est-ce que la mort viendrait me la prendre, elle aussi ? Je sentis une colère sourde m'envahir. C'était trop injuste, trop cruel. Pourquoi les gens qu'on chérit le plus s'en vont-ils toujours les premiers ? J'ai une liste toute prête de personnes méchantes, insignifiantes ou carrément cruelles à proposer à la mort. Mais elle ne vient jamais chercher celles-là.

Je plaçai le couvert sur la table avec brusquerie. Lulu s'inquiéta tout à coup.

— Ça va ?

Je sortis de ma torpeur.

— Oui, oui... Je... je pensais à Simone. À son départ.

Lulu s'approcha de moi et me rassura doucement.

— Je n'ai pas du tout envie de m'en aller. O.K., jeune fille ? Je me battrai s'il le faut, mais pour le moment, ça semble n'être qu'un avertissement. Ta Simone qui disait, semble-t-il, toujours un mot drôle sur le sens de la vie, elle aurait dit quoi ?

Je réfléchis un instant. Puis une anecdote me revint.

Élégante dans son tailleur – elle disait « Charnel » au lieu de Chanel –, Simone m'avait invitée à l'accompagner à une remise de prix. Le genre d'événement qu'elle détestait au plus haut point, mais un incontournable. Elle disait : « On va leur montrer que l'on sait vivre. » Donc, la totale. Tailleur « Charnel », talons vertigineux, décolleté précipice.

« Ça leur fera toujours quelque chose à regarder s'ils s'ennuient », disait-elle. À ce souper, où je l'ai suivie comme un petit chien de poche parce que je ne connaissais personne, je savais que bien qu'auteure célèbre, Simone n'en demeurait pas moins une grande actrice, et que j'aurais donc droit à quelques beaux moments d'anthologie. Alors en grande discussion avec un auteur pérorant et se prenant pour le nombril du monde parce qu'il venait de recevoir un prix, Simone lui avait lancé cette boutade de Hubbard que je n'ai jamais oubliée : « Ne prenez pas la vie trop au sérieux, mon cher, de toute façon vous n'en sortirez pas vivant. »

Lulu et moi avons bien ri de cette remarque.

— Au fait, demanda-t-elle, en me passant les coupes à vin, que fais-tu à Noël ?

— Je ne sais pas encore. Je vais sûrement ramasser tous les esseulés.

— Tu invites des sans-abri chez toi ?

— On peut dire ça comme ça. Non. J'invite tous ceux qui sont sans famille, ou qui sont en conflit avec leur famille, ou dont les enfants sont dans l'autre famille. Ça veut dire Massimo – sa mère est toujours à Venise et elle ne vient pas cet hiver, elle est un peu souffrante. Henri et Thomas vont peut-être se pointer le bout du nez à Noël ou au jour de l'An, ça dépend s'ils prennent des vacances au soleil ou non, et François et Albert hébergent Raffie, tu sais, le jeune gars que tu as rencontré à la fête de la piscine. Ils vont tous être là.

— Et ton fils travaille, comme de raison.

— Un fleuriste, ça ne célèbre jamais en même temps que tout le monde, c'est bien connu.

— Tu ne parles pas de Harris ?

— Il ne sait pas encore. Ses enfants le réclament, ses amis et ses collèges aussi. J'essaie de me trouver une petite place dans tout ça.

— On a beaucoup de travail et de préoccupations, hein ! Pas facile de tout concilier. Armand, je ne le vois pas beaucoup plus avec ses commandes pour Noël. Moi, je travaille comme une folle et lui, il a toujours un chantier en route. Oh ! ajouta-t-elle, je vais te faire rire. L'autre soir, j'ai apporté des catalogues de voyage à la maison et Armand s'y est soudain intéressé. Il a émis le désir d'aller dans un endroit où il n'avait jamais mis les pieds. Je lui ai suggéré la cuisine.

On a éclaté de rire à l'unisson.

— Il ne l'a pas trouvée drôle, a-t-elle ajouté.

Ayant terminé leurs ablutions – pas facile d'enlever de la résine de pin –, les hommes ont dégusté une bière bien méritée avant de passer à table. Le repas était délicieux. Armand nous a raconté dans le menu détail leur après-midi à se débattre avec cette magistrale coupe de planches. Passionné du bois et du travail manuel, Armand était toujours fascinant à écouter. Il parlait avec beaucoup de fougue, bien qu'entre chaque phrase il bâillât à s'en décrocher les mâchoires.

— C'est vraiment du gros travail, et avec le grand air en plus, je ne me coucherai pas tard ! lança-t-il.

Je les ai invités à dormir à la maison, mais ils ont gentiment décliné mon offre. Le copain qui les accompagnait travaillait très tôt le lendemain, puis Lulu avait besoin d'une bonne nuit de sommeil dans son lit, et Armand aussi. Je n'ai pas insisté et je les ai regardés partir avec leur chargement. Je savais qu'ils n'étaient pas en danger sur la route, Armand est un passionné prudent.

Pendant le souper, il nous avait demandé, à Lulu et à moi, ce que nous avions fait tout l'après-midi. Lulu avait répondu, le sourire en coin, que nous avions enrichi notre vocabulaire de nouveaux mots. Il n'avait pas cherché à savoir lesquels. Moi, j'espérais, en montant me coucher, que le mot « cancer » ne s'ajouterait pas à notre liste déjà trop longue de mots donnant froid dans le dos.

31

Puis Noël est arrivé sans que je m'en rende vraiment compte. Comme l'hiver entrait à petits pas – peu de neige, des froids supportables –, un matin, j'ai pris conscience que je n'étais absolument pas dans l'esprit des fêtes, que je n'avais pas préparé grand-chose et que les cloches sonneraient à pleine volée, à minuit, dans une toute petite semaine. J'avais lancé mes habituelles invitations à la famille et aux amis, et je n'avais obtenu que de vagues réponses. Du style « oui, oui, on s'en reparle ». Mais on ne s'en était pas reparlé. J'étais vraiment loin d'être prête. J'avais été où tout ce temps-là ? Dans la brume, je pense. J'avais vécu ces jours de début d'hiver un peu dans un vague brouillard où je soignais ma peine due à l'absence de Bouboulina et aux séparations répétées avec mon amoureux. Et j'ai avancé là-dedans, à tâtons. Un peu de travail, des rencontres professionnelles, des rendez-vous ratés avec les copains – conflits d'horaire –, des visites assidues à Montréal pour aider Marie et Vincent.

Je me disais que la magie et le désir étaient morts entre Harris et moi. Quand on est obligée de prendre rendez-vous avec son amoureux, quelque chose cloche, même s'il avait beau m'assurer qu'il n'en était rien. Il était débordé à cause de la fin de la session, ses enfants réclamaient sa présence, son ex lui faisait des misères, son chef de département l'accaparait trop souvent à son goût. La vie normale, quoi ! Je me calmais en me répétant que plein de gens vivaient ce genre d'empêchements amoureux et s'aimaient toujours. Je devais probablement être en manque d'amour, de sexe et d'affection… Un effet de la « minipause » aussi, je présume. Pendant de longues périodes, on ne veut rien savoir de son partenaire et, l'instant d'après, on est prête à lui arracher ses vêtements dès qu'il a franchi la porte. Je ne me reconnaissais pas trop dans ce nouveau statut féminin qui me faisait passer tantôt pour une bonne sœur vouée corps et âme à son Dieu et quelques heures plus tard pour une dévergondée de la pire espèce, prête à vendre son âme pour une partie de jambes en l'air. Qu'est-ce qui m'arrivait, Seigneur ! Cette situation était à n'y rien comprendre. Je me suis quand même forcée, et j'ai essayé de plonger dans l'esprit des fêtes de Noël. Mais j'ai failli en débarquer presque aussitôt.

En allant chercher mon courrier au bureau de poste, j'ai eu la joie de découvrir, un, que j'avais d'autres lettres que des comptes à payer – ça fait toujours plaisir – et deux, que d'autres personnes que moi avaient eu l'esprit assez alerte pour envoyer leurs cartes de souhaits à temps, dont mon vétérinaire. L'image en noir et blanc montrait une jeune fille assise sur une galerie entre un énorme chien et un tout petit chat. Quelle ne fut pas ma surprise de constater que ce message ne soulignait absolument pas la fin de l'année ! Mon vétérinaire et toute son équipe m'écrivaient pour me dire à quel point ils étaient désolés et tristes pour moi, à cause de la perte d'une si grande amie nommée Bouboulina. Des larmes se mirent à couler sur mes joues. Quelques personnes présentes près des casiers postaux me demandèrent si j'allais bien. J'essuyai mes yeux en riant. En réalité, c'étaient de bonnes nouvelles.

J'en discutai plus tard dans la journée avec Albert. Je m'étais arrêtée chez lui durant ma tournée de distribution de branches de pin. Plusieurs personnes m'en avaient demandé. Et ce n'était pas la branche de pin qui me manquait, cet hiver-là. J'avais surtout une superbe nouvelle à partager avec lui. Je réglai d'abord celle de la carte de Noël.

— Je n'en reviens encore pas. Mon propre vétérinaire m'envoie ses condoléances.

— Il veut te garder comme cliente, rétorqua Albert.

— Ah ! Tu es donc bien négatif. Je m'en fous si les raisons sont mercantiles. Ils ont quand même pensé à moi.

— Les médecins ne m'ont pas envoyé de tels vœux à la mort de mon père.

— Tu vois. Je garde encore à l'esprit cette idée de me faire soigner dans une clinique vétérinaire si je tombe malade. Ils sont fantastiques, ces gens. En plus, ils éprouvent de la compassion. Notre système de santé n'a plus le temps d'en avoir, ni les moyens.

— Moi aussi, j'aimerais pouvoir me faire soigner là.

Je ne reconnus pas tout de suite la voix en provenance du couloir qui venait de prononcer cette phrase. Et encore moins le visage du garçon qui entra dans la pièce.

Albert se sentit obligé de me raviver la mémoire.

— Tu te souviens de Raphaël. On l'avait amené avec nous à la fête de la piscine.

— Oui, oui. Raffie.

Je n'osais même pas demander si ça allait. Je ne faisais que le dévisager, et je n'en croyais pas mes yeux. Cependant, j'essayai de sourire afin de cacher mon désarroi.

Devant moi, en effet, se trouvait la pâle copie de ce garçon si gentil que j'avais déjà rencontré. Je n'arrêtais pas de m'interroger sur ce qui avait pu se passer entre les jours chauds de l'été et ceux frisquets de l'hiver. Il n'était plus que l'ombre de lui-même. Ses yeux cernés avaient perdu tout leur éclat et semblaient fiévreux, ses joues étaient affreusement creuses, et sa magnifique tignasse de cheveux bouclés n'était plus qu'un vague souvenir. Dans son survêtement beaucoup trop grand pour lui, il paraissait d'une maigreur extrême. Il me sourit tout de même.

— Raffie. Je suis contente de te revoir, lui dis-je en me précipitant pour le prendre dans mes bras.

L'impression de maigreur que j'avais observée était loin de la vérité. Il n'avait que la peau sur les os.

Il tenta de s'excuser.

— J'ai changé un peu, hein ! Je continue à maigrir, et je n'en mène pas large.

Albert lui demanda s'il préférait retourner se coucher ou s'installer dans la cuisine.

— Devant la télé, je veux bien. J'en peux plus d'être allongé.

Raphaël passa devant nous au ralenti et se dirigea vers le salon. Albert me fit un sourire timide avec ce regard entendu que je lui connaissais si bien, où je pouvais lire que s'il ne m'avait parlé de rien, c'était pour ne pas m'infliger ça, et que le mal dont souffrait Raffie était bien ce que je supposais. Pour me le confirmer discrètement, Albert ajouta que c'était l'heure pour Raphaël de prendre ses médicaments. Il prit un plateau sur lequel reposait au moins une douzaine de bouteilles contenant des pilules de toutes les couleurs et des gélules de tous formats. Il remplit un grand verre de lait et le déposa près des médicaments.

— Je vais revenir une autre fois, lui dis-je, doucement.

— Non, non. Reste. Je suis sûr que ça fera du bien à Raphaël d'avoir un peu de distraction, hein, Raffie ?

— Oui, oui. Je...

Mais il ne put poursuivre sa pensée, car une terrible quinte de toux l'obligea à mettre ses mains devant sa bouche. Albert me donna le plateau et se précipita auprès de son jeune malade avec une boîte de mouchoirs en papier.

— Maudite maladie, finit par dire Raffie, une fois apaisé. Une chance qu'Albert et François sont là pour s'occuper de moi.

Je dévisageai Albert avec des questions plein les yeux.

— Son père refuse qu'il remette les pieds à la maison. Sa mère le voit en cachette. Il n'a pas un sou et se bat pour vivre.

— Et la trithérapie, ça maintient en vie, mais c'est dur pour le système. C'est de ça que je vais mourir. Pas du sida.

Il reprit lentement son souffle. Un peu de rose lui vint aux joues. Je n'arrêtais pas de fixer ce jeune homme, à peu près du même âge que mon fils, qui ressemblait aujourd'hui à un vieil homme malade. Je me retenais pour ne pas pleurer.

— Les gens me considèrent comme un pestiféré. Il y a eu un drôle de ménage autour de moi.

Albert reprit un ton plus joyeux.

— Il passe les vacances de Noël chez nous.

— Tu viendras à la maison pour le réveillon ? lui demandai-je.

— Si je ne suis pas trop magané, ça me fera plaisir. Vincent et Marie seront là ?

— Ça dépendra de son travail. Est-ce que tu sais que Marie est de nouveau enceinte ?

— C'est vrai ? s'exclama Albert.

— Oui, je viens tout juste de l'apprendre.

— Oh ! La bonne nouvelle. C'est la vie, hein ? Il y en a qui arrivent, il faut bien que d'autres partent, remarqua Raffie.

— Ça ne marche pas comme ça, rétorqua Albert. Et ce n'est pas obligatoire que ce soit toi qui t'en ailles. Tu dois te battre, mon grand.

— Je sais, je sais, dit-il, en tentant de se lever.

Albert lui prit le bras pour l'aider.

— Je vais aller me l'allonger, dit Raphaël à la blague. Je suis un peu fatigué.

— Au revoir, Raffie. Je t'attends à Noël.

Les deux garçons quittèrent la pièce à pas de tortue en direction de la chambre d'amis.

Je me retenais de toutes mes forces pour ne pas éclater en sanglots.

En même temps, j'avais envie d'exploser. Comment tout ça était-il possible ? Comment un beau garçon de la sorte, brillant comme il s'en fait peu, terriblement vivant, se retrouvait, à vingt-six ans, à l'article de la mort ? Qu'est-ce qui avait bien pu se passer ?

Albert, une fois encore, répondit à mes interrogations muettes.

— Ça veut tout essayer, quand c'est ado. Et Raffie n'y est pas allé de main morte. Mais, un jour, il est tombé sur une aiguille contaminée. Une seule fois, une de trop.

— Ses chances ?

— Minces, minces, minces.

Albert semblait assez défaitiste.

— Je vais m'en occuper tant qu'il aura besoin de moi.

— Je peux t'aider si tu veux.

— On ne sera pas trop. Ses besoins augmentent sans arrêt. Et ses parents ne veulent toujours rien savoir. C'est terrible, ça.

Albert revint à l'occupation qu'il avait à mon arrivée. Je l'ai aidé à plier les grands draps. On se faisait face, se rapprochant et se reculant à mesure que le drap prenait la forme voulue. On accomplissait ces gestes en silence. Puis, on passa aux serviettes.

— Comme ça, me dit tendrement Albert, tu vas être grand-mère.

— Le médecin avait conseillé à Vincent et à Marie de prendre leur temps avant de réessayer. Ils sont jeunes, pressés. Marie est suivie de près. Apparemment, celui-là est bien accroché.

— C'est pour quand ?

— Juillet.

On continuait de former une montagne de serviettes sur le comptoir.

— Et avec l'adoption, où en êtes-vous ? lui demandai-je.

— C'est temporairement en attente. Mais j'ai une bonne nouvelle. On ne sera pas obligés de se marier.

— Tu dois être content.

— D'après toi ? !

— Comment c'est possible, alors ?

— On va adopter en tant que célibataire. En réalité, l'un de nous seulement.

— Lequel ?

— Il est là, le problème. On n'arrive pas à s'entendre là-dessus. Selon moi, je devrais faire la demande puisque je suis professeur. D'un autre côté, François est propriétaire de la maison, ça donne une image de stabilité, et il est plus jeune que moi de quelques années. Ça compte, ça aussi.

— Pourvu qu'il y en ait un qui puisse adopter, c'est le plus important, non ?

— Oui, oui. On étudie les deux possibilités. On laisse passer les fêtes, et puis…

Il désigna du menton le bout du couloir

— … l'état de Raphaël empire… Pour l'instant, elle est là, l'urgence.

— C'était un de tes élèves ?

— Oui. Un garçon tellement brillant. Je l'ai suivi un peu à l'université. Il aurait pu devenir un excellent architecte. Il se destinait à cette carrière. Ou encore à la peinture. Quel gâchis !

— On est chanceux, tu ne crois pas ? lui dis-je, émue.

— Oh oui ! Et on n'en est pas assez conscients.

Je repartis chez moi. Avec cette nouvelle, j'étais entièrement revenue à la réalité. Qu'est-ce que j'avais à me plaindre de ma vie ? J'étais en bonne santé, je n'attendais pas de nouvelle inquiétante, comme mon amie Lulu, et les jours de mon fils n'étaient pas comptés. J'aiderais au moins Lulu et Raffie et tous mes amis à traverser cette période difficile. Et Vincent et Marie allaient mettre au monde un enfant. Chez moi, Noël serait une fête fantastique. Je comptais bien me préparer tout de suite. Je dressai la liste des invités qui viendraient réveillonner, des cadeaux à acheter et des surprises à préparer, et tentai d'imaginer un menu gastronomique. Je tenterais au moins de rendre heureux ma famille et mes amis. Je serais leur mère Noël.

32

On s'est retrouvés entre amis, comme à l'accoutumée. Je ne dirais pas que la maison jaune était en liesse. On a plutôt recréé une sorte de cocon très doux. On s'y est tous entassés, comme si on manquait de chaleur. On s'est serrés, très fort et très souvent.

Chacun avait un petit quelque chose de difficile à digérer. Lulu avait reçu la mauvaise nouvelle. Elle devrait être opérée. L'intervention était impossible avant la période des fêtes, vu l'engorgement dans les hôpitaux. Malgré les promesses de son médecin de faire vite, elle était obligée de patienter, la liste d'attente étant très longue. Mais on lui assurait que *le* cancer avait été détecté à temps. Qu'à moins de surprises inattendues lors de l'intervention chirurgicale, elle s'en sortirait bien. Durant cette période, elle préférait rester à la maison avec Armand, qui s'était transformé en infirmier attentionné auprès de sa belle. Elle avait abandonné l'idée d'aller dans le Sud.

Je l'avais au bout du fil régulièrement.

— Tu y arrives ?

— Oui, oui, répondit-elle. J'ai décidé de m'en sortir. Alors, je reste calme. Enfin, j'essaie.

— Armand est là ?

Elle rit.

— Oui, il est là. Trop. Il ne sait plus quoi inventer pour me rendre service. S'il n'avait pas tout le temps des yeux tristes d'épagneul, je parviendrais peut-être à oublier ce qui m'attend. Mais ça va. Ne t'inquiète pas. C'est un dur moment à passer. Je tiens le coup. Et toi ? Tu prépares Noël ?

— Oui, si on veut.

— Pas plus excitée que ça ?

— C'est dur sans Bouboulina, mais j'y arrive... Je... Je crois que c'est terminé avec Harris.

— Qu'est-ce qui te fait dire ça ?

— Toutes sortes de détails. Jamais disponible, ou encore il est dans la lune, ou distrait, ou distant... ou... Je ne comprends plus rien.

— Lui as-tu posé la question ?

— Oui. À maintes reprises. Mais tu sais ce que c'est. On demande à quelqu'un si ça va, et il nous rassure. J'ai tenté de savoir ce qui le tracassait, mais il semblerait qu'il n'y ait rien. « Quand il y aura quelque chose, je te le dirai », a été sa réponse. Je ne veux pas l'ennuyer avec ça. C'est assez pour qu'il prenne ses jambes à son cou. Les gars sont bien chatouilleux sur le sujet. En général, leur ego n'aime pas qu'on lise si facilement en eux.

— Peut-être que tu imagines des choses...

J'ai horreur de cette phrase. J'ai laissé un mari pour cette raison. Il balayait systématiquement tous mes arguments, tous mes *feelings* d'un revers de la main, disant que j'avais tout imaginé. Je n'avais pas envie d'insulter mon amie, pas maintenant en tout cas. Je tentai de lui expliquer ce que je ressentais.

— Lulu, tu connais les filles. On sent les choses. On les devine. Rappelle-toi notre première impression en tombant amoureuse. Parfois, un petit truc dérange, mais comme on est follement attirée, on range ce défaut aux oubliettes. Défaut que l'on qualifie souvent de mignon, jusqu'à ce qu'il nous revienne en pleine face, énorme, obèse même, étant donné qu'un jour l'amour n'est plus aveugle. Puis, on se rappelle qu'on le savait, que le défaut minimisé nous dérangerait un jour.

— C'est quoi, avec Harris ?

— Je ne le sais pas, justement. Mais il y a quelque chose, j'en suis sûre. Il est distant, dans la lune, pas là, quoi. Mais comme on ne vit pas ensemble, je ne peux pas exiger...

— Oui, tu peux. Tu peux lui demander où il en est avec toi.

— C'est ce que je m'apprête à faire. En même temps, je ne veux pas entendre la réponse.

— Il y aurait quelqu'un d'autre dans sa vie ?

— Quelqu'un d'autre, ou d'autres projets... Quelque chose qui le préoccupe... Ou... Serions-nous des éternelles insatisfaites ? Toi, tu trouves ton chum trop présent, pour une fois qu'il s'occupe de toi ! Et moi, trop absent, alors que j'étais d'accord qu'on ne vive pas ensemble.

On a encore discuté un brin, mais je savais pertinemment que je ne pouvais rien régler avec elle, mais plutôt avec Harris. J'ai dû prendre mon mal en patience. Lorsque j'ai joint mon amoureux, il a été très attentionné avec moi, très gentil, même. Au téléphone. Puisque nous étions à la veille des fêtes – c'était la période des remises de travaux et des corrections avant ses vacances. Il m'a promis d'être là pour le réveillon de Noël et d'apporter une surprise.

Je me suis aussitôt calmée. J'étais folle. Cet homme merveilleux m'aimait et n'avait pas changé. C'est moi qui déformais tout. Moi qui inventais des scénarios loufoques. La ménopause me jouait de drôles de tours. Un rien m'inquiétait et me déstabilisait. Après les vacances, je consulterais mon médecin afin de réajuster mon thermostat personnel. Je n'en pouvais plus de ces sautes d'humeur et de ces chaleurs envahissantes. Je me trouvais changeante, irritable, pleurnicharde. En attendant, je me raccrochais à ce qui me maintenait en vie : l'amitié indéfectible de mes amis et l'amour de mon chum. C'était une période délicate à traverser, un point, c'est tout.

Massimo est venu vivre à la maison quelques jours, bien que très inquiet pour sa maman malade. Elle avait quitté son village pour se rendre à Venise, où sa sœur Nina en prenait soin. « Il y a pire dans la vie », m'avait fait remarquer Massimo. Il a quand même passé ses vacances pendu au téléphone avec l'Italie. J'adorais l'entendre parler italien. Quelle langue chantante et savoureuse ! Une vraie chanson. Moi aussi, j'aimerais bien « chanter couramment ». Mais comme me répétait tout le temps Massimo : « L'anglais avant, peut-être ! L'italien, ça ne t'est pas utile, alors que l'anglais, c'est un *must*, *principessa*. Un *must*. »

Ça va, j'ai compris. Un *must*.

Les nouvelles n'étaient pas trop catastrophiques. La mère de Massimo avait eu un sérieux avertissement. Elle devait se ménager, sinon le cœur ne tiendrait plus longtemps. Nina avait été la chercher à Pitigliano, petit village dans le sud de la Toscane, et s'occupait dorénavant des courses, des repas, du ménage et de tout le reste. Ça lui faisait aussi de la compagnie. Pourtant, Massimo me disait que ces deux-là se chicanaient tout le temps.

— Tu devrais entendre ça, me dit-il. Un opéra. *La Traviata* en permanence. Cet appartement à Venise, c'est la Fenice au moment de l'incendie. Cris et grincements de dents. Hurlements et crises de larmes.

— Es-tu sûr que c'est bon pour ta mère, tous ces excès ?

— Elle adore ça. Il arrive enfin quelque chose dans sa vie. Elle était en train de mourir d'ennui dans son village. Pas beaucoup de *distrazioni*. Un mouton ou deux qui passaient devant la maison, chaque jour, la visite éclair du facteur, *del postino*. *In tutto e per tutto*. En tout et pour tout, c'était ça, sa vie.

La maison s'est remplie comme d'habitude. François, Albert et Raffie, Allison et Jules. Puis Vincent est arrivé. Il avait fait l'effort d'être présent, car il travaillait au jour de l'An. En réalité, il était venu dormir. Trop fatigué de sa période de stress. Lumineuse, Marie, dont le ventre prenait de belles courbes, en profitait aussi pour se reposer. Sa grossesse progressait bien. De plus en plus attentionné, mon fils se promenait la tête penchée sur le côté avec, en permanence, une espèce de sourire béat, fendu jusqu'aux oreilles. Il était complètement gaga de sa petite poupoune. Lors de l'échographie, ils n'avaient pas voulu connaître le sexe du bébé. Mais la curiosité l'avait emporté, et ils avaient appelé le médecin pour savoir qui se cachait dans le ventre de Marie. Je serais donc la grand-mère d'une *principessa*. J'abandonnerais mon trône à ma petite-fille. À la place, j'héritais de la couronne de reine mère. *La Regina Madre*. Je pourrai dire que j'ai tout connu en même temps. Maîtresse et amoureuse d'un homme fabuleux, heureuse propriétaire d'une magnifique maison et de tous les problèmes inhérents au patrimoine, en pleine ménopause et grand-mère tout à la fois. La totale, quoi !

J'avais préparé le réveillon en un temps record. Les décorations étaient en place au-dessus de la cheminée, et j'avais suspendu au manteau les bas de Noël garnis de surprises. Des sachets de biscuits maison, des pots de confiture et de poivrons grillés, des huiles aromatiques, des petits riens, quoi. Mes amis ne m'appelaient pas la mère Noël pour rien. J'avais acheté une magnifique couronne pour orner la porte d'entrée et souhaiter la bienvenue à mes amis. Les bacs destinés aux fleurs l'été étaient à présent garnis des branches du défunt pin. La maison embaumait de mille odeurs : des écorces d'orange posées sur le poêle à bois dans la cuisine et des clémentines piquées de clous de girofle accrochées par des rubans au-dessus de l'îlot central. J'avais sorti la nappe des grands jours que j'avais cousue à la main, en compagnie de Simone, dans un tissu acheté un jour au marché public d'Aix-en-Provence. Elle ne datait pas d'hier, mais elle avait tenu toutes ces années. Les abeilles brodées sur le lin ajoutaient une touche provençale dans la maison.

J'avais juste peur que mon homme arrive une fois les festivités terminées. Les routes étaient encombrées et la neige n'aidait en rien à la visibilité. Mais il arriva, au moment de l'apéro, les bras remplis de cadeaux et de champagne. François, Albert et Jules l'aidèrent à décharger sa voiture. Marie, mon fils et Raffie se réchauffaient près du feu. Massimo sommeillait comme à son habitude et Allison s'occupait de la musique d'ambiance. Puis Harris se chargea de verser le champagne. Albert et François m'aidaient à la cuisine avec les canapés au foie gras. J'avais préparé un plat compliqué, mais convivial. Une recette des frères Troisgros. Une sorte de tourte à la pâte feuilletée avec de la dinde, des pommes de terre émincées et des épinards. Le tout dans une sauce à l'oseille et à la crème. Un plat unique qui ravissait tous les palais et qui nous sauvait de la traditionnelle dinde rôtie. Je savais que mes amis n'échapperaient pas au volatile lors d'autres repas. On a bien mangé et bien bu.

Au moment du dessert, la joie a éclaté. J'avais érigé, avec l'aide précieuse de mon ami Albert, une pièce montée de choux garnis de crème glacée à la vanille concoctée par François – maître glacier par excellence – et nappée de sauce au chocolat aromatisée au cognac. Atrocement bon. On a tous mis de côté la culpabilité et dévoré la montagne de profiteroles en s'en décorant le pourtour de la bouche. De vrais enfants. On se serait cru en Suède, dans le Noël cinématographique de *Fanny et Alexandre*, de Bergman, où les adultes s'amusent autant que les enfants, sinon plus.

Puis est venu le temps des cadeaux. Harris a décidé de jouer au père Noël. Il avait apporté un bonnet rouge avec pompon blanc et se régalait à l'avance à l'idée de distribuer les cadeaux. Mal lui en prit. Massimo et Albert voulurent à tout prix s'asseoir sur les genoux du père Noël pour recevoir leurs présents. Les gars le taquinaient, devenant insistants. Drôle et touchant, Harris ne savait plus comment se sortir de cette situation délicate sans blesser personne. Je vins à son secours en demandant à mes amis gays de se garder une petite gêne. Ils étaient trop grands pour jouer à ce jeu.

Harris nous expliqua sa théorie.

— Les putes, elles n'embrassent pas. Eh bien moi, père Noël, je ne prends personne sur mes genoux. C'est comme ça.

— Dommage. Un père Noël encore jeune, cultivé et anglais de surcroît, c'est rare. J'aurais bien aimé essayer, nous dit Albert, que le champagne rendait euphorique.

— Même toi, Olivia, tu ne pourras pas aller sur les genoux du père Noël pour recevoir ton cadeau, me fit remarquer Marie.

— Ah ! Pour la mère Noël, c'est pas pareil.

— C'est pas juste, c'est pas juste ! clamèrent mes amis déjà un peu pompettes.

— C'est dans l'ordre des choses, remarqua Vincent. La mère Noël avec le père Noël. – Il se désigna. – Le petit renne au nez rouge avec la fée clochette et son petit grelot dans le ventre...

Massimo s'inquiéta de son sort. Il se mit à papilloter.

— Et la fée des étoiles, elle, avec qui elle va ?

Sa question resta sans réponse.

— C'est dans l'ordre des choses, ajouta Raphaël en désignant Marie. La vie... – et en pointant son doigt en direction de son cœur – la mort.

Puis il ajouta aussitôt, sentant que tout le monde était mal à l'aise :

— O.K. O.K. Je ne voulais pas briser le *party*.

Vincent se leva et prit dans ses bras son copain récemment retrouvé.

— Ça va, *man* ! Ça va, dit Raffie. Je suis encore là.

Harris fit diversion avec les cadeaux. Il y eut de tout, pour tout le monde. Des bonnets fous, des foulards doux, des chemises. Des livres en grande quantité et de la musique aussi. J'eus droit à une autre orchidée, très rare, de la part de mon fils et de Marie.

Vincent m'annonça que la prochaine fois, il apporterait un jeune arbre pour souligner la naissance de la petite.

— On le plantera à la place du pin, ça te va ?

— Oh que oui !

De leur côté, Marie et Vincent apprécièrent leurs cadeaux, mais s'enthousiasmèrent davantage devant la brassière blanche que j'avais tricotée durant les soirées froides de décembre, en me languissant de mon chat perdu et de mon chum absent.

— Le bonnet et les chaussons s'en viennent, promis-je.

Puis j'offris un carnet de dessins à Raffie, et un très beau livre sur la Chine à mes copains.

Harris semblait apprécier mon présent, un chandail en cachemire.

— Tu as mis le paquet, me dit Massimo. Je n'ai jamais eu droit au cachemire, moi.

Geste bien égoïste, d'ailleurs. Je savais que ce serait doux pour ma joue.

— C'est fait pour se coller, non ? lançai-je en joignant le geste à la parole.

Harris m'accueillit tendrement dans ses bras.

Massimo n'était pas en reste, car il avait reçu de mes mains un pyjama de soie, et lui m'avait offert une robe de chambre en lin.

— Vous vous connaissez bien, renchérit Allison.

Puis Albert est intervenu.

— Et toi, Harris, quel est ton cadeau pour Olivia ?

Durant le brouhaha de la distribution et du déballage des cadeaux – partout, d'ailleurs, traînaient des papiers déchirés, des rubans et des boîtes sur le plancher du salon –, je ne m'étais pas rendu compte que mon amoureux ne m'avait pas encore donné son cadeau.

Toutes les têtes se sont tournées vers moi. Harris a fait semblant de fouiller au pied de l'arbre, à la recherche d'un paquet. Il ne restait qu'une enveloppe. Harris lut à haute voix le nom du destinataire.

— Pour Olivia, sa famille et ses amis.

— C'est nous, ça ! avons-nous crié en chœur.

Harris demanda la permission d'ouvrir l'enveloppe, puis commença à lire.

— Oh ! Il va y avoir une mariage...

Mes amis, mon fils et sa blonde me dévisageaient avec de grands yeux étonnés.

— Ne me regardez pas comme ça, leur dis-je en riant nerveusement, je ne suis au courant de rien.

Harris continua sa lecture.

— Vous êtes tous invités à la mariage de...

Il prenait un temps interminable. À quoi il jouait ? Nous étions tous suspendus à ses lèvres.

— La mariage d'Allison et de Jules.

Il y eut un tonnerre d'applaudissements et de cris. Chacun se leva pour embrasser les futurs mariés. Massimo s'approcha de moi et me murmura à l'oreille :

— Ouf ! Tu m'as fait peur, *principessa* ! Toi, mariée !

— Comment ça, « moi, mariée ! » ?

Il était drôle, lui. Comme si Harris ne pouvait pas avoir envie de m'épouser. Comme si me marier était la chose la plus stupide qui soit. Vu sa réaction, j'ai évité de lui avouer que j'avais eu moi aussi quelques papillons dans le ventre. Que j'y avais cru un instant. Une fraction de seconde. Et à constater la réaction des invités, ils ont pensé que le faire-part concernait mon mariage avec Harris. Malgré le bruit et l'agitation, après les embrassades et les félicitations d'usage, Harris a poursuivi sa lecture tout en continuant de massacrer, au passage, la langue française.

— Mariage… qui aura lieu la 12 de juin prochaine dans la jardin de le maison jaune.

Harris m'a regardée sans comprendre, et j'ai fait taire tout le monde.

— Comment ça, à la maison jaune ? demandai-je.

Allison se fit suppliante.

— Dis oui, dis oui ! Les travaux ne seront pas terminés à temps dans l'annexe de la maison et sur le terrain. Ça serait tellement bien ici. Hein, Jules ? Pas trop de monde, mais une fête d'enfer. Tu n'aurais rien à faire, Olivia. Juste à nous prêter ton jardin.

— S'il pleut ?

— Il ne pleuvra pas, ajouta-t-elle. De toute façon, j'ai prévu un chapiteau.

Elle s'est rendue à la fenêtre pour vérifier, *de visu*, le plan qu'elle avait imaginé. Elle nous indiquait de la main les emplacements prévus à l'extérieur.

— Un grand chapiteau blanc en plein centre, des petites tables à l'extérieur, là, là et là, des bouquets de fleurs partout, moi en blanc, Jules aussi.

— C'est pas fait, lâcha son chum d'une voix tonitruante. Moi en blanc !

— Dis oui, dis oui..., redemanda Allison avec un grand sourire de séduction.

Tout le monde s'y est mis.

— Dis oui. Dis oui. Dis oui..., ont-ils scandé jusqu'à ce que je cède.

— Bon, O.K. O.K. Mais je ne fais que prêter mon jardin. Je n'ai pas le temps d'organiser un mariage.

— Tu vas y assister, j'espère ! déclara Jules. Tu verras, j'ai des amis super. Et vous êtes tous invités.

— Bien sûr, je vais y assister. Un mariage ici, dans le jardin de la maison jaune, il ne manquait plus que ça à notre bonheur.

— Puis, un peu plus tard en juillet, on fêtera aussi une naissance, ajouta mon fils.

— Et un enterrement, murmura Raphaël, mais assez fort pour que tout le monde l'entende.

On a freiné notre enthousiasme bruyant, et on l'a tous regardé avec compassion.

— J'ai trop bu, s'excusa-t-il. Médicament et champagne, c'est un cocktail assez explosif.

Puis il ajouta doucement :

— C'est dans l'ordre des choses, vous allez vous préparer pour le mariage d'Allison et de Jules, pour la naissance de la fille de Vincent et de Marie, faut se préparer à ma mort aussi. C'est vers là que je vais. Il n'y a pas d'autre issue. Je le sais, je les ai toutes essayées.

— Tu as raison, répondis-je à Raphaël. Un mariage, une naissance et un enterrement. Je serai près de toi, on sera tous avec toi, si tu en as besoin et si tu veux de nous.

— Merci, dit-il, rassuré.

Il a fermé les yeux et tiré la couverture sur lui.

On s'est regardés. On avait tous les yeux noyés de chagrin malgré les autres bonnes nouvelles. Ce garçon était incroyable. Si jeune et si lucide. Si courageux aussi. Une énorme boule d'émotion gonfla dans ma gorge. J'espérais, de toutes mes forces, que je n'aurais pas à ajouter un autre enterrement à celui annoncé. Celui de mon amie Lulu. Le bonheur a un prix. Mais, maudit que parfois il coûte cher !

33

On a voulu faire moins de bruit pour ne pas troubler le sommeil de Raffie, bien emmailloté sur le divan, et celui de Vincent qui s'était écroulé de fatigue dans les bras de sa belle. Mais l'arrivée de mon cadeau a ravivé les ardeurs de chacun. Albert, qui semblait de connivence avec Harris, a ouvert la porte de la cuisine pour céder le passage à mon amoureux, qui, les bras chargés d'une grosse boîte, avançait lentement vers moi.

— Oin... Gros cadeau, lança Allison.

À cet instant précis, je me suis rendu compte que tout le monde souriait de façon étrange et me regardait avec insistance. J'ai eu l'impression que chaque personne dans la pièce connaissait le contenu du paquet. Sauf moi, bien entendu.

Jusque-là, mon chum ne m'avait pas offert d'énormes présents aux fêtes officielles. Il arrivait plutôt, à l'occasion, avec un livre, un CD, une babiole qu'il avait trouvée. Jamais de bijoux ni de cadeaux manifestant, d'une façon ou d'une autre, notre union. Il a déposé la boîte devant moi. Le papier aux couleurs vives était froissé et déchiré à quelques endroits, et une boucle en fermait légèrement le dessus. Inquiète, je défis le ruban qui tomba aussitôt. Qu'est-ce que Harris avait pu dénicher ? J'ai ouvert les panneaux, et tout le monde s'est penché, en même temps que moi. D'abord, j'ai pensé à des protège-oreilles ou à des moufles en fourrure de lapin. Mais lorsqu'elles se sont mises à bouger, j'ai reculé, étonnée, puis j'ai regardé de nouveau.

Deux petites boules de poils de couleur différente m'observaient avec de grands yeux étonnés et émettaient un son plaintif. Mes yeux se sont remplis de larmes, et j'ai posé les deux mains sur ma bouche.

— Tu n'es pas contente ? demanda Albert, qui riait aux éclats, ravi de ce qui m'arrivait.

Harris a plongé les mains dans le carton pour en ressortir les boules de fourrure et me présenter mes deux nouveaux minous.

Tout le monde s'est rapproché en criant de joie. Les chats apeurés se sont accrochés au cachemire de mon amoureux.

— Ça commence, dit Massimo. Le cachemire en charpie. Finalement, ça peut revenir à la mode...

Harris a enlevé avec précaution les griffes plantées dans son nouveau chandail et dans sa peau, et m'a tendu les petites bêtes. Elles étaient adorables avec leur ruban rouge noué autour du cou. Le mâle était parfaitement rond, tout roux avec un nez rose, et la femelle tricolore, plus délicate dans son pelage beige, roux et noir, avait un petit museau foncé. En observant de près, on ne voyait que du poil, des moustaches et des billes noires à la place des yeux. Harris m'a expliqué qu'ils étaient frère et sœur, qu'ils avaient huit semaines exactement et qu'ils étaient de race persane.

Massimo est intervenu encore une fois.

— Hum ! Ça va être beau, l'arrivée de ces bêtes sauvages dans la maison. Regarde les griffes. *Un leon e una pantera.* Je vois d'ici des divans en lambeaux, des chaises déchirées, du poil de chat partout, et de futurs bébés consanguins. Les « Hill Billies » sont de retour.

Je les ai pris délicatement et les ai approchés de ma poitrine. Les deux chatons se sont collés sur moi et ont rampé jusqu'à mon cou, où ils se sont lovés en ronronnant.

Je me suis tournée vers Harris en lui murmurant un merci du bout des lèvres. J'étais véritablement émue. Et je me retenais pour ne pas pleurer comme une Madeleine.

Massimo a souligné qu'il avait hâte de voir ma réaction à la naissance de ma petite-fille.

— Ça va être quelque chose !

Les petits chats ont fait le tour de tous mes amis, sans exception, chacun voulant les prendre et les caresser. Il fallait voir les petites bêtes minuscules dans les mains aux longs doigts de Harris et de François. Les chats se sont amusés comme des fous avec les morceaux de papier et les rubans éparpillés sur le plancher. On était tous charmés par leurs cabrioles, leurs mimiques, leurs sauts et leurs découvertes. Ils ne semblaient pas du tout craintifs. Ils se faufilaient entre les gens, se cachaient dans les sacs en papier, se sauvaient l'un de l'autre ou alors se couraient après la queue, à la plus grande joie des spectateurs que nous étions devenus. J'ai pensé à quel point la vie nous attire. J'ai regardé Marie et su qu'elle songeait que lorsque sa petite serait au monde, nous assisterions à tous ses mouvements et serions également émus.

Et puis, Albert a décidé qu'il était temps de laisser ces pauvres bêtes se reposer. Il a apporté l'ancien panier de repos de Bouboulina, qu'il avait eu la délicatesse de revêtir différemment. Une peau de mouton en ornait à présent le fond. Leur litière, des bols d'eau et de nourriture étaient également prêts à les accueillir dans ma chambre. On est montés à l'étage les installer pour la nuit. Les chatons ne se sont pas fait prier. Toute cette agitation les avait fatigués.

On est redescendus au salon, et les invités y sont allés de toutes sortes de suggestions pour trouver un nom aux chatons. On a rigolé un bon moment. Ces prénoms avaient des consonances tantôt anglaises, tantôt françaises ou italiennes. Massimo a insisté pour qu'on nomme le mâle Rocco, du nom de l'acteur porno dont il nous rebattait régulièrement les oreilles. Vincent, pour sa part, y est allé d'une liste de noms de fleur en latin.

— Je n'ai pas hâte de voir le nom que tu vas donner à ton enfant, lui lança Raphaël à la blague.

— Ça, on le fera sans consultation, dit Marie. Ça ne regarde que nous deux.

Je savais que, moi aussi, je prendrais le temps de voir les chatons vivre avant de les affubler d'un nom.

Pendant que mes amis s'amusaient avec cette nouvelle activité, j'ai commencé à ranger la pièce. Les papiers déchirés se sont retrouvés dans le feu de la cheminée. J'ai récupéré quelques rubans encore utiles pour le prochain Noël. En déplaçant la boîte ayant servi au transport des chatons, j'ai découvert une enveloppe attachée au ruban rouge. Mon prénom y figurait. Une fois le mot en main, j'ai reconnu l'écriture de Harris. Il me disait que ces deux petites bêtes me tiendraient compagnie et le remplaceraient durant sa longue absence. J'ai cru d'abord à une erreur de français ; il avait sûrement voulu parler de ses multiples absences et non d'une seule, longue et au singulier. Lorsque nos regards se sont croisés, j'avais toujours la carte à la main et il a baissé les yeux. Harris semblait sincèrement peiné et mal à l'aise que j'aie déchiffré si facilement son mot.

Mes yeux l'ont supplié : « Tu t'en vas ? »

De ses hochements de tête, il a tenté de me répondre « oui, mais... » ou alors « peut-être ». C'était difficile de deviner. Mon chum avait de multiples talents, mais pas celui de mime. De sa main, il m'indiqua la présence des invités et son impossibilité à me parler.

Il s'est approché de moi et m'a dit à l'oreille qu'il m'expliquerait plus tard, et alors que je tentais de l'attraper par le bras pour en savoir davantage, il s'est esquivé habilement.

Mon cœur s'est arrêté de battre. J'ai dû refouler mes larmes et mon incompréhension. Et j'ai dû attendre que tout le monde soit installé pour la nuit, ou reparti, pour connaître le fin mot du message de ce cadeau joliment poilu, mais forcément empoisonné.

34

J'ai attendu que Harris termine sa toilette avant d'aborder le sujet. Je me devais de rester calme, car la maison était bourrée de monde et les hauts cris alerteraient mes amis. Depuis le début, ma relation avec Harris avait toujours été très civilisée, je ne voyais pas pourquoi je lui sauterais à la gorge pour exiger des explications. Notre relation n'était pas très longue, et en réalité, nous ne formions pas non plus vraiment un couple, puisque nous ne partagions ni maison commune ni quotidien. Je me suis donc intéressée au sommeil des chats en attendant que Harris ait fini de se doucher. J'espérais que la révélation à venir ne me ferait pas détester au plus haut point ces deux minous, qui n'étaient responsables de rien. Pour l'instant, j'avais quand même la sensation qu'ils avaient servi de cadeau de compensation. Qu'ils étaient là à titre de boucs émissaires. J'ai essayé de sourire en me remémorant la façon dont la mère d'Allison prononçait cette expression. Elle disait « bouc hémisphère ».

Recroquevillés dans l'ancien panier de Bouboulina, les chatons étaient collés l'un à l'autre, pattes et têtes mélangées. Le mâle semblait tenir sa sœur par le cou, avec sa petite patte. Il la protégeait même pendant son sommeil. J'avais tellement envie de faire de même avec l'homme qui avait partagé ma vie une année durant, avec qui j'avais tant ri, aimé, échangé, cuisiné, fait l'amour jusqu'à épuisement. À qui j'avais ouvert la maison et les bras. Je me retenais de toutes mes forces pour ne pas me précipiter sous la douche et l'étreindre avec passion. Pour coller de nouveau ma peau contre la sienne. Pour sentir son bras entourer mes épaules dans un geste de protection. Mais l'heure était plutôt à la discussion. Comme je ne voulais pas me faire d'idée à l'avance, j'ai fermé la fabrique de scénarios catastrophes et j'ai attendu en chemise de nuit pour connaître notre avenir, à Harris et à moi, puisqu'il avait été question d'absence.

Au bout d'un temps infini, Harris s'est approché enfin de moi, une serviette enroulée autour des hanches. Il s'est penché vers le panier des chats pour les observer par-dessus mon épaule.

— Ils sont mignons, non ? me demanda-t-il. Tu vas appeler eux comment ?

— Je ne sais pas.

Puis je me suis jetée à l'eau avec cette proposition ridicule, les premiers mots qui me sont venus à l'esprit.

— Que dirais-tu d'Olivia et de Harris ? lui dis-je en me retournant.

Il m'a regardée avec un drôle de sourire piteux.

— Si tu veux.

Dans mon désarroi, j'ai tenté de retrouver dans un coin de mon esprit un peu d'intelligence.

— Tu as déniché deux messagers pour m'annoncer une nouvelle importante, c'est ça ?

— Oui… non. Oui, j'ai quelque chose à te dire, et non… les chats, je voulais te les offrir, parce que je vois bien que Bouboulina te manque trop. Et que tu adores les chats, et que tu as besoin de leur présence. Je dois partir.

— Maintenant ? criai-je.

Il s'est fait rassurant.

— Non, non. Dans quelques jours. J'ai reçu une invitation de l'université de Cambridge.

— En Angleterre ?

— Oui, je dois m'absenter…

— C'est formidable, lançai-je, enfin rassérénée.

Mon amoureux s'en allait pour quelque temps donner ou assister à une des nombreuses conférences qui faisaient partie de son travail de professeur. J'étais soulagée. Moi qui croyais le perdre. Tout s'arrangeait. J'étais folle de m'inquiéter ainsi.

Je me suis précipitée au lit comme une enfant excitée. Fallait-il que j'aie l'esprit tordu pour supputer ainsi et me projeter ces images catastrophiques, qui sont l'apanage des amoureux inquiets. Ayant eu peur pour rien, j'avais presque envie de sauter à pieds joints sur le matelas tellement j'étais contente de ma découverte. À la place, je me suis calée confortablement contre les gros coussins et j'ai fait signe à mon chum retrouvé de venir à mes côtés. Il a laissé tomber sa serviette, et j'ai eu le temps d'admirer ses fesses et ses cuisses fermes, malgré ses cinquante ans passés. Un désir fou monta en moi. J'allais lui donner la parole, mais pas très longtemps. Après, les mots seraient inutiles. Nous n'aurions que nos mains, nos yeux et nos sexes pour nous exprimer. Il s'est allongé à sa place habituelle.

Mon désir me poussant à régler cette affaire au plus vite, il avait à peine fourni quelques détails que je me suis mise à jacasser à propos de son voyage éclair, de tous les bienfaits que ça lui apporterait, du repos mérité qu'il pourrait prendre, lui qui était si fatigué, de la possibilité que j'aille le rejoindre… J'étais intarissable sur le bien-fondé de cette aventure, sans même en connaître tous les tenants et les aboutissants.

Il a gentiment posé sa main sur ma bouche.

— Laisse-moi parler, dit-il. Ce n'est pas tout à faite le situation.

Et c'est là que mon monde s'est écroulé. Harris avait été invité à rencontrer le recteur du département de littérature. Une chance inouïe. On lui proposait un poste d'enseignant. Il fit une pose avant d'ajouter : « À temps plein. » Il y allait pour savoir si cela lui plaisait vraiment.

— Ils veulent pas de quelqu'un qui va juste essayer, mais qui restera plusieurs années.

— Depuis quand le sais-tu ?

Il garda un trop long silence pour être honnête.

— Je… je ne t'ai pas parlé de ça avant parce que j'y croyais pas. J'étais sûr que ça ne marcherait pas.

— Qu'est-ce qui t'a décidé ?

Il a réfléchi mûrement.

— Peut-être l'envie de travail différent. C'est tout un changement de vie, tu comprends.

Oh ! Pour comprendre, je comprenais. Mon chum s'en allait peut-être pour de bon. Il a continué à parler des avantages que cela lui apporterait, autant sur le plan humain que sur le plan financier. De tous les nouveaux échanges futurs – Cambridge constituait une plaque tournante dans son domaine. J'ai feint de m'intéresser avec enthousiasme à cette nouvelle donne. Alors que tout ce que j'attendais vraiment, c'était de connaître ma place dans ce projet. Et cette perspective n'est même pas venue se profiler dans ses propos. Comme je lui donnais la chance de poursuivre, il m'a fourni des détails sur ce travail palpitant, sur les collègues fascinants qu'il avait déjà rencontrés l'an passé et avec qui il serait ravi de retravailler, sur sa chance incroyable de progresser dans sa carrière de professeur. Mais la seule chose qui m'importait n'est pas venue. Je ne l'écoutais déjà plus. Je m'étais tournée de mon côté, recroquevillée contre mon oreiller, faisant mine d'écouter son monologue. Harris ne tarissait pas d'éloges sur cette aventure. Et je prenais peu à peu conscience que je ne me trouvais pas dans ses plans. Il ne vit même pas les larmes couler sur mes joues. Il n'était déjà plus là, il avait quitté mes bras, cette chambre, la maison jaune, le Québec. Il était déjà installé en Angleterre. À un moment donné, il s'est arrêté de parler, me croyant profondément endormie. Je n'ai pas bougé pour ne pas le détromper.

— Bonne nuit, mon chérie, me dit-il. On reparlera de tout, dans le matin.

Il m'a embrassé l'épaule et s'est retourné.

J'ai mordu le coin de mon oreiller pour ne pas crier. Est-ce l'orgueil qui m'empêchait de réclamer : « Et moi ? Qu'est-ce qui arrive avec moi ? Avec nous deux ? »

Il était clair que, pour l'instant, je n'avais aucune place dans le projet Grande-Bretagne. À le voir couché de son côté, je ne lui manquais déjà plus. Je devais me rendre à l'évidence, j'avais été une compagne adorable tous ces mois, pratique peut-être ; à présent, je me devais d'admettre mon impuissance devant ma véritable rivale. Elle s'appelait « carrière à l'étranger ». Contre elle, je le savais pertinemment, je n'étais pas de taille à lutter. La partie était perdue d'avance.

J'ai tenté de me raisonner. Après tout, j'étais une adulte consentante, nous étions des amoureux de fin de semaine, et cet état de choses nous allait très bien à tous les deux, jusqu'à aujourd'hui. Nous n'avions jamais prononcé de vœux. Nous partagions de bons moments, quelques événements, mais pas la vie entière. Je n'arrêtais pas de me répéter que, dans les faits, nous n'étions pas un vrai couple. Je ne pouvais donc réclamer qu'il m'emmène. Nous n'étions ni mariés ni engagés officiellement. Ainsi, la situation était tout à fait logique. J'adorais ce grand mec, mais nous continuerions à nous voir s'il avait du temps. Cambridge et les Cantons-de-l'Est, ce n'était pas si loin, après tout. Et je ne pouvais nier l'opportunité de cette proposition dans sa vie.

Tandis que j'entendais le souffle ralenti de Harris, je me suis demandé quelle serait mon attitude devant une telle offre ? Est-ce que je sauterais sur l'occasion comme Harris ? Est-ce que je plierais bagage et partirais sans me retourner ? Sûrement. Je devais le laisser partir. C'est ce que lui ferait pour moi. C'est en pensant de façon aussi logique à la situation que je me suis endormie. À la fois bercée par la respiration régulière de mon amoureux, qui rêvait déjà en anglais en flottant au-dessus d'une nouvelle île, et par le ronronnement de deux petites boules de poils qui anticipaient la multitude de caresses à venir dans des bras accueillants et dans une maison chaude.

35

Le réveille-matin indiquait quatre heures. J'avais dormi en dents de scie, reprenant ma réflexion là où je l'avais abandonnée avant de m'assoupir. Je me trouvais drôlement habile pour établir, sur des bases que je croyais solides, le fondement du départ de Harris. La structure tenait, j'y avais mis tout le sens cartésien dont j'étais capable. Ma logique était implacable. À certaines heures de la nuit, j'en arrivais à appuyer totalement sa démarche de partir à l'étranger. Je me faisais parfaitement raisonnable. En réalité, il ne me quittait pas, il s'en allait vers autre chose. Ce n'était pas du tout pareil. On m'avait laissée tomber si souvent dans ma vie amoureuse que je m'attendais toujours au pire au début d'une nouvelle relation avec un homme. Je me demandais même de quelle façon celui-là me quitterait. Mais cette fois, je restais sur place en regardant l'homme que j'aimais s'éloigner vers une autre vie, seul. Cette dernière pensée m'a réveillée tout à fait. Pourtant, l'homme allongé dans ma couche était toujours là. Ses valises n'étaient pas prêtes, et il n'avait pas déjà pris la route. Est-ce que je pouvais encore le convaincre de renoncer à son projet ? Si je l'aimais vraiment, en avais-je le droit ? Quelle sorte d'homme deviendrait-il, obligé par une femme de rester auprès d'elle, alors que son avenir l'appelait ailleurs ?

Mes pensées jouaient à l'élastique. Tantôt j'étais prête à me défendre bec et ongles pour le garder, et l'instant d'après j'étais disposée à lui donner ma bénédiction et à lui souhaiter bon voyage et bonne chance. Aux aurores, j'oscillais entre sérénité assumée et envie de guerroyer à la vie à la mort pour conserver mon bien le plus précieux. C'est dans un de ces états – je ne me souviens plus lequel, car je passais de l'un à l'autre en un éclair – que je me suis levée. Je me suis rendue à la salle de bain m'asperger le visage d'un peu d'eau fraîche. Les deux minous se tenaient tranquilles dans leur panier. La femelle léchait de sa petite langue rose le crâne et le visage de son frère. Ce dernier se laissait faire et me lançait des regards qui semblaient signifier : « Mon Dieu, qu'elle est fatigante, mais je ne veux pas la froisser ! » L'instant d'après, il refermait les yeux et savourait ce moment d'extase. Je suis sortie de la chambre pour aller me faire un café. La maisonnée dormait à poings fermés. Dans la machine, j'ai mis assez de café pour dynamiser une armée. Et j'ai poursuivi le ménage. Les emballages-cadeaux ont pris illico le chemin de la récupération. J'ai replacé les coussins et leur ai redonné meilleure allure à coups de poing, en en profitant au passage pour évacuer ma rage. Ça me faisait un bien fou, mais je manquais de coussins pour être vraiment soulagée. Heureusement pour Massimo, mon fils et Marie encore endormis, j'ai renoncé à sortir la balayeuse. Je choisis plutôt une vadrouille que j'ai passée partout où nous avions festoyé.

L'exercice m'a un peu calmée. Heureusement, car l'étape suivante dans mon programme de défoulement – et la plus délicate – était la vaisselle. J'avais sorti les couverts qui ne servaient que dans les grandes occasions, fragiles et incompatibles avec le lave-vaisselle. L'eau chaude m'a apaisée. Je suis restée les mains dans l'évier jusqu'à ce que je me mette à pleurer, longtemps. L'eau appelle l'eau, il faut croire. Puis en relevant la tête, j'ai failli faire un arrêt cardiaque. Dans la fenêtre de la cuisine se tenaient deux grands garçons, leur bonnet enfoncé jusqu'aux yeux, le cou enroulé de foulards aux couleurs criardes et le sourire hilare. Henri et Thomas arrivaient, et il était à peine dix heures. J'essuyai discrètement mes larmes avec le torchon et je leur ouvris la porte. Henri me serra fort dans ses bras en jouant le père Noël.

— Hello ! Ma petite fille. Qu'essses-tu fais en jaquette de flanellette ? As-tu été sage ?

Après avoir secoué leurs pieds pleins de neige, ils sont entrés avec armes et bagages et ont déposé quelques paquets sur le comptoir.

Henri a remarqué mon visage encore mouillé.

— Chaleurs intenses ! lui dis-je pour me justifier. J'ai tellement hâte que ça arrête !

Puis, pour camoufler mon mensonge, j'ai enchaîné très vite en leur demandant pourquoi ils n'avaient pas frappé à la porte avant.

— On ne voulait pas réveiller tout le monde. On arrive un peu tôt, m'expliqua Henri. Si tu n'avais pas été dans la cuisine, on se serait promenés dans le boisé. Petit réveillon plutôt tranquille avec les parents. À six heures, Thomas et moi, on était debout. Les routes étaient désertes, alors on en a profité pour s'en venir.

— Vous avez bien fait, leur affirmai-je tout en prenant leurs manteaux pour les ranger dans le placard de l'entrée. Moi aussi, je me suis levée très tôt.

— Réveillon tranquille, toi aussi, ma belle Olivia ? me questionna Thomas.

— Au contraire. On s'est couchés vers trois heures, je crois. Je n'arrivais plus à dormir.

— Ton amoureux t'a réveillée, me susurra Henri à l'oreille.

— Pas vraiment, non.

J'ai continué allègrement sur la route de la duperie. Une fois partie, pourquoi s'arrêter en chemin ?

— C'est plutôt mon cadeau de Noël qui m'a sortie du lit. Avec des petits cris.

— Tes cadeaux crient, toi ? Décidément, tu ne fais rien comme tout le monde, hein, Olivia ?

— Attendez, je vais vous montrer. Henri, veux-tu remettre la machine à café en marche ? Vous devez avoir besoin d'un bon expresso. Et un deuxième ne me fera pas de mal non plus.

Je suis montée à l'étage. On ronflait dans les chambres d'amis. Dans la mienne, tout semblait aussi silencieux. En entrant, j'ai surpris Harris, à moitié habillé, assis sur le rebord du lit. Il se tenait la tête entre les mains. Je me suis agenouillée devant lui.

— Ça va ? Mal de bloc ?

Il m'a pris le visage entre ses mains.

— Moi, ça va. C'est à toi que je pense. Je cause beaucoup du chagrin, n'est-ce pas, *darling* ?

J'ai eu une envie soudaine de lui dire que ça me laissait froide, suivie aussitôt par celle, terrible, d'éclater en sanglots. Je me suis retenue, redevenant raisonnable, calmant ses peurs.

— Faut au moins que tu ailles voir. On ne se quitte pas ?

J'enchaînai, de peur d'entendre sa réponse.

— Pas vraiment, hein ? Tu vas jeter un coup d'œil sur place, tu reviens, et on a tout le loisir d'en reparler.

Il n'a rien répondu. Il me regardait avec ses beaux yeux qui, je le savais, prendraient dans les jours suivants la teinte verte des jardins anglais. Je me suis précipitée vers la corbeille des chatons et l'ai averti qu'Henri et Thomas étaient déjà arrivés.

— Je tarderai pas à partir, lança-t-il. Le dîner de la Noël avec mes enfants.

Tiens, me suis-je dit. Là encore, je n'ai déjà plus ma place. Mais c'était un peu de la mauvaise foi. La maison était pleine de monde, mon fils et sa blonde que je voyais rarement restaient ici quelques jours, et il était tout à fait normal que Harris veuille voir ses enfants seul, surtout s'il quittait le pays.

Avant de sortir de la chambre avec les minous, je lui ai dit que je préparais le café.

J'avais eu beau retourner cette situation dans tous les sens, je n'entrevoyais pas d'autre solution que de le laisser partir. Et puis, comment pourrais-je le retenir ? J'étais à court d'arguments valables. À part moi et mon amour. Je sortis de la pièce rapidement afin qu'il ne me voie pas pleurer. Il ne semblait pas vraiment peiné, puisqu'il ne m'avait même pas demandé de le suivre dans son aventure. Il voulait la vivre seul. Depuis cette nuit, je n'arrêtais pas de me répéter que si je le suppliais de rester, je mettrais fin à son projet. Je tuerais sa liberté. J'avais élevé mon fils avec la conviction que les êtres humains avaient droit de vie ou de mort sur leur propre sort, pas sur celui des autres. Je n'allais pas me parjurer. Mais en même temps je crevais d'envie qu'il ne parte pas, pour moi. Juste parce que c'était moi. Si je demandais à l'accompagner, je le forcerais à adopter une attitude qu'il n'avait pas choisie. Et je n'étais vraiment pas certaine qu'il ait prévu une place pour moi. En plus, je me couperais de ma vie d'ici. Mes amis, la maison jaune, mon travail, ma promesse à Raffie d'être là pour lui jusqu'à la fin, celle faite à François de servir de marraine à leur enfant chinois et, surtout, la petite *principessa* qui serait là sous peu. Mais son départ me déchirait tellement. Je me retenais de toutes mes forces pour ne pas hurler de chagrin. Pour ne pas inventer toutes sortes de subterfuges pour le retenir dans mes bras, dans mon lit, dans ma vie.

36

Henri et Thomas, fidèles à leurs habitudes, avaient mis le couvert sur le comptoir et préparé le petit déjeuner. Lorsque je pénétrai dans la cuisine, Henri avait presque terminé d'essuyer la vaisselle. Une chance : vu l'état dans lequel j'étais, on n'aurait pas donné cher de mes assiettes et de mes verres si je m'en étais occupée.

— Tu t'es enfin décidée, remarqua Henri.

L'arrivée des minous dans la cuisine a ravivé l'ambiance. Thomas les a trouvés tout à fait mignons. Il est vrai qu'ils étaient craquants. Ils se précipitaient avec joie dans le cou des gens pour y chercher un peu de chaleur et y ronronnaient d'aise. En voyant les chatons lovés entre la peau et le chandail de mes amis, j'ai compris le sens caché de ce cadeau : Harris avait voulu me donner toute la douceur du monde. Cette pensée me tira les larmes des yeux.

— Elle les aime déjà. Elle en pleure, observa Henri, ému.

J'allais leur expliquer le pourquoi de ce cadeau – en plus de son rôle apaisant, il m'aiderait aussi à oublier un énorme chagrin et à modérer une rage contenue contre la vie parfois si injuste – lorsque Harris est entré dans la pièce. Les gars l'ont accueilli avec joie. On a servi les cafés, mis du beurre sur les rôties. Harris s'est intéressé au réveillon d'Henri et de Thomas. Il voulait savoir si le père Noël avait été généreux avec eux. Henri lui a répondu qu'il avait fait fort avec le cadeau des minous.

— Olivia est tellement contente qu'elle en pleure.

Harris et moi nous sommes regardés sans mot dire. Le silence prenait toute la place.

— Coudonc ! Qu'est-ce qui se passe ici ? lança Thomas en riant.

Ni Harris ni moi n'étions capables de parler.

Thomas en a profité pour sortir les présents que son chum et lui nous avaient apportés.

— Tiens, Olivia. Ça, c'est pour toi. Et voilà pour Harris.

J'ai ôté l'emballage de mon cadeau : une fiole d'huile d'olive très rare. Henri savait que je l'aimais particulièrement. Puis, je me suis tournée vers Harris et je l'ai surpris à dérober son présent à ma vue.

— T'aimes pas mon cadeau ? s'inquiéta Thomas, un peu étonné.

— Qu'est-ce que c'est ? demandai-je à mon tour, curieuse. Voyons ! Tu ne lui as pas acheté un truc débile dans un sex-shop, j'espère !

À contrecœur, Harris a déposé son paquet à peine déballé devant mon assiette.

J'ai d'abord reconnu le type de livre, puis le nom de la maison d'édition qui publiait ces guides. Mais je suis restée estomaquée en apercevant le titre. *L'Angleterre*. Salomé, la femme qui avait réclamé la tête de Jean-Baptiste, paraîtrait une sainte comparée à moi. À cet instant, j'avais juste envie d'arracher la tête de Harris. Pas de la faire trancher comme Salomé l'avait demandé pour le pauvre Jean, mais de moi-même lui arracher et la tête et les yeux, et chacun de ses cheveux.

— Bravo ! criai-je à Harris. Tout le monde était au courant sauf moi. C'est ça ?

Harris a tenté de protester, Henri et Thomas ne comprenaient rien, moi, je me transformais en furie prête à sauter sur tout ce qui bougeait.

— Quoi ? Qu'est-ce que j'ai fait ? finit par articuler Harris.

Et dans le même élan, Thomas posa la même question. J'enchaînai sans répondre à leurs demandes.

— Tout le monde est au courant que tu pars vivre en Angleterre, et moi, la niaiseuse, je l'apprends à la dernière minute !

— Tu pars en Angleterre ? s'étonnèrent à l'unisson Henri et Thomas.

— Oui, dans deux jours, martelai-je, folle de rage. Dans deux jours et pour une période in-dé-ter-mi-née !

Harris a essayé de me calmer en posant ses mains sur mes épaules, mais je me suis précipitée en direction de la porte. J'ai eu le temps d'entendre l'explication de Thomas dans mon dos.

— Je n'étais pas du tout au courant. Cet été, on a parlé de l'Angleterre, moi, j'y ai déjà vécu, et Harris disait que ce pays l'attirait beaucoup.

Je me suis retournée et j'ai prononcé cette phrase que, j'en étais consciente, je regretterais amèrement.

— Ça l'attire tellement qu'il me quitte pour elle.

Et je me suis enfuie vers ma chambre à l'étage. Pour y pleurer toutes les larmes de mon corps.

Avec mes sanglots et mes cris, j'avais bien sûr réveillé toute la maisonnée. Massimo se demandait quel volcan était en éruption. Il ne savait pas, criait-il, que *il Vesuvio si era trasferito* dans les Cantons-de-l'Est *il giorno dopo Natale, mentre dormiamo* ALLE TRE DEL MATTINO !

Et pour être bien certain que je comprenne sa fureur, il me donna la traduction sur le même ton :

— Je ne savais pas que le Vésuve avait élu domicile dans les Cantons-de-l'Est, un lendemain de Noël, alors qu'on s'est couchés à trois heures du matin !

Il fulminait. Vincent et Marie, qui ne comprenaient rien, sont allés aux nouvelles dans la cuisine. Je présume que Harris a tout raconté à ma famille et à mes amis. Moi, je pleurais de chagrin et de rage, étendue sur mon lit. Au bout d'un moment, j'ai senti la main de Harris sur mon dos, elle se voulait apaisante. Au lieu de m'éloigner de lui, je me suis accrochée à son cou et j'ai continué de renifler et de sangloter. Une enfant. Une petite fille qui supplie son papa de ne pas la quitter. Tous les chagrins du monde se trouvaient réunis dans ce geste. Je crois que je pleurais tous les abandons, tous les échecs de ma vie amoureuse. Harris ne savait plus comment s'y prendre pour me consoler. Il m'a bercée, m'a embrassé les joues, m'a caressé le dos comme si j'étais une petite fille. Puis j'ai entendu les mots que j'espérais depuis la veille, depuis toujours en réalité. Des paroles que j'attendais bien égoïstement, des paroles comme une promesse d'amour éternel, une profession de foi, un signe de confiance absolue. En même temps, tout mon être me disait qu'il avait tort. Qu'il se donnait la mort en décidant cela.

— O.K., O.K. Je vais rester. Je vais appeler eux et renoncer à le projet.

Me retournant vers lui, j'ai essayé de sonder ses yeux émeraude, ses yeux de prairie verte dans laquelle j'aimais tant courir. Pour y déceler s'il m'aimait vraiment ou s'il cédait à mon chantage émotif. Je me suis aussitôt redressée. Je ne désirais pas connaître la réponse par peur d'avoir plus de chagrin encore en y découvrant le plus terrible. Il m'aimait bien, mais pas assez pour rester ou pour m'amener avec lui.

— Non, non. Ne change rien à tes projets.

Je m'essuyai les yeux du revers de la main et j'attrapai un mouchoir en papier sur la table de chevet.

— Pars. C'est trop important pour toi. Va voir au moins de quoi il s'agit. On se reparlera, non ?

— *Sure ! Sure !* Je suis désolé que le chose soit précipitée. J'aurais aimé que le chose passe autrement. Ils ont fait le demande au dernière minute. C'est maintenant ou à jamais.

— C'est correct, ça ira. J'ai juste été surprise par tout ça.

Une fois levée, j'ai pris une douche pour éteindre la lave qui coulait dans mes veines – Massimo n'avait pas tort avec son Vésuve – et qui consumait déjà mon cœur. Harris en profita pour préparer son bagage. Pas grand-chose, en fait. J'ai laissé l'eau fraîche m'apaiser. Il ne me restait plus de larmes. J'ai terminé ma douche avec de l'eau froide, histoire de me remettre les idées en place. En me séchant, j'ai vu Harris qui venait à ma rencontre avec son kimono, qu'il m'a aidée à enfiler. Il était beaucoup trop grand pour moi. Harris m'a remonté les manches jusqu'aux poignets et l'a fait blouser en le retenant avec la ceinture pour que je ne marche pas dessus. Il a pris sa valise, et nous sommes descendus vers la cuisine, où mes amis nous attendaient. Chacun faisant mine de s'intéresser fortement au fond de son bol de café, à l'étiquette du carton de lait ou à celle de la boîte de céréales. Vincent et Marie tenaient les bébés chats, qui s'amusaient avec les cordons de leur pyjama. Harris salua et présenta ses vœux de Noël à chacun. Il me prit à part.

— Je téléphonerai à toi ce soir. Je suis très déjà en retard, mes enfants attendent.

Il m'embrassa sur le front, puis sortit de la maison. Il avait les yeux pleins d'eau. La seule phrase qui me venait en tête était ce proverbe chinois : « Le fond du cœur est plus loin que le bout du monde. »

37

J'ai refermé la porte sur l'homme de ma vie. J'hésitais entre regarder Harris encore un peu – même si ce n'était que pour le voir déneiger sa voiture – et me précipiter dans mon lit et pleurer toutes les larmes de mon corps. S'il m'en restait. Nous étions le 25 décembre au matin, et il avait neigé durant la nuit. Un vrai beau Noël tout blanc. Blanc comme l'espace vide et livide que le départ de Harris laissait dans ma vie. Ce n'étaient pas réellement des flocons de neige qui tombaient autour de moi, mais bien mon cœur qui s'émiettait. La page de vie amoureuse que je venais de tourner bien malgré moi se transformait en confettis. Une page que Harris venait de déchirer. Je suis restée le nez contre la vitre fraîche de la porte, jusqu'à ce que la voiture de Harris franchisse les limites du stationnement. Cette pause me permit de reprendre quelque peu mes esprits, d'essuyer mes larmes et de respirer calmement et profondément pour ne plus hoqueter. Tout le monde m'attendait dans la cuisine et je ne voulais pas qu'on me voie anéantie.

J'entrai dans la pièce. Aussitôt, chacun baissa les yeux, qui vers son bol de café au lait, qui vers sa tartine de pain grillé. Massimo, Thomas et Henri semblaient tout à coup terriblement concentrés. Marie et Vincent annoncèrent qu'ils allaient s'habiller chaudement en prévision d'une longue marche à l'extérieur. Vincent prit le panier des chatons et le remonta dans ma chambre.

Leur départ fut suivi d'un silence de plomb. Une atmosphère glaciale s'installa dans la cuisine pourtant réchauffée par le poêle et la douce ambiance du petit déjeuner. Ni eux ni moi ne savions comment aborder le sujet. J'aurais bien aimé poursuivre le nettoyage des restes du réveillon pour m'occuper, mais mes amis avaient déjà fait le nécessaire. Je ne savais où me percher. Finalement, Massimo me tendit un bol de café dont la chaleur pénétra agréablement mes mains glacées. Je m'assis en face des copains. Dans ma tête, je mettais tout en œuvre pour retrouver le chemin de la raison. En sirotant mon café, je m'appliquais à considérer le départ de Harris comme normal. Mais une bataille terrible se livrait en moi. Des déferlantes pleines de colère me submergeaient, des cris de douleur résonnaient dans mon crâne et cherchaient à jaillir. Mais je m'obstinais à poursuivre ma démonstration, point par point, avec des raisonnements calculés dont le but inavoué était de m'apporter un peu de paix intérieure. Rien ne se passa comme j'espérais. Tous mes efforts furent vains. Je suis tombée à bras raccourcis sur Thomas. À la réflexion, je ne sais toujours pas ce qui m'a retenue de le frapper tant j'étais en colère. Pour moi, il était le principal responsable de la situation. Je mordais dans chaque syllabe.

— Comment se fait-il que tu étais au courant de son départ pour Cambridge ?

— Cambridge ? Il s'en va à Cambridge ? s'étonna Thomas.

— Oui, il s'en va à Cambridge, hurlai-je, malgré moi.

J'avais la sensation que ce n'était plus moi qui vociférais de la sorte, mais une femme blessée qui hurlait sa peine. Pourtant, cette créature ne me ressemblait pas réellement. Était-ce bien moi ?

Devant mes assauts répétés, Thomas se défendit.

— Olivia, je te le répète, je ne savais rien au sujet de Cambridge. On s'est vus une seule fois, ici, à la fête de la piscine, et on a parlé, entre autres, de l'Angleterre. Un pays qu'il affectionne autant que moi.

Il appuyait sur chaque mot pour me les faire bien rentrer dans la tête. Mais c'était peine perdue, et il le savait.

— Une seule fois, hein ? C'est drôle, cet été Harris et toi avez dit que vous vous étiez déjà rencontrés dans un resto. Qui me dit que tu n'inventes pas un autre mensonge ?

Thomas essayait de clarifier la situation.

— Oui, je l'ai déjà croisé dans un restaurant. Et cet été, on a parlé de l'Angleterre, et de la vie à Londres. Il n'a jamais été question de Cambridge. Je ne savais rien de ses projets.

— D'ailleurs, que va-t-il faire à Cambridge ? intervint Henri pour venir en aide à son chum.

— Il s'en va enseigner, leur dis-je, la voix emplie de rage. On lui offre un poste important.

La voix de Massimo m'arriva comme une brique sur la tête. Jusque-là, il s'était tenu à l'écart de la discussion. Mais, à cet instant, ce fut comme s'il m'assénait un coup violent.

— C'est une chance inouïe, ce qui lui arrive.

— Je pensais que tu étais mon ami, marmonnai-je.

— Je le suis, Olivia. Je le suis.

— Bien, mais ça ne paraît pas. Tu es de mon bord ou du sien ?

— Du tien. Et c'est pour cette raison que j'ai dit cela.

— Bel ami ! lançai-je, toujours incapable de refréner ma colère.

Massimo employa le ton le plus délicat qui soit.

— Tu ne peux pas l'attacher et l'obliger à rester avec toi.

— Je le sais. Je le sais. Mais ça fait mal.

Et j'éclatai en sanglots.

Mon fils et sa blonde, qui arrivaient à ce moment-là chaudement vêtus pour sortir, s'éclipsèrent vers le jardin. Thomas saisit l'occasion au vol et décida de les accompagner en prétextant une corvée de déneigement des marches. Dans sa hâte, il laissa la porte entrouverte, et le froid pénétra. Massimo la referma rapidement. La cuisine redevint confortable, mais seulement pour mes amis. Moi, j'avais froid, j'avais chaud. Je brûlais intérieurement, et la glace m'envahissait la minute suivante, mon thermostat constamment déréglé. J'étais consciente que la « minipause » avait sa part de responsabilité dans mon état et que Thomas n'avait pas à endosser tout ce qui m'arrivait, mais à cet instant, c'était plus simple pour moi. J'étais incapable d'agir autrement. En fait, je ne me comprenais plus.

Le téléphone sonna et Massimo, plus rapide que moi, décrocha. C'étaient François et Albert qui nous remerciaient pour le réveillon.

— Henri et Thomas sont ici. Et Harris est parti. Je crois, leur dit Massimo à voix basse, que le moment est mal choisi.

— Tu n'es pas obligé de chuchoter, lançai-je aussitôt à Massimo. Personne n'est mort. Pas encore, en tout cas.

Il me tendit le combiné.

— Ils veulent savoir ce qu'on a prévu cet après-midi. Ils nous proposent un vin chaud près du feu. Un film ou une grande promenade dans la campagne. Qu'est-ce que je réponds ?

Je lui enlevai le téléphone des mains.

— Vous autres aussi vous étiez au courant ?

— Au courant de quoi ? m'interrogea Albert, tout à fait étonné de mon agression verbale.

— Du départ de Harris. C'est ça, tout le monde était au courant, sauf moi.

— De quoi tu parles, coquelicot ? Je ne comprends rien. Harris s'en va ? Où ça ?

— Harris s'en va. Il déménage à Cambridge. Sans moi.

— Jamais entendu parler de ça, m'affirma Albert, désolé.

Il hésita une seconde, puis osa me demander s'il avait… quelqu'un d'autre.

— Je ne sais pas. Je ne pense pas. Mais… peut-être… et si c'est le cas, je serai encore la dernière au courant.

Et là, je déversai tout mon fiel. J'étais vraiment de mauvaise foi. Le chagrin m'enlevait toute décence.

— Savais-tu que Thomas et lui se connaissaient ?

Un terrible silence se fit au bout du fil. Albert comprit que j'avais deviné quelque chose. Rien de précis sûrement, mais que je voudrais éclaircir coûte que coûte. Il hésita encore et finit par me le dire.

— Dans une ancienne vie, oui.

— O.K., qu'est-ce que tu veux dire ?

— Ah ! Je hais ça, se défendit Albert. Questionne donc Thomas. C'est lui qui est concerné, pas moi.

— Il est sorti.

— Bien… je suis désolé, mon petit cœur, mais ce n'est pas de mes affaires. Ça m'attriste pour Harris, mais je t'assure que je n'en savais rien. Veux-tu venir en parler ?

— Non. Oublie ça, lui dis-je. Merci quand même.

À défaut de Thomas, je me suis adressée à Henri en le suppliant de me répondre.

— Thomas et Harris se connaissaient, n'est-ce pas ? Dans une autre vie, m'a dit Albert.

Henri m'a regardée avec toute la tristesse du monde dans les yeux, mais décida de passer aux aveux.

— Je suis désolé de te l'apprendre, mais il y a de ça bien des années, ton Harris était bi.

— Bi ?

— Bisexuel, avoua-t-il. Mais ça date de vingt ans, je crois. Thomas ne l'a pas revu avant cet été. Tu te rappelles, il a manqué quelques fêtes ici à cause de son travail et aussi la pendaison de crémaillère. Il était au Japon.

— Harris est bi ? répétai-je en criant. Ce gars-là est bi.

Massimo tenta de me calmer.

— Monte pas sur tes grands chevaux. Ça arrive plus souvent que tu penses. Henri t'a dit que ça faisait plus de vingt ans. N'en fais pas un *dramma.*

J'étais estomaquée. Soudain, cette nouvelle séchait mes larmes et anesthésiait mon chagrin.

— Réveillez-vous, les filles ! explosa Massimo. Vous seriez surprises d'apprendre le nombre de gars qui nous font des avances. Ils sont mariés ou accotés, mais ils veulent juste essayer. C'est ce qu'ils prétendent, en tout cas. Henri, tu ne me feras pas croire qu'aucun hétéro t'a fait des avances ?

— C'est arrivé, oui. Mais ça ne m'intéressait pas. Être partagé entre deux, très peu pour moi.

Je suis restée silencieuse tandis que les gars discutaient du sujet. J'étais véritablement assommée. Puis, je me suis rendu compte que je connaissais mal Harris. Il n'avait jamais abordé cet aspect de sa vie sexuelle, et je dois avouer qu'à aucun moment je n'avais éprouvé le besoin de lui poser la question. Notre entente sexuelle était des plus simples. Jamais je n'aurais cru… Mais à force d'y penser, je me rendais compte que sa sensualité était assez différente de celle des hétéros qui avaient partagé mon lit. Il y avait chez lui une douceur particulière, un acharnement têtu à me procurer autant de plaisir que lui en ressentait. Il prenait soin de moi, m'enveloppait. Il avait une ouverture d'esprit que peu de mâles possèdent. C'est pourquoi je l'aimais tant. Mes larmes se remirent à couler.

— Je pense qu'on va te laisser seule, me dit Henri. Tu as besoin de te reposer.

— Non, ne partez pas, on va... on pourrait...

Pourtant, je ne voulais qu'une chose. Rester seule et pleurer tout mon soûl. Ou alors que Harris revienne et me dise que tout ça n'avait jamais existé, que tout reprendrait comme avant.

Henri se leva et sortit appeler Thomas. Massimo me prit par la main et m'emmena à l'étage. Il me fit couler un bain, déposa des sels parfumés sous le jet d'eau chaude.

— Un bain, ça va te faire du bien. Je m'occupe d'Henri, de Thomas, de Vincent et de Marie. Pendant ce temps-là, tu te recouches et tu essaies de dormir. La nuit a été courte pour tout le monde. À ton réveil, les choses seront différentes. Je resterai jusqu'à demain, comme prévu. Ça te va ?

Je fis signe que oui. La lassitude m'envahissait. L'insomnie de la nuit dernière, les torrents de larmes et ces deux nouvelles coup sur coup m'avaient achevée. Il m'a embrassée sur le front, puis a pris le panier où dormaient les minous afin qu'ils ne me dérangent pas, une fois leur dodo terminé. Il quitta la chambre en refermant la porte sans bruit. Un bain chaud me détendrait et quelques heures de sommeil me reposeraient. Sauf que Massimo se trompait sur un point. À mon réveil, les choses ne seraient malheureusement pas différentes : Harris me quittait bel et bien.

38

Assise sur le lit, j'ai compris que j'avais dormi longtemps. Dehors, la noirceur s'était déjà installée. Je n'entendais aucun bruit dans la maison. J'avais simplement passé la journée de Noël couchée. C'est l'odeur de Harris qui m'avait réveillée. Son parfum embaumait encore les oreillers et les draps. Une fraction de seconde, j'avais cru… j'ai allongé le bras et je n'ai rencontré que le vide. Un sérieux mal de tête me tourmentait. Toutes ces larmes versées et ces efforts pour les retenir m'avaient causé de terribles courbatures dans le cou et des douleurs dans le crâne. Résultat, j'avais la tête prise dans un étau. Je tentai de me lever, mais mes jambes étaient molles comme de la guenille. Tout en aspergeant mon visage d'eau, je me suis observée dans le miroir. Le petit renne au nez rouge, c'était moi. En prime, mes yeux étaient brillants de fièvre, bouffis comme si j'avais passé la nuit sur la corde à linge. Ne parlons pas de mes cheveux ni même de mes joues couvertes de plaques rougeâtres. Une vraie décoration de Noël. Tant pis, je resterais ainsi. Ils me prendraient telle quelle. De toute façon, même si j'avais voulu camoufler le désastre, il aurait été impossible de le masquer totalement.

J'avais beaucoup rêvé. Je me voyais courir après Harris, qui s'éloignait à toutes jambes. De peur que je l'attrape, et pour ne pas ralentir sa course, il abandonnait sa valise. Je l'ouvrais et je découvrais son contenu. Une collection complète de guides de voyage. Tous sur l'Angleterre ! La réalité m'avait rejointe dans le rêve. Un autre songe me revenait par bribes. Il était question de ciel et de papillon. Un inconnu me répétait une phrase familière à mes oreilles. En me concentrant, ma mémoire revint. J'entendis la phrase en même temps que je revis l'image de mon rêve : Harris semblait flotter dans les airs, une corde attachée à son pied nu le reliait à ma main. La voix disait : « Même pour le simple envol d'un papillon, tout le ciel est nécessaire. » Je ne me rappelle pas avoir coupé le lien retenant Harris.

Je pris une longue inspiration et décidai de descendre affronter les autres. Après tout, ils étaient venus pour me voir, et moi, j'avais joué la Belle au bois dormant toute la journée.

Je n'ai eu à affronter personne. Ils étaient tous les trois paresseusement enfoncés dans les coussins du divan et du fauteuil, en train de regarder un film à la télévision. Vincent et Marie allongés l'un contre l'autre, Marie caressant sa bedaine d'une main indolente. Massimo avachi sur le fauteuil, avec les minous. Les deux petites boules de poils s'étaient réfugiées de chaque côté de sa tête. Leur corps minuscule dans l'ouverture en V de son chandail, et leur tête dans le cou de Massimo, là où c'est plus chaud. Elles semblaient mettre beaucoup d'attention à dormir, comme en témoignaient leurs yeux plissés. On aurait dit qu'elles s'appliquaient sérieusement à trouver le sommeil. La scène me fit sourire. Massimo me prit la main.

— Tu vas mieux ?

Je fis signe que oui.

— As-tu faim ?

Je secouai la tête.

— J'ai préparé une soupe et des restes de tourte. Ton fils m'a aidé.

Je découvris que la table de la salle à manger était mise.

— On mange quand tu veux.

— Qu'est-ce que vous regardez ?

Vincent se mêla à la conversation.

— Un policier. Ça vient tout juste de commencer. On peut regarder autre chose si tu veux.

— Non, non. Changez rien.

Un film d'amour, je n'aurais pas supporté, mais une histoire de gangster, c'était tout à fait de circonstance.

— Marie, tu n'as pas faim ?

Elle me répondit non, de sa voix douce et chantante. Ils avaient passablement grignoté dans l'après-midi. Massimo me fit une place près de lui.

— On mangera après le film, décréta-t-il.

Il me passa avec précaution le minou roux. Je le plaçai contre ma poitrine et il rampa, les yeux toujours intensément fermés, en direction de l'encolure de mon pyjama. Il s'y blottit comme dans le poil chaud de sa mère et se mit à ronronner. Cette présence m'a apaisée au plus haut point. Je suis restée là, beaucoup plus à l'écoute du sommeil du chaton que du film. Ces deux activités firent diversion. De toute la soirée, je n'ai plus songé à Harris. Jusqu'à ce que le téléphone sonne. Mon fils s'extirpa du divan et des bras de sa belle et l'attrapa. Il parla un peu et mit sa main sur le combiné pour que l'interlocuteur ne l'entende pas.

— C'est Harris. Veux-tu lui parler ? Si tu ne veux pas, je l'envoie promener.

J'hésitai une fraction de seconde. Qu'avais-je à lui dire ? J'étais complètement sonnée depuis ce matin. Comme engourdie par tous les événements. Finalement, je n'avais rien à lui raconter. Puis, je me suis dit qu'il avait peut-être besoin de me parler. J'ai remis le chaton à Massimo, qui me demanda si je voulais qu'on arrête le film. Je lui fis signe que non, et je me suis rendue à la cuisine.

— Allo ?

— C'est moi, murmura une voix peu assurée.

— Ça se passe bien avec tes enfants ?

— Oui et non. Eux aussi n'ont pas envie que je parte.

— Je les comprends.

— Tu t'en sors ? demanda-t-il d'une voix triste.

— Je fais avec.

— Avec quoi ?

Je me rendis compte que Harris ne connaissait pas cette expression.

— J'accepte la situation. Et c'est dur, repris-je.

— Je m'en veux terriblement de te faire du peine. Surtout que ça tombe dans le période de la Noël.

— Tu sais, Harris, il n'y a pas de période idéale pour se quitter. À moins qu'on ne s'aime plus.

— Mais je t'aime encore, se défendit-il.

— Mais pas assez pour m'emmener avec toi.

— Ça n'a rien à voir. Je vais voir ce qu'on me propose… J'ai de la chagrin de faire ça, mais…

— Sûrement moins que moi. Ta situation est différente. Toi, tu pars vers une nouvelle vie, moi, je reste.

— Tu es seule ?

— Non. Vincent, Marie et Massimo sont là.

— Les minous, ça va ?

En réalité, nous n'avions rien d'important à nous dire. J'appréciais qu'il se soucie de moi. Le reste ne lui appartenait plus. Les détails de son départ ne me concernaient pas, mais il m'indiqua quand même la date.

— Mon vol est après-demain. Mes enfants s'installent dans mon appartement. J'ai beaucoup de choses à organiser d'ici là.

— Je m'en doute.

— Je vais essayer de te téléphoner.

— Tu n'es pas obligé, affirmai-je.

— Ça me fera du plaisir. Tu seras là ?

— Je ne sais pas. Je dois accompagner Lulu à l'hôpital.

Il y eut un long silence.

— Bon. Au revoir, conclut-il soudain. Les enfants te saluent.

— Embrasse-les pour moi.

Je coupai la communication en déposant le téléphone sur sa base.

On a regardé le film, qui se terminait sans surprise. J'avais deviné qui était le coupable bien avant la conclusion. On a mangé assis autour de la table et on a parlé de tout et de rien. Des vacances de Marie et de Vincent. Les dernières avant la venue du bébé. Ils s'en allaient dans quelques jours sur la Côte-Nord, chez les parents de Marie. Ils prévoyaient de longues marches sur le bord du fleuve, des siestes devant la grande cheminée, quelques descentes en ski pour Vincent et de la lecture pour la future maman. Les jeunes ont insisté pour tout ranger. Je suis montée à ma chambre accompagnée de Massimo et des deux chats. J'étais déjà en pyjama. Pendant ma toilette, Massimo est allé se préparer pour la nuit. Il m'a rejointe et s'est installé près de moi sous les couvertures, comme nous le faisions si souvent avant l'arrivée de Harris dans ma vie. Les petits chats sautaient sur la couette. Ils s'en donnaient à cœur joie, mordant et griffant tout ce qui bougeait. Nos orteils sous les draps et nos doigts subissaient leurs assauts.

— Qu'est-ce qu'il te voulait, Harris ?

— Rien. Savoir comment j'allais. Me dire qu'il partait après-demain. Ça, j'étais déjà au courant. Que ses enfants m'embrassaient.

Massimo m'a regardée, étonné.

— C'est tout ?

— Que veux-tu qu'il me raconte de plus ? Tu ne trouves pas qu'il m'en a assez dit sur le sujet ? Il part. Il s'en va. Un point, c'est tout.

— Pas lui, toi. Toi, tu n'avais rien à lui confier ?

— Qu'est-ce que tu veux que j'ajoute ? Il sait que ça me fait de la peine, il sait que je l'aime beaucoup et ça ne semble rien changer à sa décision.

— Tu aurais pu lui répéter tout ce que tu nous as crié ce matin.

Je restai sans voix. Massimo poursuivit sa pensée.

— Tu n'y es pas allée de main morte avec Thomas et Albert. Tu ne peux pas les accuser d'une chose dont ils ne sont pas responsables.

Il m'a fixée droit dans les yeux.

— C'est comme si tu avais tiré à boulets rouges sur tout le monde. À tes yeux, ils étaient tous coupables. Et ça, pour ne pas injurier le principal intéressé.

Je l'ai regardé intensément.

— C'est ce que j'ai fait ?

— Oui, madame. Et deux fois plutôt qu'une. Tu étais déchaînée. Je ne t'avais jamais vue comme ça, *principessa*.

Puis il ajouta très doucement :

— Tu avais besoin d'un coupable, Olivia. Et ça ne pouvait pas être Harris. Tu l'aimes trop. Beaucoup plus que tu le pensais, en réalité. Je me trompe ?

Je me suis remise à pleurer. Non pas à sangloter comme depuis la veille, mais les larmes tombaient toutes seules de mes yeux, et je ne les retenais pas. Le pauvre minou près de mon visage en fut tout mouillé.

En partie pour sauver le chat de l'inondation et pour m'obliger à rire, Massimo s'exclama :

— Bon ! Ça y est. Elle est en train de le noyer.

Il m'arracha un sourire. Massimo prit l'animal et le sécha avec la couverture tout en s'adressant à lui :

— *Mio povero micino. Se la principessa continua a piangere tutte le lacrime del suo corpo, dovremo chiamarti, Mosè !*

— Oh ! Arrête ça, je ne comprends rien. Qu'est-ce que tu as raconté à cette petite bête ?

— Je lui ai dit que si tu continuais à verser toutes les larmes de ton corps, on serait obligés de l'appeler Moïse.

— Moïse ? Franchement.

— Parfaitement ! C'est un minou sauvé des eaux.

Il l'approcha de son visage.

— Chaque fois que je te verrai pleurer Harris, je penserai à ton chat comme à Moïse sauvé des eaux. Comme on avait fait avec le Grand Brûlé, tu te rappelles ?

Si je me rappelais ! Au passage de l'an 2000, avec Massimo, nous avions brûlé dans la cheminée des papiers sur lesquels nous avions inscrit le nom de ce que nous ne voulions pas traîner avec nous dans ce siècle nouveau. Le nom d'un chum un peu cinglé figurait sur mon papier. Par la suite, nous l'avions surnommé le Grand Brûlé, pour être certains que je ne le fasse pas renaître de ses cendres.

Avec plus de sérieux, il m'assura que je m'en remettrais. Qu'après tout, Harris n'était qu'un amoureux de fin de semaine.

— Je m'étais vraiment attachée à lui. Il était différent des autres. Il était parfait pour moi, celui-là.

— Non. Il était bi.

— Lâche-moi avec ça. Vous n'arriverez pas à me faire croire ça.

— Ah non ? Lui as-tu demandé ? insista Massimo.

— Euh… Non.

— Peut-être que tu ne voulais pas entendre la réponse.

Il m'énervait quand il tombait pile sur ce que je souhaitais dissimuler. Je n'avais aucune réplique à lui servir, aucun repli possible. Je devais laisser aller. Et je haïssais encore plus son petit sourire de satisfaction. Car mon silence lui confirmait qu'il avait visé juste.

— Les filles, va falloir que vous soyez plus souples que ça ! Les hommes ne sont pas votre bien exclusif. Ils sont aussi pour nous, les gars. C'est maintenant dans les mœurs, c'est désormais une réalité.

Et pour ajouter à l'insulte, il me servit une phrase en anglais.

— *The mind is like a parachute, it works best when it is opened.*

— Ça parle de parachute, mais j'ai pas tout compris. Traduis donc afin que je te suive.

— Je vais te l'écrire. Tu fouilleras dans le dictionnaire. Tu t'en souviendras encore mieux.

— Je te déteste, lui dis-je.

— Moi aussi, rétorqua-t-il, puis il me traduisit ce qu'il avait énoncé : L'esprit, c'est comme un parachute. Ça fonctionne mieux quand c'est ouvert.

Puis il s'allongea sur l'oreiller et, tout en frappant le creux de sa poitrine, il m'invita à y poser la tête. Je restai figée.

— Qu'est-ce qu'il y a ? demanda-t-il.

— Ne recommence plus jamais ça. Harris me faisait la même chose.

Il se redressa sur son séant.

— Bon ! Y a-t-il encore beaucoup de gestes que je ne pourrai plus faire ?

— Des tonnes, soufflai-je dans un soupir.

Et je me mis à dresser la liste des manières d'agir que j'appréciais le plus chez Harris.

— Tu sais, la chose dont j'ai toujours rêvé avec un homme..., lui dis-je.

— Il pouvait te faire l'amour trois fois d'affilée ! lança Massimo, les yeux brillants et un sourire grivois aux lèvres.

— Niaiseux ! C'est pas de ça que je te parle.

— Une affaire de fille ?

— Toi, je ne t'adresse plus la parole !

— O.K.

— Non ! Attends, j'ai envie de te le raconter.

Massimo m'a regardée avec affection. Il semblait découragé par mon côté « fille », mais comme il m'aimait vraiment, il se résigna à m'écouter et même à entendre le pire.

— J'avais toujours voulu que ça m'arrive avec un homme. Quand on est assis dans la même pièce, l'un lit ou travaille ou dessine en silence et l'autre a une activité semblable et, au même instant, les regards se croisent sans aucun échange de paroles. À cette minute précise, on sait qu'on est parfaitement bien ensemble. Avec lui, je ressentais tout cela.

— Tu vas sûrement trouver quelque chose de différent avec... un autre.

— Je sais. Mais ce n'est pas près d'arriver.

— La meilleure conduite à tenir avec Harris, c'est de le laisser partir. Et tu le sais très bien.

— Je sais.

— Puis, attends de voir ce qui va arriver.

— Je sais, Massimo.

— Ou tu peux décider de t'en aller ailleurs, toi aussi. Il n'est pas le seul homme sur terre.

— Ouais, je sais !

— Ah ! T'es fatigante avec tes « je sais ». Si tu sais tout ça, arrête de pleurer et tourne la page.

Je fis une pause, la gorge nouée.

— Mais j'ai de la peine.

— Je sais, je sais, répéta-t-il, le plus sérieusement du monde.

Nos yeux se croisèrent et nous éclatâmes de rire. Cela me fit du bien. En nous entendant pouffer de la sorte, les minous sautèrent de l'édredon et se précipitèrent sous le lit. Nous en avons profité pour saisir nos oreillers et nous frapper mutuellement sur la tête en répétant comme deux grands insignifiants, à la manière de Jean Gabin : « Je sais, je sais, je sais… »

C'est ainsi que se termina mon 25 décembre de cette année-là. Entre rires et larmes.

39

J'ai regardé partir ma petite famille. Ils devaient tous rentrer à Montréal. Massimo voulait ranger son appartement, car il avait terminé son film seulement la veille du réveillon.

— L'appartement est dans un bordel pas possible. La dernière semaine, on a travaillé avec des horaires fous. De nuit, puis moitié le jour, moitié la nuit. Pendant les congés, je ne faisais que dormir pour récupérer. Chez moi, je ne me suis occupé de rien.

Vincent reprenait son travail de fleuriste, qui s'annonçait assez intense en prévision du jour de l'An. Marie préparerait les bagages pour leur départ vers la Côte-Nord. Je ne les verrais pas de sitôt. Mon fils m'a ordonné de ne pas me rendre malheureuse inutilement pour Harris. Il voulait s'en aller, qu'il s'en aille. D'après lui, je valais mieux que ça.

J'ai embrassé tout mon monde après avoir aidé à remplir les voitures des cadeaux, et les ai regardés partir, non sans leur avoir intimé d'être particulièrement prudents.

Massimo s'était quand même inquiété avant le départ.

— Ça va aller, tu penses ?

— Oui, oui. Je vais bien.

— Si tu as le moindrement envie de quelque chose…

— Comme pleurer au téléphone…

— Si tu veux. Mais essaie de ne pas noyer tout ce qui t'entoure. Tu me promets que tu vas prendre soin de toi ?

— Oui.

— Que tu ne te rongeras pas les sangs ?

— Oui, promis. Je vais m'occuper pour ne pas trop y penser.

— O.K. *Ciao, ciao bella. Sono con te.* Je suis avec toi.

Je suis restée un long moment à contempler les traces laissées par les pneus sur la neige. Celles de la voiture de Harris avaient déjà disparu. Mais j'étais convaincue que son empreinte sur mon cœur ne s'effacerait pas de sitôt. Et comme le temps était un peu frisquet, je suis rentrée. Tel que promis à Massimo, je me suis changé les idées. Grand ménage. J'ai passé l'aspirateur, rangé un peu partout, nettoyé la vaisselle du petit déjeuner, changé la litière des chats, fait mon lit, lavé les draps et les serviettes des invités, monté du bois de la cave et allumé un feu dans le poêle à combustion lente…

Je me suis arrêtée, un peu essoufflée. Il ne me restait plus rien à nettoyer.

Une fois assise, j'ai choisi un livre au hasard. Après avoir lu deux phrases, j'ai pris conscience de ma solitude. Plus personne nulle part dans la maison et surtout, plus personne devant mes yeux. Au lieu de pleurer, je suis tombée dans une colère rageuse. J'ai empoigné le téléphone et composé le numéro d'Albert. Il a répondu, tout à fait de bonne humeur :

— Bonjour, coquelicot.

Sans même prêter attention à ses joyeuses salutations, j'ai attaqué tout de suite.

— Tu le savais, n'est-ce pas ?

— Pour les chats, bien sûr. C'est moi qui les ai amenés chez le vétérinaire à la place de Harris. Il n'avait pas le temps, alors...

— Non, pas les chats. Son départ. Tu étais au courant, toi aussi.

— Non ! se défendit-il. Pas du tout. Je te l'ai dit hier. Tu as dû remarquer qu'il est assez secret, ton chum...

— Mon ex-chum.

— Pourquoi ton ex ? Il ne s'en va pas juste travailler à Cambridge ?

— Non. Oui... Pour l'instant, oui. Mais je suis convaincue qu'il a choisi ce prétexte pour me quitter.

— Peut-être imagines-tu tout ça.

Bien qu'il restât tout au fond de moi une petite part que je parvenais encore à maîtriser, j'explosai, déchaînée.

— Je présume que toi aussi tu es passé dans les bras de Harris ? Comme Thomas, non ?

— Arrête, Olivia. Arrête ça tout de suite ou je raccroche. On n'a jamais eu de liaison, ni de baise avec lui. Personne. Pour ce qui est de Thomas, ça date d'une éternité, et ça ne nous concerne pas, nous. On n'a pas essayé de le draguer, tu nous as vus. Entre nous tous, Henri, François, Massimo, Harris et moi, il n'y avait que de l'a-mi-ti-é. On ne l'a rencontré qu'en ta présence. Sauf quand il m'a amené les chats. Et encore, à la vitesse de l'éclair, car il était très pressé. Il m'a seulement demandé de les conduire chez le vétérinaire pour les vaccins. C'est lui qui a tout payé. Il n'a parlé de rien. Ni de son départ ni du fait qu'il pouvait te quitter. Ne va pas tout mélanger.

Ce qui se passe entre vous deux, ça ne nous regarde pas.

Cette tirade m'a arrêtée d'un coup. C'est vrai que je mélangeais tout, c'est vrai que je ne me comprenais plus. Et aussi que je ne me reconnaissais plus. Que m'arrivait-il ? Tout cela n'avait rien à voir avec le départ de Harris. J'avais déjà été virulente à bien des reprises avant l'annonce de son départ en Angleterre. J'ai tenté de reprendre mes esprits et de me calmer.

— Excuse-moi, dis-je à Albert. J'ai de la peine et je dis n'importe quoi.

— Je suis content que tu en parles. Tu n'es plus le charmant petit coquelicot qu'on a connu.

— En effet, répondis-je. Moi-même, je ne me reconnais pas. Ça doit être la « minipause » qui me vire à l'envers.

— Tu devrais t'occuper de ça. Pour le reste..., tu ne peux rien, Olivia. Si Harris veut partir travailler à l'étranger, tu ne peux pas l'attacher. Quoique...

Il s'est excusé tout de suite, réalisant qu'avec ce trait d'humour il était allé trop loin sur un terrain glissant, compte tenu de la situation. Tout ce qui concernait l'homosexualité possible de Harris s'appelait dorénavant : « Pas touche ! » De mon côté, je poursuivis la conversation plus doucement.

— Tu le savais depuis longtemps pour l'échange entre Thomas et Harris dans une « autre vie » ?

— À la fête de la piscine. J'avais bien vu que Harris était très étonné de rencontrer Thomas chez toi. J'ai posé la question à Thomas.

— Et..., insistai-je.

— Et...

Il n'osa continuer.

— Es-tu sûre de vouloir entrer dans les détails ? me demanda-t-il, après un instant.

Devant mon silence, il continua.

— Ils n'ont échangé qu'une nuit, il y a de ça belle lurette. Thomas ne l'a jamais revu. Et comme chez toi on s'étonnait tous qu'ils se connaissent, ils ont inventé un pieux mensonge.

— Toi, tu le savais, et tu ne m'as rien dit !

— Olivia ! Ne recommence pas. Oui, j'étais au courant. Mais qu'aurais-je pu te raconter ? Ton chum, excuse-moi, ton ex-chum a eu une baise avec Thomas lorsqu'ils étaient dans la vingtaine. Qu'est-ce que ça aurait changé ? Toi-même, tu n'as rien vu. Tu ne t'es rendu compte de rien. Si ça se trouve, c'est la seule aventure homo qu'il ait jamais eue. Puis, ce qui se passe dans le lit des autres, ça ne me regarde pas. Que ce soit dans un lit hétéro ou homo. On se comprend bien, là ?

— Oui, oui. Ça va. C'est le choc.

Je suis repartie de plus belle.

— Ça ne te dérangerait pas toi, de savoir que François a eu des relations hétéros ?

— Pas du tout. Il a eu une vie avant mon arrivée. C'est lui que ça concerne, pas moi.

— Eh bien, je n'ai pas ta souplesse.

— Massimo m'en a parlé. Henri et Thomas aussi.

— Ah ! Parce que vous discutez de ma vie sexuelle au téléphone ?

— C'est toi qui nous as amenés sur le sujet. On ne voulait pas ça, nous. Thomas et Henri ne savaient plus quoi faire. Ils m'ont demandé mon avis et de l'aide. Tu leur as sauté dessus. Ils ne voyaient plus comment réagir.

— Si je n'avais pas téléphoné, tu ne m'en aurais pas parlé ? C'est ainsi que tu vois notre amitié ? Avec des mensonges et des cachotteries ?

— Olivia ! Bonté divine, veux-tu « décrinquer » ! Je peux comprendre que tu aies de la peine pour Harris, mais là, tu es en train de péter un plomb. Je voulais te téléphoner aujourd'hui, d'abord pour savoir comment tu allais, ensuite pour aborder le sujet avec toi. J'attendais juste que les choses se tassent un peu et que tu « dépompes ».

— Tu as raison, je suis encore enragée. Laisse-moi quelques jours et je te rappellerai. Excuse-moi encore.

Après avoir raccroché, je me suis assise. En fait, je suis littéralement tombée dans le fauteuil avec la drôle d'impression que la fille qui venait de s'emporter contre son ami n'était pas moi. J'avais un clone qui agissait à ma place, les dents en avant, toutes griffes dehors et qui sautait sur tout ce qui ne lui plaisait pas. Ce n'était pas moi, ça. Étais-je en train de devenir folle ? Tout en me questionnant sur un état que j'espérais passager, je me suis souvenue qu'une de mes collègues, au moment de sa ménopause, avait consulté un psy, certaine qu'elle perdait la raison. En analysant mon comportement des dernières semaines, j'ai pris conscience que je n'allais pas fort. Et cela datait de bien avant l'annonce du départ de Harris. Le matin, je me levais déprimée ; à quatorze heures, je voulais me suicider tant la vie me paraissait inutile ; et le soir, j'éprouvais l'envie de trucider le premier qui me dérangeait. Même manège le jour suivant, et le jour d'après. Avec quelques variantes dans l'ordre des états d'âme. Mais il existait une constante. Envie de suicide, déprime, assassinat, joie de vivre, déprime, envie de suicide, etc. Il était vraiment temps d'agir avant que tous mes amis s'enfuient. Était-ce pour cela que Harris voulait s'en aller ? Parce que je n'étais plus vivable ?

Je pris la décision d'en discuter avec lui dès que j'en aurais l'occasion. J'avais mêlé trop de monde à cette séparation, et ça n'aidait en rien. Ni moi ni la situation.

Je saisis alors le téléphone et composai le numéro de mon gynécologue. Bien entendu, je tombai sur la boîte vocale. Tout à fait normal que les bureaux de médecins soient fermés un 26 décembre. J'ai laissé quand même un message, le suppliant de me donner un rendez-vous rapidement, avant que j'assassine quelqu'un ou que j'attente à mes jours.

À peine le combiné reposé, j'ai aussitôt regretté mes paroles. Le docteur me prendrait sûrement pour une hystérique. Puis, je me suis dit qu'il devait être habitué aux états d'âme des ménopausées. Et que, de cette façon, j'aurais plus vite de ses nouvelles.

Avant tout, je devais occuper cette journée. Je ne voulais pas rester pendue au téléphone à attendre des nouvelles de Harris, mais en même temps, je me trouvais les raisons les plus stupides pour ne pas sortir. J'ai joué un instant avec mes minous en leur cherchant un nom. Le mâle aux reflets dorés et roux, ce serait Maxou. Petit Max, petit Maxou, tout cela lui allait à ravir. Pour la femelle trois couleurs, ce fut plus difficile. J'ai finalement opté pour Rosie, Rosinette.

J'ai allumé la télé, mais en ce jour de vacances les émissions débiles étaient légion. De plus, tous ces chants de Noël me chaviraient. Alors, je me suis attaquée au tricot, car j'avais promis des chaussettes et un bonnet à Marie pour la petite. Au bout d'un moment, j'ai dû enfermer les minous dans ma chambre, car ils avaient vite découvert le plaisir de jouer avec les balles de laine et de mélanger les écheveaux. J'ai tricoté comme une démente. L'exploit de Pénélope, ce n'est rien à côté de ce que j'ai accompli. Je l'ai battue à la tâche. Peut-être gagnerait-elle la deuxième épreuve, celle de l'époux qui revient, puisque son Ulysse est rentré à la maison, lui. Mon Ulysse à moi, mon Harris était encore là, et je ne savais rien de notre avenir. Alors, je tricotais. En plus de la commande promise à Marie et à Vincent, j'ai réussi à confectionner une couverture, puis j'ai entrepris un nid d'ange, une vaste poche dans laquelle on glisse le bébé pour le protéger du froid dehors. En le faisant, j'ai pensé à l'étrangeté de la vie : Harris n'était pas encore parti que j'inventais déjà les pires scénarios à son sujet, et cette enfant n'était pas encore sortie du ventre de sa mère que je lui tricotais d'avance un trousseau protecteur.

Existe-t-il des aiguilles spéciales, des patrons qu'on peut suivre à la lettre, de la laine ou du fil de soie pour se tricoter un amour qui dure, protège des malheurs, réchauffe au besoin et habille parfaitement le cœur ?

40

Comme promis, je me suis rendue à l'hôpital voir Lulu avant son opération. Ascenseur, longs corridors, odeur de désinfectant, malades allongés dans les couloirs et geignant. À mon arrivée à sa chambre, l'infirmière m'a priée d'attendre dehors, car on prodiguait des soins à mon amie. On venait de lui injecter un calmant, juste avant l'intervention chirurgicale. Je disposais d'un peu de temps avant qu'on vienne la chercher. Un goutte-à-goutte diffusait du soluté dans son bras. Les cheveux noués en queue-de-cheval, elle portait la traditionnelle chemise bleue fendue à l'arrière. Elle semblait détendue. Je l'étais moins.

— Le bleu te va bien, blaguai-je.

— Tout à fait dans ma palette. Merci d'être là.

Elle m'expliqua qu'elle avait préféré que ce soit moi qui l'accompagne durant cette journée plutôt que son chum.

— Tu comprends, il n'est pas doué pour me rassurer. Il y a tellement d'affolement dans ses yeux ! Il n'est pas très bon acteur, alors je vois dans son regard tout son désarroi. Au lieu de m'occuper de moi, je me préoccupe de lui.

— Ça me fait du bien d'être avec toi.

Puis elle m'a regardée intensément.

— Tu as pleuré, toi. Tu ne dois pas t'inquiéter, ça ira bien. Le chirurgien est très confiant. On a décelé à temps la masse maligne, qui est minuscule d'ailleurs, et on va l'enlever. C'est tout.

Elle a insisté pour savoir comment s'était passé mon Noël. J'ai senti qu'elle s'accrochait à tout ce qui ne touchait pas à la maladie. Elle avait envie qu'on lui occupe l'esprit. Moi aussi j'avais un sujet à éviter, alors je lui ai raconté le réveillon et la distribution des cadeaux sans entrer dans les détails. Puis, je n'ai pas pu terminer et j'ai finalement tout déballé : les chats, l'annonce du départ de Harris. Mes hauts et mes bas. Mais Lulu suivait vaguement mes propos. Elle en perdait des bouts et se raccrochait à d'autres.

— Et figure-toi, j'ai découvert que Harris est bi.

— Hon ! Ça, c'est pas drôle, articula-t-elle, la voix de plus en plus pâteuse à cause de l'injection. J'ai une cousine qui est bi… qui est bipolaire. C'est vraiment pas rigolo. Pauvre toi.

J'ai éclaté de rire. Lulu a réagi avec un peu de retard. Elle était de plus en plus dans les vapes. J'allais lui fournir des explications au sujet de Harris quand le préposé est entré dans la chambre. Il emmenait Lulu à la salle d'opération. Je lui ai embrassé le front et lui ai fait le serment que je serais là à son réveil.

Et je lui ai fait promettre d'y être, elle aussi. Elle a juré.

— Je n'ai plus peur, tu sais. C'était avant, le pire.

Je m'apprêtais à retourner dans la chambre lorsque je l'ai entendue dire : « Bi… bipolaire, ça, c'est pas drôle. » Et elle a disparu dans l'ascenseur, sur la civière poussée par le préposé.

Je me promettais bien de lui expliquer l'expression « bi » à son réveil. En fait, me suis-je dit, encore sous l'effet de la colère, il n'est pas bipolaire cet homme, il est plutôt biaisé, bivalent, en tout cas.

Les heures suivantes ont été interminables. Faisant les cent pas dans le couloir, j'ai surveillé l'heure, et je trouvais que cette opération prenait bien du temps. La biopsie était-elle aussi bénigne que me l'avait affirmé Lulu ? Depuis que le médecin lui avait annoncé le diagnostic de cancer, j'avais assisté de loin à sa longue attente, car elle voulait la vivre seule. Souvent, le deuxième examen est banal : dans 90 % des cas, le résultat est négatif. Pas dans celui de Lulu. Elle avait dû subir une ponction destinée à analyser la masse observée sur les radios afin de savoir s'il s'agissait simplement d'un kyste ou d'une masse cancéreuse. Puis elle avait attendu les résultats. Ensuite, Lulu s'était sentie un peu sécurisée puisqu'une équipe formée par un oncologue, un psychologue et des infirmières s'occupait d'elle. Ils avaient pu répondre à toutes ses questions. J'espérais de tout mon cœur que le chirurgien ne trouverait pas d'autres masses suspectes. Je ne voulais pas perdre mon amie Lulu. Pas elle. C'était une femme si vraie, si magnifique. Je me suis alors rappelé tous nos bons moments. Tous nos fous rires, tous nos espoirs. Et je me suis surprise à prier. J'ai demandé qu'on me la rende intacte.

Soudain, j'ai aperçu une horloge : quatorze heures quarante-cinq ! L'intervention était bien longue. Et je me suis rendu compte que j'avais dû rater le dernier appel de Harris. S'il n'était pas déjà en plein ciel.

Pendant que l'homme de ma vie s'envolait vers un ailleurs étranger, mon amie de longue date était allongée dans une salle d'opération d'où l'on ne sort pas toujours vivants ou avec tous ses morceaux. Je me retrouvais une fois de plus trempée, victime d'une bouffée de chaleur incontrôlable. Je décidai de sortir pour me rafraîchir et aussi pour tenter de joindre Harris. Au comptoir central, une infirmière m'a rassurée sur l'état de Lulu. Tout s'était bien passé, elle venait à peine de sortir de la salle d'opération et ils la gardaient en observation encore un peu en salle de réveil. J'avais donc du temps pour m'aérer et téléphoner.

L'air froid du dehors m'a brusquement accueillie. Je me suis abritée dans un coin de l'édifice, entourée de fumeurs qui tétaient avidement leur cigarette. J'étais dans le coin des vices cachés. Celui des fumeurs invétérés et des dépendants du cellulaire. J'ouvris le mien et composai le numéro de Harris. Une voix féminine m'a annoncé l'indisponibilité de l'abonné. On me conseillait de réessayer plus tard. Dans mon cas, c'était impossible. Il était trop tard. Harris s'était envolé. À cette seconde, j'ai eu le pressentiment que cet homme et moi arriverions de moins en moins à nous joindre. Et que ce serait presque inutile de réessayer plus tard.

Je suis revenue à l'intérieur. Je m'engouffrai dans l'ascenseur. Mon amie Lulu avait besoin de moi. Je me suis dirigée vers une cabine téléphonique pour appeler Armand, certainement plus capable d'attendre. Effectivement, il m'avait devancée et avait discuté avec le chirurgien, qui lui avait donné les détails de l'opération. On avait enlevé la masse, qui était toute petite. Et, contre toute attente, le mal ne s'était pas propagé. Mais pour s'en assurer, il faudrait s'armer de patience pour obtenir le résultat des analyses des ganglions. Encore une autre attente. Cependant, le chirurgien était très confiant.

J'ai veillé sur le sommeil de Lulu jusqu'à l'arrivée d'Armand. J'avais craint pour la vie de mon amie, sans lui dire que j'avais eu terriblement peur pour elle. Je ne voulais pas l'affoler outre mesure. Je la connais bien, ma Lulu. C'est le genre de fille à tout garder en dedans, à rassurer tout son monde, à prendre soin de tout un chacun, à s'inquiéter pour le chagrin des autres, mais aussi à s'oublier complètement quand c'est elle qui a le plus besoin d'être entourée et réconfortée. En la voyant ainsi endormie, je revis Simone sur le point de partir. Cette Simone qui avait été si précieuse pour moi. À qui je devais l'achat de la maison jaune grâce à l'héritage qu'elle m'avait légué. Simone, mon mentor, mon guide dans la vie. Cette femme si fabuleuse avait elle aussi lutté contre le cancer jusqu'à la limite du supportable et avait abdiqué quand elle avait senti que ce combat était au-dessus de ses forces.

Je regardais Lulu, si forte et si fragile à la fois. Si vulnérable maintenant que cette chose terrible et sournoise s'était logée en elle. Une infirmière entra pour vérifier si tout se passait bien. Au dire de cette femme, la tumeur avait été enlevée à temps. Je songeai qu'il fallait encore attendre pour savoir si la bête n'avait pas fait son nid ailleurs et causé d'autres dégâts.

Je connais des gens qui ne prononcent même pas le mot « cancer », tant il leur fait peur. Ils évoquent cette maladie, en détachant chaque lettre, comme si cela minimisait la portée de ce mal terrible. D'autres plaquent leurs mains sur leurs oreilles aussitôt qu'on le prononce. Ils chantonnent même pour couvrir la voix qui vient de proférer le nom de la maladie, comme si se boucher les oreilles ou ensevelir le mal sous un chant ridicule réussissait à l'anéantir. Le mois dernier, quand Lulu m'a parlé de tumeur, j'ai soudain pris conscience de la portée effrayante de ce mot.

Si l'on sépare le mot tumeur en deux syllabes distinctes, on lui donne un sens définitif. « Tu meurs » si tu as une tumeur. Est-ce que Lulu avait fait, elle aussi, cette découverte ? Même si ce n'était pas celle-là, je suis convaincue qu'elle avait dû en faire d'autres, toutes aussi horrifiantes. Elle nous avait tenus à l'écart de cette angoisse qui devait la ronger jour et nuit. Je la connaissais assez pour respecter son silence. Au cours d'une de ses périodes difficiles, j'avais proposé à plusieurs reprises de l'aider, mais elle avait gentiment repoussé mon offre. Comme j'insistais sans cesse, nous avions failli nous brouiller. Alors, elle avait mis les choses au clair. Lulu était ainsi. Quand elle traversait une phase pénible, elle avait besoin de s'isoler. Mon amie préférait de beaucoup vivre seule cette mauvaise période, sans l'intervention des autres. Après seulement, elle pouvait la partager avec ses amis. Parler de ce long voyage à deux issues, dont l'une est la survie... Avant de quitter la pièce, l'infirmière insista sur le fait que la mammographie peut sauver la vie.

— Vous en faites régulièrement, aux deux ans, j'espère, me dit-elle.

Je lui fis signe que oui.

Lulu semblait dormir paisiblement. Il en aurait fallu de peu... Les larmes me montèrent aux yeux. Moi qui croyais qu'il ne m'en restait plus. C'est donc vrai que le corps contient tant d'eau !

Lulu ouvrit l'œil. En me voyant ainsi, Lulu me demanda de ne plus pleurer. Le chirurgien lui avait parlé à sa sortie de la salle de réveil, et tout allait pour le mieux. Je lui ai tenu la main, contente d'être auprès d'elle. Puis elle commença une phrase qu'elle ne termina pas. Elle venait de se rendormir. Un peu plus tard, Armand est arrivé sur la pointe des pieds. Il pénétra dans la pièce, caché derrière un énorme bouquet de roses rouges, les préférées de Lulu. Il avait dû dévaliser tous les fleuristes de la ville pour réunir une telle gerbe. Je l'ai aidé à la poser délicatement sur une table. Pâle, les yeux cernés de rouge, il n'en menait pas large. Il avait vraiment tremblé pour sa Lulu. Il avait encore peur. Je l'ai serré dans mes bras et lui ai fait promettre de m'appeler, quoi qu'il arrive. Mais il ne m'écoutait déjà plus. Il s'est assis à la place que j'occupais juste avant son arrivée et il s'est penché sur sa blonde, qu'il embrassa amoureusement.

Je suis sortie sans faire de bruit. Au poste central de l'étage, j'ai demandé à une préposée d'apporter à la chambre 1022, dès qu'elle le pourrait, le plus gros vase en sa possession. Elle avait remarqué Armand et son impossible bouquet. La jeune femme promit, mais ce serait plusieurs petits vases, car elle n'en avait pas de grands. Je me suis dirigée vers la sortie avec une pensée terrible. Faut-il être à la veille de perdre quelqu'un pour se rendre compte à quel point cette personne nous est précieuse ? À quel point on l'aime ? Les portes de l'ascenseur se refermèrent sur ma question laissée sans réponse. Lorsqu'elles se sont rouvertes, des larmes coulaient sur mes joues. Comment on appelait ça, deux terribles chagrins qui vous écrasent en même temps ?

Je suis allée me réfugier chez Massimo pour me faire consoler. Toute seule, je n'y arriverais pas.

41

Les jours qui ont suivi furent très difficiles. Je restais sans cesse proche d'un téléphone. Allison me proposa plusieurs fois une longue randonnée en raquettes. La neige s'en était donné à cœur joie depuis quelques jours, et le tapis blanc agrémentait désormais le paysage. J'ai refusé l'invitation d'Allison. J'étais comme paralysée, incapable de seulement envisager de sortir. Je me cloîtrais, je vidais mes fonds de garde-manger pour ne pas devoir aller à l'épicerie, je n'allais pas chercher mon courrier. Je vérifiais cent fois par jour mes courriels. J'attendais. Tout cela, au cas où le téléphone sonnerait. Allison a insisté pour me faire prendre l'air, car elle soupçonnait une sorte de dépression « postdépart » de Harris. Pour ne pas la vexer, je lui ai menti : du travail à terminer et qui m'occupait l'esprit. Ce n'était pas trop loin de la vérité. Cependant, j'étais incapable de m'asseoir à ma table, de saisir mon stylo rouge et de m'attaquer au manuscrit à corriger. Je savais que l'histoire me tiendrait en haleine puisqu'il s'agissait d'un polar susceptible de me changer les idées, pourtant je ne m'asseyais pas. Je n'arrivais à rien. Je tournais en rond. Je réussissais seulement à m'occuper de Maxou et de Rosie, curieux de tout. Je les regardais jouer, dormir, miauler, manger. Et le reste du temps, je vérifiais dix fois, vingt fois par jour si le combiné du téléphone était bien en place sur sa base. J'attendais des nouvelles de Lulu et de Harris.

Lulu m'avait demandé gentiment mais fermement de ne pas l'appeler à tout bout de champ pour prendre des nouvelles de la biopsie effectuée sur les « glandes sentinelles ». Se trouvant sous l'aisselle, celles-ci pourraient être directement liées à la tumeur – de la grosseur d'un petit pois – enlevée lors de l'intervention chirurgicale. L'attente était terrible.

Pour Lulu, ce devait être plus terrifiant encore.

— Maintenant, c'est encore pire, me confia-t-elle au téléphone.

Elle avait demandé à sa famille et à ses amis de ne pas aller la visiter. Elle voulait se reposer ; elle en avait grandement besoin. Et je décidai de respecter sa requête.

— La première fois, j'étais tellement assommée que je ne me rendais pas vraiment compte de mon état. Et puis on t'encourage, on te soutient, on te dit que l'opération est nécessaire et que tout devrait bien aller. Comme j'avais besoin d'y croire, je me suis accrochée à cet espoir, si mince fût-il. Mais là, je ne peux qu'attendre.

— Je suis avec toi, ma Lulu. Je suis pendue au bout du fil et j'attends avec toi. Que voudrais-tu pour accélérer le temps ?

— Rien. C'est inutile. Je reste à la maison au cas où on m'appellerait.

Et je la comprenais très bien, puisque dans un tout autre ordre d'idées j'espérais moi aussi entendre la sonnerie du téléphone, un appel de Harris à présent installé à Cambridge. Et ce coup de fil ne venait pas.

Ce que je déteste le plus dans la vie, c'est attendre. Tout au long de cette année de rénovations, de retards, de délais, de travaux à refaire, j'avais pourtant eu l'occasion de m'exercer à la patience. Mais une fois de plus, j'avais étiré l'élastique à son maximum et je trépignais. Si j'abusais encore de ma persévérance, tout me reviendrait en pleine figure. Lorsque les fées s'étaient penchées sur mon berceau et avaient voulu me donner un peu de patience pour affronter la vie, cette qualité était sûrement en rupture de stock. Tant pis. Olivia Lamoureux aurait d'autres attraits, mais cette vertu n'en ferait pas partie. Ces bonnes dames n'avaient sûrement pas songé que ce manque aurait des conséquences désastreuses sur la petite Olivia devenue adulte.

Le bureau du gynécologue m'avait heureusement donné un rendez-vous. Plus que quelques jours à prendre mon mal en patience. Mais bon Dieu que j'avais chaud ! Je suis convaincue que cette abomination à haute densité est la cause première du réchauffement de la planète. Si toutes les femmes ménopausées s'y mettaient en même temps, nous courions à la catastrophe. Heureusement pour mon entourage, j'avais le tempérament au beau fixe. Mais combien de temps ça allait durer ? Je songeai d'ailleurs que, depuis que je m'étais emportée, je n'avais pas eu de nouvelles de Thomas, que j'avais traité de tous les noms en apprenant son aventure avec Harris. François, Albert, Massimo et Henri devaient également attendre que je reprenne mes esprits avant de me faire signe. Je les avais sérieusement malmenés. Je n'osais pas les appeler. Aussi restais-je assise à côté du téléphone en espérant qu'il sonne, en souhaitant que Harris, Lulu et mes copains me contactent.

Finalement, François fut le premier à m'appeler.

— J'ai besoin de toi, lança-t-il.

— Bien sûr. Comment puis-je t'aider ? répondis-je gentiment.

J'étais dans une bonne période. Normalement, l'expression est « être dans un bon jour », mais comme mon tempérament se promenait en ascenseur, je considérais la vie une heure à la fois.

François m'a invitée à souper. Lui et Albert avaient besoin de me consulter.

— Si vous veniez à la maison, lui dis-je, cela vous éviterait de préparer à manger. Et vous pourriez voir les bébés chats par la même occasion. Ils ont déjà grandi.

Tout en le lui proposant, je songeai que je devrais sortir acheter des provisions. François accepta mon invitation et me demanda ce qu'ils pouvaient apporter. Je sautai sur l'occasion pour lui transmettre une petite liste. Du pain, du lait, de l'eau minérale et du beurre. Le reste se trouvait dans le grand congélateur à la cave. À l'automne, j'avais eu la bonne idée d'acheter directement à un éleveur un agneau entier qu'il m'avait découpé en morceaux. Je disposais aussi de conserves de légumes du potager.

François et Albert arrivèrent aux alentours de dix-huit heures. En grande forme, hilares même, ils ne semblaient pas du tout me garder rancune de mes gueulantes téléphoniques du lendemain de Noël.

La table était mise. Toute cette préparation m'avait occupé l'esprit. Pour le repas, j'avais prévu une entrée de céleri-rave, un gigot d'agneau à la sauce méchoui, servi avec des haricots blancs au cumin et des carottes glacées au beurre. François et Albert se précipitèrent à l'étage pour voir leurs filleuls poilus. Chacun avait son préféré. On joua un peu avec les chatons, et je descendis à la cuisine voir comment le gigot se comportait dans le four. François nous servit des apéritifs. Depuis que je le connais, il fait office de barman à la maison. Je ne me souviens plus comment il a hérité de cette fonction, mais il nous prépare toujours les « verres de drink », comme on disait en blaguant. Et plutôt bien. Albert désirait un Lillet sur glace, François s'est préparé un martini. Quant à moi, j'ai demandé à mon barman attitré et préféré un cosmopolitain, cet apéritif rosé tant apprécié par les filles de *Sex and the City*. François m'avait rédigé de sa belle écriture la recette de ce cocktail, qu'il avait placée bien en vue sur la petite ardoise près de l'armoire à alcool : deux onces de dry gin, une once de jus de canneberges, une demi-once de Cointreau ou de Triple Sec et un trait de jus de lime. Mais je ne m'en préparais jamais, j'attendais simplement qu'il vienne à la maison. Pourquoi ? Je n'en savais rien... Nous avons dégusté nos apéritifs autour du comptoir tout en grignotant des olives et en parlant de divers sujets. Il a été question de Lulu et de Raffie, dont la santé nous inquiétait au plus haut point. Pour l'une, de bonnes nouvelles, pour l'autre, rien de très encourageant. Raffie était au plus mal. La trithérapie ne faisait plus aucun effet, et le sida l'envahissait peu à peu. Plusieurs organes étaient atteints. Cela ne présageait rien de bon. Entre ses séjours prolongés à l'hôpital, il allait se reposer chez François et Albert, qui en prenaient soin.

Nous nous mettions à table lorsque le téléphone sonna. D'un coup, j'eus les joues en feu. Je savais bien que les gars ne seraient pas dupes. Ils savaient que j'attendais des nouvelles de Harris, mais je tentai une explication hasardeuse pour camoufler mon émoi.

— Il était pas mal corsé, ton cosmo, dis-je à François tout en fonçant au pas de course jusqu'au téléphone.

— Allo ?

— ...

— Pardon ? demandai-je sous le coup de l'émotion. Non ! Je suis désolée, je suis occupée. Non ! Ça ne m'intéresse pas du tout. Ne rappelez pas.

— Seigneur ! s'exclama Albert. Qui ne doit plus jamais rappeler ?

— Un fatigant avec son sondage. Comme si j'avais le temps de répondre à ce genre de questions.

Et je me suis assise. À la fois en colère d'avoir été dérangée pour rien et triste que ce n'eût pas été l'appel tant attendu.

— Ces jours-ci, ça n'arrête pas. Quand ce n'est pas un sondage, c'est un concours ou les Témoins de Jéhovah. Sur mon ordinateur, ce sont des pourriels. Je reçois sans arrêt des offres pour du Viagra, ou pour *enlarge my penis*, comme si ça me concernait !

— Ce n'est pas Harris qui vérifiait ton ordi ? C'était peut-être pour lui ?

— Très drôle. Eh bien non ! Il n'avait pas besoin de ça, ne t'en déplaise.

— Oh ! Tu ne vas pas recommencer, Olivia ? éclata Albert. Si on avait voulu attraper Harris dans nos filets, il y serait depuis longtemps. On n'a jamais rien tenté. Ni Thomas, ni Henri, ni Massimo, ni François, ni moi. Est-ce assez clair ? Vas-tu finir par nous croire ?

Je baissai la tête, un peu honteuse. Mes amis étaient loyaux envers moi, pas du tout le genre à jouer dans les plates-bandes des autres, je le savais très bien. Cependant, en moi, une petite voix m'interpellait insidieusement, m'obligeant à trouver à tout prix un coupable : « Il avait besoin de quelqu'un pour le pousser à partir. Il ne m'aurait jamais quittée de lui-même. Quelqu'un l'a encouragé à se sauver comme un voleur. »

Durant ce débat avec cette voix intérieure qui me visitait de plus en plus souvent depuis le départ de Harris, l'eau commençait à mouiller mes cheveux et le col de ma chemise, et mes mains, et mon visage… Alouette ! Je dus m'éponger avec ma serviette de table.

— Ça va ? interrogea Albert.

— Oui, oui. J'ai encore le thermostat qui me joue des tours. J'ai rendez-vous dans quelques jours avec le gynéco. Il va m'entendre. Il fera bien de m'aider, sinon je l'étriperai.

— Ce sont les effets de la ménopause ? questionna Albert. Heureusement, nous ne risquons pas de connaître ça.

— Il n'y a que les hommes que cette malédiction ne touche pas. Figure-toi que même les femelles gorilles ont cette abomination en commun avec des centaines de millions de femmes.

Devant leur étonnement, je leur dis que j'avais lu cette information dans un article intitulé « Jenny, Shamba, Béta et Élaine ont chaud et sont grincheuses ».

Je le comprenais tout à fait. Personne n'en a besoin. Personne ne veut vivre ça. C'est l'horreur. C'est inconfortable, désagréable et inutile. Déjà que passer dans la catégorie troisième âge n'est pas de tout repos, pourquoi en rajouter ?

Nous dégustions le gigot et le vin apporté par mes copains quand François me demanda si j'avais eu des nouvelles de Harris.

— Non. Rien depuis son départ.

— Laisse-lui le temps de s'installer et de s'ennuyer de toi, m'a suggéré Albert.

Préférant ne pas répondre, je savourai plutôt chaque bouchée de l'agneau.

Une fois nos assiettes vidées et nos verres de nouveau remplis pour accompagner le fromage, François aborda enfin le sujet qui les avait amenés chez moi :

— Ça y est, on s'est décidés. C'est moi qui adopte.

— Moi, pour le moment, c'est comme si je n'avais pas voix au chapitre, grogna Albert.

— Tu ne vas pas recommencer, lui répliqua François.

Albert avait tenté de blaguer, bien qu'on ait tous senti un petit fond de vérité dans sa remarque.

— J'aurais besoin que tu m'héberges pour quelque temps, ajouta ce dernier.

Je regardai les deux gars sans comprendre. François m'expliqua qu'ils avaient enfin trouvé une intervenante psychosociale prête à défendre son dossier. Comme il adoptait légalement l'enfant et qu'il avait déclaré être célibataire...

— Le seul moyen pour arriver à nos fins, ajouta Albert.

— ... Albert aura besoin d'habiter hors de la maison au moment des visites de l'intervenante.

— Et à quelle époque, tout ce trafic ?

François hésita.

— Quatre fois par mois. La dame me prévient, et elle vient passer du temps chez moi. Un après-midi, une soirée. Ça dépend de nos disponibilités.

— Moi, je dois déguerpir, de renchérir Albert.

Je leur accordai mon aide inconditionnelle, et Albert pouvait demeurer chez moi aussi longtemps qu'il en avait besoin.

Puis François me demanda si je pouvais me rendre disponible au cas où l'intervenante voudrait me rencontrer à titre de marraine. Je répétai mon appui.

— J'ai fait signe à une copine qui veut bien témoigner qu'elle a été ma blonde autrefois, ajouta François.

— Dans une ancienne vie, oui ! confirma Albert.

— Oui, mais ça, l'intervenante n'a pas à le savoir. Elle n'a pas à savoir non plus que je suis gay, ni que je partage ma vie avec un homme. Pour l'instant, je suis célibataire et, en tant que tel, j'adopte un enfant.

— Plus tard, si tout fonctionne comme on l'espère, on ajoutera mon nom sur les papiers officiels, compléta Albert.

— C'est bien compliqué, dis-je, pensive.

— Je sais, me répéta François, mais l'ouverture d'esprit n'est pas présente partout. Bien des pays sont encore opposés à l'adoption par des couples homosexuels.

— Voilà pourquoi nous nous organisons autrement.

Pour dédramatiser, Albert plaisanta :

— Je l'ai toujours dit, il vaut mieux être noir qu'homosexuel, parce que quand on est noir, on n'a pas à l'apprendre à sa mère… et à tout le monde !

Je les rassurai sur ma discrétion. Je les aiderais du mieux que je pouvais.

— À ce sujet, demandai-je à Albert, que se passe-t-il avec les parents de Raphaël ? Ils refusent toujours de le voir ?

François et Albert confirmèrent qu'effectivement les parents ne voulaient rien savoir de leur fils.

— C'est épouvantable, dis-je. Comment peut-on renier son enfant ?

— Il existe bien des préjugés, m'expliqua Albert. Ils ont beau savoir que leur fils a contracté cette maladie à cause d'une aiguille souillée, ils ne veulent rien entendre.

François ajouta que la mère serait plus disposée à revoir Raffie, mais que le père avait la mainmise sur elle.

— C'est bien triste. C'est vraiment pas facile la vie, hein ?

Les larmes me vinrent aux yeux. Je levai la tête et vis que mes deux grands amis aussi retenaient leur chagrin. Albert me prit dans ses bras.

— Coquelicot ! Ne t'en fais pas. Il va revenir, ton Anglais, et ta Lulu va s'en sortir.

Je le serrai fort dans mes bras. J'avais envie de leur dire que Raffie aussi reviendrait à la vie, dans leur vie, mais je savais très bien qu'il n'en était rien. C'était une période où nous nous promenions tous entre joies et peines. Entre vie et mort. Et tous nos bras, si enveloppants soient-ils, n'arrivaient pas à nous consoler tout à fait.

42

La semaine suivante, j'étais assise dans la salle d'attente du cabinet du gynécologue que je fréquentais – le mot est un peu fort – depuis plusieurs années. Compte tenu du fait qu'il connaissait à peu près tout de mon intimité, je pouvais le recenser parmi mes relations régulières. Il s'était aventuré – médicalement parlant – dans quelques replis de mon corps que certains hommes de ma vie n'avaient même pas eu la curiosité de visiter. J'espérais fermement que ce rendez-vous mettrait fin au calvaire que j'endurais depuis plusieurs mois. J'étais assise au milieu de femmes au ventre rebondi. Non pas que le mien ne le fût pas ; après tout, j'avais pris un peu de poids, et tout au même endroit, c'est-à-dire sur l'abdomen, d'où ma petite bedaine. Malheureusement pas de future mère, mais bien de femme avançant en âge.

Je pris le temps de regarder ces ventres proéminents pour certaines, plus discrets pour d'autres. Ces femmes étaient belles. Une peau de pêche, un éclat particulier. Des yeux rieurs et une lumière intérieure tout à fait étonnante. Je me rappelai ma grossesse. Cette énergie qui m'habitait, cette fougue et en même temps ce calme si singulier qui faisaient partie de mon quotidien, comme cette confiance que j'affichais en permanence. C'était une belle période. Une de celles que l'on veut connaître de nouveau. Pour ma part, je n'ai pas répété le geste. Un enfant à élever seule, c'est suffisant... Et puis, Vincent et Marie auraient leur bébé à l'été, si tout se passait bien. Un petit enfant tout neuf pointerait bientôt le bout de son nez. Et puis un autre aussi, si le projet de François et d'Albert voyait le jour.

Alors je me suis rendu compte que la vie passait à la vitesse de l'éclair. J'avais déjà franchi toutes ces étapes, et j'en étais là. À quelque chose de ni très agréable ni confortable, dans l'immédiat du moins.

« Avec le temps, va, tout s'en va... », Ferré entra dans mes oreilles et s'immisça dans mes veines, dans mes os. Entourée de ces femmes pleines comme des lunes, je sentis mon corps lourd et vieux. Mes cheveux blanchissaient, même camouflés par une teinture aux reflets roux qui ne trompait personne. Certains matins, j'éprouvais des difficultés à me lever. Plusieurs rouages ne répondaient plus aussi facilement qu'autrefois. Mal aux genoux, aux articulations des épaules, aux coudes. Désormais, j'appartenais aux « Tamalou ». La machine se déglinguait petit à petit. J'avais besoin de lunettes pour lire et je ne pouvais plus me cacher derrière le prétexte ridicule que mes bras rallongeaient... Alors pourquoi, malgré tous ces malaises de vieille, me sentais-je encore si jeune ? Pourquoi mon esprit, quoique perturbé par le manque d'hormones, était-il toujours autant éveillé ? Il y avait bien, ici et là, quelques pertes de mémoire, quelques oublis, mais rien de majeur.

Marguerite Yourcenar disait qu'elle avait cinq ans tous les matins de sa vie. Elle s'émerveillait encore de chaque chose, de chaque événement, de chaque personne qu'elle croisait. Pourquoi faut-il que le corps nous abandonne alors que l'esprit s'enthousiasme encore ? Ma Simone aussi était ainsi. Plus vive que certains jeunes à qui elle déclarait souvent sans ambages qu'ils étaient déjà morts, mais qu'on ne les enterrerait qu'à quatre-vingts ans. Cette femme était tout entière dans cette phrase. Elle jouissait et mordait à belles dents dans la vie. Elle était vivante.

J'étais perdue dans les méandres de mon corps, de mon esprit et de mes souvenirs, lorsque la préposée sembla contrariée de ne pas trouver dans la salle la femme nommée Olivia Lamoureux. Elle cria presque, ce qui me fit sursauter. Je lui fis signe que c'était moi. Bon ! Je deviens sourde, en plus. Je ramassai en vitesse mon manteau et mon sac et je la suivis en direction du cabinet du médecin. J'ai encore dû attendre quelque temps avant que mon héros ne fasse son apparition. Le mot n'est pas trop fort, cette fois-ci, puisque je le considérais comme mon sauveur. Celui qui allait me redonner de l'énergie, un caractère égal et surtout des hormones de remplacement.

— Alors ? me dit-il tout en consultant mon dossier, que puis-je faire pour vous ?

— Un miracle, répondis-je d'emblée.

— On peut toujours essayer. Quelque chose ne va pas ?

— Il n'y a rien qui va !

Et me voilà partie dans une longue tirade dont je sortis complètement essoufflée.

— J'ai le thermostat déréglé même à vingt sous zéro. Je passe du froid au chaud en quelques secondes. Ma vie est un calvaire, ma vie est un sauna. Je ne me comprends plus. Je suis agressive, et je pleure pour un rien. Je ris aussi pour un rien. Je suis tout le temps fatiguée. Je n'ai le goût de rien. Le matin, je me lève tellement dépressive que je mettrais fin à mes jours. En fin de matinée, je suis prête à trucider un passant, en début d'après-midi, je suis abattue et convaincue que la vie ne vaut pas la peine d'être vécue. En début de soirée, ne vous arrangez pas pour me marcher sur les pieds parce que je ne réponds pas de moi et le soir, avant de me coucher, je tombe en pleine neurasthénie et je succombe à un doute terrible. Je me demande sérieusement si je dois me suicider en premier ou égorger la terre entière d'abord. Et le pire, le pire dans tout ça, c'est que j'ai une fille en moi que je ne connais pas, que je ne veux pas connaître. Elle tombe sur les nerfs de tous mes amis, de tous mes collègues, de tout mon entourage. Si ça continue, je vais me retrouver seule en compagnie de cette folle. J'aimerais que vous fassiez disparaître cette fille. Un moment elle est paranoïaque, l'instant d'après elle est possédée, un peu plus tard elle est névrosée, et pour finir elle est complètement schizo. Je n'en peux plus. Même moi, elle m'énerve. Elle m'épuise, elle va me rendre complètement folle, si ce n'est pas déjà fait.

Je terminai ainsi mon monologue. Le médecin ne m'avait pas quittée des yeux. Je me demande même s'il avait sourcillé. Et je me rendis compte qu'en sa qualité de médecin il avait le droit de m'enfermer illico. Camisole de force et pièce capitonnée. Antidépresseurs et douches glacées.

— Je vois.

— Vraiment ? demandai-je timidement.

— Je crois que vous êtes en ménopause.

— Je le pense aussi. S'il vous plaît, faites quelque chose. Je n'en peux plus.

— On va voir ça. J'allais vous poser quelques questions pour vérifier votre état, mais je peux vous assurer que vous avez tous les symptômes de la ménopause sans exception. Par contre, c'est la première fois qu'on me les décrit ainsi, de façon aussi juste et très imagée. Si vous le permettez, j'aimerais m'en servir lors d'un colloque, je suis convaincu que mes collègues apprécieraient...

— Servez-vous, lui dis-je en voyant qu'il prenait la chose avec humour. Je vous cède mes droits d'auteur sur le sujet. Mais que fait-on pour mon état ?

— D'abord, quelques tests. Prise de sang qui confirmera ce que l'on sait tous les deux. Avez-vous encore vos règles ?

— Ça va, ça vient.

— Normal. Cela dure-t-il depuis longtemps ?

— Ce va-et-vient ? Plusieurs mois.

Selon lui, j'avais sauté directement dans la ménopause sans passer par la pré. Bravo ! Le bonheur est dans « la » pré..., mais j'avais sauté l'étape. Trop vite en affaires, la fille !

— Envisagez-vous la prise d'hormones ?

— Qu'en pensez-vous ? répliquai-je avec une certaine ironie dans la voix.

Il m'expliqua les autres possibilités. Antidépresseurs pour le caractère, substituts naturels qui peuvent atténuer les symptômes, mais dont l'efficacité varie selon la patiente. Comme je n'appartenais pas à une famille à risque du côté du cancer du sein – mais on n'était jamais tout à fait à l'abri, mon amie Lulu en est la preuve encore vivante –, je décidai de prendre des hormones, et ça pressait.

— Revenez me voir dans trois mois. On avisera à ce moment-là. S'il y a d'autres problèmes d'ici là, n'hésitez pas à téléphoner.

— D'autres problèmes ? lui demandai-je, étonnée. Parce qu'il peut arriver pire que ça ?

— Non. Pas pire. Mais un certain inconfort avec la médication.

— De quel genre ?

— La dose peut être trop forte ou insuffisante. Tout est une question d'équilibre. C'est parfois long avant de trouver la bonne posologie.

— Bon ! dis-je, un peu découragée. Une autre affaire !

Il termina de rédiger l'ordonnance et me la tendit.

— Vous allez vous sentir beaucoup mieux. N'oubliez pas, une bonne alimentation, du repos, un peu d'exercice. Et si ce traitement ne convient pas tout à fait, on avisera.

— D'accord, on avisera.

Pour lui, rien ne semblait plus simple. D'ailleurs, pourquoi faire simple quand on est en ménopause ?

— Au fait, lui dis-je avant de quitter la pièce, quand ce produit miracle commencera-t-il à faire effet ?

Pour toute réponse, il a souri. J'ai quand même remercié mon sauveur. Je me sentais déjà beaucoup mieux et j'ai filé vers la pharmacie la plus proche.

Et c'est pendant cette escapade hors de chez moi que Harris en profita pour téléphoner.

43

Sitôt chez moi, je me précipitai sur le téléphone pour consulter ma boîte vocale. J'avais un nouveau message, mais je devais d'abord entrer mon code. Dans ma hâte, je composai une mauvaise combinaison de chiffres. Une voix fausse à l'accent tonique sur les mauvaises syllabes m'a prévenue que « ce n'était pas le bon numéro de code ». J'ai toujours envie de lui répondre, sur le même ton automate, qu'elle tape sur les nerfs de tous les utilisateurs. Mais trop fébrile pour m'aventurer sur ce terrain, je refis délicatement les quatre chiffres de mon code d'accès pour connaître enfin l'origine du message. Cette machine qui parle allait me rendre folle en m'obligeant à appuyer sur tous ces boutons et en répétant sans arrêt : « Vous avez un nouveau message. » JE LE SAIS. Je voudrais juste qu'elle me le donne. Je voudrais entendre mon message.

Durant cet épisode, je reluquais le sac en papier blanc de la pharmacie, ressentant un besoin urgent d'avaler ses petites pilules miracles et me disant qu'elles avaient intérêt à agir rapidement. J'ai dû m'asseoir tant j'étais troublée d'entendre la voix de Harris.

« Bonsoir, ma belle », disait-il avec un accent anglais plus prononcé que de coutume. Cambridge lui rentrait vraiment dans la peau. Il était bien arrivé, avait fait bon voyage, et l'accueil avait été des plus chaleureux.

Je me suis efforcée de bâillonner la pensée destructrice dans mon cerveau, mais elle a été plus rapide que moi.

« Hum ! Accueil chaleureux ! Voyez-vous ça ! Dans les bras de qui tu imagines ? » murmurait insidieusement la voix.

J'ai fait des efforts surhumains pour la faire taire. Je ne voulais rien imaginer, ni emprunter ce chemin pavé de soupçons et d'intrigues. Je me concentrai le plus possible sur la voix de Harris et sur la description de son installation. Les collègues étaient gentils...

« Tais-toi ! » ordonnais-je à l'empêcheuse de tourner en rond avant même qu'elle ne se manifeste de nouveau.

La tâche s'avérait ardue...

« C'est bon, ça ! Beaucoup de travail, ça va le tenir occupé », me souffla la manipulatrice qui logeait dans mon cerveau inquiet.

Mais le défi lui plaisait. Il pensait à moi, m'embrassait, prenait des nouvelles des minous et me rappellerait aussitôt que son horaire le lui permettrait.

« Aussitôt que son horaire le lui permettrait !... Tu ne figures pas en priorité sur les pages de l'agenda ! Dangereux, ça ! » persifla la voix.

— Ah ! La ferme ! criai-je aussitôt.

Immédiatement, j'entendis au bout du fil :

— Merci, c'est gentil !

— Hein ?

— Olivia ? Ça va ?

J'ai enfin reconnu la voix d'Albert que je venais d'insulter malgré moi. Le téléphone avait sonné et j'y avais répondu sans m'en rendre compte, trop occupée à combattre ma machiavélique ennemie qui tentait par tous les moyens de m'entraîner dans un enfer de jalousie.

— Euh…, balbutiai-je. Je… excuse-moi, ce n'est pas à toi que je parlais.

— Tu n'es pas seule ?

— Euh… pas vraiment, non.

— Tu es sûre que ça va ?

— Oui, oui… Je… je perdais patience après le minou qui miaulait sans arrêt.

— Pauvre petit pit. Pas mon petit roux, j'espère ?

— Non… Rosie.

— On a la mèche courte, miss Olivia ?

— Oui, un peu.

Tout en répondant à Albert, je m'en voulais de rendre ma petite chatte responsable. Je n'allais quand même pas avouer ma conversation, assez corsée d'ailleurs, avec une présence imaginaire. J'avais passé l'âge. En outre, si j'ajoutais que cette voix dans mon cerveau était mon ennemie jurée, il en conclurait certainement que j'étais tombée en plein gâtisme. Je me suis dépêchée d'en venir au fait.

— Tu appelais juste pour me dire bonjour ?

— Oui… et non. Peux-tu m'accueillir chez toi demain ?

— Demain ? Ah ! Oui, oui. Te voilà devenu un sans-abri.

— Quelque chose dans le genre.

Je me suis rappelé son besoin d'hébergement lors des visites de la travailleuse sociale.

— C'est demain soir. Elle arrive, je décampe. Mais on a un petit problème.

— Euh… Lequel ?

Je le devançai.

— Raffie ? Il est chez vous ? Je n'ai aucun problème avec ça, on l'installe dans la petite chambre, toi dans la grande. Et je joue l'infirmière et l'hôtesse en même temps.

Je m'étais dit qu'en effet la présence d'un jeune homme sidéen risquerait d'effrayer l'intervenante lors de sa première visite.

— Non, Raffie est encore à l'hôpital pour quelques jours. C'est pour la maison.

— Qu'est-ce qu'elle a, la maison ?

— On voudrait que tu la vérifies.

— La vérifier ? Je ne comprends pas. Vérifier quoi ?

— Ben ! Tout ce qui fait... trop gay.

J'éclatai de rire. La situation était vraiment trop drôle. Albert m'a expliqué que François doutait de chaque meuble, de chaque tableau ou de chaque bibelot dans leur maison.

— Je peux amener quelqu'un pour nous aider ? lui demandai-je.

— Cette personne ne sera pas de trop pour calmer les craintes de François.

J'ai raccroché. Puis après avoir commencé une lessive de draps en prévision du séjour d'Albert, j'ai appelé le grand spécialiste de la décoration... nul autre qu'Henri !

Malgré son horaire chargé, il me répondit. Pour moi, c'était d'abord une tentative de réconciliation avec mon vieil ami. Avec Thomas, ce serait plus long, et il coulerait de l'eau sous les ponts avant que je le rappelle. Mais je connaissais assez Henri pour savoir qu'il n'était pas rancunier. Il accepta tout de go et me mentionna au passage que Massimo était encore mieux placé que lui pour déplacer des meubles.

— Rappelle-toi le chambardement qu'il a fait chez toi.

— Oui, je sais, lui dis-je. Mais il ne va pas fort, ces temps-ci. La santé de sa mère l'inquiète beaucoup.

— On n'a rien à perdre.

Après avoir mis fin à notre conversation, j'ai composé le numéro du cellulaire de mon Italien préféré.

Il traînait de la patte. Tournait en rond. Il était aux prises avec un contrat depuis la fin décembre et ne vivait que dans l'attente des nouvelles de sa maman, à Venise. J'ai compris que nous étions tous deux assis près d'un téléphone... Mais je me rendis compte que cet intermède me faisait le plus grand bien. On m'appelait à l'aide et j'en oubliais mon amour perdu. Du moins pour quelques instants. J'ai fini par convaincre Massimo d'amener Henri en voiture et de venir à la campagne pour redécorer la maison de François. S'il y avait urgence, on pouvait toujours le joindre par son cellulaire. Le rendez-vous fut pris pour la fin de la journée.

— J'appelle Henri. Et Harris ? me demanda-t-il au passage. Des nouvelles ?

— Un message. Gentil. Je te raconterai.

Ce fut plus fort que moi. Après avoir raccroché, je me mis à grimacer et à faire la sotte en répétant d'une voix insipide et moqueuse : « Un message. Gentil. » Et quoi encore ?

Mon besoin d'hormones pressait. Me précipitant sur le sac, je défis la boîte qui me permettrait de profiter de nouveau de la charmante Olivia Lamoureux avec qui j'avais passé les cinquante-deux dernières années en bons termes. À l'aide d'un grand verre d'eau, j'ai avalé la pilule magique qui, par la même occasion, ferait fuir l'horripilante bonne femme aigrie qui habitait dans ma tête et qui me faisait suer, bien malgré moi.

44

Nous avons d'abord aidé Albert à faire ses bagages. Ce qui n'a pas été trop long. Il n'était pas obligé de tout emporter, car les vêtements pouvaient aussi appartenir à François. Massimo, Henri et moi avons jugé pertinent de les laisser en place. Comme le remarqua Massimo :

— *Penserà che t'intrippi con i vestiti.*

— C'est quoi t'intrippi et vestiti ?

— Ça veut dire qu'elle va croire que tu tripes vêtements.

— Trois garde-robes juste pour moi, c'est pas trop ? s'inquiéta François.

— Mais non, mais non. Penses-tu qu'elle va vérifier ça aussi ? demandai-je d'un ton rassurant.

— Elle aurait le droit, précisa Albert.

— Bon, bien, dans ce cas avez-vous caché vos... les... trucs...

— De quoi tu parles, Massimo ? Peux-tu finir tes phrases, on comprendra mieux, lui dis-je.

— Ah ça ? C'est fait. Ne t'inquiète pas, assura François.

— De quoi il s'agit ? insistai-je devant tant de mystère.

— *Dei cavali che non ti riguardano.* Des trucs qui ne te regardent pas, me chuchota à l'oreille un Massimo tout à coup lubrique. *Tipo : manette* et autres accessoires dont tu ne te sers sûrement pas, *mia cara.*

— Ah ça ! m'exclamai-je en rougissant.

Henri demanda si c'était encore mon manque d'hormones qui me faisait rougir si joliment.

— Une vraie jeune fille, plaisanta-t-il en me prenant la joue. Si elle n'existait pas, on devrait l'inventer.

— Es-tu sûr ? ajouta Albert, moqueur. On est si bien entre gars !

— Toi, tu risques de dormir à la belle étoile, ce soir. Et je te signale qu'on annonce dix-huit degrés sous zéro.

— O.K., O.K., concéda-t-il. Mais si on réinvente cette fille, on aura le droit d'effectuer des changements.

— Goujat, répliquai-je. Les changements, c'est surtout cette maison qui en a besoin.

— Elle a tout à fait raison, la *principessa.* Tout ça, désigna-t-il d'un geste large. *Tutto*, tout ce bazar fait beaucoup trop tapette, énonça Massimo.

Normalement, j'aurais dû intervenir pour la forme. Mais comme les gars n'ont pas du tout sourcillé, j'ai laissé passer.

Je suis allée au salon, où le ménage venait à peine d'être terminé.

— Commençons par ici. Les coussins de soie…

— Ah non ! protesta Albert, mes beaux coussins !

— On ne va pas les jeter à la poubelle, on va les mettre de côté, proposa Henri. Ils font trop…

— Gay ? Oui, je sais.

On a enlevé les coussins, les livres érotiques explicites, on a replacé les rideaux en soie de façon moins artistique, comme l'a si bien dit Henri en décrochant les embrasses.

— Mes rideaux ! protesta vivement Albert. Ils reviennent du nettoyage !

— C'est mieux ainsi, jugea Henri en prenant du recul. Ce tableau ne devrait pas être sur le mur. Trop...

— Fif ? lança Albert, outré. Ça fait trop fif !

Les garçons ont décroché le tableau et enlevé une statuette africaine plutôt explicite. Puis ils sont passés à la chambre principale et à la chambre d'invité.

— Il y a un problème dans cette maison, déclarai-je aux gars, c'est beaucoup trop propre.

— Comment ça ? protestèrent-ils en chœur.

Je leur ai demandé de me suivre dans la salle de bain, où tout était impeccable.

— Vous n'avez jamais vécu avec un hétéro ?

Avec un bel ensemble, ils ont fait signe que non. Ils ont même accompagné leur réponse d'une grimace de dégoût.

— Ça paraît.

Alors, j'ai mis du désordre dans cet espace immaculé. J'ai jeté une serviette par terre pour la piétiner et je l'ai posée négligemment sur le bord de la baignoire. J'ai étalé un peu de dentifrice dans le fond du lavabo et passé ma main souillée sur le robinet. J'ai mouillé une brosse à dents dont je me suis servi pour asperger le miroir en la frottant à rebrousse-poil, miroir désormais rempli de petits points blancs. J'ai aperçu le reflet du visage effaré de François. Albert, Massimo et Henri assistaient, découragés, au chambardement. J'ai terminé en mettant du désordre dans l'alignement soigné des produits de toilette. J'allais enlever le rouleau de papier hygiénique lorsque Albert a protesté.

— Ah ! Non ! Tu ne vas pas nous faire le coup du rouleau pas changé.

J'ai donc retenu mon élan, mais j'ai quand même déroulé le papier pour qu'il pende jusqu'au plancher.

— Voilà pour la salle de bain. Le salon maintenant.

Je suis partie en quatrième vitesse vers le salon, suivie par la brigade des garçons. J'ai placé quelques journaux par terre près du fauteuil et replacé maladroitement le jeté sur la chaise. En une seconde, la nappe de la table de la salle à manger avait disparu, comme les housses de lin blanc qui enveloppaient chaque chaise.

— *Dio mio ! Tutto ciò che c'è di più brutto !* Que c'est laid ! s'exclama Massimo, avec une voix de fausset, une main sur la poitrine et les yeux au ciel.

— Bon ! dis-je, à peu près satisfaite. Ça commence à ressembler à un intérieur de gars. Hétéro, ajoutai-je. Henri, c'est toi le décorateur, tu pourrais m'aider au lieu de me regarder.

— C'est vrai, approuva François. Si tu avais à décorer un appartement d'hétéro qui veut adopter un enfant… comment t'y prendrais-tu ?

— Un hétéro qui a un peu de goût quand même et un minimum de propreté, a insisté Albert, horrifié par le sort réservé à sa maison. Lui qui l'entretenait avec tant de soin.

Nous avons observé l'artiste à l'œuvre. Henri a déplacé les chandeliers, les cadres d'argent et la théière, et les a replacés sans aucune logique. N'importe comment, quoi. Du même coup, il a rompu la symétrie des photos au mur. Elles avaient à présent un petit air croche tout à fait sympathique. Il a ouvert les portes-fenêtres qui donnaient sur la terrasse, les agitant d'avant en arrière pour faire circuler de l'air frais.

— Plus de sent-bon, à partir de maintenant. Ça sent trop…

— La moumoune ? articula faiblement Albert, blessé dans son orgueil d'homme d'intérieur.

Puis Henri est passé à la chambre. Soulevant la housse de couette aux couleurs luxuriantes, il l'a retournée pour nous faire remarquer que le tissu n'était pas aussi brillant à l'envers.

— Dans ce sens, la couette, pour quelque temps, lança-t-il.

Ensuite, il s'est attaqué au bureau. Les bibelots et les gadgets ont pris le chemin d'une boîte qui finirait à la cave. Je l'ai aidé à tout déplacer sur la table et autour de l'ordinateur.

— Un bureau de vrai gars, annonçai-je avec le sourire.

Albert et François ne protestaient plus. Là, j'ai compris qu'ils le voulaient vraiment, ce bébé. Pour cela, ils étaient prêts à saccager leur maison.

Après ce fastidieux exercice, on s'est assis pour prendre l'apéro, manger quelques bouchées et préparer le repas. On a décidé de laisser la cuisine un peu à l'envers. Juste assez pour que ça ne paraisse pas suspect. Même chose dans le garde-manger, rangé jusqu'à cette minute précise avec un soin maniaque. Albert n'en revenait pas. Et Massimo trouvait le décor particulièrement affreux, mais il en a rajouté et a mis son talent à contribution en déplaçant quelques meubles.

— Regardez bien *il bruto* à l'œuvre. *Ecco !* C'est pas du tout là où ça va. Mais pour la mise en scène, *è perfetto*, affirma-t-il.

Pour terminer la soirée, on a vidé la boîte de biscuits fins cuisinés par Albert afin que François fasse bonne impression auprès de la travailleuse sociale.

— Très bons, les biscuits, tenta d'articuler Henri, la bouche pleine.

— Mais trop tapette ! avons-nous ajouté en chœur, en nous étouffant de rire.

Apparemment, ce moment de vie nous apaisait tous. François était rassuré pour sa première rencontre. Albert restait un peu inquiet, se demandant comment il allait vivre tout un mois dans un tel environnement.

— On s'y habitue, le rassurai-je.

Fier de son contrat d'aménagement, Henri regardait sans cesse autour de lui pour être sûr que rien ne lui avait échappé.

Pour sa part, Massimo avait oublié sa maman, et moi, en plus de ne pas me battre contre la folle du logis, j'avais chassé Harris de mon esprit. Il était donc possible de passer à autre chose ! Il fallait tout simplement s'occuper. Principe que j'avais bien l'intention d'appliquer entre les crises de larmes et de découragement. Harris n'était pas un homme qu'on oublie facilement. J'ai entraîné Henri à l'écart et j'en ai profité pour m'excuser auprès de lui pour mon attitude agressive le jour de Noël, et Henri, toujours aussi généreux, m'a demandé de ne plus y penser.

— Tu avais de la peine, c'est tout. Thomas aussi a compris. C'est arrivé à tout le monde, un jour. Tu devrais l'appeler pour en discuter, ça le rendrait heureux.

J'étais contente de retrouver mon ami et mon bon sens.

Henri et Massimo sont repartis vers la ville, et Albert est venu habiter chez moi deux jours. On en a profité pour cuisiner et discuter... j'allais dire entre filles. C'est vrai qu'il y avait un peu de ça...

La rencontre avec la dame s'est bien déroulée. Elle a longuement discuté avec François, a répondu à toutes ses inquiétudes et posé toutes les questions d'usage. Après avoir fait le tour du propriétaire, elle a trouvé qu'il vivait dans une fort jolie maison. Elle a seulement demandé depuis combien de temps il l'habitait. Quand François a affirmé plus de trois ans, elle s'en est étonnée. Elle croyait qu'il venait tout juste d'emménager.

Dans notre enthousiasme à rendre la maison de François convenable pour un célibataire hétéro, on l'avait quelque peu dénudée. François s'est senti obligé de se justifier. Il a dit adorer les lieux zen. Il est vrai qu'il ne restait pas grand-chose sur les murs et les meubles. La dame y a vu un lien tout à fait charmant avec l'Orient. Un plus en faveur de l'adoption.

45

Ce matin-là, j'étais assise dans la cuisine en train de siroter un café au lait. D'habitude, je prenais ce temps pour lire le journal, mais depuis quelques semaines, aussitôt que je m'installais dans un fauteuil, sur un divan ou une chaise, deux petites boules de poils réclamaient mon attention. L'hiver battait son plein de froidure et de chutes de neige. Une fois l'entrée et les marches pelletées, nous demeurions au chaud, à nous la couler douce près du poêle à combustion lente. De la chaleur, un délicieux café et tout plein de caresses. Mes nouveaux compagnons me forçaient à la paresse et à de longues séances de brossage, se laissant nettoyer et en redemandant. Plus tard, j'irai m'attabler devant l'ordinateur pour travailler et j'amènerai Maxou et Rosie avec moi. Je les installerai sur la table de travail – ils sont encore trop petits pour grimper si haut – et ils y dormiront, roulés en boule faisant office de presse-papier. Leur présence était douce, ils me tenaient compagnie, mais ma pensée s'envolait souvent du côté de Cambridge « qui est très humide en ce temps de l'année », comme me le répétait tous les quinze jours chaque carte postale de l'ancien homme de ma vie. Harris était réglé comme Big Ben. Il m'envoyait les prévisions météorologiques, un rapport détaillé de ses occupations au travail, des nouvelles du campus qui organisait toutes sortes de colloques en littérature, et c'était tout.

De lui, en particulier, je ne savais rien. De lui et moi, encore moins. Je tentais de l'oublier, mais ces cartes timbrées du visage de la reine d'Angleterre me le rappelaient régulièrement. Et aussi quelques appels qui atterrissaient toujours dans la boîte vocale. Je n'ai pas encore compris comment il s'y prenait pour me rater chaque fois. Difficile de croire que c'était arrangé, j'avais un horaire anarchique. Un jour, le hasard n'étant plus de son côté, il tomberait sur moi. Changerait-il alors son message laconique habituel : « Il fait froid et humide, je vais bien et travaille beaucoup, comment tu vas ? Et est-ce que ça se passe bien avec les chats ? » Parfois, il s'informait au sujet de la neige. Maigre contenu. Prudent, même. De toute évidence, il n'avait rien à me dire et ne désirait apparemment pas que je le rappelle même s'il m'avait laissé ses coordonnées.

« Il vient "puncher" », comme le formulait si bien Massimo. Il introduisait sa carte de pointage dans ma tête pour y inscrire sa présence. Une fois certain de l'enregistrement, il retournait travailler.

— Et moi, je me morfonds.

— *Ecco !* Il sait s'y prendre. Si ça ne marche pas bien là-bas, il pourra compter sur une retraite confortable et sur une hôtesse accueillante.

— Il a même fait pire, ajouta Lulu, un jour de grande discussion. Il s'est assuré d'y déposer deux petites boules d'amour qui te le rappellent constamment. Pas mal *cheap*, ça !

— Je sais, Lulu. Mais le mal est fait.

— Tu serais prête à le reprendre ?

— Non ! Je te parle des chats. Je les adore et ne peux plus me passer d'eux. Ils sont câlins, doux et réclament sans arrêt mes caresses et ma chaleur. J'aime que quelqu'un m'attende quelque part.

— On dirait qu'ils remplissent bien leur mission, poursuivit Lulu. Et le « quelqu'un qui m'attende quelque part », c'est Harris tout craché.

Je dus me rendre à l'évidence, elle n'avait pas tort, mais je tentai malgré tout de me défendre.

— Non, lui répétai-je avec plus de conviction. Ce sont les minous.

Et je me suis mise à évoquer les faits d'armes de mes deux compagnons de vie.

Jolie façon de détourner la conversation.

— Maxou se sent obligé de venir m'accueillir à mon retour à la maison. On dirait qu'il reconnaît le bruit de ma voiture. Dès que j'ouvre la porte, il s'avance en bâillant, parce qu'il devait dormir profondément, mais il vient quand même à ma rencontre. Il s'est donné la mission, semble-t-il, de s'occuper de moi. Comme un vieux serviteur qui traîne de la patte, mais qui reçoit tout de même sa maîtresse. Il me suit partout, il assiste à chacun de mes gestes quotidiens. Les repas, les séances de travail à l'ordinateur, la lecture, les dodos et même les visites aux toilettes. Il m'attend !

— C'est rare, une telle attention. Profites-en, conclut-elle.

— Rosie, elle, elle me lave. Le soir, après ses longues séances de léchage personnelles, elle se concentre sur mes cheveux et en lèche chaque mèche. Je dois l'arrêter, sinon j'aurais l'air d'un chat mouillé, moi aussi.

J'étais contente que Lulu n'ait pas trop insisté cette fois-là pour connaître ma réaction face à un éventuel retour de l'homme aux yeux verts. Vert pelouse anglaise par les temps qui couraient. Je me secouai pour ne pas trop y penser. Sans l'avouer à personne, je n'avais pris aucune décision. Tant que Harris m'écrivait et me laissait des messages vocaux, je le savais présent dans ma vie. Bien trop fragile face à lui, je ne répondais à aucun de ses signes. Je me contentais d'entendre sa voix et de lire les prévisions météorologiques de l'Angleterre. Un soir de grande déprime, j'avais essayé de le joindre au téléphone, mais avant de tomber dans sa boîte vocale, j'avais raccroché. Lulu et Massimo avaient malgré tout raison : il devait savoir ce qu'il faisait en restant dans le décor. À distance, mais présent même sur mes genoux, en forme de boules poilues. Si loin, trop près, pourrait-on dire.

Le téléphone a sonné à cet instant précis. Je fus sauvée par Albert, qui cria du deuxième qu'il attendait cet appel. Pour la troisième fois, Albert séjournait chez moi, pendant que la travailleuse sociale visitait François. Le dossier de l'adoption avançait bien. Trop bien même, au dire d'Albert. En effet, vu la façon dont François racontait les visites de Mme Beauchamp, tout nous laissait croire qu'elle avait un penchant pour notre ami. Un sérieux penchant.

— Elle a des vues sur toi, répétait sans arrêt Albert. C'est on ne peut plus clair.

— Je ne suis quand même pas pour lui avouer que je suis gay. Un, elle serait blessée dans son orgueil, et deux, adieu l'adoption.

— Si elle te fait des avances, lui demandai-je, tu fais quoi ?

— Je fais quoi ? Je fais quoi ? Je lui fais comprendre gentiment qu'elle ne m'attire pas. Elle a d'ailleurs rencontré mon amie Nancy. Elles sont diamétralement opposées : une grande, une petite ; une blonde, une brunette ; une ronde, une maigre. Ça saute aux yeux qu'elle n'est pas mon genre.

— J'aimerais te rappeler, répliqua fermement Albert, que c'est moi, ton genre, même si tu ne peux pas le lui avouer. Ton genre est masculin singulier, je te signale.

On a bien ri de cette réplique. Nancy avait aussi joué le jeu et beaucoup aidé à l'avancement du projet d'adoption. Cette amie d'enfance de François, qui avait également étudié en sciences, était restée copine avec lui depuis tout ce temps. Ils ne se voyaient qu'une fois l'an, quand François présentait ses vœux de nouvelle année à la famille de Nancy, un peu son deuxième foyer. Cette grande fille très gentille était facilement passée pour l'ex-blonde de François. Beaucoup de souvenirs, quelques voyages durant leur adolescence et toutes leurs études à l'université faisaient d'eux un couple aimant tout à fait crédible. J'avais rencontré moi aussi l'intervenante, qui ne tarissait pas d'éloges à propos de François. J'en avais même rajouté pour être certaine qu'elle signe en faveur de ce dernier. Et d'Albert, même si elle n'était pas au courant de cette partie du dossier. Je ne savais pas alors qu'elle avait François en vue. J'aurais peut-être dû mettre la pédale douce. Façon de parler ! Cette situation étant fragile, nous devions tous être vigilants.

— Puisque les lois ne sont pas avec nous, disait fort bien Albert, c'est à nous de les contourner. On ne ment pas, on organise la situation afin de la faire accepter par ceux qui font les lois, justement. On leur apporte un tout autre éclairage, en quelque sorte.

La vie est étrange. Il y a à peine quelques mois, je ne parvenais pas à accepter l'idée d'être grand-mère, et voilà que j'allais le devenir deux fois plutôt qu'une. Étrange destin.

La grossesse de Marie se déroulait très bien. Je ne voyais pas souvent mon fils, sa belle et sa grosse bedaine, car ils avaient éprouvé le besoin de vivre cette période tous les deux, et je les comprenais. Je me rappelais à quel point les conseils des futurs parrains, marraines et grands-parents deviennent angoissants à la fin. Je les laissais tranquilles pour qu'ils jouissent pleinement de ces moments d'intimité. Quand ils auraient besoin de moi, ils m'appelleraient. En attendant, je tricotais. De toutes les couleurs. Ça m'occupait les mains et l'esprit, car ayant choisi des modèles compliqués, je n'avais pas le droit de sauter ou de perdre une maille. Le fantôme de Harris ne pouvait donc s'immiscer ni dans les points délicats ni dans les torsades de fantaisie. Je le laissais au chaud dans la laine rugueuse et piquante du shetland d'Angleterre et d'Écosse. Il avait voulu se tricoter une vie là-bas, qu'il s'en arrange. J'avais la mienne, et je la remplissais au mieux pour oublier cet homme un peu plus chaque jour.

Je terminais mon bol de café au lait et ma séance de caresses matinales, il fallait bien que mes chatons méritent leurs repas, lorsque j'entendis pleurer à l'étage. Je montai en vitesse au deuxième et trouvai Albert, assis sur le lit de la chambre d'amis et pleurant à chaudes larmes. Je m'approchai doucement afin de connaître la raison de son chagrin, mais il n'arrivait pas à prononcer un mot. J'attendis sagement près de lui que les soubresauts et le déluge s'estompent. Il réussit à articuler le nom de Raffie. Ce dernier était au plus mal. Il avait dû appeler lui-même une ambulance et se faire hospitaliser durant la nuit, à Montréal. À présent, il réclamait sa présence.

Je décidai de l'accompagner. Je ne voulais pas qu'Albert conduise dans cet état. J'ai appelé François à son travail pour l'avertir de la situation, tandis qu'Albert téléphonait de son côté au cégep pour annuler son cours. François ne pouvait nous accompagner, Mme Beauchamp effectuant sa dernière visite le soir même.

— Si je reporte le rendez-vous, ça retarde de plusieurs semaines la décision.

Je l'ai assuré qu'il pouvait compter sur moi. Je prendrais soin d'Albert et lui donnerais rapidement des nouvelles de Raffie. Lui nourrirait les chats si on devait rester à l'hôpital jusqu'au lendemain. Massimo ou Henri pourraient sûrement nous héberger pour une nuit. Je remplis rapidement un sac de voyage avec l'essentiel, donnai à boire et à manger aux chats, que j'installai dans ma chambre pour qu'ils ne fassent pas de désordre un peu partout, et fermai la maison. J'ai conduit jusqu'à Montréal en silence. Albert regardait droit devant lui, les larmes ne cessant de couler sur ses joues. Il les essuyait d'une main rageuse. Il n'y avait rien à dire. Raffie se mourait. Il avait vingt-six ans, et la Faucheuse venait le prendre malgré son jeune âge. On n'y pouvait rien. On ne pouvait qu'avoir du chagrin et être en colère.

46

J'ai pris une grande inspiration avant de pénétrer dans la chambre. J'entendais Albert derrière moi qui m'imitait. Mais il nous aurait fallu bien plus : des brassées d'oxygène, des ciels entiers d'air pur avant d'entrer et de découvrir l'innommable. De Raffie méconnaissable, on ne distinguait que le squelette recroquevillé dans le lit. Un petit oiseau décharné qui respirait avec peine, parsemé de plaques brun foncé. Nous nous sommes empressés de ravaler nos larmes de peur que Raphaël ne se réveille et ne nous surprenne. Je n'arrivais pas à quitter des yeux cette forme allongée sur le drap blanc. La seule pensée qui me vint fut qu'on assistait à *L'Amour aux temps du choléra* [2], le nouveau choléra de ce siècle. C'était la fin, il n'y avait aucun doute. Et plus rien à faire, sauf espérer qu'il ne souffre pas trop et pas longtemps. J'avais envie

2. Titre de Gabriel García Márquez.

de prendre dans mes bras ce corps fragile, presque cassant, pour le bercer jusqu'à ce qu'il s'endorme pour le restant de ses jours. Un jeune homme branché à des fils dont sa vie dépendait.

Je pensais à Vincent, à peu près du même âge que Raffie. Mon fils aussi aurait pu se trouver dans ce lit de mort s'il avait eu cette curiosité, cette envie de frayer avec le danger. Un grand frisson me parcourut le corps. Comme nos vies sont fragiles. Albert s'est approché de son élève qu'il aimait et admirait tant, et il a recouvert son corps du drap qui avait dû glisser durant son sommeil agité. Au même instant, une infirmière est entrée avec un nouveau sac de soluté. Une fois le changement effectué, elle a vérifié si le cathéter était toujours en place. D'énormes bleus entouraient l'aiguille dans son bras. Je ne perdais pas des yeux cette plaque noirâtre, ces veines saillantes, et je pensais au récit d'Albert. À cette fois où Raffie avait voulu faire comme les autres, cette fois où il avait essayé juste pour le *kick*, juste pour connaître des sensations fortes, mais éphémères. La fois. L'unique fois. La fois de trop où, pour une parcelle de paradis, Raffie avait planté dans ses veines une aiguille. Souillée, celle-là. Une qui avait servi au groupe de copains et qui avait conduit Raffie du nirvana à l'enfer. Il avait alors à peine quinze ans. Quelques années plus tard, il passait de l'enfer au trépas. L'enfer, il y avait déjà goûté.

L'infirmière m'a demandé de reculer de quelques pas pour lire les écrans qui entouraient le lit démesurément grand pour ce corps si frêle. Puis elle s'est tournée vers moi.

— Vous êtes la maman de Raphaël ? Je suis contente que vous soyez venue. Je ne savais pas comment vous rejoindre.

— Je pourrais être sa mère, mais non, je suis juste une amie.

Elle s'adressa à Albert.

— C'est vous qui avez accompagné Raphaël lors de ses dernières visites ? Votre nom est inscrit à titre de personne à contacter.

Albert acquiesça, incapable d'ouvrir la bouche pour prononcer le moindre mot. Il tenait même ses lèvres serrées l'une contre l'autre de peur que des torrents de cris et de plaintes ne s'en échappent, mêlés aux chutes se déversant de ses yeux.

— Il faudrait avertir sa famille, annonça l'infirmière. Je ne suis pas sûre qu'il passera la nuit.

Albert ne put se retenir. Il mit sa main sur sa bouche et se dirigea vers la fenêtre. Je voyais ses épaules tressaillir et j'entendais ses sanglots étouffés.

— Sa famille ne veut rien savoir de lui, dis-je tout bas à l'infirmière. Mais je vais voir ce que je peux faire.

Je sortis avec elle.

— Faites vite, insista-t-elle. Il ne lui reste plus beaucoup de temps. Je ne suis même pas certaine qu'il se réveillera.

— Où puis-je trouver un téléphone public ?

— Au bout du corridor, à gauche. Près des ascenseurs.

Puis elle me quitta pour retourner au poste des infirmières.

Arrivée à la cabine, je fis le numéro de mon fils. C'est Marie qui répondit. Elle était gaie malgré sa voix endormie. Elle était en train de se reposer. Je ne sais pourquoi on parla tout bas. Vincent était allé à l'épicerie, il serait de retour dans une demi-heure, tout au plus. Je la saluai et lui dis que je rappellerais, que c'était important.

— Il peut t'appeler sur ton portable ?

— Non. Je suis dans un hôpital.

— Tu es malade ? Quelque chose ne va pas ?

— C'est Raffie.

— Oh ! Je peux venir si tu veux…

— Non, non. Dis seulement à Vincent que je vais le rappeler. Ne t'inquiète pas. Pense à la petite.

Et je raccrochai.

Si je m'étais écoutée, j'aurais téléphoné toutes les cinq minutes. Je descendis à la cafétéria boire un horrible café, puis remontai et tentai de nouveau de joindre Vincent. C'est lui qui répondit. Marie lui avait transmis le message et s'était rendormie.

— Vincent, trouve-moi le numéro de téléphone de la mère de Raphaël. Il est au plus mal.

— Ses parents l'ont mis à la porte. Ils ne veulent plus avoir aucun contact avec lui.

— Je veux quand même essayer. Sa mère du moins. D'après Albert, c'est le père qui empêche la mère de voir Raffie.

— Je n'ai pas ce numéro-là. Je ne sais pas…

— Peut-être que les parents de Raffie demeurent encore à la même place. Tu y es déjà allé quand tu étais jeune ?

— Oui. C'était dans la Petite Italie. Laisse-moi effectuer une recherche. Je te rappelle.

— Non, moi, je te rappelle. Je ne peux pas utiliser mon cellulaire à l'hôpital.

D'appels en rappels, j'ai fini par avoir Vincent au bout du fil.

— J'ai trouvé. Tu avais raison, ils demeurent encore rue Bélanger.

— Comment tu t'y es pris pour le savoir ?

— J'ai demandé à l'homme qui m'a répondu s'il était le père de Raphaël Lavigne et s'il demeurait bien à cette adresse. Il m'a hurlé dans les oreilles qu'il avait déjà eu un fils qui s'appelait Raphaël, mais qu'il l'avait sorti de sa vie. Avant de raccrocher, il a ajouté que si je l'appelais pour l'avertir de sa mort, c'était même pas la peine. Qu'il était déjà mort pour lui. Malade et bouché, le vieux, commenta Vincent pour finir.

— Malade, je ne sais pas, répliquai-je, mais en plein déni, c'est certain.

J'ai noté le numéro de téléphone et l'adresse, et j'ai remercié mon fils. Il a pris à son tour les coordonnées de l'hôpital. Il viendrait dans la soirée faire ses adieux à son vieux copain.

Avant de le quitter, je lui ai recommandé de ne pas amener Marie.

— Inutile de l'effrayer.

— C'est si épouvantable que ça ?

— Plus que tu crois.

Je suis retournée dans la chambre. Raphaël dormait toujours et Albert, les yeux rouges et bouffis, avait tu son chagrin. Je l'ai mis au courant de mes démarches et suis ressortie. Je ne pouvais pas croire que sa mère, au moins, n'embrasserait pas son fils une dernière fois... quoi qu'il ait fait. J'ai filé au stationnement et j'ai sauté dans ma voiture en direction de l'adresse que m'avait donnée Vincent. Une demi-heure plus tard, je me suis garée dans une rue bordée d'arbres, devant une petite maison entretenue avec soin au cours des années. J'ai pris mon courage à deux mains. J'ai sonné à la porte.

— Oui. C'est pour quoi ? me répondit une femme en ouvrant.

Je parlai vite et tout bas.

— Je viens pour Raffie. Pour Raphaël. Il est très malade...

J'allais expliquer qu'il reposait à l'hôpital entre la vie et la mort lorsqu'une voix tonitruante se fit entendre dans le couloir.

— C'est qui ?

La dame resta muette. Et moi, j'ai prononcé la première chose qui m'est venue à l'esprit.

— Avon. Je suis la dame de chez Avon.

— Je t'ai demandé c'était qui ! répéta la voix qui se rapprochait.

J'ai crié sur un ton enjoué que j'étais la représentante Avon et que…

Pendant que le mari martelait qu'ils n'avaient pas besoin de ces cochonneries-là, la dame m'a murmuré presque à l'oreille de me rendre au café du coin.

— Je ne sais pas combien de temps ça prendra…

Je l'ai rassurée.

— Je vais vous attendre.

Et je suis partie sans demander mon reste.

Jusque sur le palier, j'avais senti que l'air de cette maison était imprégné de colère contenue, de rage et de violence. Je me suis éloignée au plus vite avec ma voiture en direction du café. J'aurais pu marcher jusqu'au lieu du rendez-vous, mais j'espérais la convaincre et l'emmener à l'hôpital avec moi. En outre, je ne voulais pas risquer que l'homme nous voie monter dans mon véhicule.

En sirotant un décaféiné, j'ai lu tout le contenu du menu placé sur la table. Je me sentais devenir une mère louve, prête à défendre Raphaël griffes et dents sorties. Tout à l'heure, j'aurais mordu ce vieux bonhomme grincheux, égoïste, qui était passé à côté des plus belles années de son fils, juste parce qu'il était « bouché », comme avait dit mon fils plus tôt dans la journée. Lorsque la femme est entrée, je ne l'ai pas reconnue tout de suite avec son manteau brun et un fichu sur la tête. Mais c'était bien elle. Devant moi se tenait une femme minuscule, ratatinée sur elle-même, les yeux délavés. Peut-être à force d'avoir trop pleuré et passé trop de nuits blanches à espérer l'impossible ? Et dire que, selon mon fils, elle était à peine plus âgée que moi.

— Je m'appelle Suzanne. On n'a pas beaucoup de temps. J'ai prétexté une course chez ma sœur.

— Voulez-vous venir avec moi à l'hôpital ?

— Hein ? Il est à l'hôpital ? Je ne peux pas... si...

Je pris mon téléphone cellulaire et le lui tendis.

— Appelez votre sœur. Dites-lui qu'elle invente n'importe quoi. Qu'elle trouve un prétexte. Vous devez voir votre fils avant qu'il...

— C'est si grave que ça ? m'interrogea-t-elle, les yeux embués.

Je fis signe que oui, et mon regard se voila en même temps que le sien.

Tandis qu'elle parlait à sa sœur, j'ai payé mon café, et nous sommes sorties.

Tout au long du trajet, je me demandai si je devais l'avertir de l'état de son fils. Comme mon ami Albert plus tôt dans la journée, elle ne parlait pas, fermée sur elle-même. Elle devait se préparer au pire. Elle devait savoir. Les mères savent toujours.

47

Nous avons passé la nuit auprès de Raphaël. Il avait repris conscience et était même assez lucide, pour quelqu'un dont les heures étaient comptées. En arrivant dans le couloir donnant sur la chambre, j'avais serré Suzanne très fort dans mes bras avant de la faire entrer. Mon fils et Albert s'étaient retirés, et nous attendions tous les trois dans le couloir, entendant des sonneries, des plaintes, des bruits de téléphones et de téléviseurs qui provenaient des chambres voisines aux portes ouvertes. Appuyés contre le mur, nous n'échangions aucun commentaire, nous contentant tous les trois de fixer la porte de la chambre. En espérant que de ces retrouvailles, il ne sortirait que du bon. Quand la femme a franchi la porte au bout d'une demi-heure, elle avait les yeux pleins d'eau, mais le sourire aux lèvres. Elle paraissait en paix. Elle s'est approchée de moi et m'a simplement dit merci. Puis elle s'est adressée à mon fils.

— Vincent, c'est toi ?

Il opina de la tête. Elle lui caressa la joue tendrement, puis elle serra la main d'Albert en le remerciant pour tout. Et elle partit. Il me semblait qu'elle se tenait plus droite, qu'elle n'était plus aussi tassée sur elle-même.

C'était à notre tour de dire adieu à Raffie.

Il s'envola doucement au petit matin. Comme soulagé que toute cette bataille contre la maladie soit enfin terminée. Lorsque l'infirmière a tiré le drap sur son visage, j'ai serré très fort mon fils et Albert dans mes bras en les suppliant de faire attention à eux.

Devant la voiture dans le stationnement, j'ai demandé à Vincent si c'était vrai qu'il avait promis à Raffie d'appeler leur fille Raphaëlle.

— Bien sûr, me répondit-il. On en parle Marie et moi depuis longtemps. Tu es d'accord ?

— Ça ne me regarde pas, mais Raphaëlle est un fort beau prénom. Raffie pourra veiller sur elle de...

Je levai les yeux vers le ciel où un soleil pâle traversait peu à peu les brumes de la nuit.

— ... D'où il sera, poursuivit mon fils. Tu peux me reconduire ? C'est la première nuit que je dors sans Marie. Je ne veux pas l'inquiéter davantage.

— Bien sûr.

On déposa Vincent devant chez lui, et Albert et moi sommes partis chez Massimo, que j'avais prévenu. On y prendrait douche et petit déjeuner en attendant que les différentes administrations qu'Albert devait consulter n'ouvrent leurs portes. Raffie avait prié Albert de s'occuper des derniers arrangements.

Massimo concocta le plus copieux des petits déjeuners. Sans appétit, on lui fit honneur pour ne pas le vexer.

— *Mangiate ! Mangiate ! Il cibo è vita !*

Trop fatiguée, je n'ai même pas demandé à Massimo de traduire. Il m'a semblé qu'il était question de manger et de vie, ça me suffisait. Puis Albert et moi, on est allés s'allonger dans le grand lit de Massimo. On a dormi en cuillère quelques heures, jusqu'à ce que Massimo vienne réveiller Albert.

Je me suis levée pour aider Albert à planifier les démarches. François, que l'on avait prévenu la veille au soir, m'a avoué au téléphone n'avoir pratiquement pas dormi lui non plus. Il viendrait rejoindre son chum le plus vite possible.

Albert a appelé une maison funéraire afin qu'ils viennent chercher le corps à l'hôpital. Raffie serait incinéré le lendemain, et ses cendres seraient déposées dans une urne au cimetière Côte-des-Neiges. François aurait le temps de le voir une dernière fois. J'ai aussi prévenu Suzanne. Elle avait finalement mis son mari au courant de sa visite à Raphaël, le soir précédent. Non sans peine. Elle m'a demandé l'heure et le lieu de l'enterrement.

— Vous ne désirez pas venir à la crémation et à la cérémonie ?

— Non. Je lui ai déjà fait mes adieux. Je veux juste savoir où il sera enterré.

Après lui avoir donné les informations, je lui ai dit de prendre soin d'elle. Sa voix était tellement éteinte que j'avais l'impression qu'elle ne survivrait pas à la mort de son fils.

Je ne me rappelle plus les détails de ces deux jours-là. On a beaucoup parlé, on a beaucoup pleuré. Massimo s'est transformé en *mamma* italienne et a dévalisé le marché Jean-Talon pour nous nourrir, lui qui cuisine si peu. Il avait besoin de s'occuper de nous. C'était sa façon de prendre soin de notre chagrin. Puis Henri et Thomas, Vincent et Marie se sont joints à nous dans la petite chapelle tout à fait de circonstance. Et l'officiant n'a pas proféré trop de sottises, du genre qui n'aide absolument pas les endeuillés. Tenant à prendre la parole, Albert a dressé un portrait magnifique de Raphaël, évoquant son génie créateur et ses multiples talents. Sa joie de vivre, et son humour aussi. Il a conclu en disant que l'on devrait toujours tenir la main de ceux qui nous sont confiés ou, encore mieux, la main de ceux qui viennent librement vers nous avec leurs demandes et leurs espoirs. Ceux-là méritent tout notre amour.

Pendant l'installation de l'urne dans un mur de marbre blanc, Marie a joué à la flûte un air de Mozart. Je pensais alors, tout en serrant très fort la main de mon fils et celle d'Albert, qui était inconsolable, qu'on venait d'assister à la mort d'un petit Mozart. Au moment de notre départ, une femme s'est approchée et a touché la vitre placée devant l'urne. J'ai reconnu Suzanne, qui m'a souri faiblement. À distance, un homme semblait l'attendre. Sans doute le père de Raphaël. Il se raclait la gorge sans arrêt. Était-ce à cause de ses regrets ou des sanglots refoulés ? N'ayant aucune envie de le savoir, je m'éloignai en entraînant Vincent et Marie. Mais Albert a rejoint l'homme et crié pour que tout le monde l'entende bien :

— Vous ne le méritiez pas. Vraiment, vous ne le méritiez pas.

Et nous sommes tous sortis du columbarium.

Le groupe s'est dispersé. J'ai reconduit mon fils et Marie, qui m'ont invitée à manger un morceau. Ils étaient tout fiers de me montrer la chambre de la petite Raphaëlle.

— Ce sera bien son prénom ?

Ils ont acquiescé.

— Elle devrait s'appeler Marie, Olivia, Raphaëlle. Et tu n'as rien à redire, m'annonça mon fils.

Mes yeux se sont embués de larmes à cause d'un drôle de feu dans la poitrine qui me brûlait doucement. Puis, en les fixant ardemment, je les ai suppliés de bien s'occuper de cette petite Marie, Olivia, Raphaëlle.

— Et même si elle fait des bêtises un jour, prenez le temps de l'écouter. Elle aura tout le temps besoin de vous. Ne la laissez jamais tomber, quoi qu'il arrive. Moi aussi je serai là, si elle a besoin de sa mémé.

Ils ont promis.

Voilà ! Ça y était. J'avais prononcé le mot qui m'effrayait tant il y a quelques mois à peine, et qui à présent tombait sous le sens. Je serais la mamie d'une Raphaëlle. Qui me serait prêtée, elle aussi. Comme Raffie qui s'en était allé trop tôt, trop jeune. Marie et Vincent m'ont forcée à boire un café avant de reprendre la route. On a parlé de tout et de rien. De la vie, quoi ! Je rentrais seule puisque François ramenait Albert.

Au volant de ma voiture, je regardais le paysage figé, arrêté dans le temps, dénudé de vie. Comme chaque année, il fallait s'accrocher à l'idée que la vie reviendrait. J'avais envie de descendre de ma voiture, de m'approcher d'un arbre et de le prendre dans mes bras, de le réchauffer pour que la vie y revienne, coule de nouveau dans ses veines. J'ai dû ranger ma voiture sur le côté, car je pleurais trop. De gros sanglots m'agitaient. Je laissai sortir ma peine et ma rage contenue. J'en voulais à ce père d'avoir abandonné son enfant en plein naufrage, j'en voulais à la société soi-disant ouverte d'esprit, mais qui tolère à peine les différences, et j'en voulais à la vie d'être venue chercher ce garçon si gentil et si talentueux à l'aube de sa vie. En détresse, je hurlai toute ma fureur au ciel. Une fois calmée, j'ai repris la route, plus sereine.

Mes pensées partaient dans tous les sens. Je me rendais compte de la fragilité de la vie et à quel point elle peut nous glisser entre les doigts si on ne la tient pas serrée contre nous. Pourquoi fallait-il avoir mal pour comprendre que le bonheur est là, tout près ? Je revoyais Marie et Vincent en état de grâce parce qu'ils allaient donner la vie très bientôt. Je pensais à François, et à Albert surtout, qui n'avait pu empêcher ce jeune homme de mourir, malgré toutes leurs attentions, leurs soins, leur présence aimante.

Et je songeai à Harris. Harris qui m'aurait prise dans ses bras, s'il avait été là. Qui m'aurait rassurée, consolée. Les gens qui nous aiment sont avec nous, pas à l'autre bout du monde. Mais il avait disparu, lui aussi.

Si Harris m'aimait, il aurait eu envie de rester ou de m'emmener avec lui. Il n'aurait pas pu se passer de ma présence, comme moi de la sienne. Alors pour la première fois depuis son départ, une phrase a résonné dans mon esprit et a pris tout l'espace. Elle scintillait comme un néon en lettres majuscules afin que le message soit bien clair : « Il ne me méritait pas. »

Sa carrière était plus importante que moi. Cet homme ne me méritait pas. Tout comme ce père était indigne de son fils malade. Ce père venu à l'enterrement parce que traîné là et menacé du pire s'il ne rendait pas un dernier hommage à son enfant. Suzanne, elle, avait repris des forces. C'était sûrement un cadeau de Raffie pour la suite des choses. Parce qu'il faut continuer à vivre. Vivre avec le départ d'un fils qu'on ne méritait pas, ou d'un amoureux qui ne nous mérite pas.

48

Lulu m'ouvrit la porte. Je n'avais pas mis les pieds chez elle depuis longtemps. Elle portait un grand pyjama en lainage rose et un faible sourire aux lèvres. Je la serrai dans mes bras. Ma main glissa sur la douceur du vêtement. En cachemire-ma-chère – cadeau que je lui avais offert.

— Je l'adore. Je ne porte que ça, me dit-elle. C'est idiot, mais ça m'aide à supporter les effets des séances de chimio. Quand je rentre chez moi, l'idée de me glisser dans des grands bras doux en cachemire me soulage. Merci du cadeau.

— C'est terriblement souffrant ? lui demandai-je en me doutant de la réponse.

— Certaines séances sont très pénibles.

Je l'ai reprise dans mes bras, et nous sommes restées ainsi plus longtemps qu'à l'habitude. Nous reprenions contact, et cette accolade contenait tous les moments difficiles que nous venions de traverser.

— J'ai su pour Raphaël. J'aurais aimé être là, mais...

— Tu ne trouves pas que tu en as toi-même pas mal à gérer ?

— Ne serait-ce que de rester en vie, me répondit Lulu avec un sourire en coin.

J'ai pris le temps de la regarder attentivement. Bien sûr, ma Lulu avait changé. Ses yeux étaient cernés, ses joues s'étaient creusées, son teint avait quelque peu perdu de son éclat habituel. Elle qui, en temps normal, ressemble à une belle pêche pulpeuse et délicieuse. Mais elle conservait tout de même cette lueur dans ses yeux exceptionnellement bleus à cause de sa peau translucide.

— Et pour faire changement, ajouta-t-elle, je ne maigris même pas. Bien au contraire, la chimio me fait engraisser. Je suis un cas.

— Ça, on le savait, lui dis-je en souriant.

Puis, j'ai voulu savoir comment se passaient les traitements.

Elle me prit par la main et m'amena vers le divan. Autour, Lulu avait rassemblé le nécessaire à son confort. Des revues et des livres, une lampe de lecture, une carafe d'eau citronnée, des coussins confortables et une couverture moelleuse.

— Cet endroit est devenu mon quartier général.

Sur la table d'appoint, je remarquai le téléphone sans fil, un bloc de feuilles et un carnet d'adresses.

— Paraît-il que de gagner à la loterie, ça ne change pas le monde, moi, je peux te dire que d'avoir le cancer comme gros lot, ça change quelqu'un. Je me suis même mise au crochet. J'essaie de me fabriquer des bonnets pour camoufler mon futur crâne chauve. Ça s'en vient tranquillement.

Je regardai sa magnifique chevelure mi-longue que j'avais toujours enviée. Armand était un mordu des longs cheveux à la Mélisande, ce personnage de

Maeterlinck qui s'en servait pour permettre à son amant de la rejoindre tout en haut de la tour. S'il arrivait à Lulu de les couper de quelques centimètres, son chum ne lui parlait pas pendant des semaines. On évoqua un souvenir. L'an passé, Armand l'avait boudée plus de quinze jours. Au dire de Lulu, c'était insupportable. Je l'avais donc aidée en empruntant une perruque de cheveux très longs dans l'atelier de Massimo. Elle l'avait enfilée le soir même pour réussir à ramener son amoureux à de meilleurs sentiments. L'humour, ça aide parfois à faire passer les choses. J'espérais que Massimo pourrait de nouveau aider mon amie, au moment opportun. Lulu glissait ses doigts dans ses cheveux pour me montrer les premiers dommages. Elle retira sa main pleine de mèches qu'elle déposa dans la poubelle. Mon cœur se serra.

— Pour une fois, je vais avoir la permission d'avoir une coupe chat, et plus tard, la boule à zéro.

Puis, très sérieuse, elle me lança :

— Veux-tu bien me dire pourquoi il faut avoir si mal pour comprendre ? Comprendre qu'on doit arrêter de courir partout, de s'en faire pour des niaiseries, d'angoisser pour rien et de stresser pour tout.

— Je pense exactement comme toi ces jours-ci. Mais dis-moi, comment vas-tu ?

— Aussi bien que possible. Entre chaque séance de chimio, je me vomis l'âme, je dors assommée, je fais les pires cauchemars et je recommence la routine : le lendemain d'un jour de chimio, je suis malade comme un chien et ça dure trois jours. Puis je vais mieux et la semaine suivante tout est à recommencer.

Lulu m'a résumé sa vie au quotidien. Hôpital, bol de toilette et lit. Mais elle disait rencontrer des gens fabuleux.

Elle m'a raconté le déroulement des séances. Le personnel, presque entièrement féminin, est aux petits soins avec les patientes installées sur des chaises longues en rangée, avec un soluté accroché juste à côté. Quelques malades lisent, d'autres regardent la télé. D'autres encore parlent.

— Lors des premières séances, j'ai juste pleuré. On est toutes passées par là. Morte de peur, j'étais incapable d'échanger. Puis, tranquillement, je me suis ouverte, quelqu'un nous a fait rire, et je me suis rendu compte que cette hilarité générale avait calmé chacune de nous. Parmi les patientes, une femme m'aide beaucoup. C'est drôle, elle s'appelle Simone. Tu vois, tu n'es plus la seule à avoir connu une fabuleuse Simone, moi aussi, j'ai la mienne. Elle m'apprend à m'en sortir et à vivre. Elle en est à son deuxième cancer. Elle a dû suivre ses premiers traitements aux États-Unis, car les listes d'attente étaient trop longues au Québec.

Lulu m'a raconté qu'au début cette Simone était affolée d'avoir à se rendre dans une ville américaine étrangère, sans personne de son entourage et en autobus. Mais elle a vite pris la chose avec philosophie. Elle y a vu comme une sorte de vacances. Le transport, l'hôtel et les repas fournis. Elle s'est dit que pour une fois, ce n'était pas elle qui conduisait, faisait le ménage, le lit et surtout les courses et les repas. Elle en profitait au maximum pour se gâter entre les séances de radiothérapie. Et pendant cette semaine loin de chez elle, elle se consacra uniquement à sa santé et à son bien-être.

— Comme elle était célibataire – elle l'est toujours –, elle a pensé à un coup du destin. Les filles se dirigeaient vers l'hôpital dans un autobus de seins, comme elle disait. Alors elle espérait voir arriver un autobus de prostates.

On a ri toutes les deux de ce trait d'humour si particulier dans de telles circonstances.

— Elle est si drôle, d'ajouter Lulu. Je ne sais pas comment elle fait. Battante, elle a décidé de s'en sortir, malgré la récidive. Elle refuse de parler de *son* cancer. Moi aussi d'ailleurs. Quand le médecin m'a parlé de *mon* cancer, j'ai été catastrophée. J'en ai jamais voulu, de ce cancer, moi ! Maintenant, comme Simone, j'insiste et évoque *le* cancer et non pas le mien. Cette chose horrible qui risque de me tuer n'est pas à moi. Et je n'en veux pas. Cette maladie traverse mon corps et en sortira avant d'y provoquer trop de ravages. Je ne la laisserai pas s'installer, crois-moi.

J'ajoutais foi à sa certitude. Je savais Lulu combative. Elle avait été atterrée et abattue lorsque la mauvaise nouvelle était tombée. Quoi de plus normal... mais là, elle était prête au combat.

— J'apprends à me détendre aussi. Ça, ç'a été plus long, m'avoua-t-elle. Méditation, marches, lectures. Et puis fini les courses, la bouffe, le ménage, du moins tout le temps des traitements. Ce n'est pas fait exactement comme je voudrais, mais j'ai mis Miss Parfaite à la porte.

Auparavant, Lulu avait tout de la femme irréprochable. Tout était toujours impeccable. Autant à l'intérieur qu'à l'extérieur. Autant dans le quotidien que lors des grandes réceptions. Cette Miss Proprette-toujours-prête-et-parfaite-sous-toutes-les-facettes-qu'on-devrait-jeter-aux-oubliettes, eh bien, il m'arrivait d'en être une, moi aussi. Je devrais la calmer ou la mettre carrément à la porte et faire appel à quelqu'un.

— Tu as engagé une aide-ménagère ?

— Pas du tout. Armand s'est transformé en Prince servant tout à fait charmant. Il râle, mais... il s'occupe... à peu près de tout dans la maison.

— C'est fascinant que tu aies dû être malade pour que ça arrive.

Elle se contenta de lever les yeux au plafond, me signifiant ainsi son accord avec moi.

— J'ai aussi appris à utiliser un nouveau mot : « Non. » Dans le style : « Non » est une phrase complète.

Je l'observais, allongée, tranquille, et je me suis rappelé les débuts de notre amitié. La Lulu qui n'avait peur de rien, qui avait envie de tout toucher, de tout essayer. Et moi qui la suivais dans ses aventures parce que je l'admirais. Je la trouvais unique. J'ai souri au souvenir du film *Julia*, qui avait scellé définitivement notre amitié tant il nous ressemblait. On l'avait vu trois fois d'affilée, je crois. Un fabuleux scénario basé sur le best-seller de Lillian Hellman et qui porte le titre de *Pentimento Julia*. Ce film célèbre l'amitié entre deux femmes de l'adolescence jusqu'à la mort de l'une d'elles. Lulu et moi ressemblions aux deux protagonistes de cette histoire. Mais à cet instant précis, je décidai que la comparaison devait s'arrêter là. Et qu'aucune de nous n'allait mourir.

— Lulu, tu dois t'en sortir. Si je peux t'aider, te seconder, te conduire ou aller te chercher quelque part. N'importe quoi. Je ne veux pas te perdre.

Lulu a souri à mon affolement.

— Ne t'inquiète pas. Je n'ai pas l'intention de mourir, Olivia. Mais merci d'être mon amie. De le savoir me réconforte énormément.

Puis elle est revenue sur mon offre.

— D'accord, j'aimerais que tu me donnes un coup de main. Si jamais je suis de nouveau hospitalisée, ou que je suis alitée ici et que je n'ai plus toute ma tête, ne me laisse pas avec ces affreux poils sur le menton. Tu ne peux pas imaginer à quel point ça me rend folle juste d'y penser. Déjà que j'aurai la boule à zéro, barbue en plus, ce serait trop.

J'éclatai de rire à l'écoute de sa demande. Je retrouvais bien là la Lulu que j'aimais tendrement. Elle semblait se moquer de la perte de ses magnifiques cheveux, mais une infime pilosité au menton la tracassait. Chère

Lulu. On avait souvent évoqué ces abominables poils qui surgissaient le jour où on ne s'y attendait pas et qui nous donnaient, à coup sûr, des allures de vieilles mémés négligées ou repoussantes.

— Je te promets de t'enlever les poils au menton.

Je levai la main et je jurai.

Peu de temps après, Lulu glissa dans les coussins moelleux et s'endormit, apaisée. Je veillai sur elle. N'osant pas bouger de peur de la déranger, je la regardai dormir. Et le temps coula doucement sur nous et entre nous.

49

L'hiver, comme toujours, m'avait paru trop long. Je m'étais servie de cette période d'hibernation pour me consoler du départ de Harris, qui, fidèle à lui-même, me laissait des messages toujours aussi laconiques, quoique plus espacés ; et, constant dans son style épistolaire, il m'expédiait régulièrement des cartes postales. Ma collection devenait imposante. Certains paysages revenaient en double dans la pile, mais après tout, Cambridge et Londres avaient beau posséder une grande variété de monuments et de paysages, Harris avait dû en faire le tour. J'y retrouvais aussi le même style, le même contenu, le même Harris parti au loin et n'ayant pas du tout envie de revenir ni de me voir débarquer. Quand, par hasard, j'arrivais un tant soit peu à le rayer de mon cœur et de mon esprit, le téléphone ou la poste me le rappelait. D'habitude, quand on met fin à une relation, on enjolive le passé. Tous les défauts majeurs se transforment instantanément en péchés mignons, tous les drames et les hauts cris se déguisent d'un coup de baguette magique et nous apparaissent comme des instants forts, des moments d'expression.

Mon problème avec Harris, c'est que tout s'était bien passé. Rarement de sautes d'humeur, à peu près pas de chicanes ni de grosses discussions.

— Ça devait être plate comme relation, me fit un jour remarquer Massimo.

— Au contraire. Un vrai bonheur. Était-ce parce que nous ne vivions pas ensemble ? Probablement, oui. On se voyait quand l'envie nous en prenait.

— Bien là, tu as ta réponse. Il n'a pas le goût de te voir ! lâcha Massimo, lapidaire.

C'était expédié sans ménagement. Dur à entendre. Mais entre Massimo et moi, cette façon de plonger dans la réalité, de refuser les mensonges et les illusions avait toujours existé. Je le respectais pour ça, et réciproquement. Il me rappela d'ailleurs un souvenir qui m'empêchait de me plaindre du départ de Harris et de sa défection.

— Tu te souviens quand tu avais préféré terminer les travaux de peinture extérieure au lieu de partir en amoureux à Québec avec Harris...

— Oui, je sais. J'aurais donc dû profiter de lui au maximum.

— Je t'avais dit que je trouvais ça risqué.

— J'aurais dû me méfier davantage.

— Non. Mais tu m'as répondu alors qu'il était un grand garçon, que tu n'avais pas à le surveiller ni à l'attacher à une patte de ton lit...

— Comment se fait-il que tu t'en souviennes avec autant d'exactitude ?

— Parce que j'ai mis en pratique ce que toi, tu ne voulais pas faire. L'attacher à...

— Bon ! Ça va, ça va ! On se garde une petite gêne.

— Olivia, je m'en souviens parce que je m'étais dit que tu étais devenue une amante formidable. Arrêtant de tout contrôler, de surveiller. Tu aimais, tout simplement, avec les risques que cela comporte. On peut perdre nos amoureux n'importe quand. Et eux aussi peuvent nous perdre.

J'étais en colère contre Massimo parce que cette phrase m'était restée en mémoire et qu'en plus il avait raison. C'est vrai que je n'arrivais pas toujours à laisser sa liberté à l'autre. Quand on est un homme ou un gay, les partenaires ne manquent pas. Mais pour une femme dans la cinquantaine, c'est la croix et la bannière pour dénicher quelqu'un d'intéressant. Paraît-il qu'après la cinquantaine, une femme a plus de chance d'être renversée par un dix-roues que de rencontrer l'âme sœur. Rassurant. Ça fait d'autant plus mal d'être laissée qu'on sait pertinemment qu'on risque de rester sur le carreau et pour longtemps. Cependant, cette réalité, les hommes ne veulent pas en entendre parler. Ils ne veulent pas croire à ce phénomène. Pour eux, c'est une invention de bonne femme. Pourquoi tant de femmes de cinquante ans et plus sont-elles célibataires, alors ?

Ma question resta sans réponse.

Depuis le retour du printemps, je connaissais moi aussi une montée de sève et de fièvre, rêvant de ressentir les frissons d'avril. Mais contre toute attente, ce ne serait pas avec Harris.

— Pourquoi tu ne vas pas le rejoindre, insistait Albert, puisque tu en meurs d'envie ?

— *No* ! protestait Massimo. Elle ne va quand même pas aller se traîner à ses pieds. Il est parti. Il ne veut rien savoir d'elle, insistait-il.

— Bon, ça va, les gars. Je peux très bien gérer ma vie toute seule.

J'avais songé moi aussi à une escapade en Angleterre. Une surprise. Plus j'imaginais la scène, plus je me rendais compte que c'était sûrement moi qui aurais la surprise. Et pas du tout agréable, en plus. Si Harris avait eu envie de me voir, il me l'aurait demandé. On avait passé du bon temps ensemble, un point, c'est tout. Je me devais de l'oublier au plus vite. Pour m'aider à faire ce deuil, il me suffisait de lui demander expressément de ne plus ni m'écrire ni me téléphoner. Mais je ne parvenais pas encore à envoyer ce message clair.

Pourtant, le sien était limpide : « Veux-tu rester mon amie quand même ? » J'avais horreur de cette demande. Les hommes s'en vont et veulent à la fois la nouvelle maîtresse et l'amitié de l'ancienne. C'est n'importe quoi !

J'ai donc consacré mes énergies à l'arrivée du printemps. Chaque brin d'herbe, pourvu qu'il soit vert, chaque bourgeon naissant me chavirait l'âme. Je passais chaque instant à les observer et à me réjouir de leur renaissance. Mais cette saison tant désirée n'en finissait plus d'aboutir. Des pluies torrentielles, de la gadoue, de la chaleur, un petit coup de froid, et c'était la valse-hésitation jusqu'à ce qu'un bon matin, enfin, le printemps s'installe pour de bon.

Et il y avait le mariage d'Allison à organiser. Durant l'hiver, on s'était réunies plusieurs fois à ce sujet. Tout d'abord, elle avait eu l'intention d'engager une spécialiste. Une professionnelle experte dans ce genre d'événement, au courant de ce qui se fait ou pas, de ce qui est à la mode et ne l'est plus, de ce qui va fonctionner ou non. La première rencontre avait failli virer au cauchemar. Jules, l'amoureux d'Allison, n'en croyait pas ses yeux. Le simple mariage dont il rêvait avec Alli – comme il l'appelait avec affection – était en train de devenir un *big fat weeding* à la grecque ou à l'italienne.

— *Che cos'è ? Nostri matrimoni non sono tamarri*, s'est écrié un Massimo, monté sur ses grands chevaux. Nos mariages ne sont pas quétaines, *sono i più raffinati del mondo*.

Personne n'a osé demander la traduction de cette expression très inhabituelle à nos oreilles. Mais avec la gestuelle qui l'accompagnait et le feu aux joues de Massimo, c'était apparemment le *top* du *top* et on l'avait insulté au plus haut point en émettant des commentaires sur les mariages italiens et grecs, mais surtout italiens. Et c'est au cours d'un souper chez moi que le sort de la professionnelle des mariages s'est joué.

— Eille ! Les invités sont en majorité des gars qui font du bicycle. Toutes ces bébelles-là, c'est pas beaucoup leur genre, remarqua Jules.

Il imitait parfaitement la marieuse, la bouche en cœur et la voix aiguë : « Froufrous, rubans, colifichets, c'est ce dont vous avez besoin. » Allison était un peu froissée par l'attitude de son chum.

— J'aime ça, moi, les froufrous, les rubans... Mais tu as raison, Jules, elle me tombe sur les nerfs à moi aussi. J'ai l'impression qu'elle organise son mariage, pas le mien. J'ai des petites nouvelles pour elle, c'est moi, la mariée ! Et toi, le marié. Le plus beau, le plus gentil, le plus génial.

Joignant le geste à la parole, elle couvrit de baisers le visage de Jules, qui souriait comme un imbécile heureux. C'est Henri, comme toujours, qui trouva la solution.

— De quoi avez-vous besoin, au juste ? Le jardin, on l'a, il faut simplement l'aménager. Une grande tente, des tables et des chaises ? Un peu d'éclairage, un espace particulier pour la bénédiction des anneaux ? C'est ça, en gros ?

Il fit alors glisser son crayon sur la tablette dont il ne se sépare jamais – on lui dit souvent qu'il est né avec ces deux accessoires dans les mains.

Il dessina quelques esquisses en tenant compte de l'agencement de mon terrain.

— On pourrait installer le chapiteau ici, proposa-t-il, et si le temps est magnifique, on installe les tables et les chaises dans la partie basse du jardin entre les arbres. L'échange des anneaux pourrait avoir lieu sur la terrasse. Ça serait intime. Juste vous deux, le révérend et vos témoins. Les invités assisteraient en contrebas à la cérémonie. Qu'en dites-vous ? Je peux dessiner autre chose si ce plan ne vous plaît pas.

Ne pouvant s'en empêcher, Allison sauta au cou d'Henri tellement elle était ravie. Jules la freina dans son élan.

— Wow ! Wow ! Là… C'est pas parce qu'il a des bonnes idées que tu dois te répandre de la sorte.

Il s'adressa à Henri.

— L'artiste, tout à fait d'accord avec ta proposition ! D'abord, c'est plus clair, y a moins de chichis, et ça nous ressemblera davantage. On t'engage. C'est quoi, tes tarifs ?

Et l'affaire fut conclue. Henri était devenu le décorateur officiel, et il engagerait un assistant pour le montage et les accessoires. Il fallait cependant utiliser ses services au plus vite. Il était en *stand-by* pour repartir en Tunisie pour son tournage américain. Les repérages ayant déjà eu lieu, le projet se poursuivait, mais le tournage était constamment reporté. Henri attendait qu'on lui fasse signe. Maintenant qu'Allison avait réglé ce point, elle avait une autre demande assez délicate à formuler.

— Euh… Massimo. Je sais que tu ne fais pas ça d'habitude, mais…

— Vas-y simplement, l'aida ce dernier. Avec moi, c'est clair, la réponse est : *si o no*.

Allison poursuivit :

— Mon beau Massimo, accepterais-tu de me coiffer ? Et de coiffer ma mère ?

— Pis, moi, tu vas me coiffer aussi ? demandai-je à mon tour.

— Minute, les filles. Vous êtes combien en tout ?

— Ça t'en fait un de moins, lança en riant Jules, dont le crâne était complètement chauve. Désolé, mon vieux, je n'ai aucun poil à te fournir.

Allison entreprit de compter sur ses doigts.

— Moi, ma mère, mes deux dames d'honneur. Et Olivia. Ça fait cinq.

— Cinq, tu es certaine ? demanda Massimo. Vous n'arriverez pas à la dernière minute avec le village entier à crêper ? Je fais ça simple, pas de chignons compliqués, pas de pièces montées, c'est pas mon style.

— Non, non, promit Allison. C'est oui ?

— Seulement dans ces conditions.

Ce souper s'était terminé dans un enthousiasme débordant. Tout le monde donnait ses idées, organisait, dressait des plans. Je me suis retrouvée seule à la cuisine en train de remplir le lave-vaisselle. Allison est venue me rejoindre.

— On te laisse avec les corvées, me dit-elle, penaude.

— Ben non, la rassurai-je. Il s'agit de ton mariage. C'est important.

— Ne t'inquiète pas, tu ne resteras pas seule à ce mariage. Jules a un cousin formidable…

— Oh, non ! Allison ! Pas ça. Si tu es mon amie, pas de *blind date*, de grâce. J'y suis allergique. As-tu déjà oublié ce qui est arrivé chez toi, quand tu as voulu me présenter quelqu'un[3] ? Moi non. Et je n'en veux pas. Sinon, je n'assiste pas à ton mariage. C'est clair ? Je te laisse mon jardin tel que promis, et je m'en vais. On s'entend bien ? Pas de

3. *Et si c'était ça, le bonheur ?*, Libre Expression, collection « 10/10 », 2011.

frère, d'oncle, de cousin ou d'ami qui tienne. Assister à ton mariage non accompagnée me convient tout à fait.

De mauvaise grâce, Allison a accepté les règles de mon marché.

— Vous seriez tellement *cute* ensemble, j'en parlais à Jules l'autre jour…

— De quoi tu me parlais, ma belle ? questionna Jules, qui venait d'entrer dans la cuisine avec une bouteille de vin vide à la main.

— Allison…, insistai-je en lui faisant des yeux menaçants.

— Promis, promis. Je ne m'en mêle plus. Non, rien, chéri. Rien. Viens plutôt m'embrasser, maudit chanceux !

Je m'éclipsai pour ne pas assister à leurs ébats. Dans ce domaine, je me soignais, mais je n'étais pas complètement guérie. Des amoureux qui s'embrassaient provoquaient encore chez moi un pincement au cœur. Je choisis plutôt de rejoindre Massimo et Henri, qui dégustaient allègrement une bouteille de grappa. Je décidai que cette liqueur si douce et si brûlante à la fois m'aiderait à digérer mes anciennes douleurs.

50

La maison était remplie au maximum de sa capacité, et l'on n'était que la veille. Du monde partout. Ça grouillait, ça entrait, ça sortait, ça s'impatientait, ça s'informait, ça exigeait et, dans certains cas, ça sacrait. Je ne savais plus où donner de la tête et, moi aussi, je laissai échapper quelques jurons assez grossiers. Le mariage n'avait lieu que le lendemain, et je regrettais déjà de m'être embarquée dans cette galère. En début de semaine, l'euphorie régnait encore. Tout roulait rondement, et les préparatifs allaient bon train. Avec la bonne humeur au rendez-vous, la maison jaune serait l'hôte d'un grand mariage. D'un mariage d'amour. Plus la cérémonie approchait, plus l'effervescence se faisait sentir.

Ce matin-là, je me suis donc éclipsée en douce avec les deux minous sous les bras, pour les conduire chez mon amie et voisine Marie-Josée. Elle avait gentiment accepté de les garder jusqu'à ce que la maison retrouve son état normal. Très prises par nos métiers et l'installation de nos maisons, nous nous voyions rarement. S'occuper de la maison des autres requérait tout son temps et son talent de décoratrice. Elle nous avait d'ailleurs donné un bon coup de main pour dénicher les accessoires manquants, secondant ainsi Henri qui en avait déjà par-dessus la tête avec tous les aménagements. Il attendait d'ailleurs de pied ferme la livraison des chapiteaux, des tables et des chaises. C'est Marie-Josée qui avait commandé les fleurs à Vincent, puis les nappes, les rubans, les photophores et les bougies chez son fournisseur personnel. Un gros plus dans le budget d'Allison. Elle a même découvert une tonnelle couverte qu'Henri a placée sur la terrasse et qui servirait pour la bénédiction des anneaux. Plusieurs couronnes de fleurs y seraient installées. Ce serait du plus bel effet.

En attendant cet instant magique, j'ai déposé mes deux petites bêtes chez Marie-Josée. Elle n'en revenait pas à quel point ils avaient profité durant la saison froide. Surtout Maxou, surnommé affectueusement Grosse Patate, avec son beau pelage touffu et soyeux qui lui confère l'allure d'un lion. Rosie est plus délicate. Sur sa queue, ses longs poils noirs ressemblent plus à des mèches de cheveux rapportées, comme une rallonge de couleur différente. Une petite « punkette », disait Marie-Josée.

Impossible pour moi d'oublier Bouboulina, mais à eux deux ils remplissaient de belle façon l'énorme trou qu'elle a laissé dans ma vie en s'en allant l'automne dernier.

Une fois mes animaux en sécurité, je suis passée chez le traiteur prendre livraison des victuailles commandées par Allison. À ce sujet, elle n'avait pas menti. Je n'aurais à m'occuper de rien. Elle avait ajouté : « Pour le reste non plus d'ailleurs, j'emprunte juste ton jardin. » Mais je n'avais tout simplement pas imaginé autant de monde chez moi. Et ce n'étaient que les préparatifs. Qu'est-ce que ce serait le jour du mariage ? Les bras chargés de victuailles, je suis arrivée à la maison en plein drame. Au téléphone, Henri pestait contre « ces incompétents incapables de bien prendre une commande ». Il manquait en effet la moitié des tables et des chaises pourtant bien inscrites sur le bordereau qu'il tenait à la main. Énervée au plus haut point, Allison répétait à qui voulait l'entendre que ce mariage serait un fiasco, que dans ces conditions, elle ne voulait plus se marier. Jules tentait de la calmer, mais la tâche paraissait ardue et, ce qui n'arrangeait rien, Massimo conseillait tout le monde en italien.

On se serait cru au beau milieu d'un film de Fellini. Sans prendre le temps de déposer mes paquets, je les ai tous regardés, gesticulant et vociférant, marchant dans tous les sens – de vraies poules sans tête. Alors, j'ai éclaté d'un grand rire sonore qui a pris tout le monde par surprise. Ils se sont arrêtés net et m'ont dévisagée comme une extraterrestre. Plus je riais, plus ils se calmaient. Se rendant compte de la situation, ils se sont même joints à mon hilarité, ensuite l'atmosphère a changé du tout au tout. Nous étions toujours à la veille d'un mariage, mais la fin du monde venait d'être évitée.

Henri, qui avait raccroché au nez de l'employée, a tranquillement repris son téléphone cellulaire pour demander cette fois-ci, et de manière beaucoup plus civilisée, à parler au grand patron. Tandis qu'il s'entretenait avec le propriétaire de la maison de location pour trouver un arrangement, Allison et Jules se sont précipités pour me décharger de mes paquets. On a posé les provisions sur la grande table de la terrasse. Allison avait tout prévu : assiettes en carton, ustensiles et napperons.

— Tu vois, affirma-t-elle, avec ce genre d'organisation, tu n'auras à t'occuper de rien.

Je n'ai pas répliqué, ne voulant pas briser sa joie. Elle s'était donné tant de mal pour m'éviter le plus possible de travail... Mais ce genre d'événement ne se déroule pas sans heurts. On en a profité pour ouvrir quelques bouteilles de rosé. La température était douce, et on l'a savourée en même temps que le gueuleton improvisé. Ce début de juin était plein de promesses. Tandis que nous mangions en paix, un livreur est venu nous demander où déposer les toilettes chimiques dans le jardin. Massimo explosa :

— C'est pas vrai ! Vous n'allez pas installer ces horreurs dans le jardin ?

— Où veux-tu qu'on les mette ? rétorqua Allison.

— N'importe où, mais pas ici.

Allison m'avait promis de n'utiliser la maison que pour les urgences. Elle m'empruntait seulement mon jardin. Henri a alors proposé de les masquer de façon amusante. Attrapant le livreur par le bras, il l'a conduit vers sa cargaison. Et tout en dégustant notre vin, nous avons assisté à l'installation des toilettes chimiques à l'orée du bois, ce qui, en soi, n'était pas si mal.

La mise en place des chaises et des tables manquantes a presque occupé la fin de la journée. Allison est partie quérir sa mère à la gare de Sherbrooke, et Jules est resté donner un coup de main à Henri et à Massimo. Ce dernier n'était pas d'une grande aide, car il flirtait surtout avec le jeune chef qui s'affairait sous le chapiteau transformé en cuisine. Il a disparu plusieurs heures durant l'après-midi, mais quand Henri a vérifié l'ensemble vers dix-sept heures, tout était à sa place et fin prêt pour la réception. Il est alors venu me chercher dans la maison jaune.

— Viens, me dit-il. Tu n'en croiras pas tes yeux. Ton jardin, c'est celui d'Alice au pays des merveilles.

Massimo, le chef et Jules se sont joints à nous pour l'inspection des lieux. Tout le monde avait travaillé très fort. Le jardin était joliment paré. Il ne manquait que les fleurs, qui seraient livrées le lendemain dans la matinée par Vincent et sa nouvelle assistante, Marie. En atteignant l'orée du bois, nous sommes tombés sur deux petits campements de type arabe. Grâce à sa grande imagination, Henri avait transformé les deux bécosses en cabinets d'aisance dignes des mille et une nuits.

— Comment t'y es-tu pris ? demanda Jules, tout aussi intrigué que nous tous.

À l'aide de grands tissus bigarrés, récupérés dans son camion, Henri avait construit de petites tentes de fortune qu'il appelait « guitoune ».

— Les Maghrébins nomades s'en servent dans le désert. J'ai fabriqué le dôme avec de la broche et j'ai fixé la toile tout autour. C'est vite fait, mais ça peut tenir une journée ou deux. On n'a qu'à ouvrir les pans des rideaux pour se rendre au trône ! Comme un décor de théâtre. L'effet n'est pas mal, non ? lança-t-il après son explication.

— Tu es génial, dis-je à mon talentueux ami Henri. On pourrait presque les laisser dans le jardin en permanence.

— *Mio amico Henri, sei un Leonardo Da Vinci ! Sei un genio !* lui cria un Massimo gesticulant et enthousiaste.

Soudain, une pétarade d'enfer en provenance du stationnement attira notre intention.

— Mon Dieu ! m'exclamai-je, tout en marchant dans cette direction. Ça fait bien du bruit.

— C'est rien, me répondit Jules, attends demain !

— Quoi demain ? dis-je, tout à coup inquiète.

Je me suis arrêtée pile, et Massimo m'est rentré dedans.

— On ne t'a pas appris à allumer tes feux de détresse quand tu stoppes ?

— Là, y a juste une moto. Demain, il y en aura pas mal plus, ajouta Jules.

— Pas mal plus… Tu veux dire ?

— Facilement une vingtaine. Tous mes chums viennent en moto. Il me semblait qu'Allison t'en avait parlé ?

À cet instant, je croisai le regard de Massimo. Dans nos yeux, cette nouvelle ne prenait pas vraiment le même sens. Je frissonnais d'angoisse à l'idée de la réaction de mes voisins, tandis que lui se voyait déjà frissonner pour une tout autre raison. Jules reconnut son ami Richard.

Un gars bien bâti descendit de la moto garée près de ma voiture. Il enleva son casque d'où émergea une queue-de-cheval attachée à la nuque par un cordon de cuir. Une belle tête. Puis il détacha prestement une boîte ficelée sur le siège du passager.

— C'est qui, Olivia Lamoureux ?

— C'est moi, dis-je aussitôt.

— Salut, *man* ! lui lança Jules.

— Salut, mon vieux, blagua le motard. Prêt à faire le grand saut ?

— Toujours.

— J'apporte ce paquet pour Allison. Toi, Jules, tu n'as pas le droit de regarder. Ta blonde m'a bien averti, je dois le remettre à Olivia.

Je m'approchai de l'homme. J'ai dû me casser le cou pour le regarder. Il m'envoya un sourire moqueur.

— Hum ! On n'a pas mangé toutes ses carottes quand on était petite ? Hein ?

Je répondis à cette remarque par un air niais. Il en profita pour me donner une petite tape sur le crâne.

— C'est petit, mais c'est mignon quand même.

Je savais très bien que j'avais l'air d'une lilliputienne à côté de ce Richard à moto, mais je n'allais quand même pas le laisser abuser de la situation.

— Vous me le donnez, ce colis ?

— Je vais en plus vous aider à l'installer. Ma sœur m'a bien précisé que la traîne ne devait pas manger la poussière. Ma sœur est couturière, c'est elle qui a créé cette robe. Elle y a travaillé pendant des semaines. Faudrait pas l'abîmer parce que vous êtes trop petite pour la suspendre.

Je ne sais ce qui me retenait de lui balancer un coup de pied dans ses grandes échasses. Ça paraissait que mes médicaments agissaient. De nouveau d'humeur égale, j'étais pertinemment consciente que le rouge qui s'étalait sur mon visage était celui de la timidité. Henri, Massimo et Jules restaient là à m'observer en train de fondre sur place. Je les ai fustigés du regard, mais personne n'est venu à ma rescousse. Au contraire, ils appréciaient au plus haut point cette situation. Je partis donc en direction de la maison, suivie du géant et de sa boîte. Dire que je possédais maintenant un jardin digne d'une Alice au pays des merveilles et que je n'avais même pas accès aux biscuits qui font grandir. J'en aurais bien avalé deux ou trois pour clouer le bec à ce vantard qui me regardait de toute sa hauteur. C'était le genre de gars à ne faire aucun effort pour se pencher. Il assumait parfaitement son gigantisme.

— Belle cabane. Allison m'avait prévenu que tu possédais une belle maison, mais je ne pensais pas que c'était aussi gros.

Sans un mot, j'entrai et lui indiquai la chambre d'amis à l'étage qui servirait aux préparatifs d'Allison. Une fois à l'intérieur de la pièce, j'ouvris la porte de la garde-robe et lui tendis un cintre. Il déposa le paquet sur le lit. Je défis les rubans et, en ouvrant, je découvris une merveille. Une explosion de tulle, de soie et de broderie de couleur vanille sembla bondir hors de la boîte.

Cette robe était une splendeur.

— Impressionnant, hein ? me lança-t-il.

Je secouai la tête, incapable de prononcer une seule parole. Harris me revenait en plein cœur. Et en toute logique, c'est moi qui aurais dû convoler avec lui dans ce jardin. Au lieu de cela, je préparais une fête fabuleuse pour mon amie Allison. Je me retournai enfin vers le grand fendant et lui donnai la robe. Malgré mes appréhensions, il la prit avec délicatesse, la plaça sur le cintre et la hissa ensuite sur un crochet servant de support aux rideaux. Si j'avais eu à effectuer cette manœuvre, j'aurais dû grimper sur un petit escabeau.

— Je suis un gars pratique, m'informa-t-il ensuite avec un sourire à faire fondre une banquise.

À sa réplique, il ajouta un clin d'œil appuyé. Du genre qui me laisse froide. J'en profitai pour étendre le surplus de tissu vaporeux sur le lit, évitant ainsi que la robe se froisse ou traîne sur le plancher.

— Bon ! On redescend, j'ai des tonnes de choses à faire, lui dis-je en lui indiquant la porte.

Quand il fut sorti, je refermai la chambre et j'empruntai l'escalier.

— Tu ne me fais pas visiter ? J'aurais aimé voir ça, cette belle maison-là.

— Pas aujourd'hui, si ça ne te dérange pas.

— Au fait, paraît que tu n'es pas accompagnée pour le mariage. Je vais être ton escorte si ça te tente. Moi aussi, je serai seul, lâcha-t-il en m'attrapant le bras et en le tenant fermement.

Je restai devant lui, bouche bée, puis parvins à me dégager doucement. Un frisson me parcourut tout le corps. Il y avait belle lurette qu'on ne m'avait pas touchée, et il faut croire que la prise d'hormones avait remis ma libido en marche.

— Je ne serai pas la seule fille sans escorte demain, tu auras l'embarras du choix.

— J'haïrais pas ça accompagner une belle schtroumpfette comme toi.

Je descendis les marches en quatrième vitesse, comme si je me sauvais du diable en personne. « Schtroumpfette !

M'a t'en faire le géant vert ! » Comme je croisais Henri et Massimo sur la terrasse, ce dernier me lança un regard approbateur que j'ignorai. Je saluai le motard prestement et me précipitai vers le téléphone pour mettre Allison au courant de l'arrivée de sa robe.

Elle était ravie de la nouvelle. Sa mère avait fait bon voyage, elle était même d'excellente humeur et se reposait dans la chambre d'amis. On annonçait une nuit chaude, sans aucune goutte de pluie, et une journée tout à fait radieuse pour le mariage. Tandis que j'entendais la moto s'éloigner, je lui ai parlé de sa magnifique robe, en n'oubliant pas de lui rappeler son rendez-vous et celui de sa mère avec Massimo à onze heures le lendemain.

— Comment as-tu trouvé mon messager ? m'envoya-t-elle, coquine.

— Grand.

— C'est tout ? me dit-elle, indignée.

— Baveux.

— Tu as raison, c'est un beau grand baveux extraordinaire. J'étais sûre qu'il te plairait.

— Allison, qu'est-ce que je t'avais dit ? Pas de rencontre organisée, pas de *blind date*, rien de ce genre. Coudonc ! Veux-tu toujours te marier dans mon jardin demain, toi ?

Pour toute réponse, elle me dit en riant qu'elle était contente que Rick me fasse autant d'effet.

— Il ne me fait pas d'effet, il m'énerve.

— C'est bien ce que je disais.

Faisant de grands signes pour parler à sa belle, Jules vint à mon secours sans s'en douter. Je lui tendis le récepteur et sortis prendre l'air sur la terrasse. Massimo me happa aussitôt et entreprit de parler chiffons. Il voulait savoir ce que je porterais le jour J, car il avait décidé de me faire, ce soir, une coupe digne de ce nom.

— Demain, je n'aurai pas le temps. Ainsi, il restera juste ta mise en plis. Mais pour ça, j'ai besoin de voir ta tenue.

— Une robe noire toute simple, décolleté carré.

— Plongeant, j'espère ?

— Tu es fatigant avec ça. Oui, plongeant. Et elle est fendue jusqu'en haut de la cuisse. Ça te va ?

— Grrr... Je sens que plus d'un se noiera dans cette « fosse abyssale ».

Quant à Henri, satisfait de son travail, il retournait en ville et reviendrait pour l'arrivée des fleurs et du traiteur.

— Ce n'est pas obligatoire. Je serai là, moi, lui proposai-je. Et Marie-Josée va venir avec son chum Philippe pour livrer le champagne et le vin. Elle veut placer les fleurs avec Vincent et Marie. Va te reposer, mon beau. Tu reviens juste à temps pour le mariage. Tu as été formidable. J'ai mis Allison au courant. Elle est ravie.

— Lui as-tu parlé des bécosses ?

— Non, je lui laisse la surprise.

Jules devait partir lui aussi. Il voulait profiter de sa dernière soirée de célibataire.

— Avec qui ? questionna Massimo, curieux.

— Avec Allison, nous répondit-il avec une grande franchise. Ma dernière nuit d'amant. Demain, je deviendrai son mari.

— Un mari encore amant, j'espère, répliquai-je.

Il me fit signe que oui. Il m'embrassa sur les deux joues et enfourcha sa moto, qui fit autant de bruit que celle du grand énervé de tout à l'heure.

Massimo me prit par le bras.

— Passons aux choses sérieuses, mademoiselle Lamoureux. Heureusement que le grand Massimo, maître coiffeur, daigne glisser ses mains agiles dans votre chevelure. On va faire de toi *una Mona Lisa, una Joconda*, que dis-je, *una principessa*. Terminé, la Cendrillon pouilleuse.

— Merci, lançai-je insultée.

— Pas de quoi ! rétorqua-t-il.

Et nous entrâmes dans la maison jaune pour exécuter cette fameuse transformation.

51

Ce fut le plus joli mariage qui pût exister. Dès l'aube, la journée s'annonçait radieuse et chaude à souhait. Massimo était encore en pyjama – de soie, faut-il le préciser – lorsque ses premières clientes arrivèrent. Allison avait un teint de pêche et des yeux lumineux. Toutefois, on ne pouvait pas en dire autant de sa maman, qui avait décidé de se maquiller elle-même pour gagner du temps. Elle n'y était pas allée avec le dos de la cuillère. Déjà qu'avec ses cheveux noirs elle avait parfois des allures de sorcière, le plâtrage sur son visage n'aidait pas sa cause. Encore endormi, Massimo me souffla à l'oreille que cette dame était maquillée comme une auto volée. Décidément, il n'en manquait pas une !

— Peux-tu arranger ça ? lui demandai-je aussi discrètement que possible, pendant que je préparais des cafés pour les nouveaux arrivants.

— Je vais voir ce que je peux faire.

— Avec diplomatie, j'espère ? lui soufflai-je en lui pressant le bras avec insistance.

— Tu me connais, répondit-il, le sourire aux lèvres.

Ce petit sourire ne me disait rien qui vaille. Aussi sincère et vrai qu'un billet de trois dollars.

Mais ayant d'autres chats à fouetter, j'ai abandonné la maman d'Allison aux mains de Massimo, et je suis montée en compagnie de mon amie admirer, une fois encore, sa fabuleuse robe. Allison trouva ma nouvelle coupe de cheveux vraiment réussie et se réjouissait que Massimo s'occupe de sa mère.

— Pauvre maman. Elle a l'air d'un gâteau de noces maquillée ainsi. Penses-tu qu'il pourrait lui suggérer d'en enlever un peu ?

J'étais sur le point de lui dire de ne pas trop s'inquiéter quand des cris stridents ont fusé de la cuisine. Nous nous sommes précipitées sur le palier. D'en bas, Massimo nous a rassurées en criant pour être certain d'être bien compris.

— C'est de ma faute, Allison ! En lavant les cheveux de ta mère, je l'ai complètement inondée.

On entendait Reine se plaindre.

— Mon beau maquillage !

— Ne vous tracassez pas, Reine, je vais vous remaquiller. Je m'y connais.

Allison et moi sommes entrées dans la chambre pour qu'ils ne nous entendent pas rire comme deux gamines. Massimo venait de sauver la situation et Iiii-reine était en mode panique.

Et le résultat fut des plus surprenants. Massimo avait coupé les cheveux de la mère d'Allison pour enlever les effets dévastateurs de la « tonette » – ces permanentes frisées et serrées qu'appliquent les coiffeuses aux dames âgées –, et ça la rajeunissait vraiment. Pour le maquillage, il avait emprunté mes produits pour créer un ensemble très joli et surtout plus subtil. Elle semblait en partie satisfaite des résultats. Elle me prit à l'écart.

— Pour les cheveux, il l'a, m'avoua-t-elle. Saviez-vous qu'il coiffe des vedettes d'Hollywood ? Pour le reste, on repassera. Mon maquillage était mieux réussi que le sien. Là, je n'ai pas l'air d'être maquillée. Qu'est-ce que vous en pensez ?

J'eus la présence d'esprit de lui répondre que les vedettes d'Hollywood se maquillaient ainsi. Elle était aux anges.

Puis ce fut à moi de m'asseoir sur la chaise de Massimo. Il n'eut qu'à replacer un peu mes cheveux. Et enfin ce fut au tour d'Allison. Auparavant, il y avait eu Marie-Josée, qui n'avait pas eu le temps de passer chez son coiffeur, Vincent qui souhaitait se faire enlever quelques mèches rebelles et avait supplié Massimo de coiffer spécialement sa belle, de plus en plus enceinte et de plus en plus radieuse. Ce dernier l'avait rendue encore plus jolie, si la chose était possible. Portant une ravissante tunique blanche, elle avait noué autour de son ventre proéminent un large ruban rose qui lui conférait des allures de cadeau.

— Il me semble que tu es enceinte depuis longtemps, lui dit Massimo.

— Le temps qu'il faut. Il me reste encore trois semaines.

— C'est long, hein ?

— À qui le dis-tu !

— À toi.

Je ne comprenais toujours pas que ces tournures de phrases en français restent un mystère pour Massimo.

Lorsque tout le monde fut prêt, les convives commencèrent à emprunter le chemin du jardin. Massimo était le seul encore en pyjama. Il monta vite se laver en pestant.

— Je le savais. Je le savais que j'aurais tout le village à coiffer. Il suffit que tu tiennes une brosse, un peigne et des ciseaux dans tes mains pour que tout le monde réclame tes services. Pourquoi je n'ai pas fait pompier aussi ?

L'arrivée des invités ne passa pas inaperçue. Toutes ces motos qui entrèrent en même temps dans le stationnement firent trembler les vitres de la maison. Heureusement, certains eurent la bonne idée de garer leurs bolides dans la rue. Ce qui n'était guère mieux. Mes voisins, pourtant habitués au passage des motos dans le village – c'est bien connu, dans tous les Cantons-de-l'Est, les motocyclistes envahissent les routes dès l'arrivée des beaux jours –, ne semblaient pas heureux de les avoir dans leur cour. J'ai reçu quelques coups de fil assez réprobateurs. J'ai tenté de calmer les insatisfaits en leur affirmant que ce bruit serait de courte durée. À l'arrivée et au départ des motos, seulement. Je croisais les doigts, espérant tout bas qu'ils repartent tous en même temps et non pas un à la fois. J'ai écourté ces conversations, car un mariage m'attendait dans mon jardin. Alors que je sortais de la maison, le grand « fling-flang » de la veille, Richard de son prénom, m'ouvrit la porte comme s'il m'attendait. Il me salua bien bas et, sans même me demander mon consentement, me prit le bras, en cavalier officiel. Je n'eus pas le temps de protester. Il m'entraîna vers le jardin et les autres invités. À n'en pas douter, il avait fière allure avec sa queue-de-cheval tressée. Pour le reste, ce n'était pas tout à fait mon genre, mais il avait l'avantage d'être élégant. Le pantalon noir étroit tombait bien sur des bottes de cow-boy usées et la veste, bien coupée, était d'un bleu poudre terriblement ringard. On était loin des habits en lin de Harris.

Mais Harris n'était pas là aujourd'hui. Tant pis pour lui. La sœur et les copines d'Allison, les demoiselles d'honneur, avec leurs robes d'un jaune indien safrané, avaient pris place sur la terrasse. De l'autre côté, les garçons qui accompagnaient Jules portaient des chemises dans les mêmes coloris. Quant au marié, méconnaissable dans son costume et cravaté, il était légèrement nerveux.

Le petit groupe de musiciens qui entama la marche nuptiale attira notre attention. Nous nous tournâmes pour voir apparaître Massimo sortant en trombe de la maison, sa cravate à la main. Ce fut l'hilarité générale. Il eut ce trait d'esprit pour s'en tirer élégamment :

— Ce n'est pas moi, la mariée. Quoique, avec un beau Jules comme celui-là, j'irais jusqu'à dire *sì*.

Les seules personnes dans l'assistance à trouver la réplique vraiment drôle furent notre petit groupe. Les amis motards ne comprirent pas l'humour de Massimo. J'entendis même quelqu'un dans l'assistance demander ce que cet homo faisait là. Son voisin lui répondit que c'était la « coiffeuse ». Et en désignant Henri du doigt, il lui apprit, par la même occasion, que celui-là était la « décoratrice ».

Je me suis fait la réflexion que les préjugés étaient bien ancrés et que les gens n'avaient pas vraiment évolué. Je me rendais compte qu'inviter à un mariage deux groupes d'individus que tout opposait, ce n'était pas gagné d'avance. Et que la journée risquait d'être longue.

Puis la musique a repris, et Allison apparut sur la terrasse, aussitôt entourée de ses demoiselles d'honneur. Il y eut un grand remous dans l'assistance, et des applaudissements jaillirent du jardin. Un nuage de bonheur enveloppé de tulle marchait vers nous.

Après l'échange des anneaux et des vœux, l'interminable baiser passionné qui suivit pour sceller cette union en dit long sur l'amour des deux amants.

À mes côtés, la mère d'Allison s'inquiétait.

— Voyons ! Il va-tu la lâcher ! C'est un peu indécent, non ? me demanda-t-elle.

— Non. Ils s'aiment vraiment.

— Oui, mais devant tout le monde.

Je la rassurai en lui rappelant que c'était un mariage et que la coutume veut que l'on s'embrasse ainsi. Mais je la sentais encore inquiète.

— Tous ces motards, là. C'est-tu des criminels ? Allison me jure que non, mais je me sens pas rassurée. Jules a beau me dire...

J'éclatai de rire. Richard, mon cavalier obligé, vint à mon secours.

— C'est pas parce qu'on fait de la moto qu'on appartient aux Hell's, madame.

— Oui, mais..., s'inquiéta encore Iiiireine.

J'avais un peu envie de me débarrasser d'elle et de ses inquiétudes non fondées.

— Irène... Euh... Reine. Est-ce que vous voyez des vedettes célèbres venues chanter pour le mariage ?

— Non.

— Ça veut dire que ces gars de bicycle ne sont pas des criminels.

Mon intervention, quoiqu'un peu loufoque, la rassura aussitôt. Elle devint tout à coup très joyeuse, accrocha au passage une coupe de champagne et partit rejoindre les gens qu'elle connaissait, enveloppée dans sa robe satinée, d'un rose que Massimo nommait couleur « cuisse de nymphe émue ». Le même rose que les corsets d'époque.

Mon gars de bicycle m'attrapa par le bras et m'emmena vers ses chums pour me présenter. Cet après-midi-là, je me sentais comme la « pitoune de service ». Certaines remarques me désignant comme une proie facile.

— Oin ! Mon Ricky. Tu as gagné le gros lot. La proprio. On rit plus.

Moi, je ne riais pas. Je me suis éclipsée le plus vite possible pour rejoindre mes amis. Albert m'a pris dans ses bras, ému aux larmes, et François a saisi une photo dans sa poche et me l'a tendue.

— C'est lui. Regarde comme il est magnifique.

Très occupée par ce mariage, j'avais négligé mes amis François et Albert qui, entre-temps, avaient reçu confirmation de l'adoption et, du même coup, la photo de leur petit. Elle était déjà chiffonnée. Les connaissant, je les soupçonnais de la regarder sans arrêt. L'enfant était rieur, ses yeux brillaient, et il avait une bouille sympathique avec des traits de petit bouddha. Le cliché fit le tour des mains.

— Il va s'appeler Miro, nous annonça Albert, qui n'arrivait pas à contenir son émotion.

François m'apprit qu'il partirait prochainement le chercher. Albert, qui était en vacances, voulait l'accompagner. Du même coup, Henri nous apprit aussi son départ vers les déserts d'Algérie et du sud de la Tunisie pour son tournage américain. Je n'osais regarder Massimo de peur qu'il ne me dise, lui aussi, qu'il quittait le pays pour Venise, où sa mère toujours alitée n'allait vraiment pas bien. Je savais pertinemment que ce n'était qu'une question de temps.

— C'est ça, leur lançai-je. Partez tous. Laissez-moi toute seule.

Deux grands bras m'enserrèrent.

— Je suis là, moi.

Le geste était cavalier et provocant. Je n'eus même pas besoin de me retourner pour reconnaître le grand fatigant qui me suivait comme mon ombre. Pesant et collant, le Richard. Mes copains en profitèrent pour me lancer des regards entendus. Je me dépris de l'étreinte et courus embrasser les mariés. Allison et Jules étaient enchantés de la tournure de la réception. Le champagne coulait à flots et, venus du chapiteau où était située la cuisine, des effluves nous chatouillaient déjà les narines. Les convives riaient et semblaient s'amuser follement. Même les toilettes transformées en « guitounes » dans le bois avaient charmé les invités. À ce sujet, il fallait entendre la mère d'Allison dire à qui voulait l'entendre qu'elle était allée aux « guidounes » et qu'elle avait adoré ça. Quant à Marie-Josée et mon fils, ils avaient fleuri magnifiquement le jardin. Ce dernier se tenait avec sa Marie, qu'il cajolait des yeux. Elle paraissait un peu fatiguée, donc il la tenait à l'écart et s'en occupait. Les deux groupes ne se mélangeaient pas encore, mais je sentais que ça ne tarderait pas. Les filles qui avaient admiré la touche professionnelle de Massimo dans la belle chevelure d'Allison s'attroupaient déjà autour de lui. Certaines s'approchaient aussi d'Henri, désirant savoir où il dénichait toutes ses idées. Si ce mélange des genres avait lieu aujourd'hui, ce serait grâce à l'initiative des filles. En outre, la musique appellerait sûrement mes copains gays, tous de formidables danseurs, sur la piste de danse. Et c'est bien connu, des filles dans un mariage, ça veut danser.

Trouvant une chaise libre, je m'assis en soupirant à cause de mon mal de pieds. Tout en me frottant les orteils, je me demandais ce qui m'avait pris de mettre des talons si hauts. Il avait fallu que je choisisse les plus vertigineux parmi tous les souliers que je possédais. « Peut-être parce que tu voulais être à la hauteur ? » Cette pensée me surprit comme l'éclair.

— Cette idée aussi de vouloir être à ma hauteur !

Pas encore lui. Qu'est-ce qu'il avait à me poursuivre de la sorte ? Il n'était pas mon genre. Les gars baveux, ça ne m'attire absolument pas. Cette fois-ci, je ne m'en sauverais pas. Tirant la chaise la plus proche, il s'est assis en face de moi et a entrepris de me masser les pieds. Il me tenait fortement la cheville, et toute manœuvre de fuite m'aurait envoyée valser dans le gazon. Le pire, c'est qu'il ne s'y prenait pas mal du tout. Je demeurai de glace afin de cacher le bien-être qu'il me procurait. Au bout de dix bonnes minutes, il me demanda si j'allais mieux. Puis il enchaîna deux questions auxquelles je me vis forcée de répondre par l'affirmative.

— Assez bien pour te tenir debout ? Assez bien pour aller danser ?

Il m'attrapa par la main et m'emmena sur la piste de danse, où il se débrouillait fort bien là aussi. Il enchaîna deux danses assez endiablées. La poigne forte, il guidait. La commande était claire : je n'avais qu'à suivre. Le morceau suivant, un slow, nous a permis de souffler un peu. Mon cavalier me serra la taille et m'appuya contre lui. On devait être totalement ridicules. Le géant et la Petite Poucette. Mais il avait l'air de s'en moquer totalement. Il avait enlevé sa veste et ouvert le col de sa chemise. Il avait quand même meilleure allure sans cet amas bleu poudre. Je n'eus d'autre choix que de poser ma joue contre son torse chaud, humide, fleurant une eau de Cologne où se mélangeaient des arômes d'ambre et de jasmin. Sa main se faisait plus pressante au creux de mes reins. Le rythme lent nous emporta doucement. J'avais chaud, et pour une fois, j'étais bien. Ma respiration devint plus haletante. La sienne aussi. Je sentis alors monter en moi ce trouble si doux que je n'avais pas connu depuis le départ de Harris. Ma peau fut parcourue d'un frisson qui n'avait rien à voir avec la brise. Fallait-il que je sois en manque pour que le désir m'envahisse ainsi.

On enchaîna deux, trois slows collés. Je me disais que si la musique ne s'arrêtait pas, j'allais le déshabiller sur place, envoyer valser la nappe et les couverts sur la pelouse, allonger mon cavalier sur une table et me précipiter sur lui comme une furie en chaleur.

Le *disc-jockey* a dû m'entendre, car il a fait jouer des rythmes latins. À cet instant précis, j'ai attrapé Richard par la manche et j'ai couru avec lui vers le bois. Aussitôt à l'abri des regards, je l'ai poussé contre le tronc d'un arbre et je me suis jetée sur sa bouche. Heureusement pour moi, une grosse roche plate m'a servi d'escabeau et j'ai pu atteindre ses lèvres facilement. On s'est alors embrassés longuement, follement, avidement. Dès que sa langue eut trouvé la mienne, j'ai su que je ne pourrais pas m'en passer de sitôt. On ne s'arrêtait que pour reprendre notre souffle et on remettait ça de plus belle. Mes mains étaient partout à la fois sur lui. Ses mains étaient partout à la fois sur moi. Une fraction de seconde, j'ai voulu l'arrêter, parce qu'il froissait ma robe. Comment pouvais-je penser à un détail aussi insignifiant et dans une telle situation, alors que ses mains m'emmenaient au septième ciel ? « C'est avec l'âge qu'on pense à ces choses ! me murmura la scélérate dans mon cerveau. Quand on a peur qu'un homme entreprenant froisse sa robe, c'est qu'on a pris un sérieux coup de vieux. »

Elle avait tout à fait raison. Au diable, les convenances ! Ma peau, ma bouche en redemandaient. La sienne aussi d'ailleurs. Ses mains se glissaient entre chaque pan de tissu que ma robe offrait à son désir. Il la releva sur mes cuisses, et ses doigts se faufilèrent sous ma culotte. Il commença à caresser doucement mon sexe. Je mordais chaque bout de chair que je rencontrais sous ma bouche. Puis il devint plus hardi. Il enfonça ses doigts profondément en moi et atteignit, sans en connaître auparavant la cachette, mon point G d'un seul toucher. Mes jambes ont fléchi sous la caresse. Il m'a retenue pour que je ne tombe pas. J'allais me mettre à hurler s'il ne s'enlevait pas de là. J'ai glissé ma main sur son sexe et l'univers a basculé de nouveau. Puis, on a repris tranquillement nos esprits et on a tenté de calmer du même coup nos souffles haletants. Je me suis mise à rire, et il m'a imitée. Il a replacé mes cheveux maladroitement, j'ai redonné un semblant d'ordre à ma robe et reboutonné sa chemise et sa braguette. C'était à mon tour de me trouver en appui contre l'arbre. Il allongea alors son bras au-dessus de ma tête, me fixa droit dans les yeux et me dit le plus sérieusement du monde :

— C'est un homme comme moi que ça te prend.

Jusque-là, ça pouvait aller. Mais quand il ajouta, trop content de lui, qu'à partir de maintenant je ne pourrais plus me passer de lui, je sus que je venais de lui donner son congé.

— Prétentieux, lançai-je en m'écartant.

— Ben quoi ! C'est vrai, non ? se défendit-il.

Je n'eus pas le temps de discuter, parce qu'un tollé de voix nous ramena au jardin.

— Allison va lancer son bouquet.

Richard m'attrapa la main et me tira vers le groupe.

— Attendez, attendez ! Je vous amène une célibataire.

Plusieurs filles se tenaient face à la terrasse où Allison avait pris place, son bouquet à la main. Dans la mêlée, je reconnus la sœur d'Allison ainsi que sa mère, qui la poussait sans ménagement vers le groupe. Reine me chuchota avec un sourire timide qu'il fallait bien caser la cadette maintenant que l'aînée venait de « convoyer » en justes noces.

— Convoler, môman, rectifia Maggie découragée.

Marie aussi était là, détonnant avec son gros ventre qui pointait devant elle, au milieu de ces filles et de ces femmes qui désiraient convoler elles aussi.

Au passage, Massimo m'attrapa par le bras.

— Tu as les yeux pas mal pétillants pour une fille qui ne veut rien savoir, je trouve !

Je rougis de plus belle. Décidément, nous deux, on ne pouvait pas se cacher grand-chose. Pas même les grands émois. Richard, dont la tête dépassait du groupe, me faisait des petits signes encourageants. Nous deux, ça ne ferait pas long feu. Je le savais. Dommage, parce que comme amant, il ne donnait pas sa place. Je n'en avais pas rencontré un comme lui depuis des lunes. Il est vrai que j'y avais mis toute mon ardeur. J'étais drôlement en manque, et ma nouvelle libido était à son paroxysme.

Les filles autour de moi trépignaient et sautaient comme des folles. J'ai pu vérifier la théorie de Massimo selon laquelle une fille excitée, ça saute sur place.

Allison nous tourna le dos et lança son bouquet de toutes ses forces. Il tournoya dans les airs quelques instants avant de frapper en plein front Massimo, qui le repoussa aussitôt comme s'il avait reçu sur lui une couleuvre.

Il criait comme un perdu, agitant les bras tout en repoussant le bouquet qui était déjà reparti vers le ciel, tel un ballon.

— *Non io*, pas moi, pas moi. *Che Dio mi protegga !*

Il y eut des oh ! de déception, des ah ! d'espoir, des rires aussi. Le bouquet atterrit finalement aux pieds de Marie qui ne bougeait pas. Les autres filles déçues l'encourageaient à le ramasser. Mais elle ne bronchait toujours pas et cherchait Vincent du regard. Alors je compris qu'il arrivait quelque chose d'anormal. Je m'approchai d'elle et vis sa robe mouillée sur le devant et de l'eau qui coulait sur ses sandales. Elle tenait à présent son ventre à deux mains. Elle venait de perdre ses eaux.

— C'est le bouquet, constata quelqu'un. Elle va accoucher.

52

Tout s'est organisé en un temps record. Une fois passée la stupéfaction générale, Richard s'est imposé comme G.O., infirmier de premiers soins et brancardier. Il s'est même offert pour être le chauffeur de la « malade ».

— Je ne suis pas malade, lui répétait Marie, je suis juste enceinte.

Tous les invités étaient en état de choc, seule la principale intéressée ne s'énervait pas. Elle riait même, excitée d'accoucher avant la date prévue. Blanc comme un drap, Vincent a suggéré d'appeler une ambulance d'urgence. Caressant d'une main la joue de son amoureux, Marie a réussi à le calmer.

— Téléphone plutôt à la sage-femme. Je veux lui parler. Son numéro de cellulaire se trouve dans mon sac à main.

Richard n'arrêtait pas de crier.

— Est-ce qu'il y a un médecin dans la salle ? Euh… Ici ?

Maggie, la sœur d'Allison, s'est avancée. Chirurgienne plasticienne – ce n'était pas vraiment de circonstance, mais elle était tout de même médecin –, elle a écarté les convives et demandé du silence. Elle a parlé doucement avec Marie, qui a accepté que Maggie l'examine. Elle est allée s'allonger sur le divan du salon. On les a laissées seules dans le calme et la fraîcheur de la maison. Puis Maggie est venue nous faire son rapport, quelques instants plus tard. Tout était sous contrôle. Le travail n'était pas trop avancé et le col de Marie, presque pas dilaté. François m'a prise à l'écart : selon lui, le mieux serait peut-être de la conduire à l'hôpital le plus proche. Mais Marie n'en démordait pas : elle voulait accoucher à Montréal, mais surtout avec la sage-femme qui l'avait suivie tout au long de sa grossesse.

— Il faut juste une petite heure pour s'y rendre. Je n'ai pas de grosses contractions, ça ira. La sage-femme m'assure que je peux le faire sans danger.

Pendant que mon fils et Marie s'entretenaient avec l'accoucheuse au téléphone, j'organisais mon départ. François, Albert, Massimo et Henri voulaient nous conduire à Montréal. Même Allison s'est mise de la partie.

— C'est ton mariage, lui dis-je. Occupe-toi de ton mari et de tes invités.

J'ai envoyé Massimo dans ma chambre me chercher des vêtements plus appropriés, jeans, chandail et souliers plats, puis mandaté Albert et François pour assister à la fin de la fête. Ils fermeraient la maison après le départ du dernier invité. Comme je me changeais dans la salle de bain au premier étage, Jules me transmettait à travers la porte l'invitation de ses copains motards. Ils voulaient constituer une haie d'honneur devant ma voiture afin de pouvoir se rendre plus vite et en toute sécurité à l'hôpital.

— Ne changez rien. Je peux très bien conduire. J'ai la réputation d'avoir le pied pesant, et ce n'est pas aujourd'hui que ça changera. En plus, je suis la seule à n'avoir pas trop bu.

— Parce que tu n'as pas eu le temps, entendis-je.

Quand j'ai ouvert la porte, Richard me bloquait la sortie.

— Donne-moi tes clés, c'est moi qui conduis, m'ordonna-t-il.

— Il n'en est pas question.

Il me regardait de haut. De très haut. Il m'était difficile d'user d'autorité avec quelqu'un d'aussi grand, surtout depuis que j'avais changé de souliers. Mais je sais encore être intraitable, même devant quelqu'un qui m'a fait fléchir les genoux de plaisir et qui a découvert mon point G en une seule caresse.

Je le poussai doucement mais fermement.

— Merci, Richard, c'est gentil. Mais je préfère y aller seule avec eux. Vincent veut que je prenne sa voiture.

Et je partis en trombe, embrassant Allison au passage. Et m'excusant de la laisser en plan. Je courus vers le garage, où mon fils avait eu la bonne idée de mettre sa voiture. Ainsi, pas besoin de déplacer toutes les motos. Vincent avait déjà installé sa belle à l'arrière, l'avait emmitouflée dans une couverture. Il avait prévu un thermos d'eau fraîche. Assis très près d'elle, il lui tenait la main, tandis qu'elle respirait de façon entrecoupée pour calmer la douleur. Je me retournai vers elle avant de démarrer.

— Je veux bien te reconduire à Montréal, mais s'il te plaît, n'accouche pas dans la voiture.

Elle m'a rassurée en riant de plus belle. Mon Dieu qu'elle était calme.

En franchissant les derniers mètres menant à la rue, je souhaitai tout bas que les invités ne profitent pas de mon absence pour faire le bal et déranger tous mes voisins.

Pendant le trajet, j'observai mon fils et sa blonde dans le rétroviseur. Les contractions paraissaient assez espacées, ce qui nous laissait du temps. Ils se parlaient tout bas, se donnaient de petits baisers, riaient aussi. La venue de cette enfant semblait les combler. Et moi aussi. Émue aux larmes, je m'essuyai les yeux avec mon chandail tout en surveillant le compteur. Mais rouler vite ne m'inquiétait pas. Je restais prudente et si la police m'arrêtait, j'aurais toujours une bonne raison pour expliquer cet excès. En voulant dépasser un véhicule, j'aperçus dans mon rétroviseur une moto qui accélérait et effectuait des appels de phare. Il me vint à l'idée qu'il devait certainement être plus pressé que moi. Je revins donc à droite de la route. Une fois à ma hauteur, le motard me fit des signes que je ne comprenais pas.

— Il est bien fatigant. Qu'est-ce qu'il me veut ?

Et c'est là que je reconnus la veste bleue sous le blouson de cuir et la tresse qui dépassait du casque. Il s'agissait bien de mon fatigant à moi. Il me signala de le suivre et partit en trombe en doublant toutes les voitures. Je profitai de cette ouverture pour me placer juste derrière lui. Et c'est ainsi que nous arrivâmes à l'urgence de l'hôpital de LaSalle, sur les chapeaux de roues. Vincent courut chercher un fauteuil roulant et revint accompagné de la sage-femme, qui était déjà sur place. Une femme solide, paisible et surtout très douce, avec des cheveux coupés court et entièrement blancs. Une femme lumineuse. Je les vis disparaître derrière les portes coulissantes. J'allai garer la voiture dans le stationnement, et Richard fit de même avec sa moto. Il voulait à tout prix m'accompagner. Nous montâmes à l'unité des naissances. On avait déjà installé Marie dans sa chambre. Vincent m'avait expliqué au retour d'une visite de cet hôpital que, désormais, tout se déroulait dans la même pièce. Il y avait le lit, mais aussi une baignoire à remous dans laquelle la mère pouvait trouver un peu de réconfort, durant les contractions. J'avertis mon fils que je me tiendrais dans le salon d'attente à l'étage et qu'il lui suffisait de venir me chercher en cas de besoin.

— C'est important que vous viviez ça juste tous les deux. Ça se passera super bien, ne t'inquiète pas. Marie sait où elle va. Fais-lui confiance. La sage-femme a l'air fabuleuse.

J'ajoutai que lors de mon accouchement j'aurais aimé avoir une accompagnatrice comme elle et un amoureux aussi attentionné que lui.

— Tu as l'air rajeunie, me dit-il. C'est la nouvelle coupe de Massimo ? C'est quoi ?

— Oh... euh... C'est...

Je ne trouvais pas mes mots. Je n'avais pas envie de raconter à mon fils que sa mère avait été réveillée d'un sommeil profond par un grand efflanqué qu'elle ne connaissait pas la veille et qui avait un doigté sûr. Ce genre de déclaration, en général, une mère s'abstient de la faire à son fils, encore moins le jour où ce dernier est sur le point de voir son enfant venir au monde. Et surtout si cette mère va devenir grand-mère par la même occasion.

Avant qu'il ne reparte accompagner Marie, je le serrai très fort dans mes bras, émue que mon grand, encore tout petit il n'y avait pas si longtemps, allait devenir papa dans quelques heures.

Je remarquai un fauteuil apparemment confortable et finis par m'asseoir, épuisée. Depuis le début de la journée, il s'était déroulé pas mal d'événements. Je méritais bien un repos dans le silence. Mais ce fut de courte durée. Richard arriva les mains chargées de café et la bouche pleine de commentaires. C'est qu'il avait de la jasette. Tous les sujets défilaient. Il m'étourdissait. Je finis par poser mes doigts sur sa bouche, lui signalant ainsi gentiment de se taire.

— J'ai besoin de vivre ça dans le silence, lui expliquai-je.

Sa réplique fusa.

— Pourquoi ?

— Parce que c'est ainsi. Parce que j'ai envie de m'entendre penser.

— Ah bon ! T'es drôle, toi, me lança-t-il.

— Tu peux partir, si tu préfères, lui dis-je gentiment.

— Jamais de la vie. Je veux rester avec toi. Surtout après ce qui...

Je le coupai en mettant de nouveau un doigt sur ses lèvres. Il se tut et prit une revue sur la table. Comme la vie est étrange. Celui-là ne veut pas partir, surtout après ce qui s'est passé... J'ai connu tellement d'hommes qui, une fois la chose faite, remettaient leur pantalon et ne voulaient surtout pas prendre racine. « Bye, je te rappelle. »

Pas celui-là. Il ne s'avouait pas facilement vaincu. Il avait dû enfourcher sa moto après mon départ et décidé qu'il m'accompagnerait. De cette façon, je n'avais rien à redire. Et il devait savoir que je ne ferais pas d'esclandre à l'hôpital. Je l'observai à la dérobée, absorbé dans sa lecture. Dans le corridor, on entendait quelques cris de bébés assoiffés. Ce grand garçon, pas mal plus jeune que moi, venait à mon secours tel un chevalier servant. Il s'est dégourdi les jambes, a tourné en rond dans le corridor, puis est venu à deux ou trois reprises me répéter que c'était long. Ensuite, il a feuilleté d'autres magazines avant de s'étaler sur le divan. Il a tenté de se recroqueviller malgré ses membres interminables et il s'est finalement endormi.

Nous formions un drôle de couple. Lui, fringant comme un pur-sang, et moi, en regain d'énergie, en pleine ménopause, et à la veille d'être grand-mère. Je fermai les yeux pour profiter de cette accalmie. Et je me suis aussi assoupie. Lorsque mon fils est venu me réveiller, je rêvais à sa naissance.

— On voit déjà la tête. Viens. Je veux que tu sois avec moi. Je veux que tu la voies arriver.

Richard dormait toujours. J'ai suivi mon fils en direction de la chambre. En sueur, Marie poussait avec toute l'ardeur dont elle était encore capable. La sage-femme l'encourageait fermement. Elle avait des mains sûres, des gestes d'une infinie douceur. Puis tout arriva très vite. La tête du bébé apparut au complet, suivie des épaules, et le petit corps rose glissa du corps de Marie dans une seule poussée. Mon fils pleurait à chaudes larmes. Marie le consolait.

— Ne pleure pas, elle est là, ta fille. Ta Raphaëlle.

La sage-femme présenta les ciseaux à Vincent afin qu'il coupe le cordon et déposa ensuite la petite sur la poitrine de Marie. Ça n'avait pris que cinq heures. Mais cinq heures très intenses, si j'en crois les propos de Yolande, la sage-femme qui réconfortait Marie et la félicitait d'avoir gardé son calme malgré les douleurs constantes.

— Elle est belle, répétait mon fils ému en caressant d'un doigt prudent le front du bébé. Elle est belle.

Il me prit la main et me présenta à sa fille, qui tétait déjà l'air avec sa petite bouche en cœur.

— Regarde, Raphaëlle. Elle, c'est ta grand-maman. Elle s'appelle Olivia.

Je ne fus pas longue à succomber à tant d'émotions. Appuyant ma tête dans le cou de mon fils, je pleurai moi aussi la venue de cette enfant. Et je savais que je trouverais le temps long avant qu'elle ne m'appelle enfin mamie.

Lorsque je quittai la chambre, Vincent et Marie regardaient avec des yeux fascinés la petite merveille qu'ils avaient tant désirée. Le bébé avait déjà pris son premier bain et son boire, fait son rot, et il dormait à poings fermés. Il ne lui restait plus désormais qu'à faire ses nuits. Je refermai la porte sur le bonheur et me retournai. Richard m'attendait dans le couloir.

— Je te trouvais plus. Ça y est ?

Je le mis au courant.

— Tu veux la voir ?

— Non, non. Je ne veux pas les déranger. Où veux-tu aller maintenant ?

— Je veux rentrer chez moi.

À cet instant précis, je me rendis compte que je n'avais pas ma voiture. Richard souriait de toutes ses dents. Il me montra la clé dans sa main.

— Je te ramène.

— Comment ? lui demandai-je inquiète.

— En moto, bien sûr !

Je protestai.

— Oh ! Non ! Tu ne me feras pas monter sur cet engin.

— Tu comptes rentrer à pied ? En autobus ?

Il m'entraînait déjà vers la sortie.

— C'est pas épeurant, me dit-il. C'est moi qui conduis. Toi, tu n'as qu'à me tenir serré par la taille.

Et c'est ce que j'ai fait. Je me suis agrippée de toutes mes forces au dos de ce grand garçon qui voulait s'occuper de moi. Pour le moment du moins. La vitesse me grisait et le vent m'enivrait. Et je profitai de la chaleur de cette nuit magique qui m'avait apporté de si jolies révélations.

53

Je suis arrivée sans encombre à la maison jaune, aux premières lueurs du jour. Il ne restait aucune voiture ni moto dans le stationnement. Dans le jardin, les chapiteaux, les tables et les chaises attendaient d'être ramassés par les employés de la maison de location. Quelques rubans et bouquets de corsage traînaient sur le gazon, un verre avait été oublié ici, une tasse de café, là. Mes amis, encore une fois, avaient réussi à protéger le jardin et à tout ranger à la fin de la fête.

Je suis entrée dans la maison avec Richard, qui voulait un café avant de re prendre la route. J'avais moi aussi sérieusement besoin de goûter à un bon expresso. L'intérieur de la maison n'était pas trop bordélique compte tenu du monde qui y avait circulé en deux jours. Telle une somnambule, pendant que les cafés coulaient, j'ai fait mousser le lait. La fatigue venant de me tomber dessus, j'ai appuyé ma tête contre mon bras sur l'îlot central pour me reposer. J'ai alors senti des lèvres se promener sur ma nuque. Je nageais en plein rêve. Et de fil en aiguille, je me suis retrouvée assise sur le comptoir, mes cuisses enserrant la taille de Richard, mes bras s'agrippant à son cou, tandis qu'il embrassait goulûment mes seins. Nous continuions la conversation interrompue un peu plus tôt dans l'après-midi. D'ailleurs, la seule que nous pouvions avoir. Celle de la chair. Je l'ai conduit jusqu'à ma chambre, et nous avons célébré la vie. Nous sommes restés presque deux jours au lit, nous prenant de toutes les façons possibles et imaginables. Il m'a appris des trucs que je ne connaissais pas, je lui ai enseigné à prendre son temps. On ne se levait que pour aller chercher à manger. Et encore. Deux ou trois bouchées, quelques expressos, beaucoup d'eau et un peu de vin. Le deuxième matin, j'ai quand même dû répondre à la porte pour signer le formulaire de location des chapiteaux, des tables et des chaises qu'on venait récupérer. Le livreur a pris mon allure négligée pour un lendemain de veille.

— Gros *party* ? me lança-t-il.

— En effet, oui.

« Et ce n'est pas terminé. » J'ai refermé la porte tout en gardant pour moi cette dernière réflexion. Je me suis surprise, dans le vestibule, à danser de joie sur place. Je n'avais pas perdu le goût de l'amour. *Yes !* J'ai profité de cette accalmie pour annoncer par téléphone la naissance de Raphaëlle aux copains et parler à mon fils. Marie et lui s'apprêtaient à rentrer à la maison avec Raphaëlle. J'ai écouté Vincent me raconter les dernières prouesses de la petite. Elle les avait quand même tenus éveillés plusieurs heures par nuit, mais ils ne s'en plaignaient pas. Étrange de la part d'un garçon qui n'a jamais eu assez de sommeil et qui rageait lorsqu'on le réveillait. La vie change les grands garçons devenus papas. La vie change les femmes dans la cinquantaine aussi. Ces femmes désirées par de grands garçons de quinze ans plus jeunes, fougueux et empressés. Tant que nous étions au lit, ça allait. Mais en dehors de la chambre, les choses se gâtaient. Autant en profiter, me disais-je, avant que la situation ne s'envenime. Et je grimpais les marches quatre à quatre pour rejoindre mon Adonis. Non, en réalité, je les montais deux à la fois. Cependant, cet amant me rajeunissait le cœur, l'âme, l'esprit et la peau, mais quelques raideurs au niveau des genoux me ralentissaient encore.

Nous avons vécu trois jours d'euphorie. C'est après que tout s'est dégradé. Je m'en doutais un peu. J'ai éprouvé l'envie de reprendre mes esprits et ma vie, ne serait-ce que pour quelques heures. Il s'y est opposé.

— On n'est pas bien, là ?

— Oui, Richard, on est bien. Mais j'ai un métier, du travail à remettre, je dois m'occuper du jardin et de la maison, et de ma petite-fille.

J'ai alors découvert que Richard n'avait aucune activité dans la vie. Il était au chômage et s'en portait très bien. Il vivait chez maman et papa, ou partout ailleurs où on voulait bien l'accueillir. Et il semblait avoir trouvé, dans mes bras, la femme-mère-propriétaire-idéale. Et il a commencé tranquillement mais sûrement à vouloir gérer ma vie. Il se sentait l'homme de la situation, l'homme de la maison. Pas question qu'il mette la main à la pâte, mais diriger, ça, il savait très bien le faire. Il fallait déplacer tel truc, installer tel autre différemment, même la couleur de la maison ne lui convenait pas. J'étais sa bonne femme, c'était sa maison. Et on s'est mis à s'engueuler. Pas un sou dans ses poches, il réclamait sans cesse de la bière et passait ses journées affalé devant le téléviseur. En plus, ça ne le satisfaisait pas, car mon abonnement au câble ne comportait pas assez de chaînes de sport. À l'entendre, il y avait juste des affaires plates et intellectuelles. Nos nuits étaient plus agréables que nos journées. Mais ça ne me suffisait plus. Au fil des jours, j'ai compris qu'en réalité Richard se cherchait depuis longtemps une femme avec une belle maison et un bon métier, et comme il l'avait trouvée, il ne voulait plus décoller. J'ai dû insister et le mettre à la porte en lui expliquant que nous n'avions rien en commun et que je n'avais pas du tout l'intention de l'entretenir. Que j'adorais faire l'amour avec lui, mais que je n'avais absolument pas l'intention d'être sa partenaire à temps plein. Le type macho, j'avais donné, le type chômeur aussi. Et comme lui cumulait les deux caractéristiques, je me voyais dans l'obligation de me séparer de lui. À mon âge, j'aspirais à une autre sorte de relation. En revanche, s'il voulait rester mon amant, ça m'irait très bien. Il m'a quittée, insulté.

— Je ne suis pas qu'un corps, tu sauras. Tu ne feras pas de moi un homme-objet.

— Ni de moi une *sugar-mommy*.

Il a claqué la porte, et je ne l'ai jamais revu. Comme disait l'autre : « Je n'attendais pas grand-chose de lui, j'ai été comblée. »

Mais cette aventure m'avait redonné confiance en moi. Je plaisais encore. Je me sentais renaître. Comment peut-on se passer d'amour ? Comment peut-on vivre sans caresses et sans que le corps exulte ? Si ce grand chien fou avait posé les yeux sur moi, trouver quelqu'un d'autre était encore possible. Quelqu'un qui m'apporterait autant intellectuellement que physiquement. Et si ça n'existait pas ? Pourtant, Harris m'avait comblée. Y en avait-il un autre semblable sur la planète ? Mais un qui voudrait rester.

J'ai baigné plusieurs semaines dans cette béatitude que Richard m'avait procurée. Et comme il m'en avait donné plus que la cliente en demandait, je resplendissais. Je me suis quand même plainte à Massimo de la brièveté de ces magnifiques moments.

— *Ma, la passione, è la passione. Che cosa vuoi ! Non è fatta per durare.* La passion, ça n'est pas fait pour durer, *principessa.*

— Dommage ! Parce que c'était drôlement bon.

— *Ma è la vita !*

Alors j'ai poursuivi ma vie cahin-caha. Je me suis remise au travail et me suis occupée du jardin, puis j'ai acheté de nouvelles robes d'été. J'allais souvent à Montréal pour suivre l'évolution de Raphaëlle. Cette enfant était adorable, facile à vivre, et Marie donnait l'impression d'avoir été mère toute sa vie. J'ai même eu la chance – qui n'était pas donnée à tout le monde – de la garder quelques heures, pendant que Vincent et Marie étaient au restaurant. Mais je n'ai pas pu la prendre ni la bercer, car elle dormait à poings fermés. Assise tout près de son berceau, je l'ai regardée faire des bruits gourmands avec sa bouche et j'ai surveillé son petit souffle chaud et régulier.

Une nuit que j'étais à la maison, le téléphone a sonné. Je me suis précipitée vers le combiné, pressentant l'arrivée d'un malheur. C'était bien une mauvaise nouvelle, mais elle était attendue.

— *Mamma* se meurt, m'annonça Massimo en pleurs. J'ai appelé Lulu, qui m'a trouvé un billet d'avion de dernière minute. Je pars demain à l'aube pour Venise. C'est un peu la « *run* de lait », mais, dans les circonstances, je ne peux pas rechigner. Elle a été tellement gentille.

Lulu avait repris le travail depuis peu et, heureusement, se portait très bien. J'ai demandé à Massimo s'il avait besoin de moi, s'il voulait que je le conduise à l'aéroport. Il préférait prendre un taxi et laisser les clés de sa maison à un voisin. Je l'ai écouté pleurer doucement au téléphone. Puis il m'a laissée pour dormir un peu. Le trajet ne serait pas de tout repos. Montréal-Toronto et quelques heures d'attente, puis Rome et finalement Venise.

— Pourvu que je ne rate pas une des correspondances.

Puis dans un souffle, il ajouta, la voix cassée :

— J'espère juste arriver à temps. Elle était stable et puis, hier, elle a fait une autre attaque.

Je le rassurai comme je pus et raccrochai. Je pris plusieurs heures pour me rendormir. Je revis en pensée mes parents, que j'avais perdus alors que j'étais dans la vingtaine. Je me questionnai : était-ce plus douloureux de les perdre lorsqu'on est jeune ou plus vieux ? Chaque perte est une douleur. À présent, c'était au tour de la maman de Massimo, que j'avais rencontrée une seule fois, lors de sa venue à Montréal. Elle qui n'aimait pas bouger partirait bientôt vers sa dernière destination. Un de ces voyages dont on ne revient pas.

La semaine qui suivit le départ de Massimo apporta son lot de défections. Henri pliait bagage, direction le Maghreb pour plusieurs semaines. On s'est dit adieu au téléphone, et il a promis d'envoyer de belles photos. Puis « jamais deux sans trois » : François est venu sonner à la maison tout excité, il s'envolait dans quelques jours pour la Chine et Albert l'accompagnait. Ne touchant plus terre, il voulait que j'aille avec lui acheter des vêtements chauds et confortables pour le petit.

— Ils risquent de nous le remettre en pyjama. J'ai aussi une liste de médicaments à emporter, au cas où. Certains enfants sont malades. Très malades même.

Je n'en revenais pas de la rapidité de ces démarches. Pour lui, en revanche, cela avait été de longs mois d'angoisse, d'organisation, de patience. Lui et son chum voyaient enfin le grand jour arriver. Organisés comme ils l'étaient, tout était prêt. Vaccins, passeports, visas, papiers officiels, tout était en ordre.

— Je ne suis pas sûr qu'on va réussir à dormir d'ici là.

— Moi, si j'étais toi, je m'arrangerais pour me constituer des réserves de sommeil. Après, vous risquez d'en manquer.

Je suis sortie magasiner avec eux, achetant ce qui manquait pour la chambre de Miro. Si je me fiais au récit de François sur l'état lamentable des orphelinats de là-bas, cette chambre serait pour l'enfant un palais somptueux.

Tout en les aidant dans leurs derniers préparatifs, je me suis rendu compte que tout le monde partait. Massimo était auprès de sa mère, à qui il restait à peine quelques jours à vivre. Il réclamait ma présence auprès de lui, à Venise. Mais je ne pouvais pas quitter la maison, mon travail en cours, abandonner les chats et surtout le nouveau-né.

Aux dernières nouvelles, Henri se trouvait déjà en plein désert parmi les Arabes et les chameaux, et s'amusait comme un petit fou à mettre sur pied cette production. Thomas le rejoindrait une semaine plus tard pour ses vacances. Quant à François et Albert, ils entreprenaient un voyage sans date de retour. Tout dépendrait de l'état de l'enfant. Si tout se déroulait bien, ils essaieraient de se balader avec lui en Chine pour connaître un peu son pays d'origine. Jusqu'à la dernière minute, cette adoption leur a causé des sueurs froides. À quelques heures de l'embarquement, on a remis à François une lettre de Mme Beauchamp. Dans un premier temps, cette dernière se disait peinée de la tournure des événements. Elle n'en voulait pas à François d'avoir repoussé ses avances. Elle comprenait tout à fait, et malgré ce qu'elle avait deviné, elle ne s'était pas opposée à l'adoption de

Miro avec son compagnon de vie. Elle avait dû prendre en douce des informations sur Albert. Compte tenu de la vie irréprochable de ce dernier, elle avait donné le feu vert à leur projet. Comme elle le disait si bien dans la missive : « Quand la loi ne nous vient pas en aide, on peut toujours l'aider. » Elle fermerait les yeux sur ce qu'elle avait découvert et les assurait de son appui et de son aide pour la suite du dossier. Elle avait hâte de rencontrer Albert et Miro et leur souhaitait bon voyage.

Heureusement que la vie nous permet parfois de rencontrer des gens fabuleux.

Il y a quelques jours, Lulu m'a téléphoné pour savoir si Massimo était arrivé à temps au chevet de sa maman. Elle avait repris le travail tout doucement. Trois jours par semaine d'abord, puis presque un mois de vacances pendant l'été. Elle reprendrait à temps complet seulement à l'automne.

— J'ai eu tellement peur d'y rester, m'avoua-t-elle, que désormais je profite de chaque occasion pour m'occuper de moi. Le stress, les courses folles, le besoin de perfection et de prendre soin de tout le monde, c'est fini. La vie est trop courte pour la regarder nous filer entre les doigts.

Elle aussi partait, dans quelques jours, pour un camp de pêche avec son Armand. Pendant que ce dernier taquinerait le saumon, elle se reposerait et profiterait du bon air.

— Des marches, une tonne de livres, de la bouffe extra et mon amoureux. Qu'est-ce que je peux demander de plus ?

Je l'encourageais à s'en aller. Elle avait bien mérité ce repos après le dur combat qu'elle venait de mener. Je resterais donc seule à la maison jaune. En réalité, je n'étais pas seule, j'avais mes deux boules de poils tant aimées.

Et un nouveau bébé qui viendrait bientôt faire trempette dans la piscine. Puis Allison et son Jules reviendraient sous peu d'Hawaï. La vie suivait son cours.

J'ai tenu plusieurs jours sans mes amis. Je m'occupais de la maison de François et d'Albert, je répondais aux courriels d'Henri et de Thomas, je savais Lulu en plein bois en agréable compagnie. Quand Massimo m'a téléphoné pour m'annoncer qu'il enterrait sa maman le lendemain, je n'ai pas hésité une seconde, ne sachant même pas si la chose était faisable :

— Je vais te rejoindre, si tu veux.

— Tu n'arriveras pas à temps pour les funérailles.

J'étais déjà prête à abandonner ma folie passagère.

Puis Massimo se ravisa. Après la cérémonie, il devait se rendre dans un tout petit village au sud de la Toscane. Comme sa mère était originaire de ce coin de pays, il lui fallait rencontrer le notaire. Il en profiterait pour revoir Montepulciano, la ville où il avait vécu pendant son adolescence, avant d'immigrer au Canada.

— Trouve-toi un *biglietto per Roma*. C'est la pire saison, je sais. Demande à Lulu de faire *un miracolo*. Ça risque de te coûter cher. Je t'en payerai une partie.

— Je ne sais même pas si je peux. Il y a la maison, les chats, le bébé de Vincent. J'attends aussi des nouvelles pour un manuscrit. Je suis à la pige, moi. Je prends le travail quand il passe.

— Moi aussi, je travaille à la pige, me rétorqua-t-il. Il faut savoir prendre des risques. Et si on attend d'être vieux pour bouger, on risque de se retrouver le cul à l'eau. Parce que, une fois vieux, on ne pourra peut-être même plus se déplacer. Ta maison ne s'envolera pas, quelqu'un peut garder tes chats, et ton bébé a des parents.

Puis j'ai senti dans la voix de Massimo qu'il était rendu au bout du rouleau, miné par le chagrin.

— Fais ça pour moi, s'il te plaît. C'est trop dur tout seul. Je n'y arrive pas, *principessa*.

J'ai raccroché après lui avoir juré de faire mon possible. Je l'embrassai fort et lui souhaitai beaucoup de courage pour le lendemain. Je ne pouvais pas l'abandonner ainsi. Il avait besoin de moi, je devais remuer ciel et terre pour le rejoindre.

Sur ces entrefaites, Allison téléphona. Elle rentrait de voyage de noces avec son Jules.

— En plein bordel. Jules trouvait que c'était une bonne idée de partir pendant les travaux dans la maison. Je n'en suis plus très sûre. On va devoir se trouver un hôtel. C'est l'enfer ici. Insupportable.

Puis elle évoqua leur voyage fantastique, leurs nuits époustouflantes, leurs excursions excitantes, et s'invitait pour me montrer leurs photos hallucinantes. Elle débarqua quelques heures plus tard, au volant de la moto de Jules. Je m'en étonnai.

— Il me la prête parfois. Pas souvent. Il m'en cherche une, juste pour moi.

Alors elle me raconta tout dans les moindres détails. Demanda des nouvelles du « grand énervé ». Moi, je lui racontai à peu près tout. Après avoir admiré et les photos du mariage et celles du voyage de noces, j'ai fini par lui parler de la proposition de Massimo. Elle explosa de joie.

— Mais je vais te la garder, moi, ta maison. Je m'occuperai de tes chats et de ton jardin. De ta piscine aussi. Même si ce n'est que pour une dizaine de jours, ce sera toujours ça. Les chantiers de construction, j'en ai assez. C'était important d'ajouter une rallonge à la maison pour que Jules ait son atelier, mais on a l'impression de tout refaire. Imagine la poussière, le désordre, le bruit.

Puis elle se mit à rire.

— C'est vrai que tu connais ! Alors, quand est-ce que tu pars ?

— J'attends des nouvelles pour un billet d'avion. Comme Lulu est en vacances dans le bois, son collègue s'en occupe.

— Ça te fera le plus grand bien, ce petit voyage. Tu es confinée dans la maison jaune depuis presque deux ans, maintenant. Tu sais, elle ne s'envolera pas.

— Massimo m'a dit la même chose.

Pour Allison, tout était réglé. Elle partit en trombe annoncer la nouvelle de leur déménagement provisoire à son Jules.

Avant de partir, elle m'avait avoué qu'elle aussi avait hésité à partir après l'acquisition de sa maison. Ça lui avait pris facilement trois ans avant de voyager de nouveau. Étrange, cette peur de s'éloigner. Pourtant, les maisons – à moins d'être détruites par le feu –, elles restent en place et nous attendent. C'est nous qui risquons de changer. Pas elles.

QUATRIÈME PARTIE
Épilogue

« Perduto è tutto il tempo,
che in amar non si spende[4]*. »*
TORQUATO TASSO AMINTA

J'étais tellement fatiguée par ce départ précipité qu'une fois installée dans l'avion je me suis endormie presque aussitôt et ne me suis réveillée qu'au moment du petit déjeuner. Tout en regardant par le hublot, j'ai repensé à l'année qui venait de s'écouler, pleine de soubresauts, où les malheurs s'étaient succédé. La perte de Bouboulina fort heureusement remplacée par l'arrivée de Maxou et de Rosie, la disparition de Harris, qui avait finalement cessé ses appels et ses envois de cartes, une petite mort en soi, celle de Raffie qui nous avait tous laissés avec un pourquoi trop gros pour nous. Et récemment, le départ de cet amant si délicieux mais si encombrant. J'ai songé aux quelques miracles qui s'étaient immiscés entre les drames et les « fins du monde ». Le deuil du premier bébé de Marie et la naissance de cette petite

4. « Le temps passé sans amour est du temps perdu. »

perle si magnifique. L'arrivée prochaine d'un petit Miro venu de Mongolie, la renaissance de Lulu que j'avais cru perdre à jamais. Le mariage somptueux d'Allison et de Jules. Et la fin temporaire – on dit que ce n'est jamais fini – des travaux à la maison jaune. Tout en regardant par le hublot, j'ai pensé à mes retrouvailles avec Massimo. Lors de nos derniers coups de fil, je ne reconnaissais plus mon Italien préféré. Sa verve inimitable, sa repartie proverbiale et ses sarcasmes de bon aloi s'étaient noyés dans les eaux de Venise. La perte de sa maman l'avait définitivement changé. Je n'aurais su dire en quoi. Je l'apprendrais peut-être lors de ce périple à deux dont nous avions souvent rêvé. Ce n'était pas mon premier voyage en Italie, mais cette fois, je serais accompagnée d'un expert. Massimo voulait tout me montrer, tout m'apprendre, tout me faire découvrir de ce pays qu'il chérissait tant. Pour l'instant, une seule chose comptait : consoler un ami rongé par le chagrin. Je me réjouissais de découvrir avec Massimo les petits villages dont il m'avait tant parlé. Lorsque les roues de l'avion touchèrent le sol, une salve d'applaudissements éclata. C'était l'Italie que les voyageurs saluaient bruyamment. L'Italie qui s'était faite belle pour moi et me tendait les bras. La Toscane et Massimo m'attendaient.

Je n'ai pas mis trop longtemps à récupérer mon bagage particulièrement léger. En effet, je pensais faire les magasins à Rome ou ailleurs. Il me restait encore beaucoup d'améliorations à apporter dans la maison, mais entre de nouvelles fenêtres ou un nouveau réservoir pour le mazout et un caraco caressant ou des souliers à couper le souffle, mon choix serait vite fait. Je me suis faufilée dans la foule avec agilité, comme si voyager me donnait littéralement des ailes. À la douane, un Italien me lança une formule de bienvenue que je ne compris pas, mais dont l'intonation me flatta les oreilles.

Je me suis hâtée de retrouver au plus vite mon cher ami italien. À l'arrivée des vols internationaux à l'aéroport Leonardo da Vinci, Massimo était là. Amaigri, mais toujours aussi beau. Avec ses cheveux retenus sur la nuque par un ruban, il ressemblait à Casanova. Massimo, plus élégant que jamais, comme si la chose était possible, vêtu en noir de la tête au pied. Sûrement en Armani. Je l'ai serré très fort contre moi. Nous sommes restés ainsi très longtemps, seuls au monde, pendant que les autres voyageurs se pressaient autour de nous. Massimo ne m'a pas exprimé sa peine, mais il me la fit comprendre en demeurant accroché à mon cou.

— T'as fait bon vol, *principessa* ?

— Oui.

Nous avons rapidement quitté l'aéroport à bord de la voiture de location de Massimo, qui avait fait le trajet depuis Venise. Il mourait d'envie d'un *altro* expresso. L'observant à la dérobée, je remarquai une gestuelle différente : il employait le langage des mains beaucoup plus qu'à Montréal.

— Comment ça s'est terminé ? lui murmurai-je.

— *Non troppo male*. Pas trop mal. La sœur de maman a été bien gentille, une chance qu'elle était là, elle s'est occupée de tout. J'aurais tellement aimé être au chevet de ma mère bien avant. Si seulement je n'avais pas eu ce maudit contrat à terminer à tout prix. J'avais bien essayé de le refiler à un de mes assistants, mais le producteur ne voulait rien savoir. Le cinéma, c'est sacré, en Amérique. Plus que la mort. Remarque, cela n'aurait rien changé. Maman allait mieux quand je suis arrivé. Ou alors elle se forçait parce que j'étais enfin à ses côtés.

Massimo parlait tendrement de sa mère. Elle était restée consciente jusqu'à la fin. Comme cette femme n'était pas du genre à parler beaucoup, il semblerait qu'ils se soient tout dit avec les mains et les yeux. La voiture mangeait les kilomètres à pleine vitesse.

— Ils conduisent toujours aussi vite ? m'informai-je.

— Tu n'as rien vu encore. Attends qu'on soit sur l'autoroute.

Je regardais les paysages défiler à vive allure tout en écoutant Massimo me raconter Venise et sa maman. Elle avait été enterrée à San Michele, le magnifique cimetière qui occupe toute une île, non loin de Venise. Cela avait été possible grâce à sa tante, dont le défunt mari était originaire de Venise ; ils avaient acheté un caveau à San Michele, plusieurs années auparavant.

— Maman y tenait. Elle disait que toute cette eau, ça la bercerait. Tu te rends compte, ma mère n'a jamais vu la mer. Jamais. Comment peut-on vivre sans avoir vu la mer ?

Massimo m'a raconté la traversée en *motoscafo* jusqu'au cimetière. Il m'a confié que cette traversée sur l'eau l'avait réconcilié avec la mort. J'essayais d'imaginer Massimo, debout dans cette embarcation, dans la brume montant de la lagune et conduisant sa mère à son dernier domicile.

Mon ami emprunta une bretelle de sortie et nous roulâmes quelques kilomètres jusqu'à une petite ville où Massimo se gara devant un bar. Nous nous installâmes au comptoir et, avant de commander, il me tendit un paquet qu'il venait de sortir de la poche de sa veste.

— Ça te sera très utile.

— Un cadeau ! Tu n'aurais pas dû.

De la pochette en papier, je sortis un petit dictionnaire italien.

— Tu peux t'en servir à présent.

Je le regardai avec de grands yeux étonnés.

— Voyons, Massimo, je ne parle pas un traître mot d'italien.

— *L'Italia è il posto migliore per imparare !*

Il commanda son café et je tentai d'imiter son accent.

— C'est un début. Va falloir que tu fasses de gros efforts. *Mica s'impara una lingua così !*

— Qu'as-tu dit ? demandai-je.

— *Da ora in poi, si parla solo in italiano !*

— Quoi en italien ? On va parler italien ? Je ne peux pas. Massimo, je t'en supplie, ne me fais pas ça.

— *Sì invece, viaggi in Italia, parli in italiano. Chiaro ?*

— Euh, *chiaro*. Mais…

— *Ma…*, me corrigea-t-il.

Je soupirai. Dans ces conditions, le voyage s'annonçait long. Joli cadeau empoisonné que ce dictionnaire. Heureusement, Massimo ne joua pas trop au tortionnaire. Il me laissa souvent me débrouiller, mais intervint à plusieurs reprises pour me sortir du pétrin quand il se rendait compte de mes gros efforts.

— J'ai horreur de tous ces touristes qui ne prennent même pas la peine d'apprendre quelques mots d'usage. *Per favore, grazie, ciao, arrivederci, un caffè, grazie mille*, ce n'est pas si compliqué à prononcer, et ça fait plaisir aux Italiens.

On but rapidement notre *caffè latte*, et je remerciai le serveur, le *barista*, d'un joyeux *grazie*, sans prononcer le *e*. C'est alors que j'eus droit à ma *prima lezione d'italiano*. En italien, chaque lettre se prononce. Alors, pour me mettre au parfum, surtout me mettre en joie, Massimo déposa dans le lecteur CD de la voiture une compilation de chansons italiennes interprétées par nulle autre que Dalida. Nous chantâmes à tue-tête en même temps que la diva, toutes fenêtres ouvertes. Deux vrais quétaines.

— Tu vois, si tu peux chanter en italien, tu peux parler italien.

Cet exercice nous fit bien rire jusqu'à ce que Massimo saute une ou deux pièces. En jetant un regard sur la pochette, j'ai compris que ces chansons tournaient toutes autour d'un thème précis : *La mamma, Maman, tu es la plus belle du monde, Mamy blues…* J'ai respecté le chagrin de Massimo. Il nous en restait quand même d'autres à chanter : *Ciao, ciao bambino, O sole mio, Gigi l'amoroso, Parole, parole, Gondolier, Il venait d'avoir dix-huit ans, Come prima, Bambino.*

Le paysage était magnifique.

Je surveillais les noms à faire rêver qui s'alignaient sur les panneaux routiers bleus. Civitavecchia, Grosseto, Albinia, Manciano, Farnese et finalement Pitigliano, notre destination.

Le trajet entre Rome et Pitigliano me parut très court, égayé par nos chants et ma consultation du dictionnaire. Nous arrivâmes aux abords du village où nous allions loger, le temps que Massimo règle ses affaires chez le notaire. Il se gara à un belvédère surplombant le hameau.

— *Allora*, pour te récompenser de la fatigue de tous ses kilomètres après tes heures de vol.

Un extraordinaire village perché au-dessus de gorges creusées tout en bas s'étalait devant nos yeux. Un ensemble d'habitations, collées ou même empilées les unes sur les autres, paraissant former une forteresse. Puis il ajouta quelques détails qui me firent comprendre et apprécier ce que je voyais.

— Au XVIIe siècle, la ville servit de refuge aux Juifs fuyant les persécutions catholiques. Pitigliano conserve toujours les vestiges d'un ghetto. Comme je te connais, tu vas aimer te promener dans les ruelles médiévales, un véritable labyrinthe.

Je ne pouvais détourner mon regard de cet étrange village planté là, comme un gâteau hors de son moule. Une sorte de pièce montée couleur de craie, avec des maisons qui s'accrochaient de toutes leurs forces à la falaise de tuf, trouée comme un gruyère.

— Une petite bouchée peut-être avant la douche et le dodo ? demanda Massimo.

Je me rendis compte alors que j'avais très envie d'un en-cas.

— Quelque chose de léger, parce que ce soir, je t'amène manger *all' Hostaria del Ceccotino.*

À l'entrée du village, nous avons cassé la croûte dans une pizzeria dont je ne suis pas près d'oublier ni l'accueil napolitain authentique ni la pizza extraordinaire. À l'hôtel, nous partagions une immense chambre à deux lits et une salle de bain de rêve. Massimo avait pris soin de réserver à l'*albergo* du village, ne sachant pas dans quel état nous trouverions la maison de sa maman. Le soir, *all' Hostaria del Ceccotino*, après des *tortellini al tartuffo* renversants et un dessert au *cantucci e vin Santo*, biscuits et vin liquoreux, Massimo me présenta le programme du lendemain. Il rencontrait le notaire vers onze heures et ne savait combien de temps durerait son rendez-vous. Je serais donc libre de découvrir le village et ses secrets.

— Je m'occupe des affaires de ma mère et après nous irons nous promener dans les environs. Sienne, Orvieto, Sorano, Montepulciano, où j'ai passé une partie de mon enfance. On peut même aller se baigner à Saturnia. Il y a là des cascades naturelles d'eau sulfureuse.

— Arrête, lui dis-je. Je serai incapable de dormir. Tu m'excites trop.

— Hum ! Étonnant ! On pourra dire que j'aurai fait ça pour toi. Mais tu es une fille facile, un rien t'excite.

— Oui, surtout lorsque la proposition vient d'un moins que rien.

Massimo sourit à ma blague, mais je le sentais encore un peu fragile.

Après avoir marché dans les ruelles d'un autre temps, nous rentrâmes à l'hôtel.

— *Buona sera signore !* dis-je au préposé derrière le comptoir.

Ce dernier me renvoya un *buona sera, signorina* chantant.

— Tu vois, me dit Massimo, ça entre tout seul cette langue. Et tu ne sais jamais quand ça peut servir.

Après avoir enfilé son pyjama, Massimo se mit à la fenêtre et contempla la campagne environnante. Je le rejoignis. Et il me raconta sa maman. Son enfance. Son père mort trop tôt. Son départ seul pour Rome pour étudier, puis Paris et finalement Montréal. Quand je m'endormis, je sus que dorénavant j'étais la *sua nuova famiglia*. Sa nouvelle famille.

J'ai dormi tard. Massimo avait déjà quitté l'hôtel et il m'avait laissé un mot pour me fixer un rendez-vous à la *fontana della Piazza della Repubblica*. Je me suis d'abord perdue avec joie dans les petites rues, sous le soleil agréable de cette fin de juin.

J'ai repéré un café Internet et j'ai expédié un message à mes amis et à mon fils pour leur dire que j'étais bien arrivée et que je me sentais en vacances. Puis Massimo est revenu de son rendez-vous.

— Pourquoi faire simple quand on peut faire italien ? soupira-t-il en riant.

Mais il a quand même reconnu que les choses allaient bon train et que d'ici deux ou trois jours, tout serait signé.

— En principe. On a le temps. Depuis que je suis en Italie, c'est ça qui me plaît, prendre mon temps.

Je lui ai demandé quand nous irions à la maison de sa mère.

— Cet après-midi, si tu veux. On mange d'abord et on y va. Mais tu vas être déçue. C'est tout petit, décati, et rien n'a bougé depuis mille ans, je crois.

La maison de la maman de Massimo dont il hériterait bientôt se trouvait à un kilomètre du village. En route, je l'ai obligé à arrêter pour cueillir des coquelicots.

— Quoi, les coquelicots ? *Ce ne sono dappertutto, di papaveri, la Toscana ne è piena.* Y a juste ça des coquelicots en Toscane.

Pendant que Massimo criait en italien dans la voiture, je suis descendue cueillir un bouquet. De vrais coquelicots rouge saignant. Soudain, une scène digne des grands maîtres m'obligea à retenir mon souffle et à rester sur place, en pâmoison. Au bout d'un chemin de terre, entre deux rangées de cyprès, un homme coiffé d'un béret menait son troupeau de moutons devant lui.

— *Vieni ?* me demanda Massimo. Tu viens ?

— Oui, oui. Attends un peu. C'est tellement beau.

— C'est comme ça en Toscane. C'est beau partout.

Nous laissâmes passer le berger et son troupeau.

J'étais comme une enfant, le nez dans mon bouquet. Massimo dirigea la voiture sur un sentier au bout duquel une petite maison de pierre apparut dans l'ombre du soleil couchant. Cette modeste propriété se trouvait sur un léger promontoire avec une vue panoramique sur trois cent soixante degrés. Une pure merveille. En contrebas, une autre maison entourée d'oliviers. Plus loin, une bergerie où logeait sûrement l'homme aperçu plus tôt.

Massimo a tourné la clé dans la serrure, et nous sommes entrés. La maison sentait le renfermé. J'ai ouvert quelques fenêtres et la poussière en a profité pour voltiger dans la pièce. Une cuisine assez spacieuse donnait sur la pièce principale à la fois salon et salle à manger où trônait une cheminée imposante. Massimo s'est promené dans la pièce et a glissé, çà et là, sa main sur les meubles. Nous avons pénétré dans la chambre de sa mère. Tout y était parfaitement rangé, comme si la propriétaire était sur le point de revenir d'un instant à l'autre. Massimo ouvrit toute grande la fenêtre. Sur le lit était posé un énorme boutis fait main et les oreillers étaient recouverts d'un tissu de lin jauni par les années.

Je laissai Massimo ouvrir quelques tiroirs à la recherche de documents à remettre au notaire. J'en ai profité pour sortir et bénéficier de la douceur de cette fin de journée. Une cloche tinta au loin. Le temps s'était immobilisé dans l'air parfumé. Perdue dans mes pensées, je ne vis pas tout de suite l'homme qui venait vers moi. Je criai à Massimo qu'un visiteur voulait le voir.

— Débrouille-toi, rétorqua-t-il de la fenêtre ouverte, je suis en communication avec le bureau du notaire. La secrétaire m'a mis en attente.

— Qu'est-ce que je vais lui dire ? lui criai-je, paniquée.

— Tu dis bonjour. Puis tu ajoutes *che sei un' amica*, tu es une amie et que je suis retenu au téléphone, *e che sono impegnato al telefono.*

— Comment je dis ça ? Vite, il s'en vient.

Avec application, il me donna la formule adéquate que je ne pus répéter, n'ayant rien compris.

Le visiteur ne prononça pas un mot lui non plus. Il se planta devant moi et me regarda en silence. Je ne pus retenir une exclamation de joie.

— Qu'y a-t-il ? demanda Massimo.

Toujours devant moi, l'homme me regardait en souriant.

— Qu'il est magnifique, cet Italien ! Des lèvres d'enfer, des yeux de charbon. Puis des mains...

— J'espère qu'il a des mains, me lança Massimo. *Almeno due*[5].

En entendant ce dernier mot, l'homme me montra ses mains, ne sachant pas où je voulais en venir.

---

5. Au moins deux.

— Eh ! que tu es niaiseux ! hurlai-je à Massimo. Des mains comme j'aime. Des mains qui ont l'air de travailler la terre, ou la vigne, ou…

Devant le silence de Massimo, j'insistai. Cette situation était un peu ridicule.

— Massimo Lorenzetti, lâche ton maudit téléphone et viens. *Vieni !*

— Bon, bon. On se calme, fit Massimo toujours dans la maison. Qu'est-ce qu'il veut ?

— Je le sais-tu moi ? lui répondis-je. Il est devant moi, il sourit et il ne dit rien. Qu'est-ce que je fais ?

— Regarde-le encore un peu et souris, j'arrive.

C'est ce que je fis. Qu'aurais-je pu faire d'autre ? Je lui souriais bêtement. Je me sentais tout à fait ridicule avec mon bouquet à la main. Le visiteur me regardait avec intensité, un petit sourire narquois sur les lèvres.

— On va pas passer la journée à se regarder comme ça, envoyai-je en direction de la fenêtre.

Massimo ne m'était plus d'aucune aide, puisque je l'entendais parler au téléphone.

J'approchai mes doigts écartés en direction de mon oreille et je répétai à deux ou trois reprises les mots *telefono* et *pronto* et encore *telefono*. J'ajoutai dans la mêlée *amico*, *Massimo* et *casa*. Je ne savais pas si tout ce charabia avait un sens pour lui.

L'homme me dévisageait toujours, puis parut avoir compris, car il répéta les mots que je venais d'utiliser, mais dans un enchaînement plus normal que mes balbutiements. Nous étions toujours face à face. Je ne savais plus comment me comporter. Je lui montrai la table et les chaises sur la minuscule terrasse et, d'un geste, l'invitai à prendre place. Nous nous sommes assis tous les deux et nous avons fixé le paysage. Puis l'homme se mit à parler à une vitesse folle, en pointant son doigt en direction de Pitigliano comme s'il me décrivait la ville.

Je saisissais un mot ou deux au passage. Ensuite, il se tourna vers la maison voisine et tout en se frappant la poitrine me répéta le mot *casa*, qui veut dire « maison ».

— *Mia casa. Casa mia*, me dit-il.

Il me montrait sa maison.

— C'est le voisin, je pense ! hurlai-je à Massimo, qui ne devait pas m'entendre.

Je marmonnais entre mes dents des phrases qui n'étaient adressées qu'à moi-même. Je pouvais dire ce que je voulais, l'homme ne comprenait rien.

— Je dois avoir l'air d'une vraie folle. Il doit se dire qu'il est tombé sur une demeurée. Mais bon Dieu qu'il est beau !

L'homme plongea alors la main dans la poche de sa veste et en tira quelque chose. Il prit ma main sans dire un mot, et je me laissai faire. Au passage, je sentis sa peau rugueuse. Il déposa dans ma paume quelques olives, pas encore mûres, l'une d'elles encore accrochée à sa branche feuillue. On resta là, à regarder ces billes vertes dans ma main. Puis, il ouvrit encore la bouche et me parla toujours en italien, mais heureusement pour moi, il mima une partie de son récit. Il faisait des efforts pour que je comprenne son métier, je présume. Il secouait un arbre et il jouait avec ses doigts dans les airs comme s'ils représentaient des gouttes de pluie qui tombaient au sol, puis avec ses mains, il faisait semblant de les ramasser. À cet instant, j'ai su pourquoi j'avais tant envie d'apprendre l'italien. Cette mise en scène me fit rire. Il m'imita.

Massimo vint dans notre direction.

Il tendit la main à l'homme et fit les présentations.

— *Il signor* Simonelli. Bernardo, *la signora* Olivia Lamoureux.

Je tentai un faible sourire.

— Tu peux lui dire *piacere*.

Je m'exécutai du bout des lèvres. Il me répondit la même chose en ajoutant mon prénom au bout de l'expression italienne qui veut dire « avec plaisir ». J'avais la sensation qu'il faisait rouler mon prénom dans sa bouche comme une friandise délicieuse.

Puis M. Simonelli discuta avec Massimo. Je ne saisissais rien de leurs propos, mais je me doutais qu'ils parlaient de moi. Devant mon air dépité, les deux hommes pouffèrent de rire.

— Qu'est-ce que j'ai dit de si drôle ?

Finalement, ils se calmèrent. Bernardo me tendit la main.

— Bonjour, Olivia. Ça me fait plaisir de vous rencontrer, dit-il dans un français à peine teinté de mélodie italienne.

— Vous parlez français !

Je ne savais pas si je devais rire ou pleurer, frapper Massimo ou m'enfuir à toutes jambes et m'enfermer dans la maison pour le reste de mes jours.

— Et vous m'avez laissée dire n'importe...

— Tout ce que vous avez dit sur moi me plaît beaucoup, m'avoua Bernardo. Et j'aime l'étincelle dans vos yeux quand vous en parliez.

Tout ce que je réussis à faire fut de rougir comme une pivoine, concurrençant ainsi le soleil couchant qui empourprait l'immensité du ciel.

Cette semaine en Toscane a filé comme l'éclair. Une fois ma surprise passée et la blague de Bernardo et de Massimo digérée, la vie à Pitigliano a été un pur bonheur.

Bernardo, enfin, *il segnore* Simonelli, parle couramment français, car ses enfants habitent Montréal, comme lui lorsque les olives ne le tiennent pas occupé à Pitigliano. Son frère possède la maison voisine et il y loge lorsqu'il se trouve en Italie. Depuis des années, toute sa famille fait la culture des olives en vue de leur transformation en or de Toscane, *oro di Toscana*, comme m'a expliqué Bernardo. Ce dernier voyage beaucoup puisque c'est lui qui s'occupe de l'importation. Les jolies bouteilles d'huile d'olive que j'ai vues chez le marchand de la *Via Roma* sont les siennes. J'ai eu droit, une fois le malaise passé, à une visite en règle de l'usine de transformation et, lors d'un pique-nique sous ses oliviers, à une véritable explication sur la culture des olives. Cet homme semble tout le temps heureux. Je lui en ai demandé la cause.

— Comme Leonardo da Vinci a dit : « Je crois que le bonheur vient aux hommes qui naissent là où l'on trouve de bons vins. » Et il ajouta : là où l'on rencontre les plus belles femmes du monde.

Que répondre à ça ! Da Vinci avait du génie, non ? Et Bernardo, beaucoup de charme.

Massimo ayant fini de régler ses affaires, nous nous sommes promenés tous les trois ensemble, des bains de Saturnia aux restaurants connus de Bernardo dans lesquels nous avons testé toutes les bouteilles de chianti qui nous tombaient sous la main. Tard le soir, nous terminions la soirée sur la terrasse de la maison, avec une bouteille de grappa ou de limoncello.

Je rapportais également de mes randonnées d'autres bouquets de coquelicots et quelques sacs remplis de robes qui se soulèvent au vent. Un après-midi, j'ai montré à Massimo des photos et des messages de nos amis. Albert et François se promenaient dans les rues de Pékin avec le petit Miro dans sa poussette. Ils me racontaient que les premiers jours et les premières nuits avaient été rock'n'roll, mais que le petit souriait tout le temps maintenant qu'il se sentait en sécurité dans leurs bras. Ils rentreraient tous les trois dans une dizaine de jours. Henri avait également envoyé un mot accompagné de photos. Il semblait s'amuser comme un petit fou dans le désert, où on le voyait à dos de chameau vêtu d'une djellaba ; on le distinguait à peine derrière un écran de sable. Il avait, paraît-il, des idées de décoration « à la tunisienne » à me proposer dès son retour pour une de mes chambres d'amis. Vincent, Marie et Raphaëlle se portaient à merveille, à part quelques boutons d'urticaire, des coliques, et des nuits blanches bien entendu. Lulu avait reçu ses derniers résultats. Tout se passait pour le mieux. Elle voulait savoir comment se déroulait mon voyage et si je m'étais trouvé un mari italien.

— Que lui as-tu répondu ? m'interrogea sérieusement Massimo.

— Rien. Que veux-tu que je lui réponde ?

— *Che serà, serà*, me chantonna-t-il.

Je ne lui avouai pas que l'arrivée de Bernardo dans mon paysage était pour moi la chose la plus normale qui soit. Au bout d'une semaine en sa compagnie, j'ai découvert que j'aimais son calme, j'aimais le sourire dans ses yeux lorsqu'il me regardait, j'aimais ses mains. J'adorais l'écouter et il me faisait rire. Cet homme représentait la pièce unique que j'avais égarée autrefois et qui manquait pour terminer le casse-tête de ma vie. Depuis notre rencontre, c'est comme si tout se mettait en place le plus simplement du monde. Toutes ces années, j'avais couru dans tous les sens et j'avais la sensation d'avoir emprunté enfin le bon chemin, comme si ce voyage en Italie n'avait servi qu'à me placer en face de lui. Je ne savais pas du tout où il me mènerait. Pour le moment, Bernardo tenait ma main et j'étais bien.

La veille de notre départ, alors que nous mangions sur la terrasse pour jouir une fois encore du paysage et du vent doux, Bernardo a demandé à Massimo ce qu'il comptait faire de la maison.

— Pourquoi ? a interrogé ce dernier. Tu veux me l'acheter ?

— Non, non. Je voulais savoir si tu comptais la vendre ou la garder.

Massimo n'en savait rien. Moi, j'ai bondi sur mes pieds et sur l'idée.

— Tu es fou, Massimo, si tu vends cette maison. C'est ton patrimoine. C'est tout ce qui te reste de ta mère.

— C'est qu'elle est passionnée, observa Bernardo.

— Ah, pour ça ! Es-tu folle ? Cette maison, il faut la vendre avant qu'elle ne s'écroule.

— On pourrait l'aménager. Ça nous ferait deux maisons de campagne. Une en Estrie et une en Toscane. Tu te rends compte de la chance que tu as. On pourrait retaper la cuisine, ajouter une mezzanine pour une seconde chambre.

— Tu n'en as pas eu assez des travaux de ta maison, de la poussière, des ouvriers, des problèmes ? Tu voudrais remettre ça ? J'ai des petites nouvelles pour toi, ça ne se passe pas mieux parce que ça se fait en Italie. Bien au contraire !

Je pris une serviette de papier et commençai à dessiner des plans.

— Je suis sûre que ça ne coûterait pas trop cher. Tu n'es pas obligé de tout faire au début. La structure semble solide et la toiture aussi. Il y a bien quelques tuiles à changer sur le toit et quelques carrelages à revoir dans la cuisine. Tu pourrais y poser de vraies tomettes. Chanceux ! Et puis on pourrait... moderniser la salle de bain, faire un bureau adjacent à la chambre de la mezzanine. La cheminée est parfaite et semble fonctionner à merveille...

Pendant ce temps, les deux gars s'étaient levés et s'approchaient de la maison. Bernardo touchait la pierre, montrait la toiture. Ils discutaient fort. Lorsque j'eus terminé mon ébauche, je tentai d'attirer leur attention. Rien n'y fit. J'ai eu beau crier, agiter les bras, les hommes discutaient entre eux de rénovation, et dans ces cas-là, aucune femme sur terre ne peut intervenir. C'est ainsi. Dans cette demeure, pour l'instant, il y avait deux hommes de la maison. Mais cette maison, Massimo et moi, on la rénoverait, j'en étais certaine. Avec ou sans Bernardo. On aurait la maison jaune et la *casa* di Massimo.

Che serà, serà
Whatever will be, will be,
The future's not ours to see
Che serà, serà.

Remerciements

D'abord et avant tout un immense merci à mon éditeur et ami André Bastien pour son soutien indéfectible, ses encouragements et son talent.

Merci à mes lectrices Louise et Dominique, Danielle et Darquise.

Merci à Mario Jacques pour sa sensibilité et ses commentaires éclairés.

Merci à Joël Legendre et à Marie-Claude Goodwin pour m'avoir si bien parlé de la Chine, à Allessandra Soldi, de Venise, à Serge Denoncourt, de la Toscane, et aussi à Marie-France Corbeil pour les conseils de voyage.

Un merci tout particulier à Marisa Ruccolo pour sa recherche et pour avoir mis dans la bouche de Massimo tous ces mots italiens si chantants.

Merci aux Dres Lucie Vaillancourt et Johanne Blais, ainsi qu'à France Belleau, toutes trois œuvrant pour le Programme québécois de dépistage du cancer du sein. Et toute ma gratitude et mon affection à toutes les femmes atteintes de cancer qui m'ont donné accès à leur combat.

Finalement, encore merci à mes amis Michel et Mario, Jean-Jacques, André, Louise, Johanne et Étienne pour avoir repris du service dans ces nouvelles aventures.

À paraître en octobre 2011
chez Libre Expression,
le dernier volet de la trilogie du bonheur :

Bonheur, es-tu là ?

Dans *Bonheur, es-tu là ?*, le lecteur renoue avec l'héroïne de *Et si c'était ça le bonheur ?* et de *Maudit que le bonheur coûte cher !* La sémillante Olivia Lamoureux baigne en pleine félicité sous le chaud soleil de l'Italie. Le voisin de son grand ami Massimo, Bernardo Simonelli, importateur d'huile d'olive italo-québécois, n'est certes pas étranger à cet état. Olivia passe le plus clair de son temps sur les routes de la Toscane en compagnie de sa nouvelle flamme, qui lui fait découvrir les trésors de son pays et, par la même occasion, la carte du Tendre.

Mais toute bonne chose ayant une fin, Olivia doit rentrer. Le retour est difficile : en plus du décalage « horreur », la maison jaune fait encore des siennes, malgré les sommes investies dans sa rénovation. Cette fois, les égouts sont en cause, ce qui fait dire à son amie Allison : « Ma belle Olivia, tu es vraiment dans la merde. »

Et si ce n'était que ça !

Olivia n'a pas rapporté que du bonheur de la Toscane, mais aussi des kilos en trop. Ses amis la « mettent » au régime. Les factures s'accumulent. Son fils nouvellement père n'y arrive pas. Ses nouveaux chats, Maxou et Rosie, la boudent. Son amie Lulu batifole sur Internet, où elle fait d'inquiétantes rencontres, et le cœur d'Henri a des ratés. François et Albert sont désespérés : Miro, l'enfant qu'ils ont adopté en Chine, ne peut rentrer au pays avec eux. Et pour couronner le tout, Bernardo se montre distant parce qu'elle refuse de tout laisser pour vivre avec lui.

Entre les égouts à remettre en état, les couches et biberons de la petite Raphaëlle et les humeurs de Bernardo, Olivia ne s'y retrouve plus. « Bonheur, où es-tu ? Bonheur, es-tu là ? »

Collection 10/10

François Avard
Pour de vrai

Micheline Bail
L'Esclave

Yves Beauchemin
L'Enfirouapé

Anne Bonhomme
La Suppléante

Roch Carrier
La Céleste Bicyclette
Les Enfants du bonhomme dans la lune
Floralie, où es-tu ?
La guerre, yes sir !
Il est par là, le soleil
Il n'y a pas de pays sans grand-père
Jolis deuils
Le Rocket

Marc Favreau
Faut d'la fuite dans les idées !

Antoine Filissiadis
L'Homme qui voulait changer de vie
Surtout n'y allez pas
Va au bout de tes rêves !

Claude Fournier
René Lévesque
Les Tisserands du pouvoir

Gilles Gougeon
Catalina
Taxi pour la liberté

Claude-Henri Grignon
Un homme et son péché

Lucille Jérôme et Jean-Pierre Wilhelmy
Le Secret de Jeanne

André Lachance
Vivre à la ville en Nouvelle-France

Roger Lemelin
Au pied de la Pente douce
Le Crime d'Ovide Plouffe
Les Plouffe

Denis Monette
Et Mathilde chantait
Les Parapluies du diable

Denis Monette (suite)
La Paroissienne
Un purgatoire

Paul Ohl
Drakkar
Katana
Soleil noir

Jean O'Neil
Le Fleuve
L'Île aux Grues
Stornoway

Francine Ouellette
Les Ailes du destin
Le Grand Blanc

Lucie Pagé
Eva
Mon Afrique
Notre Afrique

Fabrice de Pierrebourg et Michel Juneau-Katsuya
Ces espions venus d'ailleurs

Francine Ruel
Et si c'était ça, le bonheur ?
Maudit que le bonheur coûte cher !

Jacques Savoie
Le Cirque bleu
Raconte-moi Massabielle
Le Récif du Prince
Les Ruelles de Caresso
Les Soupes célestes
Une histoire de cœur
Un train de glace

Louise Simard
La Route de Parramatta
La Très Noble Demoiselle

Matthieu Simard
Ça sent la coupe
Échecs amoureux et autres niaiseries
Llouis qui tombe tout seul

Cet ouvrage a été composé en Dolly 9,5/12
et achevé d'imprimer en avril 2011 sur les presses de
Imprimerie Lebonfon Inc. à Val-d'Or, Canada.